大国手

冯大树
奔雷 著

中国友谊出版公司

图书在版编目（ＣＩＰ）数据

大国手 / 冯大树，奔雷著. -- 北京 ：中国友谊出
版公司，2021.1
ISBN 978-7-5057-5104-0

Ⅰ．①大… Ⅱ．①冯… ②奔… Ⅲ．①长篇小说－中
国－当代 Ⅳ．①I247.5

中国版本图书馆CIP数据核字(2021)第015779号

书名	**大国手**
作者	冯大树　奔雷
出版	中国友谊出版公司
发行	中国友谊出版公司
经销	新华书店
印刷	唐山富达印务有限公司
规格	880×1230毫米　32开
	12.75印张　300千字
版次	2021年4月第1版
印次	2021年4月第1次印刷
书号	ISBN 978-7-5057-5104-0
定价	49.80元
地址	北京市朝阳区西坝河南里17号楼
邮编	100028
电话	(010) 64678009

版权所有，翻版必究
如发现印装质量问题，请与承印厂联系调换
电话　(010) 59799930-601

引如征鸿赴沼，布若群鹄依枝。

——[南朝·梁] 萧詧

主要人物表

郑文龙　围棋国手，世界棋王锦标赛冠军，自幼学棋，天赋异禀，燕京棋社的绝对主力。先后战胜日本两代棋圣，为中国围棋的崛起做出了巨大贡献。娶天资聪慧的围棋国手王巧慈为妻。

王巧慈　围棋国手，郑文龙之妻。原为南京金陵棋社棋手，后加入燕京棋社成为主力。天赋极高，在中日围棋对抗赛中力挫日本主力，名噪一时。后因支持丈夫而甘愿放弃自己的围棋事业，专心相夫教子。

傅卫国　围棋国手，郑文龙的大师兄，燕京棋社的绝对主力。为人正直，但气度欠缺，与苦恋自己多年的棋手周佳兰结为伉俪。在后来的比赛中战胜郑文龙，重获"大国手"殊荣。

牛三强　郑文龙的师弟，父母早亡，自小寄居师父许国芳家中，自强不息考上厦门大学，成为改革开放前沿的弄潮儿。与郑文龙的妹妹感情深厚，后结伴奔赴厦门为国家经济建设做贡献。

贺　梅　　郑文龙前女友，贺司令的千金。因与郑文龙的感情遭到父母反对，草率嫁人。在南方下海经商，成为改革开放甜头的品尝者。因放不下与郑文龙的感情而涉入郑文龙与王巧慈的婚姻生活，几经变故后幡然醒悟，远走南方。

周佳兰　　傅卫国之妻，围棋国手。泼辣率真，敢爱敢恨，多年来一直深爱傅卫国。傅卫国身患绝症她仍是不离不弃，让傅卫国深受感动，两人终成眷属。

郑文慧　　郑文龙的妹妹，牛三强之妻。北京师范大学高才生，新闻记者。后因陪伴丈夫牛三强，两人放弃北京的工作机会，共赴经济特区厦门，为祖国经济建设奉献自己的力量。

第一章

1

1972 年盛夏，一个普通的早晨。

天空蓝得晃眼，太阳毫无遮挡地烤着土地。

这是一片斗志昂扬的土地。宿舍后空地的上空，高音喇叭正播放着《东方红》，昂扬的歌曲兴奋着每个人的神经。不远处的田野，金色的麦浪在日光下熠熠闪光，劳动的号子声此起彼伏。

三年前，内蒙古建设兵团在呼和浩特正式成立，几万名怀揣理想与热情的青年人，从全国各地来到内蒙古，这里有上百万亩的土地，等待他们去开垦。

从此，这里的土地，就成了年轻人的家园，无论热爱与否，他们都将在这里生活，像一颗种子，风沙将它吹落到这里，它们就将在这里落地生根，生长发芽。

郑文龙就是其中的一位。

一列从北京西直门驶出的列车，将他带到这里，一望无际的草原，压着青草掠过的风，替代了城市上空的艳阳，他和每个到来的年轻人一样，都将面对新的日子。

扁担、锄头和镰刀，成了郑文龙的伙伴，这里的每一个人，无论在城市过着多么娇奢的日子，草原上的风和烈日，都将送给他们珍贵的磨砺。劳动，是他们的必修课。

郑文龙劳动是一把好手，身板结实，有的是力气。所以田间的劳动对他来说，毫无压力。只是相对于劳动，他显然更喜欢围棋。这个与农民格格不入的爱好，成了他闲暇时最快乐的消遣。

此刻，他正在宿舍专注地打谱，双眼紧盯着棋盘，半天眼睛都没眨一下，仿佛入定了一般。

门轻轻地响了一下，一个脑袋探了进来。

郑文龙仍旧盯着棋盘一动不动，也许他根本就没听到动静。

吱呀一声，门完全被推开了，一个身影溜了进来。

郑文龙从棋盘中回过神来，赶紧拿起身边的《毛主席语录》，一看是叶秋，松了一口气，又将《毛主席语录》扣到桌子上。

叶秋一脸得意，白净的脸上微微有点泛红，额头冒着汗。

郑文龙看他喘着粗气，这才注意到他手上提着两只鸡，眼睛一亮。

这神色叶秋早已看在眼里，故意挥了挥手中的鸡："想开荤不？"

"这送上门的好事儿，中午必须改善伙食啊！"郑文龙笑着说。

"老规矩，下三盘，输一局我给你一只鸡。"叶秋说。

"要是你连输三局，两只鸡哪儿够？"

"三盘两胜，我要连输两局，就提前结束。"叶秋接着说，"如果你输了，这副棋归我，怎样？"

"这副棋是陈老总亲自送给我的，你要点别的东西吧。"郑文龙说。

"我就要这副棋，别的我什么都看不上。"叶秋一副志在必得的样子。

"你小子太贼了，好事都被你占完了，赢了你拿棋走，输了你留下来蹭吃蹭喝，这两只鸡你也没少吃一口。"郑文龙哈哈一笑，"来吧，我还输给你不成！"

两人很快拉开架势，叶秋将带来的鸡也扔到了一边。

屋外的高音喇叭依旧播着响亮的歌，可田野间热闹的场景仿佛与这两人无关。两人都心无旁骛地盯着棋盘。

没多久，叶秋的棋颓势尽显，显然，郑文龙对付他绰绰有余。

郑文龙开始放松下来，还哼起了小曲儿。

叶秋这边可没那么轻松，眼看败局已定，他一面摇头叹气，还给了自己一个耳刮子。

"唉，就这一步走臭了。"

"哪止这一步棋，一开始你就不行。"郑文龙道。

"要不咱从上一步开始，行吗？"叶秋有些不甘心。

"怎么着，想悔棋不成？"郑文龙咧嘴一笑，"悔棋也可以，这盘你要是输了，必须给我两只鸡。"

不等叶秋回答，"咚"的一声门被推开了，又闯进一个人来。

郑文龙一回头，看见气喘吁吁的朱迅。

"房子着火啦？慌里慌张地干啥呢？"郑文龙说道。

朱迅还有点上气不接下气，一边喘一边说道："郑文龙，大事不好了，三强他们给一群东北知青堵在城里回不来了，看样子要干架啊！"

"怎么回事？"

"三强在工农兵饭店蹭饭，让王怀臣给逮着了，说不定现在已经出人命了。"

"三强这性子，可有点不妙。走，赶紧看看去。"郑文龙拎起一件衣服就冲了出去。朱迅和叶秋也即刻跟着郑文龙出了门。

叶秋刚冲出门，又返回屋把地上的那两只鸡拎起来，飞奔了出去。

郑文龙在路上拦下一辆拖拉机，这才发现叶秋拎着两只鸡，不由得哈哈大笑："我说江西老表，咱们是去打架，不是斗鸡。"

叶秋给笑得不好意思："这要是不带着，等咱们回来，哪里还有啊！"

"你行啊，叶秋，人家打架带家伙，你给拎两只鸡。"

几个人都哈哈大笑，叶秋给憋红了脸，却也不管不顾地拎着两只鸡上了拖拉机。

拖拉机冒着黑烟突突突地一路颠簸，众人在打闹和玩笑声中来到黄河边。这里是内蒙古和陕北一河相隔的地方，滚滚的黄河水将两省隔开，过了黄河就到了陕西境内。这黄河上的羊皮筏子，是唯一的渡河工具。

郑文龙纵身一跃，跳上了一条羊皮筏子，身后的叶秋跳上来的时候，由于两只手里还抓着鸡，身体站立不稳，几个趔趄差点摔倒。郑文龙伸手扶了一把，叶秋才勉强坐了下来。

郑文龙看了这家伙一眼，无可奈何地叹了口气，叶秋手上的鸡还不合时宜地咯咯叫了两声。

滔滔黄河上，羊皮筏子很快就只剩下一个小黑点。

烈日当空。

朱红色的"工农兵饭店"招牌下，一群人围在一起，人声鼎沸。

郑文龙拨开人群，挤出一条道，才走进饭店的大门。

屋里仍然有一群人自觉地围成了一个圈，中间一张四方桌上坐着一人，身边还站着四个人高马大的壮汉。

郑文龙认识这人，他就是王怀臣，1966 年全国青少年象棋冠军，是东北知青的头儿。

郑文龙看到三强几个人，眼见力量悬殊，他们退到了一张靠墙的方桌旁，这要是真动起手来，也不至于腹背受敌。

为了虚张声势，三强一只脚站着，另一只脚蹬在凳子上，桌上还插着一把刀，明显不想在敌众我寡的对峙中输了气势。

一时间剑拔弩张，火药桶一点就着。

"我说大伙儿，这是怎么回事啊，火药味这么浓？"郑文龙希望打破这种危险的气氛，"大家都是兄弟，低头不见抬头见的，有话好好说啊！"

王怀臣一脸傲慢："什么兄弟不兄弟的，想吃霸王餐，也不看看这里是谁的地盘？"

三强见到了郑文龙，像见到了救兵，一下子来了精神，说话的嗓门也大了几分，"大家看看，这酒里是什么玩意儿？把老子喝坏了，还没叫你赔呢！"他端起酒杯，把杯口朝外，好像每个人都能看到他杯里的酒似的。

郑文龙走过去，接过酒杯一看，酒杯里面有只苍蝇。他一仰脖子，一饮而尽，剩下三强和王怀臣两人都一脸讶异。

"有什么呀，我看这杯里什么也没有嘛，三强，付钱，走人。"郑文龙趁王怀臣愣神的劲，想赶紧带着三强离开。

三强识趣，掏钱往桌上一拍，二话不说，抬脚就走。

可王怀臣毕竟见过大场面，没给郑文龙给弄糊涂。"慢着。"他手一挥，刚刚让道的几个知青又一下子围了过来。

"这样就想走，也太便宜点了吧？"王怀臣"哼"的一声冷笑道。

郑文龙眼看没那么容易，转身说："你还想怎样啊？"

"这小子也太嚣张了，敢在我的地盘撒野，得给他点教训，让他脱光衣服，给我负荆请罪！"

三强一听火起，指着王怀臣破口就骂："王怀臣，我操你大爷，老子不怕你！"

王怀臣一翻白眼："那就再加点别的。"

叶秋手上的两只鸡可能被绑得太久难受，又不合时宜地扑腾了两下，恰巧被王怀臣看在眼里。

"再加五只鸡，一百个鸡蛋。"王怀臣冷笑道。

"哎，我说，鸡是我的，我是江西的，可不是北京知青，别打我鸡的主意。"叶秋说道。

围观的人哄笑起来："是江西老表啊，哈哈！"

郑文龙看了叶秋一眼，说："怎么样，叫你别拎鸡来吧，这下有去无回了！"

郑文龙从叶秋手上拿过鸡，提起来看看看，鸡还是活蹦乱跳的。

"两只是少了点，凑合一下吧。"郑文龙将两只鸡递给王怀臣，王怀臣一副傲慢的神情，斜眼看着郑文龙。

"收下。郑文龙，你小子还算识趣，不过我怎么听说你到处在背后说我坏话呀？"

"说你的坏话，怎么可能呢？我们向来是井水不犯河水的。"

"听说你到处吹你自个儿下围棋是指挥一个兵团作战，而我下象棋顶多是指挥一个连，有这事吧？"

"这是围棋和象棋的区别，不是指你和我。"

"我今天就想叫大伙瞧瞧，是谁在指挥一个兵团作战，又是谁在指挥一个连，把棋摆上！"

其他人似乎早有准备，不一会就将棋给摆好了。一副围棋，一副象棋。

"郑文龙，请吧！"

"这怎么下呀，牛头不对马嘴的。"郑文龙一脸懵懂。

"让我来！"三强说。

"一边去，你还不够格。"王怀臣阻止了三强，又对郑文龙说，"规则很简单，一盘围棋，一盘象棋，同时开始，你让我四个子，我让你车马炮。"

郑文龙略微想了一下，说："那不行，我让你四个子，你才让我三个，这太不公平了吧？"

王怀臣想了一下，咬咬牙说："那你也让我三个子吧！"

郑文龙一看有得商量，说："不用，你的棋我是知道的，让三子那还怎么下，这样吧，你多让我一个，让我五个卒子。"

王怀臣一听大喜："我让你五个，你让我四个，成交，开局！"

比赛很快开始，两人分别坐在这围棋和象棋棋盘的两边，这象棋围棋同时下估计古今中外没人这么干过，围观的人也都很是好奇，在两人的周围围成里三层外三层。

突然挤进来两个警察，估计是王怀臣这边派人给通知的。一边挤一边嚷嚷："谁在这闹事？打群架是不是？"

饭店老板赶紧迎上去，满脸堆笑："没有没有，非营业时间，借个场地给他们搞个比赛。"

一个警察看到郑文龙，皱了一下眉头，回头看了一下王怀臣，脸色好转了些："这不是东北棋王吗？今天这是关公战秦琼啊！要不要我再派几个警察过来维持一下秩序？"

王怀臣站了起来，对另一个警察耳语了一番，那警察听完说道："好，那就不耽误你们了！"又抬起头看了一下四周，大声说道："今天东北棋王双棋同下，大家伙有眼福了，但有一条，别在这闹事，否则我一个不留给你们全带走。"说完还特意瞪了三强几个人一眼。

"还有你，"另一个警察指着郑文龙说警告说，"你小子老实点，别在这惹麻烦！"

"哪能呢，不就是下一盘棋吗？友谊第一，比赛第二！"郑文龙笑着目送着两名警察挤出人群。

被警察一折腾，王怀臣好不容易将精力集中到棋局中。现这局面有点狼狈，象棋这边倒是思路清晰，可给郑文龙让了五个卒子，没有卒的遮挡，王怀臣的棋局是门户大开，抵挡乏力。围棋这边本就不是王怀臣的强项，好不容易想好的思路，警察一来就给干扰了，好半天都还没有进入状态。这一下子，王怀臣的额头汗水冒个不停。

棋局已经进入尾声，象棋这边郑文龙毫不手软，大举进攻，很快兵临城下，几次将军下来王怀臣再无还手之力，只得叹了一口气将老将翻过来表示认输。

不知是谁不小心把旁边桌上的醋瓶子给打翻了，"啪"的一声掉到地上。王怀臣输了象棋本就十分懊恼，闻声腾地站了起来，怒吼一声："谁干的？"

几个识趣的知青把一个人推到王怀臣跟前，这个倒霉的小青年吓得直哆嗦。王怀臣气正没处撒，指着棋盘，对那小青年说："你挺能耐啊，要不你来下？"

小青年吓得脸色铁青，连连摆手。

"算啦，王怀臣，他一定是'枪走火'了吧！哈哈……"

众人也跟着笑了起来，紧张的气氛一下子缓和了下来。王怀臣重新坐下来，那个小青年瞅个空赶紧溜了出去。

棋盘上布满了黑白棋子，围棋也快接近尾声。王怀臣仍在冥思苦想，郑文龙却把一颗棋子翻拍在棋盘上，说："我输了。"

"你输了？"王怀臣还有点不相信。

"是的，"郑文龙说，"我输半目，全是单官了，翻不了盘了，所以只能认输。"

两人飞快将单官填完，数子。

王怀臣略带惊喜地说："不多不少多一个子，正好赢半目。"

郑文龙站起身，拍了拍王怀臣的肩膀，朝三强几个使了下眼色，几个人朝门口走去。

"慢着——"身后传来王怀臣的声音。

众人一怔。

"我送送你。"

走到工农兵饭店门口，王怀臣拍了拍郑文龙的肩膀，暗暗地用力按了两下，表示感谢。

"郑文龙，下次我们再战一场。"

"后会有期。"

2

建设兵团的团部设在离郑文龙的三连的营地六十多里开外的地方，也是一片草原，只是离市区更近，往来的交通更加便捷。从北京和外地到兵团来，先要经过这里歇脚；同样，营地的人要是有什么急事去外地，也得先经过这儿办手续或者搭车什么的。

团长肖长河是一位五十来岁的汉子，胡子拉碴的脸上常年被大风和烈日照顾，黑黢黢的。这个热心肠的男人平时话不多，该讲情的讲情，不该讲情的绝不讲情，年轻小伙子都有点怵他，尤其是那隔三岔五挨批评的几个，更是谈之色变。其实肖团长平时对大伙都还不赖，可就是这个团长的位子太关键，想回城的姑娘小伙都得经过他的手，所以大家自然而然对他敬畏三分。

肖团长平日烟袋不离手，只要能坐下来歇会儿，旱烟卷是一颗接着一颗。这天眼看快到收工的时候了，他又坐下来，撕块报纸开始卷烟。

门口刮过一阵风，人影一闪。不等肖团长抬起头，一串话扔了进来。

"郑文龙是在这个农场吧？三连一排九班的郑文龙。"

没头没脑一句话听得肖团长直犯嘀咕。他停下正在卷烟的手，抬起头来。

眼前站着一位十七八岁的姑娘，水灵灵的大眼睛正盯着他，一头齐耳的短发被风吹得披散开来。

"你是说下棋的那个郑文龙？你是谁呀？"肖团长不认识眼前这位姑娘，问道。

"我是北京来的。我是他街坊，也是他朋友。"贺梅一见问着人了，边说边走进屋来，从包里拿出一盒中华烟，撕开抽出一支，笑着递给肖长河。

肖团长接过中华烟，在鼻子前深深嗅了一口，把烟别在耳朵上，"姑娘，你家和郑文龙是街坊，可不是一个单位吧？你家级别可比他家高多了吧？而且还不是一般的高干家庭？"

"什么高干不高干的，我就出差路过，顺道来看看他。"

"郑文龙他们三连的营地离这儿还有好几十里地呢，今天天不早了，要不你在团部住一宿，明天再去吧？"

贺梅一见有点急："您是团长吧？我时间挺赶的，看看他明天就得走。"一边说，她一边将还在桌上的中华烟推了过去。

"小张，看看有没有去三连的车？没有的话你就找个车，送送这位北京来的客人。"肖团长朝着屋外喊了几声，听着外面小张应了声，又面带笑容看着贺梅，"你贵姓？"

"我叫贺梅，谢谢啦！"

肖团长看着门口贺梅的背影，又取下耳朵上夹的中华烟，在鼻子前嗅着。

残阳斜照在草原上，劳累了一天，终于到了收工休息的时间。郑文龙将劳动工具统一放进工具棚后，才回自己的宿舍。

刚到门口，就听见舍友朱迅抑扬顿挫的声音，似乎在朗读什么：

> ……现在北京很乱，大家都人心惶惶的。我参加
> 工作的事情，父母还没有最后下定决心，他们又提起
> 让我去部队当兵的事情，我没有答应他们，很想听听

你的意见……

朱迅清了清嗓子，继续读道：

> 外地的北京知青好像都在想办法返城，黑龙江的、陕西的、云南的……特别是在建设兵团插队的知青，很多人偷偷跑回北京找工作。你还挺能沉得住气！你能不能请假回来一次？这两个月我只收到你的一封信，多多给我写信啊！
>
> 贺梅

原来这小子又在偷看贺梅写给自己的信，郑文龙大喝一声："你这臭小子，又在偷看你姐的信？"

众人哄笑着就散开了。

"信不信我把你耳朵拧下来！"郑文龙笑着指着朱迅说。

"不好意思，姐夫，让你给抓了个现行。下回争取不让你逮着！"朱迅笑着说。

"你这小子嘴够贫，看你姐夫怎么收拾你！"郑文龙一副准备打人的样子，朱迅见状赶紧跑开了。

郑文龙正准备去追，看到门口进来一个人。仔细一看，正是贺梅。

"贺梅，你怎么来了！"郑文龙惊喜万分。

"文龙！"贺梅见到了郑文龙，也很高兴。

旁边的叶秋见了，呵呵一笑："这白天啊，真不能说人，说曹操，曹操就到了，"他又转头看着正往里边躲的朱迅，"小子，你念叨的姐来了，赶紧过来请安啊！"

朱迅赶紧上前接过贺梅装满食品的网兜，打趣说道："哎呀，提这么多东西来看咱，别说叫姐，叫妈我都乐意！"

叶秋看着这一网兜的食品，对朱迅说："当儿子没有亏吃，朱迅，我愿意和你做兄弟！"

旁边三强哈哈笑了起来："哈哈，那你们都得叫我三爷！"

贺梅被大家玩笑话说得一头雾水，没等明白过来，三强从朱迅手里拎过网兜，径直出门，"走，过节咯！"

众人跟着三强出了门，宿舍内就只剩下了郑文龙和贺梅两人。没等郑文龙说话，贺梅一下子扑进他的怀里。

两人紧紧拥抱着，谁也不愿意松开。良久，郑文龙仿佛想到了什么，捧起贺梅的脸，这张俊俏的脸庞，因为久别重逢的激动而变得绯红，黑亮的眼睛也因为激动而渗出了泪花。郑文龙帮贺梅理了理额前的刘海，问道："梅梅，你来这儿你家里面知道吗？"

"放心，我留了张字条。"

"你没说上我这儿来吧？"郑文龙有些紧张。

贺梅却不以为然："我说上别处去，他们能信吗？"

"完了，"郑文龙叹了口气，"这旧恨未消又添新仇啊，我回头要给你爸爸拿枪指着脑袋骂了。"

"哪有那么严重，"贺梅笑着捶了郑文龙一下，"别怕，我的事我自个儿做主。别说这些扫兴的话，让我好好看看你。"

贺梅这才开始打量眼前这个男人。许久不见，他变得更加健壮了。草原上的风和日头给他的皮肤敷上了一层黝黑的油，那张本就英俊的脸庞显得更加英武、阳刚，两道剑眉在见到自己后完全舒展开了，连眼睛都充满了笑意。可是贺梅更喜欢棋盘边那两道经常紧皱的双眉，一看到两道浓黑的眉毛蹙到一起，贺梅的心就格外安定。她爱极了郑文龙思考的样子，甚至在闭上眼睛想念郑文龙的时候，脑海里浮现出来的形象就是那副眉头紧蹙，认真思考的脸庞。

"文龙，你想我吗？"贺梅半倚在郑文龙的肩头，用手给他整理着衣服上的皱褶。

"想。"郑文龙抚摸着贺梅的头发，动情地答道。

"我太想你了，所以忍不住跑来了，有点不顾一切了。"

"我知道，你向来都是这样的，不过我喜欢！"

"你爱我吗？"

郑文龙有些说不出口，用力点了点头。

贺梅伸手抚摸着郑文龙的脸庞，动情地说："你不用说，我知道你爱我。你知道我有多爱你吗？"

郑文龙望着眼前这双眼睛，深深地迷醉了。他低下头去，寻找到那片温润的唇，吻了上去。此刻，他觉得自己是世界上最幸福的人。

又是一个艳阳天，郑文龙起了个大早，今天他要带贺梅去骑马，让这个在北京长大的姑娘，真正感受一下草原。他要带着心爱的女人，在草原上尽情驰骋，跑得远远的，茫茫草原上，就他们两个人。

女生宿舍的门口，郑文龙早早就过去等候贺梅。

屋顶上的广播喇叭正在播送早间新闻：

　　新华社消息，在毛主席革命外交路线指引下，中日邦交实现了正常化。中断了十年之久的中日文化体育交流活动得到了恢复。继日本松山芭蕾舞团访华之后，日本围棋代表团也将于最近访问我国。据悉，代表团团长由日本著名棋手，素有围棋棋圣之称的荒村秀雄担任。围棋代表团一行七人将同我国……

郑文龙听得出了神，就连贺梅来到身边他都未曾察觉。

贺梅看到了这一幕，拉起郑文龙的手："文龙，是不是想围棋了？"

郑文龙还在掩饰："没有没有。走，今天我带你骑马去！"

草原的天空永远都是那么蓝，不知从什么地方吹起的风在草原上肆无忌惮地乱窜，掠起女生的秀发，也将一串串欢笑声抛向空中，向四面八方撒去。

贺梅坐在郑文龙的身后，紧紧搂着郑文龙的腰，她的头紧紧贴着他的后背，两人就这样在草原上纵马奔驰，一起欢笑，一起呼吸。他们要将离别的痛苦都给补回来。这么美好的时光，这么美丽的草原，彼此相爱的人，这里的草原，只属于他们两人。

不知跑了多久，两人累了，手拉着手躺在草原上，仰望着蓝天，看着蒲公英般的白云在空中轻悠悠地飘来飘去，他们的心也仿佛飘到了空中，安静、轻盈、轻松、甜蜜。

"文龙，你说实话，想回北京吗？"良久，贺梅打破沉默。

郑文龙叹了一口长长的气："当然想。回北京，比赛，下棋，跟日本人下棋过招。"他摇了摇头，"可是这对我来说，是一个多么遥远和奢侈的梦啊！"

贺梅翻身坐了起来，看着郑文龙，伸手抚摸着他的脸庞，满眼的同情。

郑文龙目光盯着头顶的白云，幽幽说道："哪怕是回去看看也好啊！"

"文龙，我有办法。"贺梅说。

郑文龙也一翻身坐了起来："你有什么办法？可别逗我啊！"

"上马，继续前进！"贺梅已经站了起来。

"去哪儿呀？"郑文龙也站了起来。

贺梅用力一指前方："团部。"

3

风在耳边呼呼地掠过，郑文龙一边打马向团部飞驰，一边回头问贺梅。他还没搞明白突然去团部要干什么。

"梅梅，怎么突然要去团部，你这葫芦里卖的什么药呢？"

"你就别管了，等会儿你按照我说的做就行！"

半个多时辰过去了，二人终于看到了不远处团部的营房。

二人下马，贺梅开始一瘸一拐地走路，郑文龙一看紧张了，关切地问："梅梅，这是怎么了，崴着脚啦？"

贺梅对他神秘地一笑："从现在起，我是从马背上摔下来了，知道吗？"

郑文龙似乎有点明白了，扶着贺梅一瘸一拐朝肖团长办公室走去。

肖团长正在摆弄抽屉里那盒中华烟，从烟盒里抽出来一根，看了半天又塞了回去，关上抽屉，继续卷桌上的旱烟。

看见郑文龙扶着贺梅一瘸一拐地走进来，忙站了起来："贺梅同志，这是怎么了？"

郑文龙说："刚骑马从马背上摔下来，受伤了。"说话之际贺梅还故意"哎哟"一声叫出声来。

"可能是骨折了，可疼死我了！"贺梅故意哭丧着脸说。

肖团长赶紧朝门外叫道："小张，赶紧叫医务室韩大夫过来！"

贺梅连忙说："别叫了，没用的，得去医院。"

"可这医院离团部一百多公里呢！"肖团长有些着急。

郑文龙说："这个不着急，肖团长，您让贺梅给家里挂个电话吧！"

"可我们这电话只能打军线，你又不是不知道。"

"要的就是军线，肖团长，你还不知道，贺梅的爸爸是贺司令。"

"军区贺副司令？我就说嘛，昨天我就在琢磨，还真让我琢磨对了。"

肖团长带着二人去打电话，身后的两人相视一笑。

电话很快打了过去，接电话的是刘秘书，一听贺梅的声音，小刘赶紧说："贺大小姐，你总算来电话了，贺司令找不着你正朝我们发脾气呢！"

不一会儿，电话那头传来贺司令的声音，贺梅立即换了哭腔对着电话说："爸爸，我想家了，可是我腿摔坏了，回不去了。"这哭腔演得非常逼真，连旁边的郑文龙都差点相信了。

这一招果然有用，电话那头都忘了责怪贺梅私自离家的事，赶紧让肖团长接电话。

肖团长接过电话"啪"地立正行了个军礼，毕恭毕敬地听贺司令安排后，回过头来满脸笑容地看着贺梅。

贺梅和郑文龙两人面面相觑，贺梅不解："肖团长，您这是……？"

"好久没听过贺司令的声音了，激动啊！"

"您认识我爸？"

"岂止认识！二十多年前，我就是你爸爸的兵。从解放海南岛，到打过鸭绿江，那时候追击敌人，天天急行军，你爸爸坐着吉普车，一样和我们冲在前面……"肖团长还沉浸在回忆中，突然想起贺司令的嘱托，动情地对贺梅说道："不论你是真伤还是假摔，我老肖都应该亲自把你送回贺司令身边。"

贺梅和郑文龙一听急了，这样不就如意算盘落空了吗？贺梅连忙对肖团长说："哎呀！肖叔叔，您可真是我爸的好战友，您在这里管着这么多人，整天多少事要处理啊，哪儿能让您亲自送我？您派两个战士送我就行啦！"

肖团长听了挺感动，说："你爸倒也是这么交代的，可是他还交代了，这两个战士里面不许有一个叫郑文龙的。"

贺梅急得眼泪差点出来了："这怎么行，必须有郑文龙啊，肖叔叔，要不我就赖在你这里不走啦！"

郑文龙也连忙说："肖团长，您可要分清楚，贺司令肯定是一时气话嘛！"

"我听不出话的意思？我这么大岁数了，还用你来教吗？"肖团长佯怒，"我看啦，是日本人要来了，你小子坐不住了吧？"

郑文龙有些尴尬，不失时机地恭维道："要不说您是高人呢？一眼就看穿我了！"

肖团长不再理他，对贺梅笑道："行啦，闺女，别哭鼻子了，我听你的，这两人你就随便挑吧！"

贺梅高兴得差点跳起来："肖叔叔，您真是太好了！"

两人兴冲冲地走出肖团长的办公室，冷不丁三强蹿了出来，二人吓了一跳。

"贺梅姐，算我一个，我和文龙哥一起送你回北京吧。"

"行啊，就你俩！"贺梅爽快地答应下来。

"贺梅姐，我这儿还有个小事，你也帮我顺道给办了呗？就你一句话的事，让肖团长给你弟盖个章……"三强边说边拉着贺梅往里面走，贺梅回过头看见郑文龙也是一脸无奈，三强又一脸殷勤，"我这个调令你让肖团长给我盖个章，你就说我是贺司令的干儿子……"

列车在草原上飞驰。

车厢内，郑文龙正望着窗外飞快后移的风景出神，其实也没有什么风景，只不过是忽高忽低却一成不变的草原，偶尔掠过的一两根电线桩，还有就是远处天空油画般静止的白云。三年前也是这列火车，将他从北京载到了这块土地，身后的北京城越来越远，隐没进一团无法触及的灰暗中，他的心中涌出一股说不出的感觉，不是什么咸甜苦涩，而是一种毫无滋味的麻木。离开了京城，离开了家，更重要的是离开了朝夕相处的师父和围棋，未来的生活是什么样子，未来的自己会怎样生活，他都一无所知。他就像只久在笼中的鹦鹉，突然面对外面的世界，广阔天地让他感觉到的不是自由，反而是一种无所适从的茫然。母亲说他是棋痴，除了围棋其他什么都不在乎，可这突然就要和自己最爱的围棋分别，而且这种分别是无法预知期限的，想到这里，他的心就像浮在空中一样，一会儿被拽一下，一会儿又被撒手放空。到了兵团，虽然他一有空就摆开棋盘，看上去还是没有离开围棋，但更多的时候，他都只能用自己的左手和右手互搏，兵团里虽是有几个像叶秋、三强的朋友棋也下得不错，但和自己还是有些差距，和他们下棋总感觉是隔靴搔痒，提不起劲儿来。

想到这里，他转头看了一眼身边的三强，三强在师父的徒弟中是最小的，排行老三，这小子棋虽下得不错，但从小就毛毛躁躁的，师父也总是说他遇事沉不下心来，难成大器。三强命苦，父亲在他六岁时生病走了，母亲悲伤过度第二年春天也走了，扔下他这个没成人的孩子，无依无靠。好在师父收下三强当徒弟，郑文龙的母亲也怜惜这个没父没母的孩子，把三强当自己的儿子一样养着。好不容易成了大小伙子，三年前又随着郑文龙一起来到内蒙古生产建设兵团。三强的父母本就是外地人，在北京没留下什么财产，这次当知青一走，三强就相当于在北京销了户，没了根。

郑文龙眼前的三强正闭着眼睛打盹，脸上还浮现着一层浅浅的笑意。三强做梦都想回北京，这次这个意外到来的幸运砸到他头上，把他高兴坏了，虽然贺司令干儿子是假冒，但调档函可是正儿八经盖了大红章的，谁都得认。有了这份调档函，只要在北京找到接收的地方，他就又可以名正言顺地回北京了。

回北京，郑文龙何尝不想回北京呢？他恨不得马上回到家，回到师父身边，和大师兄傅卫国好好下几盘棋。师兄的棋好，和他交起手来才叫过瘾。在兵团的三年时间里，他将对北京的想念，对围棋的想念都藏了起来，毕竟他在这群年轻人中是大哥，他要更加沉稳，不动声色。但这一切到今天可就完全可以卸下了，因为身下的火车正载着他们三人飞快地朝着北京前进。那里的幸福和快乐，只有他们自己才知道。

4

这是北京一座古朴的四合院，院子坐北朝南，院门正中开着，似乎在向人们诉说着院子不寻常的历史。无论这院落曾经有多么显贵的过往，它的主人有过多么显赫的身份，此刻它坐落在城市的一隅，像周边的其他院落一样，安静而平凡。唯有院墙四周翠绿的藤萝、古朴的大门在告诉人们，它不凡的风骨与气度。

院门口左侧一块竖着的木牌，用白漆漆过，上面写着"燕京棋社"几个工整的黑色大字，黑白相间，十分显眼，自然而然让人联想到围棋的黑白之道。走进院门，能瞬间感受到棋社的静谧与雅致，院中几棵老树枝繁叶茂，为炎炎夏日带来了不少浓荫，树下还有几张长椅，一副石桌石凳，是专门放置供人休息纳凉之用。院子的东面还有一处假山小池，想必以前院子的主人也是风雅之人。西面还有一木质的葡萄架，葡萄叶将木架遮得严严实实，偶尔露出几串翡翠似的葡萄。看到葡萄俊俏的模样，让人不由联想到葡萄的酸味，口中不自然会流出口水来。

为了让棋社的棋手们有个好的训练环境，在老首长的关怀下，有关部门特地将这个环境清幽的四合院给了棋社，作为集训队训练和住宿之用。棋社的棋手们除了出操跑步的集体活动要出门外，其他活动在这里都能够完成，用领导的话说，最大限度地保证棋手们的生活起居，为他们创造良好的训练环境。四合院的前院用作棋手们的训练室、食堂等，而后院就辟作宿舍。作为一个正规的单位，棋社对院子稍加改造，增加了传达室等设施，除此之外，最大限度地保留了原有的风貌和设计。

燕京棋社的社长韩德昌，这么多年来心里一直感激老首长对棋社的关怀，如果没有老首长，在百废待兴的新中国成立之初，围棋作为一项国人关注度不高的项目，要想发展起来，可不是件容易的事。幸运的是这位同样爱棋的老爷子一直关心棋社的成立和发展，申请棋社办公场地，组建集训队等等，事无巨细，老爷子都亲自过问。眼看棋社发展得风风火火，集训队也有模有样了，可一纸命令下来，集训队解散，队员们都去了山西干校劳动，棋社只剩下社长韩德昌和上了年纪的国手许国芳等少数几个人留守，眼看刚刚走上正轨的棋社一下子又停了下来。队员们一走就是三年，热热闹闹的棋社一下子变得冷冷清清，训练室都蒙上了灰尘，结了蜘蛛网，这让社长韩德昌时常黯然神伤。

可这几天传来了好消息，老爷子那边突然派人来接韩德昌和许国芳去家里，原来应周恩来总理邀请，日本围棋代表团半个月以后要访问北京，时间紧迫，棋社要赶快组织棋手备战。老爷子特地嘱咐"棋虽小道，关乎大局"，要韩社长务必重视。

接到这项任务二人十分欣喜，韩德昌的眼眶湿润了，许国芳更是连连感叹。棋社的顶梁柱就是许国芳的大徒弟，目前在山西干校劳动的傅卫国，还有远在内蒙古的二徒弟郑文龙，特别是郑文龙，从小就深得老爷子喜爱。老爷子听说郑文龙在内蒙古兵团锻炼三年了，连说锻炼得也差不多了，想办法调回棋社来，也算是发挥所长，为国家出力。

许国芳是老国手，围棋界的绝对元老，以前曾在段祺瑞府上下棋，那时候围棋是许老谋生的手段，无论你棋艺有多么厉害，在别人眼里你就是一个消遣解闷的工具。所以那时的许国芳活得憋屈苦闷，也忍辱负重研究棋局，精进棋艺，还将自己的多年心血写成了《棋谱》一书。终于等到新中国成立，许老的棋艺得到大家的尊重和认可，这燕京棋社一成立，许老就成了棋社的一员。作为围棋界德高望重的大师，许老不仅亲自披挂征战，还带出了几名同样优秀的徒弟，为人津津乐道，也深受共和国领导人的赏识和喜爱。

中日之战也成了许国芳的一个心病。作为国内顶尖的围棋大师，许老深知中日围棋的水平差距巨大，十年前那场中日之战，像他这样的国内顶尖高手，就输给了日本的一位女棋手崛内富枝。那场战斗很惨烈，三轮比赛，我们三十二败一和三胜，只赢了三局。许老自己也折了，唯一欣慰的是这黄金般珍贵的三场胜利，都是自己的大徒弟傅卫国获得的。当时陈老总还很高兴，还鼓励大家十年之后赶超日本，如今十年过去了，新的比赛马上就要开打，可是这十年，棋手们经历了各种折腾，这棋艺恐怕是不进反退呀！要是战绩比十年前还差，愧对陈老总的在天之灵啊！

社长韩德昌和许国芳有同样的担忧，但大战在即，也不容二人多想，只得赶紧通知山西干校的队员们回棋社报到。

得知消息的傅卫国自是十分高兴，当天便收拾妥当，和关铁军、邱伟健、何跃利等几个棋社的队员赶回北京。人员一到棋社，冷清多时的院子一下子热闹了起来。大家一起动手，将蒙尘多时的训练室等地方来了个大扫除，一天工夫下来，院子又窗明几净，恢复了往日的模样。

忙了一整天，傅卫国回到自己的宿舍，终于可以坐下来，泡上一杯茶，盯着自己桌上的一小盆菖蒲盆栽出神。这一方小小的绿色，绿得亮眼，菖蒲叶细碎而茂密，远远看去柔软、温和、秀丽，可走近看，每一片叶都像一把小小的利剑，笔直、挺拔、俊俏。傅卫国很喜欢这个小盆栽，他要将这个小物件送给一个人，他想这个人也一定会喜欢。

想到这里，傅卫国的脸上浮现出一丝笑容：三年多前，队员们还没去山西干校前，作为燕京棋社的主力棋手，傅卫国带领队员与南京棋社打过一场交流比赛，作为十年前中日围棋赛唯一获胜的选手，傅卫国的名声早就传遍全国围棋界，交流赛上自然也受到众星捧月的优待。傅卫国认识了南京棋社的一位女棋手，叫王巧慈。二人在南京交手，当时有些轻敌的傅卫国还不小心输给王巧慈一盘棋，结果傅卫国一下子就被这位姑娘吸引住了。她秀丽的脸庞，眼神中安静带着坚定，棋局中她落子沉稳，棋法老到，棋风大气，连续战胜燕京棋社的两名棋手。傅卫国与她交谈，那姑娘言辞温婉，在围棋上见解独到，让傅卫国怦然心动。在棋社停训、山西劳动期间，傅卫国还忍不住给王巧慈写过几封信，王巧慈也会回信给他，虽然书信内容大多是探讨围棋，交流心得，但傅卫国觉得王巧慈应该明白鸿雁传书传递的肯定还有别的东西。

前一天晚上，社长韩德昌单独来找傅卫国商量，让卫国担任队长，作为棋队的主力，加之师父许国芳年纪大了，棋社的事需要傅卫国挑大梁。同时还让傅卫国挑选这次中日比赛的人选，把不在北京的人抓紧时间调回来。

傅卫国第一时间就想到了王巧慈，心里不禁有一丝窃喜，这是他和王巧慈进一步相处的绝好机会。他也想到师弟郑文龙，他知道师父希望郑文龙回来。一番纠结后，他还是向韩德昌推荐了王巧慈。韩德昌的支持让傅卫国得到了一些安慰，韩社长说这是打仗，不是相亲，能者就上。傅卫国从心底认为王巧慈的棋比师弟要好，况且郑文龙在内蒙古三年，棋都荒了。想到这里，他那颗原本有些忐忑的心安定了下来。

可南京棋社的调令刚刚发走，郑文龙就欢天喜地地回来了。三年未见，大家自然是十分高兴，郑文龙找韩德昌报到，询问中日之战对战名单是否确定，有主动请战的意思。韩德昌看到眼前的郑文龙并没有因为三年的兵团生活而荒废了围棋，决定等南京棋社的王巧慈到北京之后，二人对战一场，由胜出的一方代表棋社出战。

郑文龙很高兴，觉得韩社长的做法很公平。此刻他的心里，已经被即将开始的幸福的围棋生活填满。

5

南京，金陵棋社。

作为六朝古都的南京，还留存着千年沉淀下来的文化气息，由于地处江南，城市中多了一些温婉秀丽的气质。这里的人性格中多有包容、内敛、低调的特点，使得城市的徽派建筑有了鲜明的南京特色，用"青砖小瓦马头墙，回廊挂落花格窗"来描绘南京的特色，再合适不过。金陵棋社就设在一个古香古色的三进院落中，青砖铺就的地面，白色的墙面，屋顶是青色的瓦片，整个院落简洁而素雅，倒是雕花的格子窗，给这份淡雅增添了几分精致的情趣。

金陵棋社棋手不多，这个不大不小的院子显得特别清净。社长曹金豹正在办公室听着收音机里的新闻，门口一个秀丽的身影轻轻敲了敲门，"曹社长，您找我？"

曹金豹抬起头来，见来人正是王巧慈，道："巧慈啊，我找你。你听，日本人要来中国了，这次还是组团来的。"

"早晨我也听广播里播了。"王巧慈回答道。

"你是我们棋社水平最高的棋手,所以我也希望你能为这次中日之战出一份力。"曹金豹微笑着扶了扶眼镜,"上午燕京棋社那边老韩给我来电话了,说是要向我们棋社借一名棋手。指名要你去,我也想听听你的意见。"

"我没什么意见,"王巧慈微微笑了笑,前几天傅卫国来信提到要推荐她去燕京棋社的事,没想到这么快,"我听您安排。"

"那就这么决定了,北京那边韩社长今天会发调令来,你也收拾一下,明天就动身。围棋队集训的时间比较紧张,这对你来说也是一次很好的锻炼机会,你可要为我们金陵棋社争光哦!"

从曹社长办公室出来,王巧慈本想回老家衢州看一下师父,但社长催促明天就动身,心中不免有些遗憾。

王巧慈从小跟着师父蔡佑民学棋,蔡佑民很早就发现了她围棋方面的天赋,因此对她的教育格外用心。王巧慈也没有辜负师父的期望,很快在国内围棋界崭露头角,展现出过人的围棋天赋,不仅在江南围棋友谊赛中代表金陵棋社获得过冠军,在与强手如林的燕京棋社的较量中,也连连获胜。蔡佑民对王巧慈的成长大感欣慰,也把自己一生对围棋的抱负寄托在自己的女弟子身上。而王巧慈对师父的培养心存感激,对这个亦师亦父的人有了内心的亲近感,在围棋上遇到什么解不开的问题,她都习惯去找师父寻求答案,有时候师父一个简单的点拨,会让她茅塞顿开。师父是个饱经风霜的棋手,一生都为围棋而活。从师父多年来的片言只语中她了解到,师父曾为了围棋吃过许多苦,但她从师父的脸上看不到沧桑。无论什么时候,师父都是那么平静、淡然,像一个隐逸的世外高人,让王巧慈心生佩服。她想,这应该就是一生与棋为友的人最后的收获。如果说围棋是一种修行,那么师父无疑是一个圆满的修行者,而自己,修行的路还很长。

在王巧慈收拾停当赶往燕京棋社的时候，傅卫国特地收拾好了宿舍等着王巧慈到来。郑文龙回家后第一件事就是带着三强去看望老师许国芳，可师母说师父住院了，二人一惊，连忙赶往医院。

许国芳看到郑文龙回来，自然是十分高兴。郑文龙担心师父的身体，连问师父怎么不小心，上了年纪也不注意身体。许国芳说不碍事，是韩德昌、傅卫国安排的，说是大敌当前疗养一下身体，听罢师父的回答郑文龙才放下心来。

许国芳还以为是韩德昌把郑文龙调回来的，和郑文龙交谈后才知道郑文龙是自己跑回来的，而且这次中日交手排兵布阵并没有直接安排郑文龙上场。老头很生气，怪韩社长没安排好，也怪自己的大徒弟傅卫国胳膊肘往外拐，当即就要去找韩社长理论，郑文龙赶紧拦住师父，说韩社长给了一个公平竞争的机会，自己和金陵棋社的选手对战一场，由胜方出战。许国芳听罢便不再言语，高兴起来，拉着郑文龙二人出医院直奔烤鸭店而去。

陪师父吃完饭，郑文龙才回到自己家。郑母见了儿子本是十分高兴，可一想到下午的事情就气不打一处来。下午贺梅的妈妈到家里来，一进门就是一顿数落，非要让郑文龙把她女儿交出来，说什么她儿子把她女儿拐走了，让她好好管教一下自己的儿子。郑母听得一头雾水，自己儿子还没见着，就有人上门来寻人，还不问青红皂白一顿数落。听完郑母的话郑文龙赶紧安慰她，好听的话对母亲说了一箩筐，郑母才恢复了高兴的神色。

郑文龙对贺梅父母反对他俩的事很头疼，可这事儿也不是一天两天就能解决的，郑文龙觉得只要两人真心相爱，总有一天贺梅的父母会接受他的。而眼下他的注意力也不在这里，他心中装着即将到来的中日之战，至于自己能不能上场，倒不是那么重要，只要能在棋社待着，在棋盘旁边坐着，他就满足了。

第二天吃过中饭，郑文龙就往棋社赶，到了宿舍他找出一大摞旧棋谱，径直往训练室而去。训练室里人不多，除了山西干校回来的，还有新调来的几人。室外阳光正毒，树上的蝉鸣一声接着一声催人欲睡，屋角一架老式电风扇无力地摇着头，还伴着吱吱呀呀的声音。几个男队员有的敞开白衬衫，有的只穿背心露着脖子，都在暑气浸染的房间内没精打采。

"哎，我说，好久没有玩扑克了，晚上哥儿几个玩几盘如何？"老队员邱伟健打完手中的棋谱，伸了个懒腰说。

"嘘——"何跃利赶紧制止了他，"别让老韩听见了，不然得扒了你的皮，得说暗语。"

邱伟健吐了一下舌头，旁边的新队员关铁军听了好奇，问："什么暗语？"

邱伟健一听来劲了："来来来，跃利，给新来的几个介绍介绍。"

"暗语就是，打扑克，要说睡觉，这扑克牌，要说枕头。"

几个新队员都乐得哈哈笑起来，郑文龙这时走进训练室，刚好听到了他们的谈话，"我说你们几个，别身在福中不知福。"

"文龙，你别一本正经，到时候玩起来你可不比谁瘾小。"何跃利笑着回怼，众人笑作一团。

眼看下班时间到了，众人在院里目送社长韩德昌骑着自行车远去，大家开始准备玩牌。何跃利看见传达室的马大姐正在收拾东西准备下班，连忙走了过去。

"马大姐，这么着急回家干什么？"

"不回家，逗你玩吗？"

"您爱人不是修坦赞铁路去了吗，还不如晚上我们一起'睡觉'！"

就在这时，王巧慈风尘仆仆拎着行李到了棋社门口，刚好听到何跃利同马大姐的对话，不由得一愣。马大姐被"睡觉"吸引，并未理会王巧慈。

马大姐说："行啊，好长时间没在一起睡了，去哪屋？"

"我那屋吧，文龙不在清静。"何跃利说。刚好郑文龙正要出门，听到何跃利的话，说道："在我那屋睡，枕头够不够呀？"

何跃利说："枕头倒是够，就是人不齐，文龙，别走，一起睡。"

马大姐说："那我跟文龙一头，以前就是跟他睡一头的。"

何跃利笑道："你怎么还喜欢吃嫩草呀？"

马大姐白了何跃利一眼："什么吃嫩草，我就喜欢跟文龙睡一头，文龙从来不骂人，不像你们，拿错了枕头，就责怪人，说话忒难听。"

大家你一言我一语聊得正欢，门口的王巧慈听得完全傻掉，王巧慈听着这些正大光明聊睡觉的话题，怀疑自己走错了地方，不由得退出去，又看了一遍门口的牌匾，分明写着"燕京棋社"四个大字，才又走了进来。

"同志，我找韩德昌韩社长。"

郑文龙见王巧慈还拿着行李，感到奇怪，答道："韩社长已经下班了，你找他干什么？"

王巧慈说："我是金陵棋社的，请问傅卫国在吗？找他也行，是他推荐我来的。"

郑文龙一呆，这就是韩社长说的那个要和自己来一场比赛的棋手，竟然是个女的，而且还是师兄傅卫国推荐来的。

马大姐朝里面大喊了一声"傅卫国有人找"，傅卫国应声而至，仿佛随时都准备着迎接王巧慈的到来。

王巧慈侧身从郑文龙和何跃利中间挤了过去，将一个秀丽的背影留给了门口的三人，剩下郑文龙盯着满脸笑容的傅卫国和王巧慈离去，嘴巴惊成 O 型，久久没有闭上。

6

走到家门口，郑文龙远远看到一个身影，是贺梅。贺梅也看见了郑文龙，开心地迎了上来。

"你可以啊，一回来只顾往棋社里钻，都不理我了！"贺梅娇嗔地拉起郑文龙的手。

看见贺梅郑文龙心情大好，笑着道："我这人你还不知道，我就这点爱好，再说都三年没来棋社了，你就担待一下嘛。"

"好好好，看在你很久没去棋社的份儿上，我就不计较了！"

"你真好，太理解我了！"郑文龙一半玩笑一半认真地说，"为了表达感激之情，我请你吃冰淇淋吧！"

不远处的冷饮摊，二人走上前去，郑文龙要了一份冰淇淋，一瓶汽水。

"啵"的一声，汽水送到郑文龙手上，他又转身将一大份冰淇淋递给贺梅。

"你不是最喜欢吃冰淇淋吗，怎么不吃啦？"贺梅问。

"那次吃伤啦，一口气吃了十多个，舌头都直了，我喝汽水就好。"郑文龙说道，旁边的冷饮摊师傅听了也是呵呵一笑。他可是亲眼见证了郑文龙一口气吃下十五个冰淇淋的壮举。

"傻瓜！"贺梅看着郑文龙说道。

郑文龙做了一个鬼脸，仰脖子咕咕喝了两口汽水，一股透心凉浇了下去，白天积攒的暑气完全消了。

两人一起慢慢地走着，贺梅半依偎着郑文龙，夕阳西下，二人的影子被拉得长长的。两人来到玉带桥边，贺梅斜靠在桥栏上，郑文龙扶着栏杆，看着北海的粼粼碎波，在夕阳下闪烁着五彩的光芒，湖边的垂柳温柔地低垂着，像少女的发梢轻抚着情人的脸颊。一时间，郑文龙陶醉了，心里被浓浓的爱意填满。

"文龙，我爸妈同意我去当文艺兵了。"贺梅回过头，轻轻地说道，眼里闪烁着湖面的光。

"是吗？那太好了！你终于可以去了，你怎么不早说呀？祝贺你啊，这样你就可以实现自己的理想了。"郑文龙发自内心地高兴。

"可是，这样我就看不见你了。"贺梅低下头，幽幽地说。

郑文龙心头一沉："怎么，不在北京吗？"

"不在北京，是福州军区文工团。"贺梅依旧低着头答道。

郑文龙沉默了几秒钟，强笑着说："这不挺好吗？你大哥在那边，小时候你也在那儿生活过。"

贺梅抬起头来，眼里闪烁着泪花："可是我舍不得你。"

郑文龙心中何尝不是同样的感受，但还是安慰贺梅："福州是远了点，你不会不回来了吧？"

贺梅没有回答，突然拉起郑文龙的手，说道："要不我去求我爸，让你和我一起去福州。"

"太难了。"郑文龙紧紧握着贺梅的手，摇了摇头，叹气道。

两人陷入了沉默，一起看着远处的夕阳慢慢沉下去，夺目的金黄一点点收敛，变成一团可以直视的深红。

"梅梅，你知道我什么时候喜欢上你的吗？"郑文龙突然开口说道。

贺梅望着他的眼睛，郑文龙也深情地看着贺梅。"听这首歌，"旁边的广播里飘出《让我们荡起双桨》的歌声，"还记得你在少年宫的舞台上独唱这首歌吗？你穿着白色的连衣裙，歌声真好听。"郑文龙一下子陷入回忆中。

"你从小就能歌善舞，一个人一辈子能做自己喜欢的事情多不容易啊，为什么不呢？"郑文龙真诚地说。

"我是喜欢唱歌跳舞，也一直在盼着这一天，可是一想到要离开你，我就特别难过，这样的选择对我太难了。"

郑文龙心里也特别难过，但他还是安慰贺梅："你应该去，不能实现自己的梦想，你留在我身边也会后悔的。"

"文龙！"贺梅什么话也说不出来，扑到郑文龙怀里抽泣起来，"如果你不想让我去，我一定会放弃的。"

一辆汽车从桥上驶过，尖厉的喇叭声淹没了贺梅的声音，郑文龙紧紧抱着贺梅。此时此刻，他一分钟也不希望与贺梅分开。

王巧慈由傅卫国领着到了宿舍，推门进去，看得出宿舍都经过了精心打扫和布置。

"谢谢您了，傅老师，费心了。"王巧慈放下行李对傅卫国说道。

"不客气，都是遵照韩社长的意思为你准备的，你看看还有什么需要添置的，回头我去买。"傅卫国满心欢喜地说。

"已经很好了，不用了。"王巧慈表示了感谢，傅卫国一番嘱咐之后，转身离开。

王巧慈看着傅卫国转身离去的背影，回头环顾宿舍，看见窗台上有一盆小巧的菖蒲，绿油油地发亮。王巧慈怔怔地看着菖蒲，似乎在思考什么。

第二天一早，王巧慈吃过早餐，傅卫国过来敲门，带着王巧慈去训练室，初来乍到，给大家做个介绍。

棋手们一一与王巧慈打过招呼，算是认识了。傅卫国带着王巧慈到郑文龙的棋盘边上时，郑文龙面对眼前这位长相清秀的女孩还有点不好意思，他无论如何也没有想到韩社长安排同自己比赛的选手是个年轻女孩。犹豫之间倒是王巧慈大方地伸出手来："你好，郑文龙，我是王巧慈，以后请多关照。"

"有我师兄在，你会得到很好关照的。"郑文龙笑着说，旁边的傅卫国微笑不语。王巧慈听了心里有点别扭，看了一眼郑文龙，算是回应他这句话，回应得很无趣，可郑文龙眼睛看着傅卫国，并未看到王巧慈的反应。

一个上午郑文龙都在琢磨，王巧慈的棋艺真的很厉害吗？她还能赢过傅卫国？

下午，首都机场。落日余晖中，由东京飞来的飞机已经落地，日本围棋代表团正依次走下扶梯。走在最前方的是一位老者，头发已经花白，但精神矍铄，目光如炬。他就是本次中日对抗赛的组织者荒村秀雄，早年夺得日本棋圣称号的东京棋社社长。十年前荒村带着一干棋手来到中国进行围棋交流，得到中国政府的热烈欢迎，那一次日本棋手大获全胜，但中国的领导人陈老总还是很高兴，与日本代表团定下了十年之约。

如今十年过去了，荒村再次站到这片土地上，不由心生感慨。看着天空中被落日染红的晚霞，他深深吸了一口气："十年了，又来到了这片土地，恍如隔世啊！"在他的身后，站着藤原、崛内等一帮年轻的弟子：藤原，是如今的新棋圣；崛内，就是十年前中日交手时的女棋手崛内富枝的儿子。

一行人坐上了去往酒店的旅行车。对于这次的中日交手，他们显然是有备而来，充满信心。

而燕京棋社方面，社长韩德昌与傅卫国也正在商量这场交手的对阵安排。韩德昌接到了荒村的一项请求，他们的棋手崛内雅三希望能与许国芳老师对阵，原因是十年前崛内的母亲与许老师交过手，如今他的母亲已经去世，所以这算是了结母亲的一个心愿。面对荒村的请求，韩德昌与傅卫国商量，觉得许国芳年纪大了，身体状况也不是很好，如果对阵日本老棋圣荒村，定然胜算极小，对崛内可能还有点机会。二人也真心希望许老在退休前能从日本人手中取得一场胜利，所以也就同意了荒村的请求。

而对另一个对阵的棋手的安排，傅卫国对王巧慈的出场充满信心，大家都在静候郑文龙和王巧慈之间的选拔赛的到来。

7

早晨，郑文龙敲开了傅卫国的门。

傅卫国一看是郑文龙，热情地将他迎进了屋。"文龙快进来，你都回来好几天了，也没和你好好聊聊。"傅卫国略带歉意地说。

"没什么的，你也很忙，不过你是不是应该去看看师父呀？"郑文龙说。

"我也想去的，可这两天事情实在太多了。前两天好容易通过关系，找来几张日本最新棋谱，你看了吗，感觉怎样？"傅卫国岔开了话题。

"看是看了，不过说实话，很多新手，我还没弄太明白。对了，对阵名单出来了吗？"郑文龙问道。

"文龙啊，看来你的棋荒废太久了。你还是把精力放在明天对王巧慈的选拔赛上，这个女孩可不简单，江南后起之秀，很厉害的……"傅卫国想多夸几句王巧慈，又觉得不妥，于是停住。

"她不会是你女朋友吧？我要是将她淘汰了，你不会怪我吧？"郑文龙笑着打趣道。

"什么女朋友，别瞎说。年初我路过南京，跟她下过两盘，第一盘我大意了，结果输给了她。"傅卫国赶紧解释道，"因为你没说要回来，我就推荐了她，也是为棋社着想嘛！"

"别这么着急解释嘛，"郑文龙继续打趣师兄，"还有，我要是赢了她，你是高兴还是失望啊？哈哈。"

二人正聊着，一位女孩推门走了进来。一边走一边说："我可以进来吗？"

郑文龙看着进来的人，咧着嘴笑着说："你这不是已经进来了吗？"

"你是傅卫国吧？我叫周佳兰，是从四川来的……"女孩走到郑文龙身边，二话没说就开始自我介绍，说话快得像吐弹珠子。

"等等，我是郑文龙，傅卫国在那儿。"郑文龙赶紧制止了她的连珠炮，指了指傅卫国。

"你怎么不早说？"

郑文龙憋不住笑了，双手一摊："我有时间说吗？"

周佳兰白了郑文龙一眼，又转向傅卫国说道："不好意思，我爸想请你测测我的棋力，刚才已经跟韩社长说了，他同意让我来找你，不知道你现在有没有时间？"

傅卫国好像没听到，对着郑文龙说道："你说这个老韩。都什么时候了，还在临阵磨刀。"

周佳兰有点尴尬，郑文龙接过话："为人才多磨刀，也是应该的嘛。"

傅卫国说道："既然这样，文龙，你帮我顶一下，先找个女棋手练一盘，熟悉熟悉，有好处的。"

周佳兰一听生气了："你不愿意同我下，那我也不愿意同他下。"

傅卫国笑着摇了摇头，郑文龙见状起身告辞，边走边对周佳兰竖起大拇指："半边天，有个性！周佳兰同志，抓住机会啊！"郑文龙呵呵笑着，到了门口，又回头看了一眼师兄，"记得回头去看看师父！"

周佳兰碰了一鼻子灰，带着一肚子气离开了傅卫国的房间。

韩德昌办公室里，周佳兰的父亲周书记正在和韩社长叙旧，一见女儿气冲冲地走进来，笑呵呵地问："怎么了这是，输棋啦？"

"他们瞧不起人，可我还偏要让他们认可！"周佳兰生气地说，"爸，我决定不走了，留在这儿下棋。"

周书记和韩德昌两人面面相觑，接着哈哈大笑起来。

　　韩德昌领着周佳兰到了王巧慈宿舍，王巧慈站起来迎接，看到韩社长身后的周佳兰。"巧慈，这是你的新舍友。"韩德昌说。

　　不等韩世昌介绍，周佳兰抢先一步握住王巧慈的手："巧慈姐好，我叫周佳兰，四川人，很高兴认识你！"果然是四川辣妹子，说话快得像吐珠子。

　　等韩德昌离开后，周佳兰热情地同王巧慈聊天，一边新奇地东看西瞧，很快就被窗台上的菖蒲吸引了。"巧慈姐，这菖蒲很漂亮，一定养了好多年了吧？"

　　"你要喜欢，就送给你好啦！"王巧慈说。

　　"这怎么可以，第一次见面我怎么能夺人所爱。北方干燥，菖蒲不好养，能养到这种品相，一定花了不少精力。不对啊，巧慈姐，你好像好几天没浇水了吧？"周佳兰一边说，一边出门打水。

　　傅卫国听到王巧慈宿舍里吵吵嚷嚷，就走过来看个究竟，刚好听到王巧慈要将菖蒲送给周佳兰，心里很不是滋味。正在走神，周佳兰急火火地出门，一下子和傅卫国撞了个满怀。

　　"哎呀，傅老师，不好意思撞到你了！"周佳兰连忙道歉。

　　"这毛毛躁躁的，干什么呢？"傅卫国的脚被周佳兰踩了一下，疼得直皱眉。

　　王巧慈听到声音，看到傅卫国，忙问："卫国，不要紧吧？"

　　傅卫国并无大碍，问周佳兰为什么会在她的宿舍。王巧慈告诉他周佳兰是新住进来的室友，傅卫国听了心中顿时怅然若失，半天没回过神来。

　　周佳兰的到来完全打乱了傅卫国的思路，原本可以制造出许多与王巧慈单独相处的机会，傅卫国希望通过长期的相处深化与王巧慈的感情，可来了个周佳兰，王巧慈仿佛有意躲着自己一样，与傅卫国单独接触的事儿都差周佳兰来办，这让傅卫国既窝火又无奈。反而是周佳兰，对不苟言笑的傅卫国逐渐有了好感，这位心直口快的姑娘早就把当初见面时的不快忘到九霄云外去了。

郑文龙和王巧慈对战的日子越来越近，训练的时候王巧慈也会暗暗地关注这个对手，不知道为什么，王巧慈越来越觉得这个对手有些特别，他远不像表面那样吊儿郎当。如果说傅卫国是棋社最优秀的棋手，那这种优秀是每个人都看得见的。但郑文龙与傅卫国却恰恰相反，他有时浅薄得让人不屑，有时候又深沉得让人害怕，让人捉摸不透。周佳兰总是对郑文龙不屑一顾，认为他的棋艺和人品一样差，王巧慈却不这样认为，郑文龙虽然嘴上不留情，但看得出他人缘很好，有他在的地方，气氛非常融洽；虽然郑文龙没有整天端坐着打棋谱，但他认起真来的样子，就算身后打雷，他也是一动不动。这样的对手，王巧慈充满了好奇，甚至在心底对交手还有一丝小小的期待。

郑文龙最近一直为贺梅的事困扰。好不容易回到了北京，可贺梅却要去福建，贺梅虽然和自己一样舍不得离开，可他又不忍心阻止贺梅做她喜欢的事。这事就这样拧巴着，一天也不让他顺畅。要是贺梅的父母不反对两人在一起该多好啊！想到这里，郑文龙不由得叹了一口气。

几天下来，郑文龙脸上的笑容也少了许多，上午在训练室贺梅打来电话，告诉郑文龙父亲要约他去家里谈一谈，郑文龙也觉得应该找机会和贺司令谈谈，像个男人一样面对这个同样爱着贺梅的男人。他告诉贺梅，等比赛一结束就过去。

郑文龙知道日本人已经来了，在他心里，和日本人的这场较量和与贺梅父亲谈话这两件事同样重要。但只有打完这一仗，他才能用全部精力面对他和贺梅共同的未来，争取属于自己的幸福。至于同王巧慈的对战，他没想过自己会输。

郑文龙和王巧慈的比赛吸引了大家的注意力，这也是棋队恢复训练后的第一场正式比赛。一边是老国手许国芳的得意门生，一边是傅卫国力荐的实力女棋手，大家都想看看到底谁的实力更胜一筹，因此比赛这天一大早，棋社的所有队员都早早地围到两人的棋盘边上。

比赛开始，王巧慈执黑棋先下，落子沉稳，步步为营，郑文龙志在必得，棋下得迅疾，一番较量下来，郑文龙心中暗暗吃惊，想不到眼前这位秀气的女孩棋力这么稳健，果然是师兄看好的人。而王巧慈却心无旁骛，每一步棋都深思熟虑，让旁边观战的傅卫国看得不住点头。一个上午的厮杀，棋面上双方势均力敌，可傅卫国看得出，王巧慈已经隐隐控制了局面。郑文龙也看出了自己的劣势。他有点懊悔自己的轻敌和草率，同时也很佩服对手能把棋下得风雨不透。郑文龙试图挽回颓势，王巧慈仿佛知道他心里的想法一样，将他的杀招一一化解于无形，下午开战没多久，郑文龙眼看回天无力，弃子认输。

郑文龙有点不好意思地挠了挠头，向王巧慈尴尬地一笑，也顾不得大家的窃窃私语，转身离去。倒是王巧慈微微一愣，没反应过来。

郑文龙走得匆忙，剩下傅卫国和王巧慈在认真复盘。这时，许国芳拄着拐杖走了进来，傅卫国连忙站起来迎接。许国芳并未理会其他人，径直走到王巧慈面前，问道："小姑娘，棋这么厉害，跟谁学的？"

王巧慈坐着未动，但很礼貌地回答道："我师父名不见经传，一介草根而已。"

许国芳显然对这个回答不满意，继续追问道："江南藏龙卧虎，你告诉我，他叫什么名字？"

王巧慈答道："蔡佑民，您可能没听过的。"

许国芳失望地摇了摇头，转身欲走，王巧慈又补充了一句："他还有个名字，叫'段子'。"

许国芳身躯一震，脸色大变。

8

傅卫国同韩德昌扶着许国芳回到办公室，见许老脸色不好，忙给他倒了一杯水。

许国芳口中喃喃自语，韩德昌听到他一直在念着"段子"两个字。

韩德昌轻轻问道："莫非许老同这个'段子'相识？"

许国芳怔怔半天，叹了一口气，眼前出现了多年前的画面：

> 天津法租界，段祺瑞的府邸戒备森严。
>
> 段府的棋手许国芳正在接受一位浙江棋手的踢馆。
>
> "你要是输了就卷铺盖走人，永远别在天津混！"
>
> "要是你输了呢？"
>
> "我要是输了，就当场把右手食指剁掉。"
>
> "你要是输了，你也不用剁掉手指，你就改名叫'段子'吧！"
>
> ……
>
> 寒光一闪，手起刀落，踢馆的人食指断到一边。人群中一阵惊呼。
>
> "愿赌服输。"来人包起断指平静地离开。

几十年过去了，如今想来，许国芳心情还是久久不能平静。

"我欠的债，今天让文龙给还了。"许国芳喃喃自语。看得韩德昌一脸疑惑,转头看着傅卫国。傅卫国也非常惊讶,这段往事他曾听师父讲过,但他没想到王巧慈就是"段子"的徒弟。

傅卫国拿出中日对战的名单,许国芳看了看对阵情况后,问韩德昌:"这位崛内雅三是谁?没听说过。"

"这是他主动提出要与您对局的,他的母亲是崛内富枝,七年前在北京同您对过局。只是,如今已经不在世了。"

许国芳恍然明白,一下子百感交集,突然又豪情满怀:"好,好,那就让她的儿子来还债吧!本来我想把上场的机会让给文龙的,现在看来,想让也让不了。"

郑文龙输了棋,心里说不出的滋味。他倒没觉得自己失去这次与日本人较量的机会很可惜,反觉得让技高一筹的王巧慈出战更有胜算。对于这次与王巧慈交手的落败,他输得心服口服,他甚至在心里为王巧慈的沉稳老练叫好,同时也并未为这次失利而灰心。他身上永远都有一股不服输的劲头,心想如果重来一局,自己有信心将王巧慈打败,至少可以和她酣畅淋漓地大战一场,而不像现在这样草草落败。当然,比赛就是比赛,永远没有机会重来,人只能将眼前的脚步往前迈,而无法回头把前面走过的路重走一遍。

郑文龙一边走一边胡乱地想着,不知不觉来到了贺梅家的楼下。

他并未像往常那样吹响口哨唤贺梅,而是轻轻地敲开了贺梅家的门,才发现贺梅的爸爸并不在家。郑文龙告诉贺梅自己输了棋,可能很快就会回内蒙古,贺梅一边安慰他别想太多,一边抱怨郑文龙一回北京眼里就只有围棋。二人交谈间贺母下班回来,见到郑文龙后就一直不冷不热,郑文龙见贺司令一直没回来,自己待着自讨没趣,也就向贺母告辞,回家去了。

三强比郑文龙早一会儿到郑文龙家,郑文龙的妹妹郑文慧以为哥哥回来,开门后看见是三强,很是高兴。几年不见,三强发现郑文慧已经出落成亭亭玉立的大姑娘了。一会儿工夫，郑文龙推门而入，一见哥哥回来，郑文慧像只小鸟一样飞到哥哥的身边，叽叽喳喳地说个不停。郑文龙之前沉闷的心情一下子开朗了起来，拉着妹妹左看右看，连连感叹女大十八变，小丫头变凤凰了。三强笑着看着兄妹俩说笑，转头钻进厨房，帮着郑母张罗晚饭去了。

华灯初上，饭菜上桌，郑母打开一瓶好酒，小妹给三人各倒上一杯酒。郑母对大家说："今天算是团圆了，三强，你和文龙从小一起长大，一起插队，一起回来，我一直把你当儿子，别把自己当外人，来，为了这顿团圆饭，一起干杯！"

三强眼圈红了，他站起来，用颤抖的手端起酒杯，一饮而尽。然后一言不发，埋下头继续吃饭。

"三强，你现在一个人不容易，但是日子再艰难，还得过下去，活着比什么都强。下午我碰到你师母，你师父不让你继续下棋，他们不是嫌弃你，也没有把你当外人。他们和我的想法一样，希望你能安排好自己，养活自己。"郑母接着说。郑文慧偷偷看了一眼三强，一边往三强碗里夹菜。

三强的心头百感交集。他的头埋得更低，拼命忍着不让自己哭出来。

"以后把这里当作自己的家，饭菜管够。"郑母慈爱地说。

郑文龙拿起酒瓶，往三强的酒杯里斟满酒，然后拍着三强的肩膀说道："三强还是人缘好啊，处处受欢迎！来，再满上！"

三强霍地站了起来，端起酒杯一饮而尽，扑通跪在郑母面前，号啕大哭。

夜色如酒，醉人的芳香飘满了小屋的每个角落。

中日对抗赛被安排在体育馆的苏式大会议室，比赛已经开始。双方九对九，共一十八人，分台对局，每张桌子一边配有一名记录员。许多老干部、工作人员聚集赛场，比赛在即，场内出奇地安静。

根据对阵安排，许国芳对崛内雅三，荒村对何跃利，傅卫国对春日英明。许老今天似乎格外重视这场比赛，他特意穿上了一件中式对襟外套，这无论在着中山装的中方棋手中，还是在着西装的日本棋手中，都是特别醒目的存在。无疑，许老国手是本场比赛的焦点。

比赛已经开始，郑文龙赶到对局大厅，对这九场对局一一查看。他来到师父许国芳的棋局前，发现师父对战的是业余棋手崛内雅三，大吃一惊，接着他看着棋盘，脸上的神色越来越严峻。

看了一阵棋后，郑文龙急匆匆赶到隔壁休息室，见到韩德昌就问："我师父怎么安排对阵业余选手了？要是这棋输了，老头子怎么过得去？"

"卫国排的这个对阵图，我看挺合理。对这个业余的，还能拼一拼，我们也想让老头子能赢一场。对了，许老的棋怎样？"

"凶多吉少，一开局他就中了崛内的一个圈套！我觉得是'妖刀'定式的新走法，许老师可能还不知道，按照老下法对付，结果掉进陷阱了。新定式，鬼子比我们清楚多了！"郑文龙神色凝重，心中对这场对阵安排很有意见。

"唉，偷鸡不成蚀把米呀！"韩德昌叹息道，"那其他的对阵呢？"

"九盘棋里，只有卫国一盘优势，还有两盘局势不明，其他都很危险。"郑文龙简单向韩社长说明对战情况，心里对师父的棋局满是担忧。

中午封盘休息。日本休息室，两位棋手正在议论许国芳对阵竹内的这盘棋。

"我认为中国棋手仿佛生活在我们的大正年代，很多新变化他们一点都不知道！"

"哈哈！崛内不愧是老手，他的'妖刀'定式，那个许国芳居然中计了！差一点就崩盘！"

"是的，许国芳正在拼命扳呢，不过我相信下午很快就可以解决战斗的！"

另一边的休息室里，中国棋手都不言不语，室内气氛沉重压抑。许国芳拄着拐杖，步履沉重地朝对战室走去，郑文龙在身后一直小心翼翼地陪着老师。

崛内雅三先到对战室，见许国芳走来，礼貌地鞠躬致意。

许国芳有些疲惫，一上午的对战，崛内雅三的新走法给了他心中巨大的震动，好在多年的对战经验让他没有自乱阵脚，冷静下来后他开始努力挽回颓势。老国手也绝不是浪得虚名，他的全力阻击也让崛内在上午解决战斗的计划落空。

在场的所有人都能看出许老的棋明显处于下风，但许老并没有放弃。坐定之后，他又开始了和崛内的周旋，反观崛内雅三，他已经胜券在握，整个人开始放松下来，打开手中的折扇，悠闲地扇着。

此时大多数的比赛都已经结束，全场只有傅卫国和王巧慈胜了对手，其余七场全部败北。

韩德昌转身离开，傅卫国跟随着离开对战室。"我实在看不下去了，毫无还手之力啊！"韩德昌说。

"没有机会了，对手确实很强啊。这个崛内虽然是业余棋圣，但是棋非常厉害，我们小看他了！"傅卫国叹气道。

"幸好王巧慈赢了，而且赢了他们的男子棋手，不然我们的脸面就没地方搁了。这个王巧慈还是争气啊！卫国，我要双倍感谢你：一是你今天的胜利；二是你推荐了一个女战士！"韩德昌用力拍了拍傅卫国的肩膀。

"可是我高兴不起来。师父输给一个业余选手，我很担心他心里这道坎过不去。我这样的安排是不是错了？"傅卫国忧心忡忡。

此时的棋桌上，许国芳终于放弃了，抓起一把棋子放到棋盘上，表示认输。崛内雅三的嘴角浮现出一丝微笑，起身向许国芳低头鞠躬。

郑文龙站在师父的身边，静静地看着这一切，脑子里一片空白。

第一场比赛结束，荒村等人带着离开对局室，众人陪着疲惫不堪的许国芳走出体育馆，郑文龙和傅卫国一同默默走在老师的身后。许国芳低头钻进车里，回头对大家说："都回去吧，不用送了。"众人都没有动，许国芳停了一下，又对郑文龙说："文龙，你陪我一起回去吧。"

郑文龙应了一声，也低头上了车。傅卫国对车里的郑文龙嘱咐道："好好照顾老师。"

可郑文龙将头扭到另一边，没有理会。

车子开动了，傅卫国目送师父离开，叹了一口气。

9

郑文龙陪着许国芳回到家。许师母看了看老头子的神情，又和郑文龙对了一下眼神，心里就明白了。

三强回北京后，平时都住在老师家。许国芳不让他继续学棋，三强虽然心中郁闷，但也知道老师是为了他好。平时三强外出，回来都比较晚，这个点三强还不在。许师母忙着下厨做菜，郑文龙也去厨房帮忙。

一会儿工夫，几个热腾腾的小菜上桌。许国芳拿出一瓶白酒，一边开酒瓶一边说："文龙，今晚陪我喝两杯。"

郑文龙连忙阻拦："老师，您还在养病，就别喝了，咱们以茶代酒行吗？"

"没有关系，我心里清楚，少喝两杯没事的。"许国芳一边说，一边拧酒瓶盖。

文龙还在犹豫，许师母使了个眼色："文龙，你们爷儿俩就喝点吧，今天你老师也累了，少喝点，有我看着呢，没事。"

文龙给老师的酒杯倒满酒，给自己也倒上。

许国芳端起酒杯，一饮而尽，眼神有些迷离："我们这辈棋手，活得很屈辱啊。我寄居在段祺瑞府上，白天陪他下棋，晚上陪他喝酒，但如果白天赢了他呢，他就发火，晚上不仅没有酒了，甚至还不给我们吃饭！所以我们就输他，最后，他执白棋还让我三子，我不敢赢他！"

郑文龙连忙陪着老师干了一杯，许国芳吃了一口菜，说起了那段往事：

> 段祺瑞府上，年轻的许国芳正在接受来自浙江的蔡佑民挑战。
>
> "你很狂啊！"许国芳看着来人道。
>
> "狂不狂棋盘上见真章。你要是输了就卷铺盖走人，永远别在天津混！"
>
> "要是你输了呢？"
>
> "我要是输了，就当场把右手食指剁掉。"
>
> ……

郑文龙听得兴起："哈，真是精彩，您怎么从没给我讲过啊？"

"这也不是什么光彩的历史，再说你当时太小，你师兄卫国知道一些。"他接着讲故事，"我就说，你要是输了，你也不用剁手指，就把名字改为‘段子’好了。”

“‘段子’，哈哈，这个名字有意思。那后来呢？”

“后来我们下了十番棋，下了一个月，我赢了，我的饭碗怎会轻易让人抢走呢？”

“那他改名叫‘段子’了吗？”

“他把自己手指剁了。”

郑文龙一声惊呼，叹了一口气：“唉，这又何必呢？那这个人现在有消息吗？”

“这个人从此销声匿迹。据说1949年后有人在浙江见过一位没有食指的棋手。”

“那这个人现在还活着吗？”

“活着，不仅活着，还找上门来了。看来欠的债，总是要还的。”

“找上门？你是说王巧慈吗？‘段子’是王巧慈的师父？”郑文龙又吃了一惊，原来这个王巧慈还真不简单。

许国芳不再回答，端起一杯酒，一仰脖子又干了。

师徒就这样聊着，许国芳今晚似乎有说不完的话，郑文龙见师父心情愉快地喝着聊着，心里也是宽慰。不一阵子，许国芳趴在桌面睡着了，也不知道是喝多了还是真的疲倦了，看着师父睡得安详，郑文龙和师母打了个招呼，就起身离开。

夜色渐浓，郑文龙走在回家的路上，昏黄的路灯把影子拉得很长。借着微醺的酒意，郑文龙反复想着“段子”的故事，脑海里浮现出王巧慈清秀的面孔，还有前几天的那次交手，自己输得糊里糊涂，甚至感觉自己未做抵抗就弃子认输了，难道真是冥冥之中的天意，王巧慈替师父了却了这个多年的心愿？

正思忖着，郑文龙看见前面的黑暗中闪出几个人影，挡住了他的去路。

“你们想干什么？”郑文龙见眼前是几个小青年，没放在心上。

"你就是郑文龙？今天教训教训你。"

"可我没得罪你们呀？"

"可是你喜欢贺梅就得罪我们了，你丫的一回来，贺梅就不跟咱们玩了！"

一边说着，旁边小青年一拳挥了过来，郑文龙一侧身，右手抓住了这人的手腕，反手一拧，这人就痛得嗷嗷叫了起来，边叫边喊着："哥儿几个，一块上啊！"

郑文龙笑着问他："你有多重？"

"啥意思？"小青年没明白过来，旁边另一人说道："他问你有几斤几两！"

郑文龙还是笑着："我在内蒙古扛粮食，一袋二百斤，不带喘的，比你小身板重吧？"

说罢，一手抓住小青年的裤带，往人群中一扔，另几个人吓得拔腿就跑。郑文龙拍拍手，并未去追，转身朝着自己家的方向走去。

回家之后，郑文龙心情有些沉重，坐在沙发上和妹妹郑文慧聊了几句，就倒下睡着了。睡到半夜，郑文龙又被自己做的梦给惊醒，一骨碌坐起来，怔怔地在黑暗中发了一阵呆。

郑文龙的梦中，老师正在被日本人追杀，倒在地上，满身是血……

这个可怕的梦折磨了郑文龙一整晚，他再也没能入睡。一大早，他胡乱扒了几口饭就往老师家赶，他担心师父出什么事情。

刚下楼，郑文龙便和骑自行车赶来的三强撞在了一起。三强一见是文龙，顾不得喘气，说道："赶紧和我去医院，师父他……"

郑文龙心头一紧："师父怎么了？"

"师父昨天晚上……被救护车拉走了！"

郑文龙一听，一跃跳上自行车后座，二人朝着医院狂奔而去。

二人满头大汗地赶到医院，看到韩德昌、傅卫国等人已经赶到了，傅卫国扶着虚弱的许师母坐在椅子上。

"师父呢？"郑文龙冲了过去，问傅卫国。

"大夫说老师是昨天夜里走的，已经六七个小时了。"傅卫国的眼眶红了，哽咽着说。

"怎么会这样？"仿佛一个晴天霹雳在郑文龙的头顶响起，他整个身子都僵直了，"昨晚师父还是好好的，我们还聊了那么多话！"

这时，医院推着许国芳的遗体从病房出来，郑文龙一下子扑倒在师父身上，毫无顾忌地大哭起来，看得韩德昌等人也直掉眼泪。在郑文龙心里，许国芳就是最亲近的人，许国芳最疼的徒弟就是他。因为自己的父亲走得早，郑文龙待老师就像父亲一样。昨天的对局失利，让郑文龙十分担忧，怕师父情绪低落而生病，可万万没想到，一夜之间师父竟离开了人世。郑文龙伤心地哭着，双手紧紧地抱着老师的遗体，久久不愿意松开。

突如其来的变故，让所有的人猝不及防，也打乱了棋社的排兵布阵。按照原计划，明天的比赛由许国芳对阵荒村，韩德昌决定让郑文龙顶替许国芳出场。

当傅卫国告诉郑文龙明天对阵的对手是荒村时，郑文龙终于按捺不住心头的无名之火。他觉得如果傅卫国不是为了投机取巧，早让师父对阵荒村，师父就算输了，也不会受到这么大的刺激而发生意外。

"对荒村，你第一场要是这么安排，师父也就不会出事。"郑文龙脱口而出。

傅卫国忍了忍，没有回答他。

"我要求对崛内，我要亲手宰了那小子，为师父报仇。"郑文龙情绪激动。

"这不可能。"傅卫国冷冷地说道。师父去世他心中既有内疚又有悲伤，可他也是一片苦心希望师父在业余选手身上赢一场。

"文龙，名单是早定下的，一动全得调，而且已经通知了日本代表团。"韩德昌在一旁给郑文龙解释道。

"为什么不能改？不就是嫌麻烦吗？"郑文龙依旧不依不饶。

"你闹够了没有？"傅卫国终于忍不住了，"你想报仇？你就一定能赢那个业余的？再搭上一个值得吗？"

郑文龙彻底被激怒，一把抓住傅卫国的衣服，说道："我早就对你的精心安排有意见，收起你那套'田忌赛马'的小儿科吧，你这个虚伪的冷血动物！"

"你不自量力，就知道逞能！"傅卫国气得满脸通红，对郑文龙也是怒目而视。

韩德昌赶紧将两人拉开，郑文龙松开了傅卫国，转身冲了出去，将房门重重地摔上，将刚好路过的王巧慈和周佳兰吓了一大跳。两人不知道里面发生了什么事情，王巧慈看着郑文龙远去的背影，眼神中充满担忧。

韩德昌夹在两人中间，横竖不是，追出门去没见到郑文龙的影子，只看到王巧慈二人惊呆的样子，也报以尴尬的一笑。然后又忙不迭回去安慰傅卫国。毕竟这个排兵布阵是韩德昌和傅卫国共同商议的，不能让傅卫国一人背锅。

毕竟傅卫国是师兄，知道郑文龙心情不好才会说出这样的气话，所以韩德昌一番安慰下来，傅卫国的气也消了一大半。

10

郑文龙负气离开棋社后，无名之火在体内窜来窜去找不到出口。他脑海里总是浮现出师父弃子认输的画面，老头子脸上满是疲惫与不甘，却又无可奈何。这可是与日本人的对决，师父多想赢得这次比赛啊，可是现实很残酷，师父却输给了一个业余的年轻选手。这无疑是给了老头子当头一瓢冷水，把他心头燃烧起来的求胜的热情和生命的火焰统统浇灭。这些都拜傅卫国所赐，为了赢得比赛而用尽心机，最后却弄巧成拙。

郑文龙越想越气，不能就这么便宜了傅卫国，一定要让他认识到自己的安排有多么荒谬。想到这儿，郑文龙转身朝棋社走去。

夜幕降临，棋社里一片宁静。傅卫国在宿舍打了一阵棋谱，站起来活动一下筋骨。屋内有些闷热，他走出去吹吹凉风。

黑暗中，一个人影坐在椅子上一动不动，把傅卫国吓了一跳，定睛一看，原来是郑文龙。

看到傅卫国，郑文龙站了起来，朝傅卫国走过来。

"你想干什么？"傅卫国防范着说。

郑文龙并未回答，上去就是一拳，打在了傅卫国的脸上。傅卫国躲闪不及，后退了几步，鼻子也被打出了鲜血。

"你这个流氓，无赖！"傅卫国气不打一处来，他没想到郑文龙还真敢对自己动手。

"骂得好，刚才这一拳是替师父打的，现在这一拳才是我的！"说完又是一拳打了过去。

傅卫国一个踉跄摔倒在地，郑文龙转身离去。

夜色浓重，小院沉默，没有人看到这一幕。

离开棋社的郑文龙，一个人走在大街上，空旷的街道上不见人影，路灯拉长了他的身影。刚刚揍了傅卫国一顿，可自己并未觉得解气，反而有一股压抑的忧伤在心头挥之不去。他就这样漫无目的地走着，不知不觉又走到了玉带桥边。晚风渐起，平静的湖面泛起阵阵涟漪，郑文龙出神地望着湖面，想起师父慈爱的声音，也想起贺梅温柔的笑脸。郑文龙轻轻地一声叹息，他为自己刚才的冲动感到一丝内疚，自己对师兄动手是不是有点过了？他其实清楚，傅卫国这样的安排也是替师父考虑的，可他郑文龙就不喜欢把心思花在这上面，输就是输，技不如人也坦坦荡荡。说来师父也是在日本人手上出事的，这笔账还是应该算到日本人头上。

明天这一战得小心应付，师父看着呢。郑文龙紧了紧拳头，转身朝家的方向走去。

第二天这场比赛是本次中日对抗赛的最后一场比赛，郑文龙站在体育馆的门口深深吸了一口气。他已经做好了准备迎接今天的对手。

走进对局室，郑文龙的心情有些激动，但很快就平静下来。他的对手荒村，已经早早来到了对局室。

郑文龙眼前出现的是一位老者，头发和胡子都花白了。他看到郑文龙走进来，起身站起来，朝着郑文龙伸出手："你就是郑文龙？我是荒村秀雄！幸会！"

郑文龙也伸出手来："荒村先生，我是郑文龙，幸会！"

"听说你是许国芳先生的弟子，太好了！十年前我在北京与许先生下过棋，十年后我还能和许先生的弟子对局，也很有意思啊！日本棋手讲的'一期一会'，就是这个意思！"荒村笑着说道。郑文龙对眼前这位和善的老人增添了几分好感。

"许老师生病，在医院里，所以今天我顶替他出场。"郑文龙说。

荒村道："我听说了。你现在是燕京棋社的专业棋手？"

"不，我现在还是内蒙古一个农场的农民。"郑文龙呵呵一笑。

荒村一听，觉得挺有趣："什么？农民？那就更有意思了！我也是农民啊，我老家是日本福冈的，是福冈的农民！"

郑文龙心里觉得这老头还真有点意思，一点倚老卖老的架子都没有，于是谦逊地说道："您早就是日本的业余棋圣了，咱们不一样！"

荒村回答道："哪里不一样了？在东京，我还种了一块地呢！"

郑文龙哈哈笑起来："哈哈，那这场比赛，也可以比作俩农民在'耕地比赛'。"

两人的交谈在愉快地进行，似乎都忘记了彼此是赛场上的对手。一番谦让和说笑之后，两人坐定，比赛正式开始。

与此同时，其他几场比赛也同时开始，上一场比赛赢了日本棋手的王巧慈，本场比赛继续出场对战，而棋社的绝对主力傅卫国，今天被安排对阵本次出战的日本棋手中实力最强的藤原。除此之外，其他六组选手悉数登场。

傅卫国为这场比赛做了充分的准备，作为国内棋坛名气最大且实力最强的棋手，他也被认为是最有希望从日本人手上夺分的选手而被寄予厚望。作为队长的傅卫国明白肩上的责任，棋下得稳妥周全，他事先已经做足了功课，虽然藤原是日本围棋新晋新人王，但是他毕竟不到二十岁，傲慢或许将成为他最大的敌人，而超乎年龄的老成持重恰好是傅卫国的优势。而王巧慈这边，一如既往地冷静，落子不疾不徐，旁人看不到她表情的变化，也猜不到她内心思绪的波澜起伏。

相比傅卫国和王巧慈对阵的都是年轻选手，郑文龙却是对阵本次日本代表团的领队，绝对德高望重的老棋手。荒村的棋曾经称霸日本围棋界多年，只是如今年事已高，再加上日本新人开始涌现，包括自己的弟子藤原，所以老人已不再轻易出战。只因为这次中日之战，是老人心头的一份情结，所以他才亲自披挂战袍出战。与荒村交手，郑文龙心中有自己的盘算，老人毕竟是老人，多年积攒的丰富经验既是很好的武器，也是弱点，就如师父许国芳一样，往往会出现稳重有余、变化不足的失误。如果采取新的对战思路和方式，可能会取得出其不意的效果。郑文龙知道眼前的对手是久经沙场的老手，但他对自己充满了信心，一方面是对逝去的师父的一个交代；另一方面也是对自己棋艺的自信。他就是这样一个自信的人，也是许国芳最欣赏他的地方，精湛的棋艺加上足够的自信能促生足以震慑对手的王者之气，也就是大家说的气势。

荒村刚一交手就感受到了对面这个年轻人的不寻常。这位年轻的中国农民的棋风有一种说不出的感觉，时而迅疾，时而老辣；快时落子干净利落，慢时又深思熟虑，一动不动，但无论怎样都不留下任何破绽，让荒村心头暗暗吃惊。

对战室陆续有棋手结束比赛，王巧慈似乎很轻松地战胜了日本选手，早早结束了战斗。傅卫国与藤原二人还杀得难解难分，让休息室里的韩德昌暗暗捏了一把汗。其他几组日本棋手都先后结束了比赛，大家注意的焦点都放在郑文龙和荒村的对战上。获胜的王巧慈对这场比赛也充满了兴趣。她看到眼前的郑文龙似乎完全换了一个人，这张棱角分明的脸比任何时候都平静，两道浓眉微微锁住，传递着思考的信息，一双眼睛紧紧盯着棋盘，半天都没有眨一下，端坐的身躯像一尊雕像，一动不动。不知为何，王巧慈看着眼前的郑文龙，心中荡起微微的涟漪。

这时荒村从座位上站了起来，毕恭毕敬地向郑文龙鞠了一躬，郑文龙忙不迭站起还礼。周围的人群发出一阵轻呼，还有人不顾打扰别人而鼓起掌来。荒村弃子认输，郑文龙赢了。王巧慈看在眼里，心中暗暗高兴，不由得多看了郑文龙两眼。郑文龙脸上依然和刚才一样平静，单从表情看，别人可能会认为荒村赢得了比赛。

荒村默默地离开了对战室，剩下郑文龙一个人还一动不动地坐着，好半天才从思绪中回过神来，在棋手和棋迷的掌声中回到了休息室。激动的韩德昌使劲拍了一下郑文龙的肩膀："好啊你小子，没想到你给我送了这么大一份礼！"

郑文龙笑了笑没有说话，这时门口又响起一片掌声。韩德昌回头一看，傅卫国在众人的簇拥下，摇着扇子走了进来，韩德昌这才注意到，傅卫国经过一番苦战，拿下了藤原。

韩德昌高兴得眉开眼笑，上前一把拉住傅卫国的手，连声称道。可是一回头，郑文龙不见了。

晚上，在酒店的餐厅，燕京棋社为日本棋手安排了告别晚宴。

傅卫国、王巧慈、周佳兰、何跃利等棋手围着韩德昌坐在一桌，唯独不见郑文龙。王巧慈也忍不住朝四周看了看，没有见到郑文龙的影子。

中国棋手和日本棋手各自坐了一桌，韩德昌率先端起酒杯，环视了两桌棋手，说道："今天大家都辛苦了！我要祝贺在座的日本棋手，在今天的比赛中以六比三获胜，显示了强大的实力。我也要祝贺燕京棋社的棋手，今天胜了三局，比第一轮更进一步！日本朋友都听说了，中国的围棋活动已经停止七年了，没有任何比赛，棋手本来就少，还散落到了各地。这次比赛，把大家又一次凝聚到了棋盘上，只要我们每次比赛都能进步一点，我相信用不了多久，我们就能追赶上日本高手，进行真正的对抗！来，大家干杯！"

众人一致举起了酒杯。

韩德昌发言完毕，又邀请日本代表团团长荒村讲话。荒村站了起来，举着酒杯，先鞠一躬，说道："我是败军之将，今天输棋，实在罪过！"荒村输棋并没有影响他的心情，他的脸上挂着微笑，"十年前我们来北京、上海比赛，我与许国芳先生、陈若愚先生对局，记忆犹新，一生难忘。这次我有两个惊人的发现，一是郑文龙，不像职业棋手，倒像个黑道高手，他用俩农民'耕地比赛'来比喻这场棋局，我是非常认可的。这位'内蒙古农民'怎么赢的'福冈农民'，现在我还蒙在鼓里！二是王巧慈女士，更加厉害，竟然战胜了两名男棋手，也拿了两分！所以我并不认为中方输了，输家应该是我们日本队！晚上回去，我要狠狠处罚藤原君、春日君，其他棋手可以丢分，但是他们不能！我还要狠狠自罚，自罚烈酒三杯！"

荒村的言辞恳切，充满了对中方棋手的褒奖。藤原站了起来，当众说道："我现在就自罚！"说罢连干了两杯白酒。

有人鼓起掌来，荒村看了一眼藤原，继续说道："我听说，下次比赛可能在日本举行，希望我们能在日本相聚，一起比赛，一起喝酒！另外，我提议，为许国芳先生早一天康复！干杯！"

韩德昌等人突然伤感起来，默默地干掉了这一杯。

随后晚宴进入自由时间，在座的棋手开始各自吃菜或者寻找敬酒的对手，场面开始变得热闹起来。王巧慈和周佳兰坐在桌上，都默默地吃着菜。这时邻桌的藤原走过来，来到傅卫国身边。

"傅卫国君，我敬你一杯！"荒村似乎喝多了几杯，脸变得通红。

旁边的荒村见了，呵呵笑着说："傅卫国君，藤原君的酒量可了不得，足有九段水平！你的酒量有几段？你可要小心！"

藤原的神情有些嚣张，语气中充满了挑衅："不是九段，是十段，你敢和我喝吗？"

傅卫国平静地坐着，并没有说话。

"今天你战胜了我，赢得很漂亮！但喝酒你是喝不过我的。"藤原继续不依不饶。

傅卫国还是坐着没动。

"不会喝酒的人不配做棋手，你脸上的伤不会是因为酒喝多了摔的吧？哈哈哈……"

"藤原君，你喝多了！"荒村原本想活跃一下气氛，但见藤原说话越来越失礼，赶紧打断他。

"我没喝多，我还留着肚子回去接着喝呢！"藤原说道。

傅卫国站了起来，倒上了满满三杯白酒，藤原见状，也给自己倒上了一杯。

"你先放下，这第一杯和你没有关系。"傅卫国一饮而尽。在座的只有韩德昌明白，傅卫国这杯酒是敬许国芳的，一时间眼眶也湿润了。

傅卫国端起第二杯酒，说道："这第二杯酒，也和你没有关系，这一杯我敬荒村先生和日本代表团。"说罢，又一饮而尽，惊得在场的人都张大了嘴巴。

"第三杯，我跟你喝。"傅卫国端起第三杯酒，和藤原的酒杯碰了一下，他用眼睛的余光扫了一眼旁边的王巧慈。此刻他希望王巧慈的目光是停留在自己身上的，可王巧慈依旧平静地吃着菜，对桌上发生的事情充耳不闻。傅卫国心里有些失望，他一仰脖子，把第三杯酒干了，王巧慈旁边的周佳兰惊得差点掉了下巴。

藤原的嚣张气焰明显被这三大杯白酒浇灭了，此刻也只好硬着头皮干掉这一大杯烈酒，酒一下肚就忍受不住要呕吐，踉踉跄跄碰得杯盘狼藉。荒村见状，连忙让其他棋手连拉带拽将藤原带回酒店。

11

郑文龙故意在比赛结束后溜掉。这场胜利让他放下了心中的一块石头。他想喘口气，逃到僻静的地方一个人静静地休息一下。

天色渐渐暗了下来，郑文龙不知不觉又来到师父家门口。师父家的院子和往常一样安静，郑文龙轻轻地走了进去，院子里夜色迷蒙，只有那棵高大的柿子树在黑暗中静静伫立。郑文龙走到了柿子树边，耳边似乎响起师父的话：

"臭小子，快下来，这么细的树枝怎么经得起你这小猴精折腾。"

郑文龙从树上下来，低头准备接受师父的处罚，没想到师父却跟他说："去，把柿子放到厨房米缸里。"

"师父，你怎么不揍他？那一次我上树，下来就被你痛打一顿，你偏心！"三强看了，心里有些不平。

"你上去的时候，柿子才这么大。你糟蹋东西，该打！"师父狡黠地笑着，对三强说。

……

黑暗中郑文龙眼眶又一次湿润了。他扶着这棵柿子树，默默地跪了下去。

宁静的夜，没有月光，只有漫天星斗。郑文龙知道师父一定在看着他，也知道今天他赢了荒村，他仿佛看到了师父笑容满面的脸。

第二天，参加完师父的追悼会，郑文龙在贺梅的陪同下去找贺司令。他知道，迟早都要面对，索性早点解决问题。

到了家，贺梅知道父亲就在楼上客厅，端着架子等着郑文龙。她的心里也十分忐忑，她不知道父亲要和郑文龙谈什么。

勤务兵小张领着郑文龙走上楼去，留下贺梅和母亲在楼下。贺母见贺梅心神不宁的样子，说："你就在这里吧，他们聊什么话你都可以听到。"

楼上的郑文龙似乎很拘束，但也很有礼貌地回答着贺司令的问题。贺梅听着两人闲聊了老半天，开始紧张的气氛仿佛慢慢缓和下来。

见贺司令渐渐把话题拉到自己身上：

"贺梅去福建当兵，你有没有拉她的后腿？"

"没有，只要贺梅喜欢的事情我是不会反对的。"

"这一走两人天各一方，很可能意味你们就此分手，你想过吗？"

"想过。"

"那你还愿意她走？"

"只要是她乐意的事情，我不会表现出我不愿意。"

楼下的贺梅听到这里，心里泛起一丝酸楚。

"有一个办法能让你们不分手，想听吗？"贺梅似乎都能看到郑文龙脸上疑惑的表情。

"我也送你去当兵，你帮我做工作，叫贺梅进部队医院，就在北京，你们俩都在我的地盘上，怎么样？"

良久的沉默后，郑文龙的声音："谢谢您，贺叔叔。"

"那么，你同意了？"

"我不明白，贺叔叔，您干吗非得让我和贺梅都放弃自己喜欢的事情呢？"

"自己喜欢的事情？你们懂什么，围棋、唱歌、跳舞，还有什么琴棋书画，作为业余爱好，我是不反对的，可是把它当作终身职业，我坚决反对。"

"难道您也认为这些都是'四旧''封资修'？"郑文龙提高了嗓门。

"这和'四旧''封资修'没关系。但选了它，就一辈子远离了正常的生活，明白吗？"贺司令停了一下，继续说，"这些只是生活的调味品，比方说，吃面条得放盐放酱油，这都是些很有味道的东西，可是你能只要盐、酱油，而放弃面条吗？"

"贺叔叔，我觉得您说得不太合理，吃面搁酱油天经地义，为什么只能选一样呢？"

这些轮到贺司令沉默了，他似乎对郑文龙的回答很不满意，过了一阵子才说道："你没听过'一手不能搏二兔'的故事吗？人生往往是非此即彼的选择，此事古难全哪！你贺叔叔，尽管身居高位，也摆脱不了这个简单法则，要么站在毛主席革命路线一边，要么就滑向反革命修正主义路线，成为人类所不齿的狗屎，两样都要，能放一块儿吗？"

郑文龙无言以对了，又过了许久，他叹了一口气，说道："贺叔叔，你能让我考虑一下吗？"

"可以，但你只有一天的时间。"

贺梅呆呆地站着，心里怅然若失。贺母停下手中的活计，带着嘲讽的语气对贺梅说："你听听，这是什么话？什么叫考虑一下？就是当面不好拒绝呗。"

贺梅的眼泪一下子涌了出来，郑文龙为什么不答应父亲呢？如果让自己为了和郑文龙在一起，放弃自己喜欢的跳舞，她想自己是会愿意的，可是郑文龙呢？他会做何选择？他会选择放弃围棋吗？

郑文龙离开后，贺梅的心里乱成一团。她希望找到郑文龙，当面问问他的想法，可老天爷似乎在捉弄人。她找遍了棋社、郑文龙的家、许师母的家，还有平常两人去过的所有地方，那个平时熟悉的身影，今天仿佛凭空消失了一般。

贺梅失望了，伤心极了，她觉得郑文龙一定在逃避，不愿意面对自己。在围棋与自己的两个选项中，郑文龙心中的砝码，滑向了他挚爱的围棋。

"他已经放弃你了，你还不明白吗？"贺梅寻找了一天，疲惫地回到家，贺司令脸色铁青地对她说，"在他的心里，你不是最重要的，他选择了围棋！"

贺梅再也忍不住了，冲进房间，扑到床上放声大哭。

与此同时，坐在阳台上沉默许久的郑文龙，也靠在母亲的怀里，痛哭失声。

夜色依旧，只是无端而起的凉风，要把人们心里的忧伤，吹到不知什么地方。

　　夏日的天气变化莫测，清晨的一场大雨淹没了郑文龙的思绪。郑文龙静静地站在阳台上，看着铺天盖地的雨帘，听着远处滚落的雷声，心里空荡荡的，急骤的雨水冲刷着街道，行色匆匆的路人，撑着伞奔跑着来来去去。

　　一辆军绿色的吉普车从雨中驶过，在郑文龙家的楼下停了下来。

　　车门推开，一个娇小的身影从车上下来，是贺梅。大雨朝着她单薄的身躯泼来，慌得旁边的勤务兵小张赶紧下车为她撑起了伞。

　　贺梅抬起了头，透过漫天的雨帘，她看到了阳台上一动不动的郑文龙。四目相接的一刹那，郑文龙读出了眼中的那份不舍，他转身冲了出去。

　　当郑文龙的身影出现在街口，贺梅也甩开了身后的雨伞，两人就这样站在雨中，然后紧紧拥抱在了一起。

　　雨依旧铺天盖地地下着，可两人却希望这雨不要停下。从前的欢笑与甜蜜，都被这无情的雨水冲走了，雨停之后的日子，不会再属于他们。

第二章

1

这两天郑文龙心情低落。三强本想让郑文龙带着他去棋社求韩德昌给兵团发调函的时候顺便把自己的名字也加上，可看到郑文龙的样子，只好自己去找韩德昌了。

三强软磨硬泡的本事还是很强的。当着韩德昌的面拿出肖团长亲自盖章的调档函，最后又搬出师父许国芳来，韩德昌终于在郑文龙的调函上加上了牛三强的名字。

三强千恩万谢地走出棋社，兴冲冲地往知青办赶。有了内蒙古那边的调档函，又有接收单位棋社的调函，只要知青办同意，他就能顺利调入棋社，光明正大地回北京了。想到这里，三强脚下的自行车蹬得飞快。

来到知青办公室门前，三强见办公室里安安静静的，就三五个人围在院里下象棋。三强不敢打扰，悄悄站在他们身后看棋。

过了好一阵子，旁边一位站着的干部发现身边多了个陌生人，问道："你是谁？"

三强赶紧回答："领导你好！你好！我来办调动的。"一边回答,一边掏出准备好的一盒烟卷,殷勤地递了上去。

领导模样的人看都没看三强递过来的烟,径直走回办公室,三强也赶紧跟了上去。

领导坐在办公桌前,佯作拿起电话:"接陕西榆林知青办。"

电话里传来嘟嘟嘟的盲线声,领导看了三强一眼,假装挂断电话,这一切,紧张的三强并未察觉。

"好,谢谢陕西的同志,我们了解了,再见!"

"牛三强,你的情况,你自己说说吧。"领导看了一眼桌上三强的档案和调档函,说道。

牛三强被领导看得心里直发毛:"我长期借调在建设兵团,因为工作突出……在贺司令的批……批示下,从知青点调到兵团……"

"啪"的一声,眼前的领导一拍桌子:"牛三强,你的情况,刚才我电话里已经全部掌握了。拉大旗作虎皮,你这样的走资派,还敢提贺司令?敢不敢给贺司令打个电话啊?"

三强一时慌了神,窘得满脸通红说不出话。领导见状,不依不饶大声斥责:"牛三强,你这种雕虫小技,我见得多了!好逸恶劳、为了逃避劳动不择手段,蓄意破坏上山下乡革命运动!小赵,跟联防队说一声,过来带人!"

几个红卫兵从屋外走进来,三强一看,大事不好,赶紧辩解道:"领导、同志,你们可以打电话去兵团,我在兵团是劳动能手!"他拿起桌上的调档函,凑到红卫兵甲的面前,"看看,这是兵团给我的调档函,白纸黑字,你们看看清楚!我现在已经是兵团战士了!我有调档函,你们凭什么不给我办?"

几名工作人员不由分说把牛三强摁住,领导站起身从三强手中取下调档函,放在手中揉成一团,扔到地上,冷笑道:"你不是有调档函吗?现在没了!"

牛三强被压住动弹不得,眼睁睁地看着自己满怀希望的调档函被他们当作废纸一样扔掉，心里充满了失望与不甘。

领导依然没有善罢甘休的意思，说道："知识青年上山下乡，是毛主席亲定的基本国策，凡是违反基本国策的，都是和共产主义为敌！带走！"

三强心里完全慌了。本是一件让人喜悦的事，却一下子成了反革命，这项罪名无论放到谁头上都吃不消，更何况三强的身份还说不清道不明。

无论怎么样，他不能听任被这群人处理。想到这里，三强用尽全身力气，挣脱了几个人的束缚，夺门而逃。

三强一路狂奔了好几条街，确定后面没有人追来，才停了下来。他大口喘着粗气，感觉到触手可及的北京城一下子变得遥不可及，他的希望，他的梦想，在两行绝望的眼泪中彻底幻灭了。

贺梅真的离开了，这是郑文龙无法改变的现实。情绪低落了几天后，他决定收拾一下心情回棋社去。

一进棋社，韩德昌就过来找郑文龙，告诉他调函已经发去内蒙古农场，让他安心训练，不要再心猿意马。

"傅卫国他们都在训练，你也去吧。这些日子我就没见你坐下来训练过，总是神不守舍的样子！一个好棋手，就该两耳不闻窗外事，一心只读圣贤书！"韩德昌说。

郑文龙听到这个消息心情大好，终于不用成天提心吊胆，担心被抓回内蒙古农场去了。心里觉得韩社长也说得很对，应该把心思收回来放到围棋上，这些天为自己的私事无心练棋，郑文龙内心满是惭愧。

郑文龙正准备离开，碰到许师母到棋社来找韩社长，见郑文龙要离开，说道："文龙先别走，你师父留下来给你的东西，我带来了。"说完递给郑文龙一个旧书包。

郑文龙接过书包，发现沉甸甸的，问许师母："还挺沉的，是什么呀?"

"不知道,可能是棋谱、棋书吧,你回头自己打开看看。"师母说,"对了,你见到三强的话叫他回家吃饭,好几天没见到他了,不知道他野哪儿去了。"

"好的,我见到跟他说一声,三强吃百家饭长大,自由散漫惯了,师母您别担心。"郑文龙告别了师母,转身去训练室了。

三强担心被人捉住,在外面逃窜了好几天,尽量躲到人流稀少的地方,连师父的住所也不敢回去。这天晚上,狼狈不堪的三强好不容易熬到天黑,平复了心情又无处可去,只好去找郑文龙。

昏黄的灯光下,街道上没有人影。三强远远看到前方郑文龙回家的背影,刚想叫住他,突然发现从墙角黑暗处窜出几条人影,三强吓得赶紧躲进墙角的暗处。

郑文龙正摸钥匙,几个人一拥而上,其中一个人反扭住他的胳膊,用刀逼着他:"别动,再动就捅了你!"

郑文龙知道是上次他修理过的人来报复,所以一动不动地站着。

突然,另一个人拿一块板砖朝郑文龙的头拍下去。郑文龙眼前一黑,重重地倒了下去。

"能抗二百斤的大包?牛什么呀,一块小小的板砖就能解决你。"几人狞笑着,大摇大摆地走远了。

这一切发生得太快,躲在黑暗中的三强还没来得及冲上去,郑文龙就倒下了。救人要紧,三强在心中记住了这几人的模样,等几人个走远了,才赶紧上前扶起地上昏迷的郑文龙。

郑文龙这一板砖挨得不轻,头顶的血也流了下来,三强赶紧背起郑文龙朝医院跑去。

医生给郑文龙处理好伤口,安顿好病床,郑文龙还是迷迷糊糊的。三强见郑文龙已无大碍,决心回头找那几个混混算账,好哥们儿受伤,他实在咽不下这口气。

第二天一早，郑文龙醒来时看到母亲坐在病床前，郑母看他意识清醒也就放下了心。三强看到医生离开病房，就走进来，骂骂咧咧："谁他妈这么大胆，打到家门口来了，活腻歪了吧？"

郑文龙说："我知道是谁干的，上次我收拾过他们，这回换一板砖，算是扯平了。"

"说得倒轻巧，这能扯平？开什么玩笑，看我不找他们算账！"三强假装怒气冲冲地走了，昨晚他把那四个混混给修理得不轻，他知道后果严重，得出去躲一躲。棋社这边，郑文龙被打的消息清早也传了过去，队员们都在训练室打棋谱，听到这个消息，郑文龙的几个好友坐不住了，何跃利正和傅卫国为此事理论，傅卫国说训练时间宝贵，训练结束再去也不迟，何跃利说不差这一点时间训练，起身就出了门，刚走到门口，看到王巧慈笑盈盈地看着自己。

"我代表我个人和你搭伴去医院看郑文龙，你不会反对吧？"王巧慈说，这下轮到何跃利惊得张大了嘴巴。

两个警察在郑文龙病床前了解情况，一名警察问道："有牛三强的下落，马上报告我们，可不许包庇！"

郑文龙说："你们怎么就认定是他干的？"

另一名警察说："人证、物证俱在，这一点就不用你担心了。"

郑文龙又问："他伤了几个，他自己受伤了吗？"

警察犹豫了一下，说："实话告诉你吧，他的事大了去了，伤了四个，他自己伤没伤就不知道了。"

"伤得重吗？"

"两个轻伤，两个重伤。"

"一个下了病危通知。一个就在你隔壁。"旁边的医生接过话说，郑文龙立马觉得自己头又开始痛了。

何跃利和王巧慈这时候走了进来，让郑文龙非常意外："稀客稀客，这简直是惊喜呀！"

王巧慈一大早听说郑文龙受伤了，心里有些着急又担心，偏偏傅卫国不同意大家去医院看郑文龙，后来见何跃利一个人前往医院，自己也不管不顾地跟了过来。走的时候周佳兰是一脸惊讶，傅卫国也是脸色难看，可她没在意这些。郑文龙对她的到来也大为惊讶，她只好用打趣掩饰着自己的尴尬："前几天训练的时候约好了今天对局，我等了半天才知道你住院了，就来看看是不是真的。"

郑文龙抬起头，正好遇到王巧慈投来的目光，赶紧尴尬地转头躲开，对何跃利说："跃利，我有那么不守信吗？"郑文龙也在掩饰内心的尴尬。

"按道理不会，不过和王巧慈对局就说不好了。"何跃利笑着说。

"我看你们不是来看我，是存心来气我的吧？"郑文龙说道。大家笑了起来。

说笑间，郑文慧提着饭盒推门进来，来到郑文龙病床前，看到头缠绷带的郑文龙，一下子眼泪汪汪了："哥，你不要紧吧？"

郑文龙赶紧给郑文慧拭去泪水，难为情地看了一眼王巧慈和何跃利。王巧慈看到这一幕，心中一暖，不由得多看了两眼。

"就一点皮肉伤，休息两天就没事了，看你这么大的人了还哭鼻子，羞不羞啊。"郑文龙说，"我妹妹小慧，我给你介绍一下。何跃利哥哥，和我一个宿舍。"

"跃利哥，你好！"郑文慧表现得十分乖巧。

王巧慈不等郑文龙介绍，接过郑文慧的食盒，主动说道："你好，我是你哥哥的队友王巧慈。"

郑文慧十分惊讶："你就是那个连胜日本人两局的……巧慈姐，你真厉害！"

两个女人一下子就聊到了一块，病房里叽叽喳喳好不热闹。

何跃利一边看着一边对郑文龙说："你小子，真是有福气啊！"

郑文龙看着和妹妹聊得正欢的王巧慈，心中生起一阵暖意。

2

燕京棋社对日一战总算扬眉吐气了一回，虽未取胜，但是在过去的战绩上前进了一大步。在韩德昌的安排下，从各地抽调的一些棋手都要来集训队报道以壮大棋社实力，这其中包括王巧慈的两位小师弟——姜华和童安。

自从周佳兰成为训练队的一员后，整天像个跟屁虫一般跟着王巧慈，害得傅卫国丝毫没有接近王巧慈的机会，傅卫国恨得牙根痒痒却也毫无办法，倒是聪明的王巧慈看在眼里笑在心里，省去了应付傅卫国的许多麻烦，乐得清闲。这个周佳兰明明不受傅卫国待见而对他一肚子气，可自从傅卫国三杯酒吓退藤原那晚之后，她看到傅卫国人前面不改色，随后吐得一塌糊涂的样子，心里渐渐对这个不苟言笑、一板一眼的傅卫国有了好感。

郑文龙毕竟年轻，被人拍了一板砖，住了两天医院也就无碍了，由妹妹领着一起回了家。

又休息了一天，郑文龙感觉自己已经痊愈了，决定回棋社。路过传达室，他依旧和往常一样与马大姐说笑着，顺便问了一下有没有信件。贺梅已经离开北京好几天了，他在心里还是希望能收到她的来信。

得知并没有他的信，郑文龙的心里掠过一丝遗憾。正在这时，他看到傅卫国远远地走了过来。

傅卫国这时也看到了他，想避开，刚转过转角，抬头就看到郑文龙笑嘻嘻地看着自己。

傅卫国紧张地后退了两步："干吗，告诉你别乱来啊！"

郑文龙说："你能不能别记我的仇？打了你两拳，结果我挨了一板砖。"

傅卫国见郑文龙没有动手的意思，才放松下来，扭头不理睬他。

郑文龙继续说："师父不在了，你是大师兄。我向你道歉赔罪，怎么着都行，但你不能不理我。"

傅卫国站住，回头看了一眼郑文龙，叹了一口气：

"快去训练室吧。"

"是，大师兄，不，傅队长！"郑文龙见傅卫国这样，知道这事儿已经翻篇了，满心高兴。

郑文龙走进训练室，时间还早，只有何跃利和周佳兰两人在你一言我一语斗嘴。周佳兰见郑文龙来了拉住他叫评理，周佳兰说何跃利大男子主义，看不起女棋手，何跃利说自己只不过陈述一个事实，男棋手对局，就像武林高手对阵，刀法、枪法、拳法，都有章法，出手不多，但是招招要命。可女棋手下棋，就像吵架和打架，一见面就扭打起来，扯衣服、揪头发、吐吐沫，看起来动静很大，其实也就是伤个皮毛，无理棋一大堆，没意思。

两人这你来我往不可开交，听得郑文龙乐了。他故作公允地说了一句："男人做事靠理性判断，女人做事主要凭感觉，各占半边天。"

这句周佳兰听得顺耳，又趁机对何跃利说道："这才像人话！告诉你何跃利，我们女棋手下棋就是感觉好！难怪你老找王巧慈下棋。"

郑文龙接过话说："我怎么觉得好像王巧慈老找我下棋啊！"

话音未落，王巧慈走进了训练室，郑文龙一下子僵住了，满脸尴尬。

王巧慈假装没有听到，对何跃利说："何跃利，你能下一盘测试棋吗？跟浙江来的棋手，我的两个小师弟。"

何跃利话里有话："我要给棋社整理棋谱，让文龙去，他从内蒙古回来，一共才下了半盘棋，太少了！"说完还瞄了郑文龙一眼。

王巧慈转过身来，看着郑文龙："可以吗？"

"我……好像也挺忙哎！"郑文龙支支吾吾想要搪塞过去。

"行！有什么不行？我看你反正也闲着，四处乱窜。"周佳兰快人快语，郑文龙没法反驳，只好跟着王巧慈出去了。

刚出训练室，郑文龙隔在王巧慈身后几步之处，被傅卫国拉住。

"慢点慢点，我这脑袋还没好利索，一晃就重影。"郑文龙说。

傅卫国赶紧放手，郑文龙一边指着前面的王巧慈，一边说："有什么事直说好了，动手动脚被人家笑话。"

王巧慈看了一下二人，知趣地把头转向一边，傅卫国压低声音对郑文龙说："师父留下的棋谱、书稿，都在你手上吧？"

郑文龙摸摸脑袋："你说的是师父留给我的那个包吧？不好意思，我还没打开，还不知道里面都是些什么。"

傅卫国说："这是师父让我帮他整理的！你交给我吧。"

郑文龙说："前些天在这个院子里，师母亲手把这些东西交给我。我想师父留下这么重要的遗物，必须我们师兄弟三人都到齐了才能打开。所以，一直没敢动。至于你说的什么棋谱之类的，还是等三强回来再说。"

傅卫国无言以对，郑文龙趁机说道："师兄，没事我就先走了，都等我下测试棋呢！这事回头再说。"郑文龙和王巧慈一前一后来到对局室，姜华父亲带着两小孩儿早已经等在那里。不一会儿，傅卫国也走了进来。

韩德昌见人来齐了，就对傅卫国和郑文龙说："这两个小棋手是从浙江来的，和王巧慈一个老师。正好，你们也是同一老师，今天是同门兄弟对同门兄弟，虽然是测试棋，也很有意思啊！"

对局室的中央，此时已经摆好了两副棋，姜华和童安两人已经端坐棋盘前。

姜华父亲先让二人做了自我介绍，然后韩德昌提议傅卫国对童安，郑文龙对姜华，两人分别让两小孩两个子，大家均表示认同。

姜华却支支吾吾半天，说："我听说傅卫国老师棋力很好，能跟他下吗？"

大家都吃了一惊，姜华的父亲赶紧呵斥他。郑文龙脸上有一点尴尬，他笑着对姜华说道："你的意思是我的棋力不够？那这样吧，我今天下盲棋，而且还要赢你！你信吗？"

姜华也是个倔脾气，还真就不服，说道："我不信。"

两人就这样杠上了。韩德昌对郑文龙说：算了吧，今天是测试，不是游戏，可郑文龙十分坚持。于是，这场特别的测试比赛就这样开始了。

3

郑文龙下盲棋是想给姜华一个下马威，可姜华却偏偏不怵，站起身来也要和郑文龙下盲棋，看得郑文龙也是暗暗吃惊。韩德昌等人见劝不住，也只好笑笑，一同离开对局室。傅卫国却对郑文龙的行为不以为然，说了一句"哗众取宠"，却也没再干涉，自己在童安的棋盘面前坐了下来。

棋局开始，郑文龙和姜华两人都背着棋盘，由姜华父亲负责摆棋，姜华下了第一手。

姜华父亲口传给郑文龙："黑棋，17·三。"

郑文龙答："白棋，15·十五。"

童安这边，也略一思索，在棋盘上落下一子，傅卫国跟着落子。

姜华父亲："黑棋，13·三。"

郑文龙："10·四。"

傅卫国听了，微微蹙眉，露出反感之情。

众人来到韩德昌办公室，周佳兰也刚好过来，见到王巧慈，问："巧慈姐，听说郑文龙在下盲棋，是吗？"

王巧慈笑着说："是，在赌气呢，要给姜华下马威。"

周佳兰说："挺有意思，我去看看。"转身走出了办公室。

韩德昌接过话说："这个郑文龙，净出幺蛾子，他对荒村那盘棋，赢得很怪啊，荒村是不是开局大意了？"

王巧慈说："是。不过郑文龙下得也很神。荒村这种棋手，即使大意，也不出三步棋，发现不利马上就会控制局面。关键还是郑文龙发挥得好。我也觉得怪，他到内蒙古好几年没有比赛了，怎么还能下出那样的棋来？怪！"

韩德昌看到姜华和童安从对局室出来，奔厕所去了，奇怪地嘀咕："这俩小孩，怎么还没一会儿就着急上厕所？"

王巧慈看在眼里，说："准是姜华又在搞什么鬼，郑文龙估计两子让不动了。"

韩德昌的注意力不在两小孩身上，继续着刚才的话题："小慈，那你说之前郑文龙输你那盘棋，输在什么地方？"

王巧慈忍不住笑了起来："心不在焉，无心恋战。"

韩德昌觉得奇怪："那么重要的一盘棋，他居然心不在焉？"

王巧慈笑着说："我觉得是，可能被傅卫国气的。"

这边对局室里，郑文龙的盲棋吸引了周佳兰等好几位棋手观战，棋已到中盘，盘上黑白子多了起来。

郑文龙这边背对棋局，双手捧着脑袋，努力靠着记忆力和姜华对战："白棋9·十一。"

姜华看了一眼童安，然后开始故意长考。末了，他索性出门，到院子里溜达起来。果然被王巧慈说中，姜华心中早有算计，故意长考，把一手棋的时间故意拖长，这样拖到最后郑文龙记忆力再好，也会被拖垮。

"白棋9·十一，黑棋走了吗？"郑文龙有些不耐烦。

"还没呢。"姜华父亲脸上有点尴尬。

傅卫国和童安这边，傅卫国将手中一把棋子放到棋盘上，道："我的棋不行了，扳不回来了，我认输了！"

童安连忙动手收棋，傅卫国说道："别在这里复盘了，咱们到训练室去吧。"

童安跟着傅卫国出去，看到姜华慢悠悠地从门外进来，二人相视一笑。

郑文龙有些急躁，不停地摸头上缠着的绷带："姜华怎么又跑出去了？我的白棋，3·十二提劫，黑棋下什么地方来着？"

姜华父亲小心翼翼回复道："黑棋还没下呢……"

又是老半天过去了，郑文龙终于忍不住说："我没有劫材了。剩下全是单官，一人一手，我应该输三目左右。"

姜华反应迅速，说道："是两目半。"

郑文龙又摸了摸头上的绷带，对姜华说："你小子，一盘棋厕所都上了五六次，你是故意的吧？"

姜华做了下鬼脸，说："规则允许。"

郑文龙发牢骚道："我认为盲棋一定要限制时间！这小子一再长考，确实把我弄懵了，几个变化算好了，到落子时，又要重新算一边！结果像狗熊掰棒子，掰这边掉那边！"

旁边观战的何跃利说道："已经很难得了！盲棋下到收官，我平生第一次见！"

两个小孩算是通过了棋社的测试。韩德昌和傅卫国对这两个小孩的棋力十分满意，两人的加入也壮大了棋社的实力。于是韩德昌宣布下周召开集训队成立大会，一来老首长交代了，希望把体委的编制尽快落实；二来集训队成立后可以尽快实现日本回访比赛。众人听了都欢欣鼓舞。

郑文龙自然也是十分高兴，可这天棋社突然来的一位不速之客，让他刚刚燃起的热情一下子浇了个全灭。

一大早，郑文龙在棋社门口碰到了肖团长，在北京见到内蒙古的领导，让郑文龙十分惊讶。

"肖团长，你这是到北京出差，顺道来看我的吧？"郑文龙问。

"你说错了，我是专门为你的事来北京出差。我是来请你回去的！"肖团长一边抽着烟一边说。

郑文龙还以为他在和自己开玩笑，笑着说道："农场那么多干苦力的，不差我一个吧？"

"这次可不是干苦力，"肖团长认真地说，"兵团要成立围棋队了，这次是干脑力活。"

郑文龙的耳边仿佛响起一声炸雷，他半晌没答上来话，木然地带着肖团长来到韩德昌办公室。

韩德昌热情地接待了肖团长，肖团长从提包里掏出了几份材料，把来意同韩德昌说了一遍。韩德昌脸上的笑容僵住了，眉头慢慢皱到了一起。

郑文龙忧心忡忡地来到训练室，他独自走到最后面坐下，眼睛呆呆地望着天花板出神。

王巧慈看到郑文龙的样子，起身走了过来："郑文龙，咱们下一盘吧？"

郑文龙回过神来，略带苦涩地一笑，说道："好，下一盘，以后怕是没这个机会了！"

王巧慈听出话中有话，忙问道："怎么回事？"

郑文龙说："我们农场的领导来了。"

王巧慈说："他来干什么？你的调令不是已经发出去了吗？"

郑文龙一副无可奈何的神情，说："前几天你们金陵棋社的曹社长来干什么呢？不都是一样的意思来要人回去，一个地方体委的调函又不是中央一号文件。"

王巧慈心里有些着急："曹社长拉我回去是下棋，农场让你回去能有什么好事情？文龙，你可不能妥协啊！"

旁边正和周佳兰对局的傅卫国将两人的对话都听在耳朵里，看到王巧慈的样子，心里很不是滋味。

"你放心，曹社长的工作已经做通了。"傅卫国对王巧慈说，说罢又看了郑文龙一眼，很不情愿地安慰了一句："文龙，你的调令是中央首长特批的，也应该是铁板钉钉了吧？"

郑文龙看了傅卫国一眼，强挤出一丝笑容。

韩德昌叫来郑文龙，也不知道如何安慰他，兵团政治部的命令往郑文龙面前一推，郑文龙拿起来看了看，放回桌上。

"我就知道，鬼上门了。"他转身走到窗边，眼眶不由得红了，"师父死了，贺梅走了，这样的伤痛也换不来一张棋社的棋桌，命运跟我过不去呀！"

韩德昌走到郑文龙身边，扶着他的肩膀："文龙，别难过，天无绝人之路。办法总会有的。"

郑文龙叹了一口气，说道："我听从安排。"

肖团长说要在北京留两天，韩德昌让郑文龙陪着他在北京城转转，好好招待招待领导。郑文龙也就放下围棋陪着肖团长在北京城转了大半天，晚上请肖团长吃地道的北京烤鸭。

几杯酒下肚，两人都面红耳赤，话匣子也就打开了。

"文龙，这两天你这么陪我，倒弄得我有点不好意思。"肖团长吃着烤鸭说道："可是你还得陪我回内蒙古。兵团政治部的命令，军令如山哪！"

"团长，别这么说，您来北京，我陪陪您是应该的。"郑文龙说，"您别为难，我跟您回去就是了，来，喝酒。"

肖团长端起杯干了一口，说道："文龙，其实办法也不是没有，我来的时候就想好了。"

郑文龙大感意外，不太相信。"算了，您别忽悠我了。我乖乖地跟您走不就得了嘛。回去好歹也是围棋队的，就是不知道和谁比赛。"

肖团长红着脖子说道："我肖长河堂堂正团职干部，能忽悠你？你们这些小青年，能回城的，我为难过谁？你说对了，这是个没有比赛的围棋队，可是办法就在这儿。你想想，围棋队又不是秧歌队。秧歌队还能拉出去扭扭腰，围棋队没比赛能干啥？也拉出去扭屁股？谁看呀！"

郑文龙听懂了门道，却还故意装糊涂。"那就白养着呗，养肥了烤了吃。"

肖团长得意地道："围棋队就放在你们棋社训练，由棋社代管，这不是挺好的吗？"

郑文龙心中暗喜，赶紧端起酒杯："我的团长，您不仅是聪明人，还有一副菩萨心肠。"

郑文龙鞍前马后地陪着肖团长，让肖团长很是感动。过了几天肖团长准备动身回内蒙古，这天恰好是集训队成立典礼的日子。早晨，刺耳的鞭炮声响彻燕京棋社上空，"燕京棋社集训队成立仪式"的横幅挂在四合院的正厅前。

王巧慈自听到郑文龙要回内蒙古的消息，心里既着急又难过，这几天郑文龙整天陪着肖长河，都见不到人影。她很想当面劝郑文龙一定不能妥协，一定要争取留下来，可是上级的命令面前，谁又能阻止得了呢？思来想去也找不到什么解决办法。今天本是棋社大喜的日子，王巧慈看到郑文龙和肖长河站在队伍后面，郑文龙斜靠着廊柱站在那里，神情落寞，王巧慈的心情也跟着沉重起来，不由得多看了几眼。恰好碰到郑文龙看过来的目光，四目相对，郑文龙脸上挤出来一丝带着苦味的笑。

一旁的周佳兰看在眼里，对王巧慈小声说道："喂，郑文龙马上就要走了，舍不得了吧！"

"说什么呢，"王巧慈慌忙中掩饰。人群和鞭炮声突然安静下来，王巧慈抬头，正厅前多了几个人，韩德昌已经站在台前。

韩德昌示意大家安静，说："今天是我们棋社的大喜日子！我们这鞭炮，就是要驱驱邪气，树树正气，鼓鼓士气！下面我们先请国务院办公厅的刘秘书代表咱们老首长，给大家讲话！大家欢迎！"

台下响起热烈的掌声。刘秘书跨步向前，拱手对大家说道："各位棋手好！集训队成立的事情，已经筹备了很长时间了，国务院首长特别重视！今天首长有会议，所以嘱咐我来参加集训队的成立典礼。首长特别叮嘱我，一定要转达首长的心意和期望——

"好！"又是一阵热烈的掌声响起。趁着掌声，郑文龙和肖团长提着行李离开，身后响起韩德昌的声音：

"现在，我宣布一下集训队名单！队长——傅卫国！"一阵掌声过后，"队员——何跃利、郑文龙、关铁军、王巧慈、邱伟健、周佳兰、姜华、童安……"

等到王巧慈再次回头时，廊柱边的郑文龙已经不见了身影。

典礼结束后，王巧慈心中满是失落，正呆呆地出神，忽然听到传达室马大姐的大嗓门："郑文龙，你不是回内蒙古了吗？咋又回来啦？"

郑文龙大步流星走进棋社，留下一串爽朗的笑声："我胡汉三又回来啦！"

何跃利冲出来，不解地问郑文龙："怎么回事，文龙，不走啦？"

"不走啦，肖团长让我留下啦！"

"真的？意外的惊喜呀，晚上整杯酒，我给你接风……"

两人搭着肩往宿舍走，王巧慈满心喜悦，看得出了神。旁边的周佳兰伸着手在她面前使劲挥了挥，她才回过神来，掩饰着转身走进宿舍。

而旁边傅卫国宿舍的门口，傅卫国将这一幕看在眼里，心中五味杂陈。

晚上，郑文龙回到家，郑母和小妹见到郑文龙，都十分高兴。

晚饭桌上，郑母问郑文龙："三强被抓了你知道吗？"

郑文龙吃了一惊："是真的吗？什么时候的事？"

"知青办的人说的，应该假不了，也就这两天的事，听说押回陕西劳改去了。"母亲说。

一旁的郑文慧不小心把桌上一个水杯碰翻，水洒了一桌。郑文龙和郑母两人面面相觑。

"知道关哪里了吗？"郑文龙问。

"给了个地址，其他的也打听不出来。"郑母说。

"妈，你把地址给我，我写信去问。"郑文慧眼圈都红了。

"就在玻璃下压着。"郑母说。

郑文慧放下碗筷，转身拿起地址进屋去了。

郑母叹了一口气，道："唉！三强这孩子，爸妈走得早没人管，他又这个性格，迟早会出事的。"

"可怎么都是因为我出的事。"郑文龙心情也十分低落，说完用手指了指屋里的郑文慧，郑母看了摇了摇头，若有所思。

4

盛夏的时光转眼过去，伴着爽朗的秋风，这个城市终于有了秋的凉意。

集训队成立以来，韩德昌实行了半军事化管理，队员们每天准时出操，锻炼身体，集中训练，提高棋艺。虽然刚开始对姜华和童安两个小孩来说，适应起来有些困难，尤其是姜华，每天都想睡懒觉不去出操，但被郑文龙盯得死死的。姜华肚子里对郑文龙满是意见，却也只能乖乖出操训练。

这天休息时间，郑文龙在宿舍休息，听到有人敲门，开门之后，发现是师兄傅卫国。

郑文龙知道师兄来是为了师父的那包书稿，侧身让傅卫国进屋，同时嘴上也没闲着："我知道你来干吗。这些天够烦的，你让我消停消停行不？"

傅卫国拉把椅子，坐在屋子中央："那不是特别简单？把东西交出来就行。你以为我那么想来烦你？"

"什么东西？"郑文龙假装不知道。

"装，继续装。"傅卫国站起身来，开始在郑文龙房间里四处翻找，翻了半天也没找到他想要的书稿。

郑文龙在一旁乐呵呵地看着，说："师兄，我看你平时挺斯文的，怎么现在也变得这么粗鲁？"

"这还不是你给逼的，"傅卫国没好气地回答，眼见屋子里找不到，就转身过来瞪着眼睛对郑文龙说："快说，师父的书稿放哪儿了？"

"我藏起来了。"

"藏哪儿啦？"

"告诉你在哪儿，还叫藏啊。"

论嘴上功夫，斯文古板的傅卫国哪里是郑文龙的对手，被气得答不上话。

郑文龙见时机已到，对傅卫国说："这样吧，我们是师兄弟俩，不，算上三强，应该分三份。三强现在不在他那份暂时由我保管……"

傅卫国气得不行："你在这儿强词夺理！"

郑文龙说："也行，那么三强就算了，我退一步，一分为二，你我各一半！"

傅卫国说："你太过分了，我不能接受。"

郑文龙双手一摊道："你不接受，也得让我接受啊！要不这样，我再退一步：咱们赌盘棋，谁赢归谁！谁的棋力高谁才有继承权。这才是最合理的。"

傅卫国冷眼盯着他，说道："我从来不赌，没那坏习惯。"

郑文龙道："我拿出诚意来，已经做出最大让步了。是你往坏处想，我有什么办法。"

见傅卫国气得答不上话，郑文龙接着说："对了，说赌棋好像不合适，应该纠正一下，是比赛。也可以说是竞争，怎么样？这样解释是不是更合理些？"

傅卫国没有理睬，转身走了出去。

留下郑文龙一脸失望地小声嘀咕："还不愿意？跟你下盘棋真难。"

入夜，郑文龙拿出师父的手稿，在灯下细细地看了起来，一本厚厚的书稿，封面端端正正写着"棋谱"二字，里面详细记录了许国芳在段祺瑞府时的棋局，郑文龙看到了师父被段祺瑞打到了让三子、让四子还被迫最终输棋的屈辱。书稿里面还记录了1963年师父败给日本棋手崛内彬子的棋谱。郑文龙细细研读着老师留下的棋谱，心中一阵阵地感慨。

第二天，傅卫国左思右想，还是去找郑文龙。

"我可以和你赌！不，是比赛！但我要先看看那本书稿。"傅卫国说。

郑文龙小心翼翼地翻着那本棋谱，说："我不想赌了。"

傅卫国有些惊讶："怎么，你不是愿意吗？"

郑文龙说："咱们可以赌别的东西。"

傅卫国气得一跺脚："你真当我是赌徒呢。"说罢，转身离开了。

郑文龙看着傅卫国的背影，脸上露出一丝坏笑，自言自语道："心急吃不了热豆腐，让我好好吊一吊你的胃口。"

郑文龙要找傅卫国赌棋的事，弄得棋社都知道，姜华和童安觉得挺新奇。傅卫国是社里公认的第一高手，郑文龙在赢了荒村之后也是名气大涨，大家都想看看这两人要是比起来，谁的赢面更大一些。

这天训练室里，姜华和童安打谱打得有些烦，就起身去找棋手关铁军下棋。关铁军嫌姜华是个小孩，不愿和他下。姜华急了，说："我要是输了半个月饭票都给你。"关铁军一听来劲了，满口答应。旁边的周佳兰听到后制止，说："你们赌棋可是违反队里的规定的！"两人未理睬，继续摆棋。姜华理直气壮地说："傅老师都带头了，我们当然也可以试试。"年长一点的何跃利知道轻重，上去把关铁军一把从棋盘推开，说："小孩子别有样学样，铁军你也别来凑什么热闹。"

棋没下成，姜华气鼓鼓地回到了自己的棋盘边。王巧慈看在眼里，眉头轻轻一皱。

下午，傅卫国正在训练室同周佳兰摆棋，郑文龙走了进来，径直走向傅卫国。

"啪——"郑文龙将书稿拍在桌上，对傅卫国说道："来吧，咱俩赌一把，十番棋定输赢！"

"好，十番就十番，在哪儿下？"傅卫国说道。

郑文龙指了指眼前，道："就在这儿，这儿安静，没人打扰。"

两人坐下来，排开棋局准备开战。

这时候，王巧慈推门走了进来，来到傅卫国边上，说："卫国，你出来一下。"

傅卫国忙起身跟着王巧慈出门，王巧慈走到走廊里停了下来，转身对傅卫国说："这棋你不能下，影响太坏了。"

傅卫国说："没那么严重吧，比他们偷着打扑克牌好多了。"

王巧慈："卫国，你是队长，你敢下赌棋，他们就敢下彩棋，要是谁的饭票输光了，你能给他们管饭吗？"

王巧慈的话让傅卫国心头一震，他也意识到问题的严重性，什么也没说转身进了训练室。

郑文龙还在棋盘边上等着，傅卫国走到他身边，说："文龙，今儿棋不下了，以后再说吧。"

郑文龙吃了一惊，问道："怎么出去一下，回来就变卦了。"

傅卫国："我是队长，不能带这个头。"

郑文龙将一棋子狠狠地拍在棋盘上，起身出门，抛下一句话："王巧慈都跟你说什么了？"

王巧慈并没有走，似乎知道郑文龙要出来找她，故意等着。

郑文龙语气十分不快："你这是什么意思？"

王巧慈平静地说："你们不能开这个头。"

郑文龙说："这是我们俩的事，你一个外人搅什么局啊？"

王巧慈毫不示弱："你俩的事情我不管，但是，你们已经影响到别人了。如果大家都和你们一样靠赌棋来解决问题，那么棋社不就变成赌场啦？"王巧慈的语气也十分强硬，"男人之间有问题，应该光明正大地解决，靠这些小伎俩不大气。"

郑文龙心中生气，却又无言以对，转身气呼呼地走了。王巧慈看着他离去的方向，�’了�’嘴，也扭头离去。

姜华看到了这一幕，心里愤愤不平。

晚上姜华和童安回到宿舍，姜华一边想着白天的事情，一边整理童安从传达室拿回的信。

"童安，我发现我现在特别讨厌郑文龙。"姜华说。

"你怎么直呼其名了，这样多不礼貌。"童安说。

"以后别叫郑文龙老师老师的，他棋上称不上老师！人更不配做老师！"姜华说。

"他得罪你啦？"

"何止是得罪，我和他势不两立！"

"原因？"

"讨厌一个人不需要理由。"姜华一边说，一边看着一封信上的字，"童安，你把郑文龙的信拿回来了？"

"是吗？那拿错了，明天赶紧还给他。"童安站起来要去拿信。

"等一会儿，"姜华一躲，"你先别急，等会我再给你。"

童安不理他走开，姜华翻来覆去看着信封，终于悄悄把信撕开。童安一看急了："姜华，你干什么？"

姜华已经打开了信，原来是贺梅寄给郑文龙的信。

"你把那封信拆了？姜华，你不能这样！"

"谁让他欺负我们的？这是惩罚！"

"信是我拿错的，我必须还给他的！"童安伸手夺信，又被姜华闪开了。

两人争夺了一阵，姜华觉得无趣，就把信纸一丢："好像是他女朋友的信。给你，你去还吧！"

童安傻眼了，恼怒地看着姜华："你都拆开了我还怎么还？你这么做是不道德的！"

姜华："谁让他骂我们？还强迫我们出操。"

说着姜华划了一根火柴，把贺梅给郑文龙的那封信点着了，望着红色的火苗蹿动，童安心中很是不安。

"这封信对郑老师重要吗？要是重要，我们就太伤天害理了。"

"没什么重要不重要，既然咱们撕了信，就别想着还他了。你不用担心。"

"我是内疚！"

"不用内疚，是他先欺负我们的！但是我们也不是好欺负的！这就像比赛对局，对手下一步强手，你就不能退让！"

"姜华，你太坏了。"

"那你得问问郑文龙，他是怎么对我们的？我怎么不针对别人，只针对他？"

童安看着地上已经化成一堆黑灰的信纸，沉默了老半天。

何跃利回到宿舍，看见郑文龙一动不动地躺着，就问他："怎样，与傅卫国的棋没下成？"

"唉，别提了，被王巧慈给搅和了。"郑文龙无奈地说道，心中满是不悦。

何跃利想了一下，说："下午姜华找关铁军赌棋，输了给半个月饭票，说是和傅卫国学的，会不会和这事有关系？"

郑文龙一骨碌坐起来，问："还有这事？"

何跃利说："傅卫国毕竟是队长，平时在嘴上说说就算了，要是真的赌，成了事实的带头队长，那问题就大了。我看，王巧慈阻止是对的！"

两人正聊着，门外突然有人敲门，何跃利打开了门，原来是王巧慈。

"郑文龙你出来一下。"王巧慈对着屋里的郑文龙说。

郑文龙有些惭愧，但又放不下面子，故意说："我不是傅卫国，有事你就进来说吧。"

门口的王巧慈迟疑了一下，走进屋里，放下一摞棋谱在郑文龙桌上。

"给你。"

王巧慈转身走了，郑文龙拿起来看，全是对局棋谱。

"哇，对局棋谱，看来她和傅卫国没少下棋啊，难怪这么厉害。不对啊，文龙。王巧慈不会是和你对上眼了吧？"何跃利也看见了棋谱，一边露出一丝难以捉摸的笑，一边说，"是不是王巧慈对你有意思？"

郑文龙说："别把我拉下水，已经和傅卫国闹得不愉快了，我可不想再有什么误会。"

何跃利说："可我怎么就觉得不对劲，特别是上次去医院看你，我脑子就一直没转过弯来。如果不是喜欢你，她一个女孩为啥要单独去看你呢？"

郑文龙想了一下，说："可能她觉得搅黄了我的十番棋，内心愧疚，算是补偿吧。"

何跃利不依不饶："你苦苦寻找的东西，她瞬间就给你送来了，这又是什么情况？"

郑文龙苦笑，"嘿，芝麻掉针眼里——巧了呗。"

月色温柔，洒在静静的小院，也照进王巧慈宿舍的窗户里，绿油油的菖蒲在月光下别有情趣，周佳兰正盯着菖蒲发呆。

"巧慈姐，你到底跟傅卫国什么关系呀？他怎么就这么听你的？"周佳兰心中藏不住话，忍不住问王巧慈。

"因为，我是他亲自从南京招来的，也是他推荐给韩社长才进棋院的。可以说他是我的保荐人。"

周佳兰心中的疑团还是未能化开，说："但是卫国每一次见到你都是怪怪的。"

王巧慈说："可能他没想到，我和他想象的不一样，不是他想招的那种棋手，有点失望。但是我已经来了，而且还取得一些成绩，所以，相互之间有些忌惮吧。"

周佳兰转过身看着王巧慈，说："我怎么看出来，傅卫国喜欢你？"

王巧慈平静地说："棋手的生活都很简单，每天都在棋盘里转，棋社里现在也只有我们两个是单身的女同志，他不是喜欢你就是喜欢我，很正常啊。而且我比你早来棋社，也就再正常不过了。"

周佳兰继续追问她最关心的问题："难道你对卫国一点意思都没有？"

王巧慈的语气没有发生任何改变："我们俩人都是持白子，这棋没法下，再说我们俩气场相克的，所以也就不要有这方面的念想了。"

这是周佳兰愿意听到的答案。她明显高兴了一些，又问："那么你觉得，我和傅卫国……"

"你和我正好相反，我看，你和卫国这盘棋可以下。"这一次王巧慈回答得很快。

周佳兰更加开心："是啊，你们俩都不爱说话，什么事都放在心里，要是这样在一起生活，可不是闷死了。而我不一样，我能读懂卫国的内心，也愿意为他放弃围棋，做成功男人背后的女人。只是他现在眼睛除了围棋，都不带正眼看我，巧慈姐……"说到这里，她眼中的光似乎暗淡了一下。

"那就用真心打动他。"

"可是我不会。"

"你看窗台的菖蒲，你养得多好，拿出你养菖蒲的细心和耐心吧，肯定可以的。"

5

夜晚，王巧慈独自一人在宿舍看书，正读着一本《人民画报》，报纸上有郑文龙战胜日本棋圣荒村的报道，还配了一幅郑文龙的特写照片。照片上的郑文龙十分精神，黝黑的脸庞，浓密的眉毛，英气逼人。王巧慈不由多看了几眼这张照片，嘴角浮出一丝微笑。

突然有人敲门，王巧慈慌忙把《人民画报》塞到枕头下面，开门看见是郑文龙，手里拿着棋谱。

"在啊，我是来还你棋谱的。"郑文龙说。

"这么快就打完了，有帮助吗？"王巧慈说。

"挺好的，有几盘棋下得真好，可惜不是正式比赛。"郑文龙心里挺感激她。

王巧慈侧身让郑文龙进屋说，郑文龙犹豫了一下，走进屋里。

郑文龙坐下来，有些不自然。他环顾了一下房间，和自己的房间比，无非就桌上多了女孩子用的镜子、梳子之类，其他也并无什么分别，可郑文龙就是觉得小小的房间被两个姑娘收拾得非常洁净、整齐。

王巧慈给郑文龙倒了一杯热水，郑文龙为了打破尴尬，问道："周佳兰不在啊？"

王巧慈抿嘴一笑，说："给傅卫国洗衣服去了，输了棋说好的。"

郑文龙说："这丫头，她也输了我好多，怎么不来帮我洗？"

王巧慈笑着问："需要我帮你提醒一下她吗？"

郑文龙摇摇头说："哎，提醒也没用，在我们这个一亩三分地，谁的棋好谁就是老大，就是轮着你也轮不着我呀。"

王巧慈看着他说："你的棋也不错呀，尤其是大局观，特别好。"

郑文龙摆摆手，说："好什么呀，有些很有优势的棋，后来却把握不住，也输出去。"

王巧慈说："这是实战经验不足，我们现在正式比赛太少，训练比赛的强度也不够。"

郑文龙看着王巧慈说："所以我羡慕你呀，有卫国这样的朋友，能经常和他下棋。"

王巧慈问："可是你们是师兄弟，有事不能好好商量吗？"

郑文龙说："师兄弟才是竞争对手呢。何况卫国的心眼也……"他意识到自己说得不妥，话锋一转，"……也不能怪他，就他棋好，谁不想和上手下？就算是卫国愿意，棋院这么多人，他也下不过来啊。"

王巧慈笑眯着眼看着郑文龙："所以你想出了赌棋这么一个昏着儿。"

郑文龙有些不好意思地挠挠头："我也是被逼无奈啊，看来搞阴谋诡计注定是要失败的。"

王巧慈说："那就不能光明正大的？"

郑文龙笑了："当然想了，可我也变不成你呀。"

王巧慈歪着头看着郑文龙，眼里满是笑意："你也不用变成我。但如果这十番棋是你师父的遗愿呢？"

郑文龙一愣，看着王巧慈闪亮的眼睛，一下子明白过来。

从王巧慈的房间出来，郑文龙心情大好，不由得对王巧慈既感激又佩服。这两天一来二去她是连续帮了自己三回，先是阻止自己与傅卫国下棋，接着送上与傅卫国对局的棋谱，这最后还替自己想好绝佳的策略。想到这里，他眼前又浮现出王巧慈那笑意盈盈的眼睛。郑文龙笑着摇了摇头，一头钻进夜色中。

韩德昌听到郑文龙提出的请求时，笑着拍了拍他的肩膀道："这个要求我肯定支持的，既然是许国手的遗愿，那我们肯定会尽心尽力地满足。我看哪，你和傅卫国的十番棋，就明天开始吧！"

第二天一早，对局室里，一张棋桌，两把椅子，布置成了正式比赛的架势。郑文龙傅卫国坐在棋桌两端，集训队的棋手全都到场。

韩德昌当众讲话，手上拿着许国芳留下的书稿："这是许老的遗物，棋谱和棋书，凝结了他一辈子的心血。昨天，许师母来找我，说这些东西给卫国还是文龙，到时候通过十番棋来决定，这是许老的遗愿。现在，郑文龙主动提出挑战，我认为，他的这种不畏强手的精神是非常可贵的。这不仅是他们两人之间的对决，也是大家难得的一次观摩学习的机会。"

韩德昌环顾四周，继续道："同时，我还要强调，这是一次棋社组织的正规比赛，绝不是什么赌棋。赌棋、猜棋在棋社是绝对不允许的，谁要敢以身试法，严惩不贷。比赛开始。"

一旁的姜华却满脸不屑。

中午时分，韩德昌忙完手头的事情，匆匆赶到对局室，见对局室早已空无一人。转头出来碰到何跃利，就问：

"这么快就结束了？结果如何？"

"没有新闻，"何跃利双手一摊，"郑文龙输了。"

郑文龙和王巧慈来到训练室，两人在讨论刚才的那盘棋。

郑文龙难为情地说："中盘这两手棋，用力太猛，结果落空了。"

"是的，力量没控制好。"王巧慈点点头，"好棋手不是有力量的棋手，而是能控制好力量的棋手。你们男棋手老骂我们女棋手下棋像打架，其实你们自己也像打架！"

"打架没关系，我就是没打好，胡抢了。"郑文龙给自己找了个台阶下。

韩德昌找人叫郑文龙去他办公室，见面就问："今天输得这么快，不是你的真实水平啊？马上就要去日本比赛了，你是怎么打算的？"

"先摸摸傅卫国的底。今天和卫国对弈，我已经找到自己的短板，这次比赛至少赢两盘棋。"郑文龙看着韩德昌，韩德昌也看着他。

"就你这个样子，还至少赢两盘？文龙，你都让人家傅卫国打到让先，还敢在这说大话？"

"摸底怎么能轻易暴露自己？"郑文龙诡异地朝韩德昌眨眼，韩德昌笑了。

"就这么有把握？"

"我说话算数。"

韩德昌满意地点点头："有信心就好，希望你能尽快找回以往的锐气。荒废了几年要找回感觉，是需要时间思考，需要高手对弈，知道你用心良苦啊。我记得许老经常挂在嘴上的那句话——郑文龙是为围棋而生；傅卫国是为围棋而活。虽然一字之差，却天差地别。我相信许老的眼光。"

郑文龙叹了一口气："我有愧师父，没能在他活着时，给他应有的骄傲。"

韩德昌也无限感慨："悟棋道，悟人生……有多少人在这条道上迷失。"

窗外，秋日的下午，棋院里落叶飞舞，夕阳如金。

6

陕西榆林，晌午时分，黄土路上正行走着一辆马车，车上坐着两人，一位是村支书，另一位是刚从劳改农场出来的牛三强。三强从劳教所出来，又被送回榆林插队了。

老支书从怀里掏出馍，掰了一半给三强。

"谢谢您，陆叔。"三强接过馍说道。

"谢我啥。人家农场让我来接人，是为了减轻国家负担。以后到了村里，你的口粮就得靠你自己挣了。"

"我知道。"三强低头啃了一个馍，使劲往下咽。

从劳改农场到村里的路途不近，两人赶回村支书家时天已经黑了。

支书老婆给二人下了碗面。吃完面后，支书老婆说："今天这么晚了，让三强在家里住吧。"

支书的女儿春娥对三强很热情，也说道："就是，咱家新窑刚打好的，要啥有啥。"

支书瞪了老婆一眼没有说话，三强看在眼里："啊……不用麻烦……我回知青点就行。"

"城里人，都习惯自己住。"村支书说。

支书老婆见了，暗暗给春娥使了个眼色。

春娥掌着灯带着三强来到知青点窑洞，这也是三强之前的住所。三强回北京之后，这里就空着了，借着昏黄的油灯，三强看着眼前这个熟悉的窑洞，屋里空荡荡的，没什么物件。三强将铺盖卷摊到炕上，躺了上去。蚊虫很多，嘤嘤嗡嗡地到处都是，三强被蚊子叮得难受，难以入睡，翻身坐了起来。"啪——"的一声，炕沿掉下一个棋盒，棋子散落一地。

三强下炕去捡棋子，突然想起师父当年的话："三强啊，师父已经这个岁数了。师父管得了你一时，管不了你一辈子啊。下棋，是个闲差事，你现在连吃饭睡觉都成问题。你想下棋，可是，你养得活自己吗？"

夜色深沉，三强躺在炕上，一夜无眠。

三强觉得，这黄土地，可能是自己要待一辈子的地方。

从劳改农场出来，三强再也不敢想北京了。他知道自己回京的梦想早在知青办那天就破灭了。在榆林村上，毕竟还能靠自己的双手挣工分挣饭吃，不用东躲西藏当盲流。三强自己给自己安慰，努力让自己的心情好起来，他知道，日子还得一天一天地过。

三强被村里分配到打井队，陕北水源稀缺，村民吃水一直有困难，支书和村长抽调村里的劳动力打了好几口井都不出水，大家都很灰心。三强一来就参加到打新井的队伍中，顶着毒辣的太阳在快要冒烟的黄土地上凿啊凿，打井队都将井打到快二十米了，可还是未见到一滴水。

"陆叔，岩石层都打穿了，还没渗水呢。别是口枯井吧？"三强坐在井边擦着汗喘着粗气，见到支书过来说。

"别胡说！这都是上面技术员给看的。"村支书生气地背着手走了。

春娥拿过大铜壶给他倒水，对三强说："你真是哪壶不开提哪壶，村里打了好几口井了，花了不少钱，出水都不好。我爹急着呢。"

看着春娥走开，三强心里觉得不能这么蛮干，得想个办法才行。

三强利用休息时间在村里转悠了几圈，把村里的地形地势、村里之前出过水的水井位置等摸了个清楚，然后绘制出一张村里地下水分布图。

三强拿着地图去找支书，告诉支书在什么位置打井最可能出水，三强讲得很详细，村支书将信将疑。最后村支书本着死马当活马医的想法，按照三强所说的位置开始打井。

果然不出所料，这口井很快出水了，全村一片沸腾。

当一桶水满满地摇上来，嘹亮的唢呐声就响了起来，陕北秧歌队也欢快地扭了起来。

三强看着眼前的这一幕，心中充满欣慰，而身边的春娥，也对三强心生佩服。

打井出水，这在村里是头等大事，支书对三强也是刮目相看。支书让老婆准备了好酒好菜，在家里好好招待了三强一顿。

"这北京城里的学生，就是不一样啊！这些年打了四五口井都没有水，咋让你一指，就出水哩？"村支书对三强好感增加了不少。

三强心里高兴，端着杯子给支书殷勤地倒酒，一边陪支书频频干杯。

三强在村里的地位渐渐发生了微妙的变化。一来因为他的聪明好学，帮助村里解决了吃水的问题；二来支书心里也有了自己的想法。

支书有块心病，就是他家大儿子春林，说是他的儿子，其实不是亲生，是亲戚过继给他家的。支书对这个儿子视如己出，疼爱有加，这个儿子也算有出息，从山村去到了大城市工作，当上了国家干部。可去了城里就再也不肯回来了，基本上也就不认这个爹了。所以碰上这个没良心的养子，支书这心里又苦又气，儿子也就成了他的一块心病。家里头没有个男丁，所以支书一门心思想着找个倒插门的女婿，自己年龄大了，家里需要个人照应。因此早早地把新窑洞给打好，就等着女儿春娥到了年龄把女婿接进门来。

三强的情况村支书也是反复琢磨过，其实他还是挺适合的人选，而且女儿春娥好像也很喜欢三强。论条件三强也符合要求，城里没家没亲人，适合倒插门，而且这小子长得也不错，关键是头脑灵光，做事也机灵。这些都让支书挺满意的。可就是有一点他心里没谱，因为这么多年下来插队的知青也见过不少，城里娃心都不定，在农村待不住，支书弄不清楚三强是不是也一门心思想着回大城市，怕到时候竹篮打水一场空。

三强脑瓜灵活，办事也细心，支书也越看越喜欢。又看到春娥也隔三岔五地去找三强，帮着三强缝缝补补，平时送饭递水的，暗地里对三强好，支书心里也明白了。

夏天的暴雨来得迅猛，这天突然下起了大雨，伴着闪电狂风，让人猝不及防。三强的知青点经风雨这么一折腾，原本就破烂不堪的窑洞开始漏风渗水，三强正在冒雨抢修，浑身上下被淋成了落汤鸡。可雨实在太大了，三强手忙脚乱都忙不过来。

春娥顶着斗笠冒雨来到三强的窑洞，对三强说："三强，雨太大了，你这个窑洞不结实，我爹让你先去我家避避雨。"

三强看了看天，点点头，转身拎了个书包就跟春娥出门了。

第二天，三强走出支书家的新窑洞，看见支书。

"昨晚睡得好吗？"支书抽着旱烟，微笑着问。

三强点了点头。

"刚才我去村里转了转，知青点的那口旧窑，塌了。"

三强就这样住进了支书家的新窑洞。在村里干活的时候，大家伙都拿他取笑，说他快成支书家的上门女婿了，每当这时，三强也都低头不语。他心底很感激支书把新窑洞给他住，也感激春娥对自己的照顾，让他一个人在村里感受到了家的温暖。如果这辈子他都无法再回北京，那么这样的生活对他来说也算是最好的安排了。

贺梅去了福建后，从福建给三强寄了一些礼物，沿海城市新奇物品比较多，有酒还有雪花膏之类的。三强将收到的五粮液送给了支书，说要不是支书收留他，下雨时窑洞塌了，自个儿就被埋里面了，这就是孝敬他老人家的。这礼是送得不露痕迹，支书这心里舒坦，至于雪花膏这些小东西，刚好就送给春娥，喜得春娥满脸娇羞。

渐渐地，三强不再穿着汗衫劳动了，原来一身汗湿的汗衫由现在的衬衫替代，他也不用下地干之前类似打井这种重活了，而是坐在村大队部里，和会计、支书以及镇上来的干部一起，干点对账的轻活。三强的脑瓜子灵光，从小下围棋让他的计算能力比村里的人强很多，比他们算盘珠子算得还快，所以记账算账这些事，三强完成得又快又好，镇上的干部对他也是刮目相看。镇上薛书记找到支书打听三强的情况，有意调他到镇上工作，支书这个时候已把三强当成了自家人，言语上也是赞赏有加。这样一来，三强就正式被安排到镇上工作，成了村里大家伙都羡慕的能干人。

7

时间已至深秋，天空越来越高远，阳光依然明媚，却失去了往日的温度。秋风萧瑟，寒意渐浓，院子里的乔木叶子快要掉光了，每一阵风过，都会带走几片枯叶，打着旋儿降落，连同慵懒的阳光一起，铺在地上，一片金黄。

一辆黑色小轿车悄无声息地停在棋社门口，车上下来一位精神矍铄的老者，身边跟着一位秘书，一位警卫员。老者就是一直关心着燕京棋社发展的老爷子。

韩德昌一大早接到刘秘书的电话，说是老爷子要到棋社来下棋。老爷子已经好几年没来棋社下棋了，可这次悄无声息地突然造访，韩德昌心里觉得有些奇怪。郑文龙认为这是为了给大家日本之行壮行，韩德昌一听也觉得有道理，便忙不迭准备迎接。

看到老爷子出现在门口，韩德昌连忙迎了上去，老爷子环顾了一下棋院的环境，觉得很满意，很适合下棋训练。走进院内，看到棋院所有棋手都整齐地站着鼓掌，不由一愣，说道："大家不用鼓掌，我们还是握手的好！"说罢，与棋手们一一握手。

"你们都是好样的！上一仗你们打得解气！表现非常好，为国家争得了荣誉。特别是，文龙还把荒村打了个措手不及，振奋人心啊。"老爷子一边说一边招呼郑文龙到自己身边来。老爷子从小就很喜欢郑文龙，可以说是看着郑文龙长大的，这次郑文龙赢了荒村，让老爷子高兴得不得了，一直夸这小子前途不可限量。

老爷子虽然很平易近人，但大家第一次见到大领导，都有些拘谨。老人见状说道："大家不要站队列，随便一些。你们都是国手啊，不必像军人那样，只要像个国手就行！什么是国手？国手就是代表国家比赛的棋手嘛，最重要的还不是棋艺，而是尊严！只要我从你们的眼神里看到尊严，我就特别高兴了！走，我先看大家训练！"说完和大家一起走进了训练室。

韩德昌也准备跟进去，被刘秘书叫住："老韩，参加这次比赛的棋手都定了吗？"

韩德昌说："这两天就定下来，到时候我会给你们一份。日本的名单已经过来了，老爷子看到了吗？"

刘秘书答道："看到了。四轮比赛，十一人参赛，他都知道了。他老是惦记着这次比赛的事情。"

韩德昌问："原来突然到来，是给大家壮行来了？我接到你的电话还在想呢，老爷子日理万机，怎么说来就来了？"

刘秘书摇了摇头："再不来看看，不知道有没有机会了。"刘秘书神色严峻，让韩德昌顿时紧张起来。

"怎么？"

刘秘书迟疑了一下，说："首长已经被停职了。"

韩德昌吃了一惊，半晌说不出话来。

两人一阵沉默，情绪都十分低落，韩德昌问："那，我们去日本的访问比赛……"

"应该不会受影响，外事活动，早安排好的。但棋社以后……就说不好了，但愿不会有什么影响。"刘秘书说。

"看来形势又要动荡起来了。"韩德昌叹了口气，一阵寒风吹来，让他打了个冷战。

刘秘书看了韩德昌一眼，说："其实，老爷子担心他不在位子上，对棋社可能会有些影响。他希望，你能带领棋社渡过难关。"

韩德昌点点头，说道："谢谢老爷子的关心，我必须的！"

训练室里，老爷子来到姜华和童安的桌子旁，问他俩："你们就是新来的小棋手吧？"

"是的，首长爷爷。"姜华嘴甜，让首长很高兴，笑眯着眼睛看着他俩。

"那我要考你们一下。有一次，唐明皇听说有个叫李泌的围棋神童，就叫人去考他，用'方圆动静'四个字出了一副对联，上联是——方若棋局，圆若棋子，动若棋生，静若棋死。你们知道，李泌对的下联是什么？"

童安答道："我知道——方若行义，圆若用智，动若骋才，静若得意！"

老爷子更加高兴了，竖起了大拇指称赞："好样的！"

老爷子走到训练室门口，郑文龙在后面陪着。

"首长，您今天要下盘棋吧？要不我陪您下一盘？"郑文龙试探着问道。

"我是要下一盘，你从小就跟我下棋，我这次不跟你下了！就刚才那个叫姜华的娃娃陪我下，怎么样？"老爷子说。

"你开心就好！"郑文龙说。

韩德昌叫人在自己办公室准备好棋盘，泡好茶叫老爷子过去下棋。郑文龙趁老爷子不注意悄悄对姜华说："跟老爷子下棋，只许输，不许赢。"

姜华没有理睬，走到老爷子对面，鞠躬坐下。

棋局开始，办公室里静悄悄的，大家都屏住呼吸看着老爷子和姜华对局。韩德昌和刘秘书一同走出办公室。

"老韩，今后如果棋社有什么事情，还可以来找我，只是不一定能帮得上忙。"刘秘书说。

韩德昌点点头，满是失落："不知道这冬天还有多久才能过去啊！"

刘秘书眼睛看着前方，若有所思："春天总会要来的，不是吗？"

两人都陷入了思考。

郑文龙气呼呼地从屋内出来，韩德昌见状，问："怎么？棋局进展怎么样啦？"

"这个姜华，脑子进水了，居然和老爷子动真格的。"郑文龙没好气地说，"老爷子想悔一步棋，他居然拦住了！有这么跟业余棋手对局的吗？一个集训队棋手，就这点心胸？"

韩德昌和刘秘书赶紧进屋看个究竟，屋里的气氛有点奇怪，观战的棋手们既紧张又恼怒，但又没法开口说明。

"娃娃，我能再悔一步棋吗？我的大龙眼看就要死了，百足之虫，又死又僵啊！"老爷子开着玩笑说。

姜华没说话，只是傻乎乎地笑了。

老爷子明白意思，哈哈一笑，投棋认输："好吧，即使我悔棋，也回天无力了——我输了！"

姜华恭恭敬敬地问："要复盘吗？"

老爷子站起身来，说道："不了！时间不早了，我要回去了，回去慢慢复盘吧！"

韩德昌问："首长，这就要走吗？"

老爷子笑道："走了，我已经超出时间了，我是请假出来的！"

韩德昌连忙送老爷子出门，老爷子一边走一边对韩德昌说话。

"这次到日本比赛，记得随时把消息通报给刘秘书。另外，不许批评姜华啊！"

韩德昌说："我知道。"

老爷子继续说："自古棋手多文弱，但这个娃娃不一样！不让我悔棋，还是需要勇气的。这个娃娃身上，跟郑文龙小时候一样，有股子邪劲，有用！"

韩德昌目送老爷子的车离去，转身回到办公室，发现大家都在等着他。气氛十分压抑，大家都沉默不语。

郑文龙对姜华说："姜华，你就那么想赢老爷子这盘棋吗？难道让老爷子高兴一点，你就难受一些吗？"

姜华一副若无其事的样子道："没有啊！我挺注意的！"

惹得一旁的何跃利等人都气愤地瞪着眼睛，但又无话可说。

郑文龙提醒姜华："那他悔一步棋，你怎么不给面子？"

姜华一本正经地说道："棋手本来就不该悔棋，怎么了？"

郑文龙有些来火："怎么了？老爷子只是个围棋爱好者，怎么能是棋手？"

姜华还是觉得自己没错："那也不该悔棋。"噎得郑文龙说不出话来。

王巧慈拉过姜华对他说："姜华，我们是专业的棋手，永远要保护棋迷的热情，特别是首长这样的棋迷，没有他们的支持，我们就不可能在这里踏踏实实地下棋。"

郑文龙说："你让他赢，难道就显得你无能了？看来这情商课不得不上啊！"

韩德昌打断了郑文龙，道："算了算了，他还是个孩子，别跟他较劲了。首长都说不计较了，算了算了，大家都回吧。"

等大家都散了，韩德昌见郑文龙余怒未消，笑着说："你现在长大了懂事了，想当年你还不是和姜华一样，你不会忘了吧？"

郑文龙也笑了，可他发现韩德昌脸色不太对，就小心翼翼地问道："是不是出什么事啦？"

韩德昌沉声说："老爷子他，被停职了。"

郑文龙大吃了一惊:"难道有大事要发生?"

韩德昌叹息一声:"这可能是老爷子最后一次来看我们了,这接下来的形势,还不知道要怎样动荡啊!"

棋社的工作还是要继续,和日本棋手的对战在即,傅卫国这天将出战名单公布在黑板上,姜华和童安两位小孩年龄小,没有排上名单。童安性格乖巧,觉得没什么,以后又不是没有机会,可姜华心里不服,觉得自己的棋艺不比那些棋手差,甚至比周佳兰等人还要好,凭什么不让自己去呢?他是越想越气,硬拉着童安一起去了韩社长办公室理论。韩德昌解释说名单已经是开会确定过的,不会再改动了,拒绝了姜华的要求。姜华很不服气,窝着火但也毫无办法。

时光流逝,转眼已是冬至。天空阴沉,大地一片萧瑟。自老爷子走后,棋社的气氛变得有些压抑,知情的人都揣着一颗惴惴不安的心,不知道要发生什么事情。而对于郑文龙来说,唯一的好消息就是他的名字终于名正言顺地出现在对战名单中,上次肖团长回内蒙古之后帮了他的大忙,将他的政审材料写得很好,终于让他顺利地调回了棋社。

虽然已是冬天,队员们依然坚持着每日的出操、训练,为即将到来的比赛准备着,没有丝毫懈怠。然而,就在新年伊始之时,所有人惊闻敬爱的周总理逝世的消息,大地恸哭,举国悲戚,棋社上下沉浸在巨大的悲痛之中。

接上级通知,在周总理治丧期间,全国各地停止一切娱乐活动,棋社的训练也暂时停止。

8

北风凛冽，沉闷而悲伤的空气在城市的上空飘荡，压得每个人都喘不过气来。

到了送别总理的日子，十里长街哭声一片，让人心碎，原本彩色的世界一下子变成了黑白，看不见太阳，也看不见温暖。每个人的心，都被失去总理的悲痛填满，连呼吸都变得压抑万分。街道上的人们，手臂上戴着黑纱，墙上白色的"反击右倾翻案风""揪出走资本主义道路的当权派""历史车轮不许倒退"等标语分外醒目，北风呼啸，被刮起的一张张白色大字报呼啦啦地乱响，未贴稳的还被风刮到空中，晃晃悠悠地飘落在地，又被风吹走，直到有人拾起来，再将它贴到墙上。

韩德昌骑着自行车，行走在冷飕飕的街上，眼前的一幕幕刺痛着他的神经。他不知道体委今天通知他去为了什么事情，在这个混乱的时代，他的命运和棋社的命运，都像这空中的纸片，不知道会面临怎样的安排。

"老韩啊，这里检举你的材料一大堆，最主要的是关于棋社、关于集训队的。上级决定，对你停职检查，这两天就进学习班。"军代表的话还在耳边回响。他最担心的棋社关停的事情并未发生，这让他放心不小。但同时他也认识到，自己无法与棋手们一起作战并肩而行了。

"同志，我能不能提个请求，棋社代表团已经成立了，名单已经发过去了，这次我能不能带队，最后去比赛一次？"韩德昌竭力保持镇定说。

"这个恐怕不行，"军代表回绝了他，"另外你回去通知一声，这次的名单还要做一个调整。你们棋社有一个叫姜华的小棋手吧？

这次去日本必须加上他。"

韩德昌拖着疲惫不堪的身体回到棋社，傅卫国看到他的样子，小心翼翼问道："韩社长……出什么事了？"

韩德昌苦笑了一下："我停职受审了，明天进学习班。"

傅卫国吃了一惊："怎么会这样？"

韩德昌没有回答，开始整理办公室的东西，过了一会儿对傅卫国说："卫国，这次日本我是不能去了，全部担子都落在你肩上了！"

傅卫国沉默了一会儿，说道："韩社长，这世道怎么了？"

韩德昌长叹了一声："你到大街上看看，简直就像另外一个世界！"

韩德昌就这样走了，孤零零地离开了棋社，所有棋手都来为他送行，没有人说话，也不知道说什么能安慰他，大家都默默地看着他离开了棋社。

军代表来到棋社，组织集训队棋手召开全体队员会议。

军代表发言说："韩社长今天已经进学习班去学习了。在此期间，棋社的工作暂时由傅卫国同志负责。希望你们要以更加饱满的革命热情，投入到训练中去，以实际行动反击'右倾翻案风'。下面，我还要传达体委领导的批示，姜华同志敢于同'走资派'做斗争，访日棋手名单调整，增加革命小闯将——姜华同志！"

棋手们开始议论纷纷。王巧慈听到这个消息十分震惊，她转头看到姜华满脸得意之色，明白了怎么回事。

会后军代表单独找了队长傅卫国谈话，告诉他由于新增加了小将姜华，原有的名单需要拿掉一个人。

傅卫国很为难，说："拿掉谁？这个工作不好做。请上级有明确的指示吧。"

军代表并未理睬，让他赶紧决定之后报外事部门。傅卫国想了一会儿，先划掉了周佳兰，后又改为郑文龙。

傅卫国心里担心郑文龙会有想法，他知道去日本比赛的机会对于一个棋手来说意味着什么，傅卫国准备去好好安慰一下郑文龙。

看到傅卫国的到来，郑文龙就知道事情的结果了，他乐呵呵地接受了这个结果，这让傅卫国始料未及。郑文龙看到师兄为难的样子，反倒安慰起傅卫国来，毕竟韩社长进学习班，师兄身上的担子更重了。

王巧慈知道这件事是姜华在背后搞的鬼。她觉得作为姜华和童安的师姐，对姜华这种行为负有不可推卸的责任，会议一结束她就找到姜华。

"姜华，我没想到你能干出这种事！"王巧慈生气地说。

姜华一副不在乎的表情："我也没想到会把郑文龙搞下来。"

"这不就是你想看到的结果吗？"王巧慈说。

姜华还很委屈："巧慈姐，你别老向着他。我能去日本，难道你不高兴吗？你就那么想让郑文龙去？"

王巧慈气得都快哭了："我不是因为郑文龙，我是因为你！"

姜华还在顶嘴："巧慈姐，这人不是我们想的那样，处处和我们作对，你还向着他说话。"

"姜华，你太令我失望了。你知道一个棋手最后能达到的高度是由什么决定的吗？不是棋艺，而是他的品质！"王巧慈哭着跑开了。

王巧慈的情绪从未这么猛烈地爆发过，她说不清自己为何这么生气。当然，她非常反对姜华这种行为，但她心里更接受不了姜华的行为对郑文龙造成的伤害。

在姜华和童安眼中，王巧慈一直是他们最好的师姐，对他们关怀备至，两人也把王巧慈当亲姐一样。可这一次，王巧慈前所未有地对姜华发火，姜华从未被师姐说过这样的狠话，他也觉得很委屈，在屋内伤心地哭了。

王巧慈平复了一下心情，去找郑文龙。郑文龙一个人在训练室埋头打棋谱，王巧慈轻轻地走过去，郑文龙抬起头，冲她微微一笑。

"我代姜华向你道歉。"王巧慈满心内疚。

"这没有什么的。徒弟闯的祸，师父来承担，是应该的。"郑文龙很平静，又自嘲地一笑，"只是他好像不太承认我这个师父。"

王巧慈看着郑文龙，心里难过，咬了咬嘴唇，说："要是可能的话，我真想把我的名额让出来给你。"

郑文龙感激地看了她一眼："这个机会很难得的，把心思放在准备比赛上吧。"

王巧慈的心里有说不出的滋味，有内疚，有爱怜，还有关心。她看着桌上的棋谱，轻轻地说："你还这么用功。叫人看了真难受。"

郑文龙一副很想得开的样子："就那几个名额，总是要有人下来。这次去不了，还有下次嘛！让姜华出去走走，对他也有好处。"

王巧慈若有所思地说："希望他能理解你的好意。"

郑文龙笑了笑："孩子嘛，总是要学会长大，有的事情说了不一定要做；有的事情做了不一定要说，顺其自然吧。"

此刻，王巧慈对眼前的这个男人更加欣赏了。她本是来安慰这个男人的，不承想他反而安慰起自己来。她的心里涌起一阵温暖，低落的情绪一下好了很多。

事情往往出人意料。过了两天，傅卫国从体委带回一个消息："接到体委黄主任电话，日本方面特地加派了一个名额给郑文龙，所以，这次访日比赛郑文龙将和我们一起并肩作战。"

众人一阵欢呼雀跃，郑文龙惊得张大了嘴巴。

"听说是荒村特意点名要你去日本的。祝贺你啊，归队！"傅卫国拍了拍郑文龙的肩膀说。

王巧慈在一旁高兴得涌出了泪花。

姜华回到房间，想着郑文龙运气怎么这么好，本来可以出一口气，现在不仅没出气，师姐还更加向着他。心里越想越别扭，又拿起这段时间攒起来的贺梅写给郑文龙的信，一下全都烧掉了。

童安进来，刚好看到，问："姜华，你又在烧什么？是郑文龙他女朋友的信吧？"

"他女朋友要结婚了。"姜华说。

"这么重要的事，你应该跟他坦白吧？"

"信都烧了，怎么坦白？"

"姜华，你太坏了！"童安说。

"童安，这事就你知道，你可得替我保密。"姜华毕竟是小孩子，有些心虚。

"要想人不知，除非己莫为。"童安叹气道。

去日本的日子转眼就要到了，体委黄主任在大家出发前，反复给大家强调纪律，非常时期，大家都知道这次比赛机会来之不易，也将各种纪律牢记于心。

可天有不测风云，在这个动荡的时期，许多事情都无法预测地变化着。

棋队出发这天，阳光温暖，众人都穿着整齐的西服登上去往机场的大巴车。这时，一辆黑色轿车悄无声息地停到棋社门口，黄主任走上前去。车上坐的是体委的官员。

半晌，黄主任离开轿车，返回大巴，宣布了一个让众人吃惊的消息：

"全体下车！访日取消！"

众人惊魂未定，军代表召集大家集合，宣布了一个让众人更吃惊的消息：

"奉上级指示，棋社的恢复和集训队的成立，是'右倾翻案风'的具体表现，是否定'文化大革命'的复辟行为。即日起，棋社进行整顿，集训队解散，集训棋手从哪儿来的，再回到哪儿去。"

第三章

1

三强到镇上上班已经有一段时间了，也渐渐熟悉了镇上的工作。三强头脑灵活，遇事喜欢思考，来到镇上，面对当前全镇的农业生产情况做了详细的调查摸底。农业生产是全镇工作的重中之重，三强发现粮食生产的问题根源在于种子的好坏，种子品质的优劣直接影响到产量的高低。他将调查结果汇成详细的调查报告，并托北京的郑文龙去农科院寻求帮助，而农科院对三强的请求也很重视，不仅给镇上寄去了优质的种子，新科研项目全国推广期间连种子费用都免了。

镇上严书记对三强的聪明能干十分赞赏，打心眼里觉得三强是个人才，还让三强递交入党申请书，并亲自给三强当入党介绍人。

由于家庭成分的原因，三强对入党一事并未抱太大的希望，可是上级很快就批准了他的申请，让三强惊喜万分。他知道在镇上工作，要想出人头地，党员的身份对他来说实在太重要了。为此，他决定好好感谢严书记。

"别谢我，要谢就谢你陆叔去。"严书记笑着道。

看着三强一脸疑惑的表情，严书记说："你陆叔大儿子可是省里的干部，要不是人家给你据理力争，你能入党吗？"

三强这才恍然大悟，心里既是高兴，又有点失落。

严书记继续说："以后你们就是一家人了，老陆啊那是帮自己人呢。"

三强忍不住脸红了："严书记，您别这么说……对陆春娥同志影响不好！"

镇书记摇了一下头，说："这有啥不好意思的，你们现在不就算是一家人了？老陆没儿子，大儿子是省里的亲戚过继来的。现在出息了，肯定不回农村了。以后你呀，就跟老陆的亲儿子一样！"

三强有些发愣，书记语重心长地说："三强，你家里也没别人了。老陆对你这么好，你得知道感恩，知道回报啊。"

回到宿舍，三强反复想着书记的话，心中泛起一丝复杂的滋味。哎，看来这份情自己一定要在这片土地上还了。

正想着事儿，门口突然想起春娥的声音："三强哥。"

开门一看，看见春娥头系白布站在门口，看见三强眼泪就流出来了："三强哥，俺爸让俺来叫你回去。奶奶走了……"

三强和春娥一起匆匆赶回村里，支书家已经在院子里设了灵堂，支书蹲坐在灵堂门口。三强连忙将带来的白酒和点心供奉上，并对着灵位恭敬地鞠躬，三强的一举一动老支书都看在眼里，心里甚是宽慰。

等三强忙完，支书站起身来，将三强拉到一边。"三强，奶奶明天出殡，你大哥现在陪着领导在南边考察，回不来了，所以想请你帮帮忙，代他大哥当一下长孙，你看行吗？"

家里老人去世了，支书一下子憔悴了很多，本就微驼的身子显得更加佝偻了。看到支书一脸恳切的样子，三强想都没有想就答应了下来。

夜里，支书安排三强住在新窑洞，春娥和她妈抱了崭新的被褥来到窑洞。春娥妈很是热情地对三强说："这屋好久没人住了，阴凉。给你拿床新褥子。"

三强赶紧接过新褥子铺在床上，春娥又把一床新被子放在床上，红红绿绿的很喜庆。

春娥妈说："这是我给春娥结婚做的被褥。三强也不是外人，先用着吧。"

一旁的春娥羞红了脸，放下被子跑了出去。

春娥娘儿俩都离开了，三强打开被子，这红红绿绿的龙凤被面，一看就是结婚时闺女陪嫁的东西。三强叹了口气，将这鲜艳的被子盖到身上，新被子很暖和，可三强却久久无法入睡。

第二天，三强以支书家长孙的身份送奶奶出了殡，安慰了支书一家人后，自己匆匆赶回镇上。三强本想为自己入党的事情当面感谢一下支书，但最终还是没说出口。

回到镇上，三强决定去照相馆照张相，将自己入党的消息告诉郑文龙他们，分享这份喜悦。郑文龙收到信后，又惊又喜，赶紧把三强入党的消息告诉了郑母。郑母拿着照片看了半天，一阵欣慰一阵心酸。

"三强总算在那里扎下根，跳出农门了。可惜啊，估计他是回不来了。"郑母叹息道，又转头问郑文慧，"关于下乡插队的事，你怎么想的？"

十七岁的郑文慧哪有什么想法，只会复述着学校老师的话："我们学校开动员会了，老师说都得下乡插队。除非能就工……"

"哎，就工，哪有那么容易？你哥现在都要喝西北风了。"郑母拿着三强的照片，"郑文慧，你知不知道，你下乡插队得销户口，以后你就不是北京人了？"

郑文龙知道下乡插队的严重性，说："咱们能不能想想办法？"

郑母心事重重："能想的办法都想了，连贺司令家都去过了。文龙，要不你去找一下老爷子？"

郑文龙摇了摇头："老爷子都已经停职了。"

郑母听了一惊，一声叹息："看来，这插队是非去不可了。"

郑文龙想了下，说："那要不……就让文慧去陕西吧。我那儿不少同学呢。彼此有个照应。你看，三强在那儿都入党了，让他提携着文慧。"

郑文慧一听，高兴得连连点头："对啊，反正横竖都得去。那我就去陕西。"

郑母看了一眼照片，又看了一眼郑文慧，叹了一口气，点了点头。

2

棋社解散了，队员们各怀心事，都准备着打铺盖卷回原来的地方，郑文龙已经获批准调回北京，不用再回内蒙古，可看到大家伙都得原地解散，心里很不是滋味。这天上午他在训练室独自打谱，忽听到门口有人在大叫："郑文龙，郑文龙！"

郑文龙走出门口，远远看到一个熟悉的身影，瘦瘦小小，背上背着个铺盖卷，手里还拎着个大包。走近一看，郑文龙乐了。

"叶秋，怎么是你？你怎么来了？"郑文龙又惊又喜。

叶秋一身风尘仆仆，但还特别精神，兴冲冲地说："农场终于放我来你们这儿训练了！"

郑文龙看着眼前的好朋友，打趣说道："这次又给肖团长送了几只鸡呀？"

叶秋说："我可费了九牛二虎之力，哪是送几只鸡这么简单！"

郑文龙看着叶秋又得意又高兴的样子，真不忍心泼他的冷水：

"老表啊，我说你是个倒霉蛋呢！"

"怎么了？"叶秋一脸疑惑。

郑文龙双手一摊，道："棋队整顿，集训队就地解散啦！"

叶秋差点没一屁股坐到地上。

郑文龙拎了行李，领着没缓过来劲的叶秋来到宿舍。

"老表，大老远来先别想集训队的事了，好好睡一觉，睡醒再说吧。"

叶秋也再无言语，估计挤长途火车把他小身板累得够呛，简单收拾之后，倒在郑文龙床上就睡着了。

一觉睡到下午，叶秋睡眼惺忪地起来，郑文龙进来，问："老表，你打算什么时候回去？"

"回去？"叶秋揉了揉眼睛，"好不容易出来，我还不得到处看看。"

"对了，你和辛燕子怎么样了？"郑文龙问。

"我们准备结婚，"叶秋说，"我先回一趟江西老家，然后再回去和她会合。"

郑文龙心中感慨，道："那要恭喜你们了，结婚时记得要通知我一声啊！"

叶秋开始收拾行李，又问："对了，你的贺梅呢？"

郑文龙沉默了一下，叹道："别提啦，棒打鸳鸯，分了。"

刚好这时，王巧慈过来找郑文龙，见有生人在，又离开了。

叶秋看到王巧慈的背影，神秘地问道："你的新女朋友？"

"别乱说，就是普通队友关系。"郑文龙道。

"我有种直觉，你和这姑娘有戏。"

"去你的，先管好你自己的事吧！"

说笑间，叶秋已重新背上行李，伸出手来，一本正经地说："文龙，本想和你做个队友，天天都能同你下棋，可没想到是这样的结局，看样子我这辈子真是无缘进棋社了。"叶秋有些感慨，停了一下接着说："不过我是不会放弃的，你等我，总有一天咱们还会在这里见面。"

郑文龙用力地握了握叶秋的手，看着这个瘦弱的身影离开。

周佳兰这些天一直很苦恼，王巧慈鼓励她大胆对傅卫国展开追求，她也想着法子接近傅卫国，比如故意找傅卫国下棋，假装以报答学棋而帮他洗衣服等等，可是傅卫国一直都在躲着她，实在躲不过就敷衍她。周佳兰知道傅卫国对她不耐烦，但她不在乎，凭着川妹子的一股子泼辣劲儿，她相信傅卫国的反应都是暂时的，总有一天会被她感化。

可是突如其来的政策变动让她措手不及。集训队解散，每个人都只能哪儿来回哪儿去，周佳兰因有父亲的关系倒不担心没地方去，可是她不得不与朝夕相处的傅卫国分开。这一分开，自己前面的努力付诸流水不说，以后可能就再也无法实现自己的愿望了。

周佳兰知道自己终究是要走的，但是她想找傅卫国谈谈。她来到训练室，看到傅卫国正在和郑文龙下棋，之前两人的十番棋一直没下完，两人趁着这几天清净就继续对局，王巧慈和姜华、童安等在旁边观战。周佳兰进去的时候，一局棋刚刚结束，郑文龙又输了。

周佳兰来到傅卫国的身边，说道："傅队长，我有事找你。"

周围几个人听到她的话，都回过头来看她。傅卫国有点不好意思，但又不好发作。

周佳兰不管不顾，拽了拽傅卫国的衣服，示意傅卫国跟她出去说。傅卫国很不情愿地站起来同周佳兰走出去，临走之前还看了王巧慈一眼。

傅卫国走进办公室，把刚才的不情愿发作出来，口气很不耐烦。

"你有什么事，快说。"

周佳兰没有心思管傅卫国的语气，急切地问道："卫国，棋社解散了，你去哪儿？"

傅卫国道："哪儿来的回哪儿。"

"山西干校？"

傅卫国无奈地点点头。

"那我也去山西干校。"周佳兰说。

傅卫国问："你不是要回四川？"

周佳兰说："我不回去，回去一点意思也没有。我想好了，跟你去山西干校。"

"棋手都回原籍。"

"脚长在自己身上，我想去哪儿你管不着。"

傅卫国冷冰冰地说："你去哪儿都行，就别跟着我。"

周佳兰却说："你去哪儿，我就去哪儿。"

傅卫国对她的任性有点生气："绝对不行！"

周佳兰眼眶红了，抹着眼泪跑开了。

看着周佳兰跑开，傅卫国也感到自己话说得有点重了。恰好这时周佳兰的父亲四川军区周副书记打来电话，请求他帮忙劝周佳兰回家，傅卫国接完电话后如释重负。

傅卫国在办公室拿起一本棋谱，在扉页上面写下"巧慈惠存"几个字。他在心里计划了很久，临走之前要将这本棋谱亲手送给王巧慈。傅卫国犹豫再三，还是敲开了周佳兰的宿舍门。周佳兰孤零零一个人坐在床头抹眼泪，看到傅卫国到来，心中充满了惊喜。

"刚才你爸爸给我来电话了。棋手回原籍，要服从命令。"傅卫国说。

"我要跟你去山西。"周佳兰说。

"不行！"

"要不，你跟我回四川吧。我爸可以安排……"

"不行！"傅卫国回答得很坚决。

周佳兰扭捏了半天，终于说出了口："可是我……我不想跟你分开！我……喜欢你！"

突然的表白让傅卫国一愣，说不出话来。

过了许久，傅卫国才说道："我们是棋手，要以大局为重。"

周佳兰再也忍不住了，"哇"的一声一下子抱住了傅卫国，傅卫国整个人一下子僵住不动了。

"可是，现在棋社都解散了，我怕再也见不到你了……"周佳兰再也控制不住自己的感情，流着泪说道。

傅卫国不知所措，僵直地站着任由周佳兰抱着："我们都是棋手，以后肯定是要见面的。"周佳兰抬起头，看着傅卫国，突然说道："那，你抱我一下！"

傅卫国一阵慌乱，没有动手。

周佳兰将傅卫国抱得更紧了："你不抱我我就不放手。"

傅卫国窘得脸都红了。他紧张地看了看门口，生怕此时有人经过看见。两人僵持了一下，傅卫国见实在拗不过周佳兰，又看了一下门口，轻轻抱住了周家兰，周家兰趁傅卫国不注意，飞快地在他的嘴唇上亲了一口。

傅卫国的脸倏地红了个透。他像吃了亏的大姑娘一样，捂着嘴巴指着周佳兰，瞪大了眼睛却说不出话来，想了想转身跑了。

周佳兰看着傅卫国跑开的身影，流着泪笑了。

王巧慈回宿舍，看到周佳兰泪流满面，吓了一跳，连忙问怎么啦！

"他，吻我啦！"

"谁？傅卫国？"

周佳兰点了点头，把事情的经过给王巧慈讲了一遍。

"我虽然把初吻送给了傅卫国，但是还没有走进他的内心。他心里装的都是围棋，我挤不进去。巧慈姐，为什么爱一人这么难？"周佳兰问王巧慈。

王巧慈不由自主想到了郑文龙，心里涌起一丝甜蜜，对周佳兰说："喜欢他就放开他，让他自由。如果他爱你自然会来找你，如果你爱他也可以放开他。"

王巧慈的安慰让周佳兰心情好多了。她起身开始收拾东西。王巧慈见了问："要走？"

"嗯。我爸来接我的车已经在外面等着了。"

王巧慈看着周佳兰离去的背影，回头看见窗台上那盆菖蒲绿油油地发亮。

这时，傅卫国轻敲房门进来。

傅卫国说："巧慈，你什么时候走？"

王巧慈："应该是后天吧。你呢？"

"我先送送你，然后再走。"

"我和童安、姜华三人一起走，不用了。"王巧慈回答得干脆利落。

傅卫国拿出棋谱来，说道："我托体委外事办带过来的新一期日本棋谱，你带回去看看吧，上面有几个女棋手的谱。"

王巧慈接过书翻翻，看到了上面的字"巧慈惠存"，又把棋谱合上。

"要不你先看？"王巧慈把棋谱递给傅卫国。

傅卫国连忙说："我看过了，觉得对你有帮助。"

王巧慈转身从架子上拿下一本书，递给傅卫国："这是我上次借的，一直没来得及还你。"

傅卫国有点拘谨地接过来。一时间两人各怀心事，气氛有点尴尬。

"这次分开，不知道什么时候能够再见。"傅卫国打破了沉默。

王巧慈说："我想，既然大家都是棋手，以后总会以某种形式相见的。"

傅卫国苦笑一下，道："再次相见，希望不会以现在这样的形式分别。"

王巧慈轻轻一笑，云淡风轻："最坏的结果不过如此，不会再坏了，不是吗？"

此刻，傅卫国想把心里的话说出来。他知道，如果此时不讲，也许再也遇不到这么合适的机会了。

"巧慈，这些年来，棋盘就是我的世界，现在快要失去它了，我才觉得这个世界越来越美丽。"傅卫国的话有点不着边际。

王巧慈说："是啊，这个世界里不是只有厮杀，有得到的快乐，也有不舍的痛苦。"

傅卫国情绪开始激动，有些语无伦次：

"巧慈，你有没有想过，我们……有没有可能……"

"当"的一声，门被推开了，打断了傅卫国即将脱口而出的表白。

王巧慈连忙站了起来，周佳兰气喘吁吁地站在门口。

"佳兰，出了什么事？"王巧慈赶紧从傅卫国身旁走开。

"我舍不得走啊！"周佳兰看到了傅卫国，眼泪忍不住又流了下来，傅卫国眼神躲闪着不敢去看周佳兰的眼睛。

"那我先回去了。"傅卫国低着头夺门而逃，留下周佳兰呆在原地。

她一跺脚，道："我有那么可怕吗？不行，这事情没完。"转身追了出去。

王巧慈看着周佳兰急匆匆的背影，长舒了一口气。

3

傅卫国回到宿舍，心里又悔又恼，好不容易等来的机会又给周佳兰给搅黄了。正在叹气时，门外响起了周佳兰的声音："卫国，你开门。"

傅卫国生怕周佳兰推门进来，连忙走到门边，用身体顶着门，说道："你先回去吧，我累了休息着呢。"

"你得开门让我进去说啊。"周佳兰不愿离开。

"有什么事情明天再说吧。"傅卫国说道。

"你到底开不开！"周佳兰加大嗓门。

傅卫国害怕周佳兰把动静闹太大让人笑话，提高了声音说道："你别乱来啊，你再这样我就不理你了。"

这句话对周佳兰有用，她想了想，失望地离开了。

傅卫国耳朵贴着门听脚步声远去，才放心地回到床上躺下，翻开王巧慈还给他的那本书，一张纸滑落。他拾起一看，是王巧慈画的棋谱，字迹娟秀，顿时陷入了无限遐思。

门外又传来敲门声，傅卫国以为周佳兰去而复返，不作声。

"卫国，在吗？"是郑文龙的声音。

"在。"傅卫国答道。

"晚上去许师母家吃饭吧。"门外的郑文龙说道。

"那你等我收拾一下，我们一起去吧。"快要回山西了，是应该去看看师母，傅卫国一边想一边回应道。

二人带着点心一起来到许师母家。师母见到二人十分高兴，做了一桌子好菜，特地拿出来许国芳留下的陈年老酒招待二人。

吃饭的时候，傅卫国闷闷不乐，郑文龙一边给他倒酒一边问："怎么了，要回干校，心情不好？"

傅卫国喝了一口酒，看着郑文龙说：“你小子为什么运气一直这么好？从小师父疼你，长大了也有贵人相助。”

许师母接过话道：“你们师父待你们可是一视同仁的啊，手心手背都是肉。”

郑文龙起身把自己的挎包拿来，掏出师父的书稿。

“来，给你个好东西，让你高兴高兴。”说罢将一卷书稿递给傅卫国，“卫国，你去干校也没什么事，把师父的谱整理整理吧。”

傅卫国推辞道：“咱说好下棋的。棋还没下完，你拿着吧。”

郑文龙把书稿往傅卫国手里一塞：“你棋力在我之上，本就该是你的。”

傅卫国接过棋谱。

“其实，我拿棋谱说事儿也没别的意思，实在是想跟你下棋，但又想不出其他办法。我其实都没想跟你争什么。一直以来你都比我强，我都习惯了。”郑文龙说。

傅卫国叹气道：“哎，时至如今，我甚至觉得不是打回起点，而是终点。”

“冬天已经到了，春天还会远吗？”郑文龙又端起酒杯，向傅卫国示意。

傅卫国也端起酒杯来，笑着说：“你说的跟王巧慈差不多。”

郑文龙哈哈一笑：“她也这么说？看来英雄所见略同。不瞒你说，我想跟你下十番棋，还是她点醒我的。”

傅卫国略带醋意地说道：“你女人缘真好，不像我，临到分别，都不知道怎么跟喜欢的人说。”

“周佳兰？”郑文龙问他。

傅卫国摇了摇头，一仰脖子干下一杯酒。

“别提了，这丫头太任性，打都打不走。事儿都被她搅和了。”

郑文龙道：“我看周佳兰性格挺好的，你怎么就不喜欢她？”

傅卫国连忙摆手："别提了，听到她的名字我躲都来不及。"

郑文龙还很疑惑："不能吧，周佳兰有那么讨厌吗？"

几杯酒下肚，傅卫国明显有点醉意，有点迷离地说："同事一起都没事，可是，我……宁缺毋滥，这种心情你能理解吗？"

郑文龙点点头表示认同。

傅卫国接着说："我特别不喜欢她那泼辣劲，大大咧咧的，女同志怎么能那样一点都不矜持。感情这事情怎么好强迫？不像巧慈，那样文静，跟她在一起相处、下棋，气场对路感觉特别舒服。"

郑文龙也点点头说："巧慈是个好姑娘，聪明大气。"

傅卫国借着酒劲说："我一直觉得，下棋和感情，就像鱼与熊掌不可兼得。但是，巧慈不一样，她是个好棋手，也是个好女人，是唯一让我觉得可以把围棋和感情完美结合的女人。"

郑文龙觉得傅卫国把感情的事想得不是一般的复杂。他笑着说："我可不像你，我要是喜欢一个人，就直接告诉她我喜欢她，不会想这么多。"

傅卫国眼神有些飘忽，看着郑文龙道："我看你跟她走得挺近的，你也喜欢她？"

郑文龙连忙摆手道："那你可误会我了，我跟她只是普通朋友关系。"

听到郑文龙这么说，傅卫国的心情突然变好起来："那你有喜欢的女孩吗？你不会现在还想着贺梅吧？"

郑文龙摇头，道："都是过去的事情了，我现在就想把棋下好。"

宁静的夜色，在小院外面温柔地散开。推杯换盏间，舒适的情绪在每个人心中延伸，让他们暂时忘了明天。明天之后，大家各奔东西，走进一个又一个前途未卜的日子。

傅卫国心中对王巧慈有多少牵肠挂肚，周佳兰对傅卫国就有多少依依不舍，两个人都面临同样求而不得的境遇。纵有万般不舍，傅卫国也只好将他对王巧慈的这份感情埋藏在心底，打好行装，离开了棋社，去往他来时的地方。傅卫国离开之后，周佳兰也带着对傅卫国的思念和不舍回四川了，唯一带走的，是窗台上那一盆绿油油的菖蒲。

王巧慈为周佳兰的这份深情无限感慨，其实在她的内心深处，何尝不和周佳兰一样，平时相处的时候还不觉得，分别在即，感情上就特别难以割舍。眼看离开的日子越来越近，她内心也充满了煎熬。是的，此时此刻，郑文龙已经走进了她的心中，她发觉自己已经彻彻底底喜欢上了这个男人，她会为他被召回内蒙古而失落，也会为他失去比赛资格而难过。她的心思已经停留在这个男人身上了。她享受和他相处和他下棋的每一段时光，她觉得她沐浴着幸福，徜徉在爱的欢愉中。可是，让每个人都心痛的离别却让她心烦意乱，因为她的心思，郑文龙一无所知。她不愿意让这份感情无疾而终。她决定对郑文龙说出她的心里话。

送别周佳兰，王巧慈身边只有郑文龙的时候，问他："晚上，你有空吗？"

郑文龙点头。

王巧慈说："我想找你谈一件很重要的事。"

郑文龙觉得挺好奇："什么重要的事，现在不能说吗？"

王巧慈说："现在不行，得等到晚上。七点钟你能到北海后门见吗？"

郑文龙有点奇怪，于是说："要不，晚上我请你们吃顿饭，明天你和童安、姜华也要走了，算是给你饯行吧？"

王巧慈道："饭就不吃了。七点钟我在那儿等你。"

4

月色如水，夏天的夜在收起白天的酷热之后，用一丝丝浪漫的风让城市的空气宁静且温柔。北海后门，华灯初上，昏黄的灯火映着静谧的街道，行人三三两两，时而低语，时而缓步徐行。也只有这个时刻，人们才能放下心事，忘记伤痛，用片刻的轻松舒缓自己的内心，休憩疲惫的精神世界。

郑文龙如约而至，发现王巧慈已经早早地等在那里，看着他微笑。

"你今天回家吃饭了吧？真不好意思，这大老远的让你赶过来。"王巧慈有些抱歉地说。

"你吃过饭了吗？"郑文龙当然不会在意，问道。

王巧慈点点头。

"姜华、童安那俩小子呢？"郑文龙在寻找着话题。

"他们倒是在哪里都能安心下棋，说是明天要走了，今天去逛了天安门和故宫，刚回来。"

"哎，年纪小，心思单纯。替我看好这俩小子，希望他们将来的棋手生涯比我们顺当。"郑文龙说，他心里蛮喜欢这俩小子的。

王巧慈笑了笑："最坏尚且如此，他们不会比我们更惨的。"

郑文龙说："怪不得卫国昨天说，咱们俩英雄所见略同。"

王巧慈有些好奇地盯着郑文龙："那你是怎么说的？"

"我说冬天已经到了，春天还会远吗？"郑文龙答道。

王巧慈听了，莞尔一笑。

"你们衢州真是个出棋手的地方。听说你们仨都师从一个老师？"郑文龙问道。关于王巧慈的事情，他之前还真没怎么了解过。

"许师父也问过我师父的问题。当他听到我师父的名字时，吃了一惊。"王巧慈说。

"说来听听。"

"他从前也曾在段祺瑞府上下过棋。"

"他就是跟我师父下棋，输了棋，自断拇指的'段子'？"

王巧慈点了点头。郑文龙继续说道："师父以前也跟我说过这段经历，他觉得非常对不起蔡先生。"

王巧慈叹道："蔡师父肯把我和姜华、童安送到北京来，我想，他已经不再介意当年的事情了吧。"

郑文龙也感叹道："但愿如此吧！真应该让他们俩再见一面，可惜师父带着遗憾走了……"

两人在后海旁沿路缓缓地走着，轻轻地交谈着。在这样的夜色中，两人都觉得内心平静，似乎那些不快的忧虑的事情，此时都消失得无影无踪了。

不知不觉间，两人来到河边围栏旁，都停下了脚步，相视而立。

王巧慈低着头，似乎在酝酿，又似乎在犹豫，好一阵子，她才抬起头来，对郑文龙说：

"我今天约你出来，是下了很大的决心的。"

郑文龙没听懂王巧慈话里的意思，看着王巧慈额前的刘海被风吹动，眼里闪动着亮晶晶的光。

王巧慈的脸有些红，但还是保持平静地说："我可以喜欢你吗？"

郑文龙一愣，猝不及防，身体也不由僵住，低下了头。

"我已经考虑过了，我不想让你为难。在现在这种情况下，我比谁都要惶恐。我不知道我怎么这么喜欢一个人，他会接受我吗？我已经顾不上害羞了，我要走到你身边，直到成为你最亲密的人。喜悦时共同分享，悲伤时我先向你伸出手。这不是占有欲，我现在实在是不能自已。"

郑文龙抬起头，看着王巧慈，那阵风似乎一直绕着她的额头未曾离开，柔美的秀发在风中微微飘动，像湖畔的柳枝一样不知所措。那双眼睛装满了黑夜中闪烁的湖水，是街灯的倒影还是涌出的泪花，郑文龙不知道。

郑文龙的内心在翻腾，他一直没想过会面对这样的问题。他觉得王巧慈是个很好的姑娘，沉稳大气、棋艺精湛，他甚至很佩服她，发自内心地佩服。他没有想到在这样一个临别的夜晚，王巧慈会坦诚地向他表白。太突然了，让他没有时间思考怎么回答。在他看来，这个问题需要一个长考，他需要给一个对得起自己，也坦诚对待王巧慈的回答。于是，他以从未有过的郑重，说道："谢谢你的信任！像你说的，现在这种情况，给我一点时间，我需要考虑一下。"

王巧慈望着他，她知道今天自己的表白有些唐突，但她是经过深思熟虑的，她愿意给郑文龙一些时间让他思考。王巧慈相信他，如果今晚他就草率地回复，那他就不是她认识的郑文龙了。她已经做好了充分的思想准备，无论怎样的结果，她都愿意接受。

这是一个沉静的夜晚，王巧慈再也没有在黑暗中翻来覆去难以入睡。她睡得很沉稳，很踏实。

可郑文龙却失眠了。他反复回味着王巧慈的话，与王巧慈交往的点滴仿佛电影一般，一幕一幕在他脑海里闪过，一夜未眠，却没有结果。眼看窗外的天渐渐亮了起来，郑文龙突然想到今天是王巧慈三人回衢州的日子，连忙翻身起床，奔向火车站。

火车站人流熙熙攘攘。郑文龙好不容易登上月台，开往衢州的火车已经完成了检票，空荡的月台上只剩三三两两送行的人，没有王巧慈和姜华、童安的影子，郑文龙有些失落。自己还是晚了一步。

火车车门已经关闭，透过车窗，郑文龙可以看到车厢里人头攒动，但并未发现王巧慈的脸。

一声汽笛长鸣，火车开始缓缓启动。此时王巧慈心中涌起无限落寞，她希望临走之前能见到郑文龙，虽然她并未提起，但她多么希望他会来为她送行。可现在火车已经开了，还是没见到那个人的身影，她掩藏在心底的失望被这加速的火车一点一点拉扯，让她有些无法自已。

火车缓缓驶出月台，王巧慈看到送别的一张张脸庞都向后退去，退到看不见的地方。她出神地看着眼前的这一幕，心里充满了惆怅。突然，月台的柱子后面闪出一张熟悉的脸，王巧慈的心差点蹦了出来——他还是来了！一阵喜悦瞬间冲走了先前的怅惘，她隔着车窗死死盯着月台上的身影，那个熟悉的如今就要远离的身影。她看到月台上的人也发现了车窗里的她，四目相对，没有挥手道别。就这样无声地离别，月台上的脸始终挂着一丝微笑，眼神温柔地注视着车窗前的脸。

这一丝微笑映进了王巧慈的心里，而月台上的郑文龙看到车窗前的她泪流满面。

王巧慈和童安、姜华走后，棋社的棋手完全离开了，空荡荡的棋社让郑文龙心情沮丧，无事可做的郑文龙只好回家。可每天待在家里，也让郑文龙坐立不安，他思来想去决定出去走走。

郑文龙来到客厅，郑母正在织毛衣。"妈，棋院也歇了，我想出去散散心。"郑文龙说。

郑母顿时紧张起来，抬起头来看着郑文龙，道："你可不能去福建找贺梅！"

"我没说我要去福建呀！"郑文龙说。

郑母说："贺梅已经结婚了，你知道吗？"

郑文龙瞬间愣住。虽然他知道他与贺梅已经分开了，但听到这个消息，他的心里还是一阵难过。

郑母看他脸色不好，小心地说道："我也是前阵子听她妈说的，结婚就结婚呗，还特意来告诉我，无非就是让你死心嘛。这事本来和我们家也没什么关系，所以也就没打扰你，省得你分心，多想。"

"也是，已经没关系了，想也没用。"郑文龙长出了一口气，似乎要将与贺梅的最后一份牵挂从胸口吐出去，"其实我是想去浙江的烂柯山走走，吸吸那里的灵气。"

郑母听了，知道郑文龙不是去找贺梅，这才放下心来，说道："去吧，去吧，指望你回来后成大师。"

郑文龙想去衢州烂柯山，其实有好几个原因。王巧慈离开北京时也曾邀请他去衢州，他也很想去见见师父生前常常提起的"段子"，他想替师父完成遗愿，向蔡佑民当面道歉。还有一个原因，去衢州可以下棋，有王巧慈还有姜华和童安。待在那里总比在家里自己和自己下棋有趣多了。

征得母亲的同意后，郑文龙当天就开始收拾行李准备出发。夜里他打开抽屉，拿出自己与贺梅的合影，用剪刀将两人爱情的见证剪成了碎片。他知道，从这天晚上起，他和贺梅之间，不再有任何的可能了。

5

衢州是位于浙江省西部的一个小城市，虽地方不大，但南接福建，西近江西，北邻安徽，是一个文化交汇之地，著名的烂柯山更是围棋棋手和爱好者心目中的圣地。这地方与北京没有直达火车，郑文龙一路乘坐火车到了杭州，又乘坐长途汽车才到了衢州。

一下车，郑文龙看到王巧慈早就等着迎接他。数日不见，两人又在衢州相见，对于王巧慈来说，这是件让她十分开心的事，终于又可以每天都见到想念的人了。郑文龙一下车就被这个美丽的小城迷住了，看着远处的山问王巧慈是不是烂柯山。王巧慈指了指南边的山说这就是，郑文龙一听马上就要王巧慈带她去。王巧慈扑哧一声笑了，说今天太晚了，以后有的是时间，不用这么着急。最后说定第二天一早带郑文龙去烂柯山。

郑文龙见到姜华和童安两个甚是高兴，童安也十分礼貌地打招呼，倒是姜华，还和往常一样，一副爱理不理的样子。姜华对郑文龙还是一肚子的不满，可郑文龙才不会理会这些，没事人一样把两个小孩呼来唤去，弄得姜华也毫无办法。王巧慈还安排了郑文龙住到他家，姜华虽心里不乐意，但远来是客的道理还是懂的，只好答应下来。

郑文龙远道而来，姜华父母以及童安的父亲都聚在姜华家为郑文龙接风洗尘，酒菜上桌，却等不来蔡佑民老师。刚到衢州时在蔡佑民家就没能见到他，郑文龙知道蔡老是故意躲着自己，心里想着来日方长，总有见着的时候，先安顿好再见也不迟，于是酒席过后，早早地歇息了。

第二天，王巧慈就带着郑文龙去了他思慕已久的烂柯山。

烂柯山离住处并不远，也就几里路程，二人早早来到烂柯山。郑文龙见眼前美景，远异于北京城，更不同于内蒙古大草原，绿树青山，轻雾缭绕，一派江南秀丽景色。

晨雾中一条幽然小径，绵延伸向山的深处，给本就清幽之地平添几分深邃。二人沿着小路缓步徐行，王巧慈故意问郑文龙："下棋的都知道烂柯山的传说，你听说过吗？"

郑文龙一笑，道："你这不是骂人吗？烂柯山可是棋界仙地，要是没听说过那还算棋手吗？我只是没来过罢了。"

"那你讲一遍给我听听。"王巧慈故意顽皮地说道。

郑文龙就一本正经地讲道："在晋代的时候，有个叫王质的樵夫，有一天上这座烂柯山砍柴，结果遇见两个小棋童在一块石桌上下棋，就好奇地看了起来。"

"那块石头叫烂柯石，就在前边，我们快到了。"王巧慈指了指前方，一座巨大的天然石桥矗立在那里，就像仙人的洞府一般。

"王质待在旁边看啊看啊，都忘记了时间，后来一个棋童提醒他说：'哎，你该回家了，斧头把儿都烂了！'王质一看吓了一跳，果然，当他回到村子里，他的亲人早就去世了，当年的孩子，都变成白胡子老头了！"

说话间两人已经来到烂柯石旁。王巧慈指着地上的石头说："到了，烂柯石。"

郑文龙好奇地打量着眼前的烂柯石，"就是这儿吗？"

"就这儿。但是你漏掉了一个细节：王质坐下看棋时，一个棋童给了他一枚像枣一样的东西吃，不然早饿死了。"说着，她从小包里掏出一块奶糖，塞到了他的嘴里。郑文龙嚼着奶糖，一阵甜蜜涌上心头。

"我还要考考你——仙界一日内，人间千载穷。"王巧慈说。

"双棋未遍局，万物皆为空。"郑文龙脱口而出。

王巧慈瞪大了眼睛，很吃惊的样子："孟郊的《烂柯石》你居然会背？"

郑文龙不好意思地挠挠脑袋，道："我就知道你会吃惊。我呢，确实没什么文化，中学没毕业就去内蒙古农场了，但就是记忆力强。"

王巧慈点了点头，道："我们不能断章取义，还有后面两句呢——樵客返归路，斧柯烂从风。"

郑文龙继续答道："'唯余石桥在，独自凌丹虹。'现在我得考考你了，这个传说，根节儿在哪儿？"

"什么是裉节？"王巧慈没听明白这句北京话。

"诀窍吧。"

王巧慈调皮地一笑，说："天机不可泄露。"

郑文龙哈哈一笑，道："聪明！"

两人在烂柯山走走停停，天南海北地畅谈，到了中午两人就席地而坐，以随身携带的干粮做午餐，然后继续在烂柯山中游玩。南方秀丽的景色对于北方汉子郑文龙来说实在太新奇，况且这烂柯山又是下棋者的圣地，声名远扬，郑文龙流连在美景中，直到天色渐晚，才意犹未尽地返回。

王巧慈陪着郑文龙，看着这个男人在烂柯山时而新奇，时而陶醉，开心的时候像个小孩儿，思考的时候像个大人，说笑的时候又像个淘气鬼，王巧慈的心情也随着郑文龙的心情而起伏。这是她回到衢州这些天来最快乐的日子。

王巧慈将郑文龙送到姜华家，想起昨晚久等不至的蔡佑民师父，于是一个人往蔡佑民家走去。

蔡佑民在院子里喝茶，王巧慈静静地坐在师父身边，陪着师父。二人都没有提及昨晚的事。

蔡佑民问："郑文龙他来干什么？"

"他是许国芳师父的徒弟。"

"这个我知道。"

王巧慈说："他说，他师父觉得对您有所歉疚，不该恃强无礼，跟您下那一局断指棋。"

蔡佑民轻轻地说："我并不记恨他。当时我也是年轻气盛。"

王巧慈道："我求您见他一面。"

蔡佑民沉吟一阵，说："还是不见了吧。"

王巧慈问道："老师，我还是不明白为什么？"

蔡佑民说："都过去这么久，不需要枉谈什么歉疚和原谅了。"

王巧慈："可是他千里迢迢来了。他人很爽快，有什么说什么，棋也很好，他还战胜过日本棋圣荒村。"

蔡佑民微微一笑："这就是我不想见他的原因了。"

见王巧慈一脸迷惑，蔡佑民又道："我知道他这次为了什么来。恐怕，不仅仅是替师父还愿吧？我也知道，你也想他来。"

王巧慈听到师父这番话，终于明白了师父的意思。开始她以为师父对郑文龙的师父还抱有成见，现在才明白，这一份成见原来都是因为自己。

王巧慈短暂地思考了一下，平静地说道："老师，实际上，是我想让他来的。"

蔡佑民看着王巧慈说："你还很年轻，下棋才是根本。"

王巧慈回答得很坚定："我相信我们在一起，对下棋更有帮助。"

蔡佑民叹了一口气，道："巧慈，我不想看到你为任何人，做出任何牺牲。"

王巧慈摇摇头道："除非我不结婚。"

"你就不该现在谈婚论嫁，没有人配得上你，包括那个郑文龙。"蔡佑民说。

"都没见到人，您就这么早下结论？"王巧慈脱口而出，蔡佑民听了一愣。

半晌，蔡佑民说："那你容我想想。"

夜，月光如洗。回家的路上，王巧慈的心，和这夜色一样平静。

6

一大早，郑文龙找来姜华和童安。

"交给你俩一个任务。"

"什么任务？"姜华问。

"你俩带我去烂柯山。"郑文龙说。

两人傻眼了。

"不去，烂柯山我都去滥了，要去你自己去。"姜华毫不客气。

"昨天你不是和巧慈姐一起去过了？"童安的话要客气得多。

"好地方一次哪儿够？我这人有时犯晕，你们不带我去，我肯定会迷路的。今天巧慈姐不在，你们必须陪我去。"郑文龙说。

姜华母亲在旁边听到三人谈话，对姜华说："你们就陪郑老师去吧，难得来一次，下一次来都不知道什么时候了。"

姜华的脸上写满了不情愿。

郑文龙是真的没有逛过瘾，他感觉这里就是棋手最佳的修身养性之处，这山这水，让人内心平静，让世间烦恼都消散。姜华和童安却不是这么想，尤其是姜华，走着走着就落在后面好远，一个劲儿唉声叹气嫌累。

三人又来到烂柯石旁，郑文龙饶有兴致地绕着烂柯石转了好几圈。姜华和童安远远地看着，似乎对这里的一切毫无兴趣。

郑文龙对他俩说："那你们歇着吧，我还要到附近去转转。"

姜华说："你转去吧，那我们到山下等你。"

郑文龙走远了，童安在身后大叫："郑老师，别走远了，我们在山下等你！"

郑文龙听了回头喊道："你们都下山去了，我等下怎么下去？"

姜华喊道："有一百条路都可以下山，你只要不往山上走就行！"

说完就拉着童安往山下走，边走还边说："又不是狗熊，上得来怎么下不去？！"

郑文龙继续往山上走去，姜华和童安俩人在山下一个凉亭里坐着等郑文龙。

过了一阵，天边突然传来一阵沉闷的雷声。

童安看了看渐渐暗下来的天色，有些担心道："天快黑了，要是下大雨就麻烦了。"

姜华一副幸灾乐祸的样子："下得越大越好！"

"那样会出危险的！他就下不来了！"童安有些担忧。

"这点困难都应付不了，那他还不真成狗熊了。"姜华笑着说。

果然，几阵疾风吹过来，豆大的雨点也砸了下来。不一会儿，电闪雷鸣，风雨大作。

山上的郑文龙被淋了个正着，狼狈不堪地四处找地方避雨，可山上除了树就没有可躲雨的地方，好不容易找到一块突出的岩石，郑文龙赶紧躲到下面避雨。

亭子里的童安着急了，对姜华说："我们俩陪着郑老师出来，要是把他给弄丢了，咱们回去没法交差啊！"

姜华也意识到了问题的严重性，开始着急起来。

"咱俩分头去找吧，等会还在这里会合。"姜华对童安说完，两人顶着风雨就往山上跑去。

雨一阵紧似一阵，丝毫没有要停的意思。郑文龙站在岩石下，看着渐渐墨黑的天，无可奈何。

姜华家里，饭菜都已经上桌。王巧慈忙完白天的事早早地过来帮姜华妈做好晚餐，等着郑文龙他们回来。

门口响起了脚步声，王巧慈以为郑文龙回来了，赶紧前去开门。

姜华和童安气喘吁吁地闯了进来。

王巧慈看见眼前只有两个人，问道："怎么就你们俩回来了，郑师父呢？"

"找了好久没找到，我们走散了。"姜华说。

王巧慈心急如焚，问姜华："你们什么时候走散的？在哪儿走散的？"

姜华看见王巧慈如此担心的样子，心生不悦，王巧慈见他一副无可奉告的样子，忙向童安询问。

童安告诉了王巧慈原委。王巧慈知道郑文龙此刻可能还在山上，不顾大家的劝阻，穿上雨衣，一头扎进了大雨中。

王巧慈一路小跑到了烂柯山。大雨没有停歇的意思，黑夜中的山路泥泞难行，手电筒的光就像萤火虫一样微弱。可王巧慈顾不了这些，深一脚浅一脚朝着山上赶，心里对郑文龙既担心又埋怨，担心的是这电闪雷鸣的，他会不会不懂躲雨出了危险，埋怨的是他也太痴了，早点下山该多好！

王巧慈沿着昨天自己和郑文龙上山的路一边走一边呼唤，雨中的烂柯山，树影憧憧，夜色连白天的小路都掩盖了，更不用说去寻找一个人。但王巧慈顾不上这些，一路奔走和呼唤，忘记了自己雨水顺着雨衣，打湿了脸庞，迷蒙了双眼。

终于，她远远地看到一个人影，站在一个突出的岩石下面，是郑文龙，终于找到了他！

王巧慈怀着无比激动和欣喜的心情，奔上前去。

"文龙！"

郑文龙看见了她，一张满是担心、被雨水打湿的脸庞，傻呵呵地笑着说："我转了一个大圈，好容易摸到这里来了！"

王巧慈张开双臂，抱住了眼前这个男人，眼前一片模糊，分不清是雨还是泪。

"你担心死我了！"她的声音有些哽咽。

郑文龙也张开了双手，紧紧抱住了王巧慈。

雨，丝毫没有停下来的意思。此刻，两个人都忘情地拥抱着，全然忘记了时间，忘记了烂柯山。

良久，两人停止了拥抱。郑文龙为王巧慈捋了捋额前打湿的头发，拉起她的手深一脚浅一脚往下山走去。

黑夜笼罩着烂柯山，大雨笼罩着黑夜，王巧慈和郑文龙的双手紧紧地握在一起，王巧慈手上的手电筒射出微弱的光，很快就被无边的黑暗吞没。山上小路本就不显眼，在大雨中更是找不到痕迹。两人在山中不知道摸索了多久，也未能找到下山的路。

也不知过了多久，他俩的眼前出现了一间小茅屋，茅屋的窗户透出微弱的光。两人仿佛遇到了救星，连忙走上前去。

门开了，门缝中探出一张老大爷的脸。

"谁呀？"老人问。

"大爷，我们迷路了，能在这避避雨再走吗？"王巧慈说。

门开了，王巧慈扶着郑文龙跌跌撞撞走了进去。

原来屋里住着一对老人，老大妈掌过灯来。郑文龙已在大雨中淋了很久，浑身上下都湿透了。

"没受伤吧？"好心的大妈问道。

"没有，就是有些发烧。"王巧慈说。

"去拿干毛巾来。"老大爷对大妈说，"你们这样子下山很危险啊。天亮再走吧。"

大妈递过来干毛巾，郑文龙将浑身上下擦了一遍，王巧慈帮他脱去湿透的外衣。大妈熬了一碗姜汤给郑文龙喝下，郑文龙觉得自己昏昏沉沉，王巧慈把他扶到床边，他倒头就躺下了。王巧慈用手探了探郑文龙的额头，滚烫滚烫，担心不已，就在旁边的椅子上守着。

半夜里，雨依然紧一阵慢一阵地下着，郑文龙迷迷糊糊地醒来，感到头特别沉。他挣扎着坐起来，发现外面的灯还亮着，吃力地探过头去，看见大爷和大妈正在桌前下棋。昏黄的灯光下，两人都静悄悄的，只有窗外的雨声淅淅沥沥。郑文龙回过身来，看到旁边的王巧慈睡得正香，便将床上的毯子给王巧慈盖上，感到整个人恍恍惚惚，又倒下睡着了。

郑文龙再次醒来时，天已经大亮，屋里飘出米粥的清香。经过一晚上的休息，郑文龙感觉精神好了很多。大妈端来热粥，郑文龙吃了一碗，身上出了一些毛毛汗，才感觉整个人恢复了一些体力。

郑文龙还记得昨晚看见大爷和大妈下棋的情景，于是问道："昨天夜里，你们是在下棋吗，围棋？"

两位老人笑了笑，"没有。我们不会下围棋。"老大爷说。

"真的？我看见了——"郑文龙觉得很奇怪，自己看得清清楚楚。

大爷说："我们家里什么棋都没有。"

大妈说："我看你还是有点发烧吧？"

王巧慈也走过来，用手摸了摸郑文龙的额头："文龙，你没事吧？"

大妈说："烧退了，但怎么说胡话呢？"

郑文龙满脑子疑问，难道自己真的烧糊涂了？

雨后的烂柯山，鸟语花香，风景怡人，空气中散发着植物的清香。

告别了大爷和大妈，郑文龙和王巧慈顺着山路下山回家。原来，昨夜两人大雨中走错了方向，摸到后山来了。

经过一夜惊魂，两人行走在山间的小路上，心情就如放晴的天空一样明朗。

郑文龙说："鹪鹩巢于深林，不过一枝；偃鼠饮河，不过满腹。可我们棋手却不能有'知足常乐'的心。"

王巧慈道："我们余姚的思想家王阳明说过，吾辈用功，只求日减，不求日增。减得一分人欲，便是复得一分天理，何等轻快洒脱，何等简易。一直以来我都会以这句话要求自己，定期审视自己的每一步。确实，占据自己精力的东西太多，很多其实都没有任何价值。"

郑文龙说："这一点，你比我看得远，想得开。"

王巧慈说："人生从来不是加法，而是减法。不断选择抛弃那些不必要的东西，内心才不会被遮蔽。光照进来，才能看清自己内心需要的是什么。"

郑文龙点头认同，又说："我看老夫妻这种隐居生活，也挺优哉。"

王巧慈笑道："那等老了我们就回烂柯山隐居？"

郑文龙点头表示赞同。

郑文龙想起昨晚的事，觉得奇怪，道："我昨天晚上似乎看到那对老夫妻在下棋。但早晨，大爷告诉我，他们根本不会下棋。"

王巧慈说："真巧，我也做了同样的梦。"

郑文龙更奇了："真的？你也看到了？那就不是梦了。他们昨天晚上真的在下棋！"

王巧慈羞涩地笑道："那看来我无法到你梦里给你做见证了。我梦到的，是咱俩在下棋。"

郑文龙看着她，脚下一滑，差点儿摔倒，王巧慈伸手连忙扶住他，两人十指紧紧扣在一起。

两人享受着这份甜蜜，都没有说话。过了一阵子，王巧慈说道：

"今天去见蔡老师吧，他答应了。"

"真的？"

"但是，蔡老师说，他只想见你一面，与许师父无关。"

二人顺利下山，郑文龙跟着王巧慈来到蔡佑民家。

蔡佑民正在看两个学生对局，王巧慈道："蔡老师，郑文龙来看你了。"

郑文龙忙问好："蔡老师好，我是郑文龙。"

蔡佑民点了一下头，算是回应："哪天回去？"

王巧慈说："他想过几天回去。"

蔡佑民说："听说你郑文龙至今还没有胜过王巧慈，是这样吧？"

郑文龙点了点头。

蔡佑民继续说："那，那我现在要看你们对弈一局。"

郑文龙顿时愣住了。王巧慈忙说："蔡老师，我明白你的意思，可是这样恰当吗？他昨天被雨淋生病了，上午刚刚退烧，还没好透。"

蔡佑民指点着学生的棋盘，没有抬头。

"这不是借口。"

王巧慈继续说道："这样的对局没有意义的。蔡老师，这样的对局看不出任何东西。"

蔡佑民道："我能看出东西。人如其棋，棋如其人。"

王巧慈用试探的口气问郑文龙："既然这样，那我们就下一局？"

两人默默摆盘，郑文龙即将落下的子又收回来，说道："这盘棋，我不能下。"

蔡佑民道："一个手下败将，还有什么资格遑谈婚娶？"

郑文龙平静地说："如果王巧慈和我在一起，那我一辈子输她，也没什么。"

蔡佑民站起来，盯紧了郑文龙，然后又转向王巧慈，停了一会儿，他说道：

"巧慈，你们走吧！"

"蔡老师——"王巧慈欲言又止。

蔡佑民转头，不再搭理他们。

两人无限茫然地走了。

姜华将这一切看在眼里，等郑文龙他们走远，就问道："蔡师父，为什么让他走了？"

蔡佑民轻轻叹道："你巧慈姐对他已经不计较了，刚才他的话表明，他对巧慈也一样，这就是所谓的棋逢对手。我只是不希望巧慈在感情这盘棋上，失去的太多。"

王巧慈带着郑文龙走在路上。郑文龙说："蔡老师的那番话，我怎么觉得他什么都知道。"

王巧慈叹道："他辛辛苦苦培养了我五六年，几乎没有把我当成女棋手看待。好不容易看到我出道了，他是不希望我太早嫁人。"

郑文龙说道："那你让他放心，我完全和他站在一边。让你这一身功夫荒废了，我不就成千古罪人了？"

王巧慈问道："知道他为什么非让我们比赛一局？"

郑文龙说："观棋观人，一举两得呗！"

王巧慈摇摇头："不对。他始终认为你不如我！"

郑文龙听了，思考了一下，说："人都是需要自己了解自己，都需要一个依靠来衬托自己的优点和缺点。大家都是互相衬托对方，相互成长，相互了解自己，就像面对一面镜子，相互彼此照清自己，看别人，也要看自己……"

王巧慈看着郑文龙，眼里泛起无限温柔："我愿意做你的镜子。"

两人轻轻相拥。看着远山如黛，郑文龙说："你看我们现在这样看对面的山，是高山仰止；如果站到山顶上看，要么山外有山，要么一览众山小；如果在天上往下看山，山就不是山，而是沧海中的一粒浮尘了。"

郑文龙的一番话让王巧慈感到吃惊。郑文龙见状，笑笑说："你不用这样看我，棋局最高境界，就是人的眼界和胸怀，这和看山的道理差不多，也是最难的。"

此刻，雾气在阳光中散去，远处的烂柯山清晰地呈现在眼前。

7

郑文龙去衢州的时候，郑文慧也开始动身去陕西插队。临行前，郑文龙给三强拍了一封电报，托付三强好好照顾妹妹。

这天，镇上严书记和三强，穿着短袖衬衫，戴着草帽，到村里视察，进了村支部，春娥在办公室招待书记和三强。看到三强如今穿戴整齐，像个城里人了，春娥眼中羞涩，满心喜悦。

严书记看在眼里，对三强说："三强，你和春娥的事儿，我给你做媒人，提亲吧？"

三强的脸一下子红了，低头喝茶。

"我们还小呢，再等两年吧。"

严书记笑道："可不小了。要搁在'破四旧'以前，你这个岁数，孩子都能打酱油了。"

三强一口水差点儿被呛到。

严书记接着说："三强，我听说，咱们男人啊，早晚都要成个家，家里有个女人，这日子才过得有意思。你尝尝，春娥这丫头做饭，比你自己做的好多了吧？"见三强认可，严书记继续说道："你现在一个人吃饱全家不饿，还感受不到成家的好处。我是你的入党介绍人，这婚姻大事，等麦收结束之后，我替你做主。"

下午回镇上，三强正在办公室整理材料，邮递员送来了电报。三强打开电报单一看，原来是郑文慧要来插队的消息，三强又惊又喜。

向严书记告了假，三强立刻动身去见郑文慧。三强原以为，这辈子可能很难再见到文慧了，但没想到命运就是这样的安排，让原本在北京待得好好的姑娘，一转眼就来到了陕西，来到离自己一河之隔的地方。

三强乘坐羊皮筏子渡过黄河，赶到郑文慧所在的知青点时，已是日落时分。

远远地，一阵悠扬的手风琴声飘进他的耳朵。他循声望去，看见一群知青正围坐在一起，郑文慧正坐在院子中间的磨盘上，专注地弹奏着手风琴。郑文慧还穿着城里学生的衣服，此刻的夕阳正照在她的脸上，十七岁的姑娘，显得分外迷人。郑文慧正弹奏着一首苏联抗战歌曲，几个女学生坐在旁边轻声地唱着歌，几个男知青在专心地听着，陶醉在歌声中。

三强怔怔地看着这一幕，眼前出落得亭亭玉立的大姑娘让三强不由得呆住。

郑文慧一曲弹毕，看到了三强，惊喜万分，露出灿烂的笑容。

"三强哥……"

三强走上前去，郑文慧要起身，旁边一个女知青给她拿拐，三强这才发现郑文慧的脚不能动。

三强赶紧上前扶住郑文慧："文慧，你脚怎么了？"

长时间的委屈让郑文慧一直强忍着伤心，此刻见到三强仿佛见到了亲人一样，委屈的眼泪忍不住掉了下来："三强哥，我的脚坏了……呜呜呜……"

三强把郑文慧扶回窑洞的炕上，摸了摸她的额头，感觉没发烧，于是从军用挎包里拿出日用药品，递给郑文慧，也分给另外两个女知青。

"涂点这个吧。你们刚来，农村生活不适应，正常现象。"三强对大家说，然后又对郑文慧说，"早点睡吧，我明天带你去医院。"

郑文慧顺从地点了点头，眼看天色暗了下来，关心地问道："三强哥，你住哪儿？"

"村支部会给我安排的，你就不用管了。"三强走出了窑洞，郑文慧看着三强的背影，心里感觉到从没有过的踏实。

第二天一早，三强让村支部安排了一辆马车，一大早来接郑文慧去医院。郑文慧简单地整理了一些行李，在三强的搀扶下坐上了马车。

知青点离医院还有挺远的路程，赶了一程路就到了中午，二人来到黄河边，车夫牵着马到河边喂马去了，三强拿出烧饼，递给郑文慧，算是中午的午饭。郑文慧坐在马车上，看着黄河宽阔的河面，波涛滚滚，河面上那些川流不息的羊皮筏子，像一条条灵活的鲤鱼在江面上跳跃。驾羊皮筏子的人，熟练地在江边穿梭，偶尔高喊一嗓子"信天游"，嘹亮的声音飘荡在黄河两岸。

郑文慧无心吃饭，眼睛盯着黄河，呆呆地说："插队都一个多月了，我还是头一次见到黄河呢。"

三强坐在郑文慧旁边，拧开水壶递给郑文慧。

"等腿好了，我带你去坐羊皮筏子。"

郑文慧深有感触。她看了一眼三强，头一歪靠在三强的肩膀上，三强一下子受到了震动，半边身子都麻了。他怔怔地坐在那里，不敢动。

"对面就是你哥插队的兵团。"三强没话找话。

郑文慧看着茫茫水面，看不到什么兵团。问道："是我哥兵团离你近，还是我这边离你近？"

三强道："差不多吧。他们在内蒙古，有钱都花不出去。所以，他们不上工的时候，都来我们镇上吃饭买东西。"

郑文慧突然不说话，默默咬了一口烧饼。

三强问："你怎么跑来插队了？你们家这个条件，怎么也应该去兵团吧？"

"早知道，我就申请去兵团了。我以为，都在陕西，能跟你离得近一点，谁想到还有这么远的距离，呜呜呜……"郑文慧狠狠咬了一口烧饼，不争气地哭了。

三强一时不知所措，赶紧手忙脚乱地给她擦眼泪。三强看着郑文慧流眼泪，心里也明白了她的心意。

两人下午才赶到医院。三强帮郑文慧办好住院手续，扶着郑文慧躺下，说："我得回去了，下班再来看你。"

郑文慧坐起身来，叫住三强："三强哥，你等等。"指着挎包，"帮我把包打开。"

三强走过去，拉开了郑文慧的包。他拨开郑文慧的几件替换衣服，拿出一个小包袱。

我哥让我把这个亲手交给你，里面是我妈用许师父留下的毛线织的毛衣，你和我哥一人一件。

三强手里拿着包袱，眼眶湿润了。

转眼已是中秋节，郑文慧在医院也住了好些天。三强这些天一有空就去医院看她，三强明白了郑文慧的心思后，两人的关系亲近了许多。三强心里也是喜欢郑文慧的，之前在北京由于自己居无定所，无依无靠，根本不敢往那方面想。但现在郑文慧也下乡插队到了自己跟前，这就像命运故意安排的一样，让三强的心里燃起了希望的火苗。

中秋这天三强一下班就匆匆赶来，却让正在集市上买东西的春娥瞧见。春娥满心狐疑地跟着三强，看着他走进医院。

医院的后院里，郑文慧坐在轮椅上，正拉着手风琴，给护士们排练歌曲。

郑文慧边领唱边弹奏乐器，护士们跟着小声哼唱。

三强听得出了神。

一曲终了，等护士们离开，三强上前接过她手里的手风琴，背在背上，把网兜里的水果罐头递给她。郑文慧看着罐头和糖果，心里涌起一阵被呵护的温暖。

三强推着郑文慧的轮椅往回走，郑文慧剥开一块糖果放进嘴里，又剥开一块糖，抬手塞进三强嘴里。

郑文慧故意说："今天是中秋节，看来只能在医院里度过了。"

"我留下来陪你吧！"三强说，却抬头看到春娥站在眼前。

春娥不可思议地望着这一幕，眼神怯怯地看着三强和郑文慧，转身匆匆跑了。

这一幕被郑文慧看在眼里，回到病房，她忍不住问道："三强，那是你女朋友吗？"

三强想了想，摇了摇头。

"那是你的……追求者？"郑文慧紧追不舍地问。

三强沉默不语。

郑文慧有些吃醋："早知道这样，我就什么都不应该跟你说。"

三强打开一罐罐头，喂给郑文慧吃，郑文慧赌气地转过头去。

三强坐在床头，略一思索，说道："文慧，如果不是你来了，我……可能都要结婚了。"

三强说得很坦诚，也很平静，让郑文慧吃了一惊，回过头来，又充满不解地问道："那你……还来找我干吗？"

三强叹了口气，说道："春娥的父亲陆叔，是我插队落户村里的支书，他对我有恩。我能从改造农场出来，还在镇上当干部、入党，都是陆叔一路在帮我。本来说的是，麦收结束后，就要上门提亲了……"

"好了，你别说了。"郑文慧打断了三强的话，她心里一阵酸楚，觉得自己变得多余了，"你走吧。我也不想为难你。"

三强听了，默默地放下了罐头。他的心里也很为难，但又不知道如何解释，只好说："行，那我先走了。"

郑文慧一怔，心情由酸楚变成了委屈，看了三强一眼，发狠地说道："三强，你走吧，以后永远别来找我……"

三强连忙捂住了郑文慧的嘴巴。

"文慧，我家里一个亲人都没有了。如果不是你来插队了，我以为我就一个人在农村待一辈子了。现在你来了，事情就不一样了。我回去，跟春娥把事情说清楚。等我把问题解决利索了，再来找你。"三强言辞恳切，说完这段话后干脆利落地走出郑文慧的病房，留下郑文慧一个人眼泪在眼眶里打转。

8

郑文龙和王巧慈两人确定了恋爱关系后，商量应该把这个消息告诉傅卫国，这样做光明磊落，也能避免今后的尴尬。傅卫国接到信后，仿佛头顶响起一个晴天霹雳，无比震惊。他不敢相信这个事实，当初明明郑文龙亲口告诉自己，他不喜欢王巧慈的，可现在，一转头两人就好上了。他在心里骂郑文龙人面兽心，卑鄙下流。想着自己苦苦思恋的女人被师弟给夺走，傅卫国悲痛欲绝，一怒之下，将信撕得粉碎，整个人如虚脱一般，大病一场。

正在这个时候，周佳兰忍不住对傅卫国的思念之情，千里迢迢从四川来到了山西。

傅卫国正在病恹恹地啃着馒头，远远看到何跃利带着周佳兰走了过来，吓得顾不上生病，情急之下躲进了屋里的衣橱内。

周佳兰走进傅卫国的宿舍，没看见人影，发现衣橱的门没有关紧，知道傅卫国故意躲他，于是开始若无其事地收拾房间。

"多大岁数的人了，还这么邋遢，一点都不爱惜自己。照顾自己都不会，看这乱的，这衣服都多久没洗了，这么热的天，屋里一股臭味，男人怎么都这么不讲究卫生……"周佳兰故意说给衣橱里的人听，一边把脏衣服都收到脸盆里，然后端着脸盆往外走。

等周佳兰走远了，傅卫国赶紧打开衣橱门偷偷从后面溜了出去，一口气跑到了宿舍后的小山坡上。

周佳兰洗完衣服，又帮傅卫国收拾完屋子，见傅卫国仍然没有出现，只好向何跃利告辞，回军分区去了。

傅卫国看着周佳兰的吉普车绝尘而去，才挠挠头走回宿舍。推门进去，看到宿舍收拾得整整齐齐。

傅卫国故意装作不知道，说："今天太阳从西边升起啦，收拾得还挺干净。"

何跃利反问："我这一圈一圈地找你，你躲哪里去了？！"

傅卫国还在故意装聋作哑："我这不是在这儿嘛，找我做甚？"

何跃利一听就来了火，拉着傅卫国往外走，一边说道："身体好了不是，已经可以到处溜达了不是，那还待在屋里装什么孙子？干活去！"

"我请了病假，你不能这么没人性！"傅卫国大叫。

又一个黄昏日落。何跃利和队员们收工回来，远远看见周佳兰站在夕阳下。

何跃利对傅卫国说："傅卫国，你看周佳兰又找你来了。"

傅卫国一听到周佳兰，条件反射，撒腿就跑。

何跃利喊道："你别跑啊。"

傅卫国说："就说我不在。"傅卫国狼狈的样子让大家哄笑。

队员散去，何跃利走近周佳兰，看到周佳兰对着傅卫国离开的方向，笑着流泪。

何跃利也不知道怎么安慰她，说道："佳兰，到屋里坐吧。傅卫国他……"

"看到我来就跑了是吗？我都看到了，你看他就躲在那里。"周佳兰强作笑颜，指着前方。

何跃利叹了口气，道："你和傅卫国到底怎么回事啊，就像老鼠见到猫似的。"

周佳兰苦笑道："我有那么可怕吗？"

何跃利连忙说："没有啊，我觉得周佳兰同志既聪明又漂亮，还可爱。"

周佳兰说："那傅卫国跑什么啊？"

何跃利道："是啊，他跑什么嘛？队友来了，三分情面都不给。走！我带你找他去，太过分了，做人怎么能这样，简直不可理喻。"

周佳兰摇摇头，看着傅卫国的方向，说："谢谢你，何跃利！我要走了。我知道，他不会见我，麻烦你把这封信交给他，告诉他我不会再来找他了，明天我就回四川。"周佳兰无限伤感，她噙着眼泪朝着傅卫国的方向挥手道别，转身坐上了吉普车离去。

……

傅卫国垂头丧气地走到宿舍门口，何跃利堵住了去路。

"你不是喜欢溜吗，要么从这里溜过去，要么解释清楚，我可不想再问你第三次。"何跃利说。

傅卫国一副有苦难言的样子，道："已经够闹心了，你就别闹了好吗？这不是一句两句话能说清楚的，这里面很复杂的。"

何跃利盯着傅卫国道："傅卫国，你不会是左手暗恋王巧慈，右手对人家周佳兰动过什么坏心思吧？否则，人家一个黄花大闺女怎么可能千里迢迢来找你，今天你必须和我解释清楚，是不是把人家黄花大闺女给糟蹋了，然后想逃避责任吧？"

傅卫国脖子都气歪了，脸涨得通红："我傅卫国是这样的人吗？那种畜生干的事情，我傅卫国能干得出来？"

何跃利把信递给傅卫国，没好气地说："周佳兰让我转交给你的。"

回到宿舍，傅卫国打开周佳兰的信：

卫国：

请允许我这样称呼你。如果你看到这封信，那说明你还是在躲避我，不肯见我。如果是因为我的主动让你受到伤害，那么，我只能说声对不起。但是，我不后悔我自己的选择，因为我喜欢你，我爱你，我愿意为你付出一切。可是这些话，不能当面告诉你，只好写下了，也算是对你的表白。我走了，明天就回四川，如果你想通了，随时给我写信，我等你！

爱你的周佳兰

读完信后，傅卫国也陷入了沉思。

9

三强自从在镇医院被春娥撞见与郑文慧在一起后，就做好了面对一切的心理准备。他和郑文慧讲明白之后，反而感觉心里豁然开朗，知道一切该来的自然会来，也就坦然了许多。

这天，严书记风风火火来找三强，说老支书病了，还有事情要汇报。三强和严书记就急忙赶回村里，碰到没有好脸色的春娥，三强有些尴尬，严书记看在眼里，心里也明白了几分。

老支书病恹恹地躺在床上，看到严书记进门连忙坐起来对严书记说："严书记啊，麻烦你跑一趟。这次请你来，是想跟你商量点事。"

"陆叔，你讲。"严书记认真地听着。

老支书说："我这年纪大了，身体不好。革命工作都快干不动了。你看，要不，把三强从镇上调回村里当支书，我呢，就主动让贤，你看行不？"

三强不动声色地听着，心里明白了老支书的想法。

严书记略一思忖，点头道："我看行。三强是个好苗子，他在公社工作有一段时间了，再回基层锻炼一下。我认为，是好事。三强，你觉得呢？"

三强心里一阵苦笑，但仍然很平静地说："我听领导安排。"

三强就这样回到了村里，被安排到砖窑场，干的都是些搬砖的苦力活。老支书是故意在农闲时把他下放到窑场来吃苦的，还给他戴了个技术员的高帽子，让他有苦难言。三强每天都挥汗如雨累得直不起腰，但也咬着牙挺着。

　　劳动之余，三强就会去镇医院看望郑文慧，经过一段时间的修养，文慧的脚终于好了。恰好镇上中学缺老师，文慧又是个高中生，于是就被借调到了镇中学，工作轻松了许多。

　　郑文慧来到镇中学不久，就收到意外的惊喜，他们这一批下乡插队的学生可以回京继续上学了。听到这个消息，她心里又高兴又难过，她终于可以重回北京，回到母亲身边，可是，很快又要和她心爱的三强哥分开了，而且这一分开不知道何时才能相见。

　　这几天三强没有来镇上，郑文慧决定去三强的村里看他。她还没见过三强工作的地方，同时也要将这个消息告诉三强。

　　上午时分，郑文慧坐上一辆马车，晃晃悠悠地来到了村支部。

　　郑文慧看到，在高温的砖窑里，三强光着膀子挥汗如雨，脸上也被草木灰弄得黑一块白一块，十分狼狈。

　　"文慧，你怎么来了？"三强看到突然出现的郑文慧，有些吃惊。

　　"三强哥！"郑文慧看到眼前的三强，才知道原来三强的工作这么辛苦，很是心疼，眼泪都快出来了。

　　"你等一下，我洗把脸。"三强回到院子，打了一盆水，把自己收拾干净，转身回来，郑文慧又见到了知识青年模样的三强。

　　三强带着郑文慧回到宿舍，一进窑洞，郑文慧就忍不住给了三强一个拥抱，让三强猝不及防。

　　郑文慧抑制不住内心的激动，可又对三强又万般不舍。

　　"三强哥，我要走了。"

　　三强似乎知道迟早会有这么一天的。他虽然心里充满了失落，但也为郑文慧感到欣慰。他拍了拍郑文慧的肩膀，故作镇定地给她倒水。

"要回城了？"

郑文慧点点头。

"招工？"

"上大学。"

三强惊喜地看着郑文慧，他由衷地为郑文慧感到高兴，一时间两人心绪复杂，四目相对，竟然无语。

"三强，我想，让你跟我一起回北京。"郑文慧打破了沉默。

"怎么可能呢？"三强一阵苦笑。

"难道真的一点办法都没有吗？"

三强低着头，半天才抬起头来，看着郑文慧说："让你失望了。"

郑文慧说："我听说，每个知青点，都有返城名额。都是支书说了算。"

三强并没接她递过来的手表，说："哎，我的情况，有点特殊。支书这里算是得罪了，而且我们家北京没人了，回去也没意义。"

"可是北京还有我，还有我哥，还有我妈，还有许师母……"郑文慧急切地说。

三强叹道："你回得去，我，回不去了。"

郑文慧很着急，她看着三强，突然脸一阵绯红："要不……咱们结婚吧！"

三强以为自己听错了："你说什么？"

"咱们结婚吧，结了婚，我回去，你也跟我回去。"郑文慧眼睛里闪动着希望的光。

牛三强笑了："别傻了！咱俩要是结了婚，你也回不去了。"

郑文慧的目光黯淡了下来。

时间过得很快，眼看到傍晚了，郑文慧不得不回镇上。临别之际，郑文慧在三强的脸上深情地一吻，然后转身上了马车。三强目送郑文慧上了马车，落日的余晖中，郑文慧的身影越来越小，三强心中涌起无限失落。

过了几日，春娥端着一碗饺子来找三强，三强也没有推辞，端起饺子大口吃了起来。

"谢谢你啊，春娥，饺子真好吃。"三强说。

"三强哥，这是我最后一次给你送饭了。"春娥垂下了头，轻轻说，"我要结婚了。"

三强一呆，又低头一阵猛吃。

10

三强的下乡插队生涯终于结束了。村支部特意为三强和另外两个男知青举行了欢送仪式。

欢送会议结束，大队人马陆续走出了村部，屋里面就只剩下三强和支书。

三强走到支书身边，诚恳地说："谢谢你，陆叔。我到了新岗位，一定好好干。"

支书抽着烟，抬头看了三强一眼，问："三强，你怨我不？"

三强摇了摇头："陆叔，是我对不起您，让您失望了。"

支书叹了一口气，道："强扭的瓜不甜，我想明白了。你们这些城里娃，十几岁来我们这里插队，待六七年，也和我们不一样。春娥她大哥，从小长在农村，还不是早早地走了，就在省城，一年也不回来一趟。"

"所以，我更不能耽搁了春娥。"三强说，支书点头表示认同。

"我现在想通了，我要找个女婿，根儿就在这儿的。你们这些城里娃，根儿不在这里，心也不在这里。"

三强点点头。

支书抬头看了一眼三强，说："三强，春娥她奶走的时候，你替我们老陆家当长子出大殡，我要谢谢你。"

支书抽完一袋烟，拍了拍三强的肩膀，转身悠悠走了。

三强在本地招了工，进入了镇中学当一名数学教师，这对三强来说无疑是个好消息，但是他得到消息的时候却高兴不起来，他脑海中挥之不去的北京，牵挂的郑文慧，都像一根系在他心头的线，时刻朝那个方向拉扯着他的思绪。

相比之前在村里的砖窑干体力活，三强现在的条件已算不错了。他将自己的境况写信给郑文慧，郑母知道消息后也为他跳出农门而欣慰，可郑文慧的心情却十分沉重。三强在本地招工，意味着回北京的希望十分渺茫，看不见两人未来的前景。

这天有人来学校找三强，远远地看到是江西老表叶秋。叶秋费尽心思回到北京棋社下棋，刚到北京却赶上棋社解散，郁闷之极，只好又回到了兵团。这一回叶秋红光满面地带来个好消息，原来他被推荐上大学了，特地来向老朋友告别。

又一个朋友离开这里回城，三强由衷地为他感到高兴。可他心中像打翻了五味瓶，五味陈杂。

兴许是苦心人天不负，三强终于等来一个属于他的千载难逢的机会：

> 1977年9月，国家教育部在北京召开全国高等学校招生工作会议，决定恢复已经停止了10年的全国高等院校招生考试，以统一考试、择优录取的方式选拔人才上大学。全国高校招生工作会议决定，恢复高考的招生对象是：工人农民、上山下乡和回乡知识青年、复员军人、干部和应届高中毕业生……

全国的报纸、广播都报道了这个让无数青年重燃希望的振奋人心的消息，三强同样激动得热泪盈眶。他终于可以不受限制、全凭努力就可以回到北京，和心爱的人团聚了。国家这个正确的决定，终于可以让和三强一样渴望用知识改变命运的年轻人，不再困于身份而失去改变命运的机会，只要你足够优秀，公平的人才选拔制度向每个人敞开。

　　三强清楚，他用实力证明自己，改变自己命运的时刻到了……

　　郑文龙在衢州与王巧慈朝夕相处，两人每日切磋棋艺，探讨人生，感情也日益深厚。时光如梭，转眼半年的时间过去了，郑文龙得知妹妹要回北京上学的消息，心里记挂着棋社也应该很快重新开张，于是与王巧慈依依不舍地告别，回到了北京。

　　郑文慧回京进入首都师范大学学习。当她穿上白色的连衣裙，骑着自行车穿梭在美丽的校园时，下乡插队的苦日子已经远去，之前那个无忧无虑的女孩又回来了。只是此刻的她，更多的牵挂还在三强身上，担心着两人的未来。从三强的来信中，她也知道了三强要参加高考，于是心里又燃起了希望。女孩子的心思都被母亲和哥哥看在眼里，大家都心照不宣。他们何尝不希望三强和她都有一个美满的未来呢？

　　郑文龙回到北京后，隔山岔五就往棋社跑，天天盼着棋社开门。训练队解散之后，棋社就被临时征用，燕京棋社的牌子也被摘了下来，让郑文龙看了心里很不是滋味。这天中午郑文龙接到社长韩德昌通知，让他去棋社报到，这可把郑文龙高兴坏了。他急急忙忙赶到棋社，发现"燕京棋社"的牌匾已经高高挂起，在阳光下熠熠生辉。每日盼星星盼月亮，终于盼来了棋社开门，站在棋社门口，郑文龙心潮澎湃，无限感慨。

马大姐探出脑袋，看见郑文龙满脸堆笑。

"郑文龙回来啦，韩社长在办公室等你呢。"

"好久不见，马大姐？"郑文龙看到马大姐感到亲切，仿佛棋社幸福的集体生活就要开始了。

"好，好，就是守在这里，盼着大家回来嘛。"马大姐是个乐天派，打着呵呵说道。

郑文龙笑道："总算等到第一个回来的。"

郑文龙开心地往里走，马大姐笑着说："不算韩社长，你顶多是第二个。"

郑文龙问："是卫国回来啦？"

马大姐答："王巧慈回来啦。"

郑文龙惊讶回头，看着马大姐。

"王巧慈？"

"和你前后脚，也刚到。"

郑文龙撒腿就往里面跑。

王巧慈正在和韩德昌说话，郑文龙气喘吁吁赶到，看到王巧慈，拉起她的手说道："回来了怎么不说一声，我去接你？"

韩德昌咳了一声，王巧慈尴尬地抽出手来，瞪了郑文龙一眼。郑文龙这才发现失态，连忙解释："哦，对了，韩社长，我……"

韩德昌故意一本正经地说："不用解释，在人家浙江家里住了好几个月，去接人回来也是应该的，既然人没接到，那么送人家回宿舍也是应该的。"

回宿舍的路上，王巧慈还觉得难为情，说："都怪你。"

"看见你激动嘛。"郑文龙说的倒也是实话。

"可那也得分场合。"王巧慈娇嗔道。

"我去衢州住在你家，韩社长怎么知道的？"郑文龙还为刚才的事情犯迷糊。

"我可没说。"王巧慈说，"他还让我一个人先回来，让姜华和童安过两天再回来。"

"那咱俩的事，他应该早就知道了，这个老狐狸，"郑文龙一拍脑袋，"电话里还特意交代让我两点准时到，不能迟到，把我耍得一愣一愣的。"

郑文龙一边说，一边看着走在他身后的王巧慈，停下来拉住她的手，说："过两天丑媳妇要见公婆咯，我妈都等不及了。"

两人约好上郑文龙家看婆婆的时间到了。王巧慈精心打扮了一番，头发梳得一丝不苟，整个人干净整齐，落落大方。

郑文龙骑着自行车载着王巧慈到了自家楼下。王巧慈整理了下衣服和头发，还是有些紧张，不住地问郑文龙："你看我这个穿着打扮，还行吧？"

郑文龙安慰道："别紧张，以后都是一家人了。"他知道自己妈的脾气，不用说，王巧慈这样的姑娘，她肯定十二分地喜欢。

"哥，你们回来啦！"远远的郑文慧骑着自行车冲了过来。见到王巧慈就叫："嫂子好！"

郑文龙笑道："嘿，你倒是嘴挺甜！你回来干吗？"

郑文慧看了王巧慈一眼，笑着说："今天这么重要的日子，我当然要在场才是。"

三人说说笑笑进了家门。

郑母把三人迎进屋，看到王巧慈就一直暗自高兴，郑文慧看到，打趣着说："妈，你现在，心里是不是一百二十分的满意啊？"

一句话说得郑母和王巧慈都有点不好意思。

郑母对王巧慈说："晚上留下吃饭啊。"

王巧慈答道："不了，阿姨，您别忙活了。"

郑文龙补充了一句："我们棋社晚上还有学习活动呢。"

"这第一次来，连饭都不吃啊。"郑母觉得颇为遗憾。郑文慧见状，说道：

"妈，没事儿，晚上我在家吃饭。"

郑文龙打趣妹妹道："郑文慧同志，我们棋社现在可是已经恢复工作了。你们大学生，不是有食堂吗？怎么总在家里混饭吃啊？"

郑文慧才不怕哥哥打趣，说："最近我们学校也是活动太多。我是工农兵推荐上大学的，比人家那些高中应届毕业生基础差远了，家里安静我好补补课。"

郑文龙点点头，对着郑母说："对了，妈，前几天，老爷子找我下了盘棋。他跟我说，教育行业拨乱反正，恢复入学考试了。"又对着郑文慧说："你估计早就知道消息了吧？"

郑文慧在装糊涂："我知道什么？"

郑文龙说："三强要参加高考了，今年准备考回北京，你不要告诉我说你不知道哦？"郑文龙继续打趣她。

郑文慧转身跑开了。

郑母看着这兄妹俩，又看了看旁边被怠慢的王巧慈。对王巧慈说："这棋社恢复了，你们俩也重逢了，双喜临门啊！"

郑文慧在屋里喊了一句："说不定，还是三喜临门呢！"

11

收到棋社通知，棋手们陆续从各地返回。先是傅卫国与何跃利，童安和姜华也随后而至，然后是周佳兰。棋社又开始热闹起来。

郑文龙是春风得意，见到何跃利打招呼："回来啦！"

何跃利点头，郑文龙问："卫国也和你一起回来啦？"

何跃利笑了："是啊，你小子那封信，可把他折磨疯了，不提了，不提了。"

何跃利还没忍住笑，又说道："听说你在烂柯山遇见仙人了？"

郑文龙道："这封建迷信的事，怎么传得这么快？"

何跃利说："这可不是封建迷信。天宝十五年，安禄山叛乱，大国手王积薪逃到烂柯山。有一天晚上，王积薪借宿在山里的老妇人家，就发生过这样的奇遇。唐代冯贽《云仙杂记》里说，王积薪梦见青龙，吐九卷《棋经》，结果棋艺精进。难道你也成王积薪了？"

郑文龙拍了何跃利一下，说："你还真信哪！我还成桥本龙太郎了呢。"

何跃利还是乐呵呵的："你身上发生的，我都信！"

郑文龙不理他："瞎扯，对了，我得去找一趟卫国。"

傅卫国刚到棋社就去找韩德昌，半年不见两人都感慨万分，韩德昌说："这下好了，1949 年的感觉，第二次解放啊！"

傅卫国说："陈老总说的没错，国运兴，棋运才能兴。社长，听说各项比赛都要陆续恢复，这是真的吗？"

韩德昌随后又带来一个消息："当然。全国团体赛恢复起来要有一个过程，先举办全国个人赛。我刚从体委过来，老主任也官复原职了。我提议说，个人赛定名为国手赛，跟日本的头衔接轨，以便于以后交流。他很支持。"

傅卫国听了十分振奋："太好了，这在过去是想也不敢想的呀！"

韩德昌拍拍他的肩膀，无限期望地说："你就好好地想吧，这个国手赛的冠军简直就是给你准备的一份厚礼。"

傅卫国用力地点了点头。

郑文龙来到傅卫国门口，敲门进屋。

郑文龙打招呼："卫国。"

傅卫国看到郑文龙，态度冷淡，郑文龙有些尴尬地笑笑。

傅卫国冷冰冰地说道："你不用再说什么，你和王巧慈的联名信已经解释得很清楚了。我祝福你们，有情人终成眷属。"

郑文龙说："上次分手时，虽然是棋社解散，可是能把憋在心里的话统统倒出来，也是开心和畅快的啊。现在形势好了，大伙儿又聚在一起了，不是更应该这样吗？"

傅卫国不耐烦地说："你能不能别这样没完没了的，我们两个就君子之交淡如水，行吗？"

"可是，你是我的大师兄啊。"

"我是你的师兄，可我们俩差异实在是太大了，我影响不了你，你也说不服我。从根本上说，我们没有一点共同语言。"

"怎么可能呢？我们是一个师父教的，都那么热爱围棋。"

傅卫国叹了一口气，说道："你听说过简单法则吗？一个物体，在同一个时间里头，不可能朝两个方向移动。"傅卫国拿着茶杯在桌上演示着，"你的梦太奢侈了。你得到了王巧慈，还想要一个成天呵呵冲你傻笑的师兄，您就早点断了这个念想吧！"

郑文龙是想消除和傅卫国之间的隔阂的。他平心静气地说："卫国，你太情绪化了。"

傅卫国显然被激怒了："我情绪化？那好吧，咱们今天索性就把话说开了，你认可有得必有失这句话吧？好比棋盘上一颗棋子拍下去，只能放在一个点上。也许还有其他的好点，但只能放弃。"

郑文龙点头表示认同："当然是这样。"

"毛主席也说过，要奋斗，总会有牺牲。从这个意义上讲我今天感谢你。是你让我又全心全意地回到围棋上来。"傅卫国摸了摸棋盘，感慨地说道。

郑文龙急着解释道："你的理解太偏激了，我根本就不是这样的人！"

傅卫国轻蔑一笑："你是什么人还重要吗？你走吧，咱们国手赛上见。到时候看你能不能既拿了熊掌，又得到了鱼。"一说到棋，傅卫国仿佛找回了信心，骄傲地瞟了郑文龙一眼，继续低头观棋局，把郑文龙晾在一边。

半年多不见，姜华和童安已经长成了大小伙儿，个头往上蹿了一大截。个子虽长了，可姜华心里对王巧慈和郑文龙好上的事一直不乐意，童安出主意让他告诉王巧慈说郑文龙以前的女友还爱着他，这样王巧慈可能会死心。姜华听了觉得有道理，于是就是找王巧慈。

"巧慈姐，你真的在和郑文龙谈恋爱？"姜华问。

"怎么了？你就问这个？"王巧慈觉得奇怪。

"你先说，是，还是不是。"姜华还卖着关子。

"是。"王巧慈回答得很干脆。

"郑文龙原来那个女朋友还爱着他。"姜华说。

"这怎么可能？"王巧慈吃了一惊，"你是怎么知道的？"

姜华正要说，却碰到周佳兰提着行李回宿舍，两人见面聊得亲热，姜华待着也觉得无趣，就转身走了。

王巧慈冰雪聪明，哪能放过姜华的这番欲言又止的话。事后不久她就找了个机会，单独找到了童安。

"童安，巧慈姐问你，你要说实话，你觉得郑文龙怎么样？"王巧慈故意挑起问题。

童安躲闪着说："为什么问我呢？姜华看法多一些。"

王巧慈反问他："为什么不能问你，你也是我师弟呀！姜华的意见已经告诉我了。"

童安一看躲不过，实话实说："我觉得还好，比傅老师强。"

王巧慈继续试探道："但是郑文龙有个女朋友，他们还有联系。你要帮帮我，你说，我到底该怎么办？"

童安听了一惊："啊！你都知道了？"

小孩就是小孩，王巧慈一句话就给试探出了结果。于是她顺势说道："是啊，姜华都告诉我了。"

童安低着头没有说话。

王巧慈说："反正我都知道了，你只管说好了。"

童安想了一会儿，说："这件事情，我一直很内疚，觉得对不起郑老师。"

王巧慈很是意外，问："为什么呢？"

童安道："这事情也不能全怪姜华，我当时应该把那封信还给郑老师，不应该带回宿舍。结果硬是被姜华给烧掉了。后来的信是姜华拿的，看完也都烧了。"

王巧慈追问："从哪里寄来的信？信里写什么了？"

童安说："贺梅从广州寄的。我记得特别清楚，第一封写她刚刚到什么部队，让郑老师收到信，尽快和她联系。第二封还是让他尽快给她回信，因为一直没有收到回信，她特别着急，好像是要去海南岛。"

王巧慈默默听着，童安继续说道："当时我劝姜华别烧，但是没用。我觉得这件事情很不好，一直想找机会告诉郑老师，向他道歉。可是一直没找到机会……"

王巧慈沉默了半晌，点头道："是很不好，而且是犯法的！"

王巧慈从童安这知道了事情的原委，这天晚饭后来找姜华。

姜华知道来者不善，但是还准备负隅顽抗。

"姜华，你说，为什么随便拆看别人的信？为什么把郑文龙的信烧掉？"王巧慈厉声问道。

姜华一惊，没想到巧慈姐完全知道了，恨声说道："童安都说了？这个叛徒！"

王巧慈满脸严肃："你回答我，为什么那么做？"

姜华有点心虚，把头一偏："为了报复郑文龙，他欺人太甚。"

王巧慈问："他怎么欺负你了？"

姜华理直气壮又带着委屈说："当然欺负了！你现在根本没有

自己的立场，全站在他那一边说话。"

王巧慈说："你怎么这么不知好歹？"

姜华歪着头说："我的确不知好歹。我想报复他，结果反倒成全了他的好事。真是人算不如天算。"

王巧慈板着脸说："姜华，你别以为告诉我这事，我就会改变主意。"

姜华还在狡辩："怎么没有关系，如果郑文龙看到了这些信，你的男朋友是傅卫国的可能性更大一些。"

"你……"王巧慈气得说不出话，不怒反笑，用手在姜华额头上戳了一下。

姜华也跟着笑了，说："现在情况不同了。巧慈姐，只要是你喜欢，我都愿意让你得到。我那天想告诉你的是那句话的后半段，还没说，被周佳兰打断了。"

"是什么？"

"贺梅已经结婚了。"

回到宿舍，王巧慈陷入了沉思。

12

三强经过认真复习和准备，走进了高考的考场。考试成绩如三强所料，他顺利地通过了初选，等到填报好志愿，他才归心似箭地回到北京。他并没有把这个消息告诉郑文慧，他要给她一个大大的惊喜。

在郑文慧上学的首都师范大学，三强顺利地找到了郑文慧。郑文慧看到三强，不敢相信自己的眼睛，一脸惊喜。得知三强已经过了初选，并且填报的第一、第二、第三志愿都是北京的学校，郑文慧仿佛已经看到三强回到了北京上学的情形，一脸幸福地笑了。

　　三强骑着自行车载着郑文慧在北京的大街上缓缓地行着，郑文慧坐在后座，抓着三强的衣襟，想象着最幸福最甜蜜的事情，莫过于和心爱之人朝夕相处，往日那些分别的痛楚与思念，此刻都已经烟消云散。

　　一辆黑色轿车从他们旁边驶过，突然放慢了车速，停在了他们的面前。黑色轿车上，走下来一个戴墨镜的时髦女郎。

　　当女郎摘下墨镜时，三强认出了她。

　　"贺梅？"

　　"牛三强？"

　　郑文慧也认出了贺梅，从后座跳了下来，叫了声："贺梅姐！"

　　贺梅也认出了郑文慧："哟，文慧，你俩在一块啦？"

　　三强和郑文慧都有点不好意思地笑了。

　　故人重逢，贺梅也十分高兴，提出要请两人喝点东西叙旧。三强看贺梅这身打扮就知道贺梅在南方发展得不错，加上之前郑文龙的原因，大家的关系都很不错，就答应了贺梅的邀请。

　　贺梅载着二人来到凯宾斯基酒店，贺梅安排服务生上了红酒和点心。

　　"三强，什么时候回北京？"贺梅端着红酒，一副优雅的模样。

　　"顺利的话，明年吧。"贺梅将摘下来的墨镜放在桌上，三强拿过去在手中把玩。

　　"他刚参加完高考。"郑文慧在旁边补充说。

　　"考回来啊？有志气！"贺梅赞叹，看到三强玩着墨镜，说道："送给你了，香港货。"

　　三强也没客气就收下了，贺梅从包里掏出一条丝巾，送给郑文慧说："文慧，这个给你，也是香港买的。"

　　"谢谢你啊，贺梅姐。"郑文慧收下了贺梅的礼物。

"对了，郑文龙呢？他现在怎么样了？"贺梅看着他们俩人问道。

三强说："我今天刚回来，还没去找他呢。"

贺梅对三强说："你去找他的时候，替我问问他，我给他寄的信，为什么不回？"

旁边的郑文慧接过话："贺梅姐，有些事儿，……不知道该不该说。"郑文慧有些犹豫，但还是说了，"我哥他有女朋友了。"

贺梅略一迟疑，看得出她明显的失落，不过很快又恢复了平静。

"我就猜到是这样。"贺梅叹了一口气，"唉，造化弄人。不过，你看你们俩，不是也好好的嘛。这就是命。"

说完这句话，贺梅露出一副释然的样子，说："不过，我也结婚了。我这次回北京，是来探望我爱人的。"

这时，贺梅的丈夫出现在酒店门口，一位白净斯文的男士，贺梅朝那边挥了挥手，起身对两人说："我先走了，你们慢慢吃，账我已经结了。"

三强、文慧目送着贺梅远去，三强拿起桌上的红酒杯，对郑文慧说："这次回来我得见见在中日友好赛中战胜日本人的嫂子呢！来，为了你哥有情人终成眷属，干杯！"

郑文慧也拿起酒杯，与三强轻轻一碰："也为了咱俩！"

用完点心，三强将郑文慧送回学校，去棋社找郑文龙。

戴着贺梅给的墨镜，三强晃晃悠悠来到棋社，却被马大姐拦了下来。三强摘下墨镜，马大姐才认出是三强，放他进去。三强戴上墨镜往院子里走，郑文龙从训练室的窗户探出头来，刚好看到戴着墨镜的三强，愣了一下，还是高声喊道："三强！"

三强抬头看到郑文龙，高兴地挥了挥手。

郑文龙连忙从训练室跑出来，高兴地问："什么时候回来的？"

"刚回来。"三强说。

郑文龙看了看他的墨镜，说："你能不能把这蛤蟆镜摘下来？"

三强这才摘下墨镜，说："怎么样，这太阳镜拉风吧？"

郑文龙笑着说："你这个打扮，不像是从陕西回来的，倒像是从广东回来的！"

三强一听也笑了："还真给你说对了，我刚刚碰到贺梅了，是她给的香港货。"

郑文龙一听，有点吃惊，但也没说什么。拉着三强说："来，我给你介绍我的女朋友，王巧慈。"

来到训练室门口，郑文龙朝里面的王巧慈招了招手，王巧慈走了出来。

郑文龙给两人互相做了介绍。王巧慈让他们兄弟俩好好聊聊，就回到训练室继续听课了。三强看着王巧慈的背影，向郑文龙竖起大拇指，给了王巧慈一个大大的肯定。两人是几年未见，自有说不完的话，眼看到了下班时间，郑文龙就带着三强下馆子喝一杯。

酒菜上桌。三强端着酒杯，动情地说："文龙，谢谢你啊，这些年没少给我寄东西，雪中送炭！我一辈子都忘不了！特别是你妈，这么远还给我织毛衣……都在酒里，啥都不说了。"三强一口将杯中酒喝干，郑文龙也陪了一杯。

"以后，你打算怎么着？能回北京吗？"郑文龙问。

"差不多吧。我就不信了，我一个考本科的分，上首都的专科学校，总能回来了吧？"三强对未来充满信心。

郑文龙点点头，说："哎，不管怎样，先回来再说。先解决生存问题，再谋求发展。"

三强吃了口菜，又扯到王巧慈身上："哎，这个王巧慈对路子啊，比贺梅强多了，能办就赶紧办了吧。别小瞧哥们儿的眼力，没错。"

郑文龙笑了笑，看着三强："那你跟郑文慧的事儿呢？"

三强不好意思地挠挠头，道："我们俩，这求学之路漫漫其修远。别说我，先说你吧！"三强岔开话题，"你知道吗？贺梅结婚了。"

"知道，而且这和我也没什么关系了。"郑文龙说得很平静。

"这就对了，你就死心吧，毛驴和骡子不是一回事儿！还有，今天碰到她，她让我替她问你，她寄给你的信，为什么不回？"三强说。

"信？什么信？"郑文龙不知道三强说的什么。

三强见郑文龙迷糊，也不再提，端起酒杯说："我也不知道，都过去了，管她什么信，来，喝酒。"

郑文龙端起酒杯，说："别废话，来，一大口，咱俩祝她幸福。"

两人的酒杯碰在一起，三强说："我借你的酒，祝你和王巧慈早日结婚！"

第四章

1

又一个夜晚来临，训练了一天的棋手们回到了宿舍，白天热闹的棋社渐渐安静下来。周佳兰一个人待在宿舍里，盯着窗口的菖蒲发呆。王巧慈和郑文龙在一起还未回宿舍，周佳兰一个人觉得无聊，就敲开了傅卫国的门。

周佳兰进屋，看到傅卫国在看书，笑道："忍不住还是想来打搅你，想和你聊一会儿。"

傅卫国连忙站起，给周佳兰搬了张凳子："不客气，坐会儿。"

周佳兰看到傅卫国在喝茶，主动说："也给我来一杯茶吧！"她在屋里转了一圈，然后坐下，"郑文龙、王巧慈要结婚了，想和王巧慈聊天，好像都不方便了。"

傅卫国脸色有点不自然，说："听说了。"

傅卫国转身帮周佳兰沏茶，周佳兰说："卫国，你真打算单身吗？"

傅卫国没有回答，转身将茶杯递给周佳兰，道："上次你去公社找我，我说得确实有些过火，你别在意。"

周佳兰接过茶杯，说："我不在意。我在意的是，这半年中，你竟然也不给我回信。我现在只想听听你的心里话，看到我的信，你是怎么想的？"

傅卫国低头，轻轻地说："现在，我的心里确实没有感情的位置。马上要国手赛了，我顾不上。"

周佳兰凄然一笑："我也是太自作多情了，那天晚上说的都是你的心里话，是不是？"

周佳兰站起来，傅卫国有点紧张看着她。周佳兰看在眼里，苦笑道："我有那么可怕吗？"

傅卫国摇了摇头，周佳兰接着说："这次回北京，其实就是看看，然后再回去。"

傅卫国有些吃惊，看着周佳兰。周佳兰说："放心，我不会再打扰你的清静。"

"你是说，你要离开棋社，回成都？"傅卫国问。

周佳兰点了点头，仿佛自言自语地说："是啊，不回成都，我还能在这儿等待什么？"

傅卫国微微皱眉，低头沉默不语。

周佳兰似乎在等着傅卫国回答些什么，可傅卫国还是沉默着，最后还是周佳兰打破了沉默。

"你长考完了吗？我走了，你自己保重。"周佳兰起身准备离去，傅卫国猛然站了起来。

"你到燕京棋社，大家寄予你那么大希望，难道你就是来谈婚论嫁吗？别以为王巧慈嫁人就怎么样了，搞不好她就完了！好妻子、好母亲到处都是，但是好的女棋手，只有你们两个！"傅卫国说得有些激动，可这些都不是周佳兰希望听到的话，她有些失望。

"你说完了？"周佳兰不屑于傅卫国的这些理由。此刻在她心目中，好棋手的称号远没有傅卫国的一丝好感有吸引力，如果眼前这个男人对自己的一往情深依然是波澜不惊，那自己宁愿不要这个国手身份。

不等傅卫国继续往下说，棋手郑文彬突然敲门。

"傅老师，姜华、童安在打架呢，快去看看吧！"

两人吃了一惊，连忙起身。

宿舍外的空地上，童安和姜华都气呼呼地站着，旁边还有刚刚赶到的郑文龙和王巧慈。两人的衣服都扯破了，头发乱蓬蓬的，姜华的鼻子还出血了，王巧慈正拿着毛巾擦着。

"说吧，你们谁惹的事儿？谁先动的手？"郑文龙在问话。

"他先动手打我的，打了三拳我都没有还手。"童安气呼呼地抢着说。

"那你了不得啊，一还手就把他给揍出血了！"郑文龙说。

"他也打我了，我头上起了一个包。"童安不甘被批评，继续说。

王巧慈心疼得上前去摸童安的头。郑文龙转头问姜华："姜华，你到底怎么挑起的争端？"

姜华说："没什么，就是吵架。其实也没什么事情，不信你问问他自己。"

姜华还在掩饰，王巧慈对两人打架心知肚明，一定是为童安告诉了自己姜华烧信的事。

傅卫国也上前查看了二人的情况，生气地说："你们两个怎么可以动手打架？时间已经很晚了，赶快去洗一洗，立刻休息。明天你们来找我，把事情说清楚！"

姜华、童安听完转身回屋，被郑文龙叫住："打架归打架，但是不许记仇啊！大家都回去休息吧！"

大家都散了，王巧慈和郑文龙两人回到训练室收拾东西，王巧慈说："看你像没事一样，你是不是不在乎他们两个打架？"

郑文龙看了一眼王巧慈，说："你还真了解我，说实在话，我都怕他们不会打架，特别是童安，老实巴交像是受气包，这种棋手往棋盘前面一坐，对手就不拿他当回事儿！今天他能把姜华给揍了，好得很！"

王巧慈说："姜华从小就欺负着他。看来，兔子急了也会咬人。"

郑文龙嘿嘿一笑："哪里有压迫，哪里必须有反抗。"

王巧慈接着问："你知道他们为什么打架吗？"

郑文龙想都没想就回答道："男孩子打架不一定有什么原因，就是时候到了。怎么，还有别的原因吗？"

王巧慈看着郑文龙，看得郑文龙浑身奇怪，才说："你知道贺梅结婚了吗？"

郑文龙一愣，半天没反应过来："是啊……可和打架有啥关系？"

"她给你写过信，你从来没有收到过？"

"是啊？"郑文龙更奇怪了。

"姜华偷看以后烧掉了。他们本来要保守这个秘密，但是童安告诉我了实情，结果惹恼了姜华。你先别生气啊！"王巧慈将实情说了出来。

郑文龙说道："真见鬼了，我的信就那么好看？在农场的时候就被人偷看，看就看了，干吗要烧了呢？"

王巧慈忙说："行了，我是相信你才告诉你的。别计较了，我不计较你的女朋友，你也别计较他们，慢慢调教吧。"

郑文龙还在恼火中："这根本不是计较不计较的问题，是品行问题！"

王巧慈拉了拉他，安慰道："他们会给你认错的，你可不能小肚鸡肠啊！"

郑文龙琢磨了一个晚上，第二天一早对王巧慈说："不行，我要找姜华、童安算账，这事儿不能就这么白白过去了。信烧了没关系，但是德行丢了，就完蛋了。"

王巧慈说："我看，你还是私下和他们谈吧。他们毕竟是孩子。"

郑文龙把自己的想法说了出来："其实，我是想到了一个办法，他们两个的才能真不错，但是就这么下去，不会有什么大作为。十岁的天才，二十岁的庸才，这种棋手多得是。"

"所以呢？"王巧慈问。

"正式收他们当学生。"郑文龙一本正经地说。

王巧慈听完笑了，郑文龙知道她在笑什么，继续说道："我和傅卫国，一人收一个，这叫'一帮一、一对红'！集训队孩子会越来越多，父母都不在身边，没人调教，别说棋下不出来，说不定哪天还让公安局抓去修理呢！"

"我担心他们不服。姜华眼睛直往高处看，要不是我们的关系，他可能都不会理睬你。再说，还要看卫国同意不同意。"王巧慈说。

郑文龙点头："没错。他净想自己呢！"

王巧慈摇头道："这倒不是，我觉得他想着你呢，大国手比赛，他等着和你决战呢！"

"那不还是想着自己？"

"不管怎么说，是个好主意，我很高兴你能带他们，教他们。那，咱俩的辈分是不是变了？"王巧慈笑眯着眼睛看着郑文龙。

姜华和童安到底是兄弟俩，架打完第二天就和好了，两人知道社长这儿还得挨批评教育，于是两人把检讨的话都商量好了。果然到韩德昌办公室社长也只是一顿教育，两人认错态度良好还互相道歉和好如初，很快就放两人走了，倒是在场的郑文龙让姜华很紧张，生怕他当众说出自己烧信的事来，所幸郑文龙也是明白人，并未为难姜华，两人这才放心地溜了。

两人走后，郑文龙将收两人为徒的想法说了出来。韩德昌听完建议，想了一下说："一人红，红一个；一帮一，红一片。好！

你看呢，卫国？"

傅卫国有些顾虑，道："姜华、童安不仅需要管理，而且技术上也在爬坡阶段，推他们一把是必要的。我在想就我们两个带小队员，是不是合适？何跃利他们呢？是不是也带个学生？"

郑文龙哈哈一笑："我就知道你会这么想！搞平衡是你们的事儿，我管不了那么多，姜华、童安，两个人里边给我一个就行，我不管这碗水怎么端平！"

傅卫国说："不是搞平衡，实际情况就是这样。要不然这样，我退出，让何跃利带一个，怎么样？"

郑文龙一听不乐意了，说："不怎么样！说我多好为人师似的，上着杆子要收什么学生。这没关系，但是话里话外，我听着不对劲啊！要说我不配带他们，我可就不乐意了！"

韩德昌赶紧说："卫国没那意思，我想，这不是收弟子，也不能搞什么门派，咱不兴那一套！所以松散一些，平时下下棋，讲讲棋，愿打愿挨，不要强人所难。跃利也可以带带其他孩子嘛。"

傅卫国想了一下，说："那好，文龙，你先挑一个。"

郑文龙说："您已经让步了，我不能得寸进尺。您是大师兄，您先！"

傅卫国说："那我挑童安吧。"

"行，那我就姜华了。"郑文龙说。

韩德昌说："不过文龙，姜华小子拧，不好管教，你得多花工夫。"

郑文龙起身离开，说："软柿子，我郑文龙还懒得去捏呢！"

2

姜华和童安从韩德昌办公室出来，韩社长告诉了他俩收徒的消息，毕竟这种机会不会每个棋手都有的，所以两人很开心。

姜华对童安说："没想到这个郑文龙，还真的以德报怨。"

童安点点头："他对咱这么好，应该和巧慈姐有关系吧。"

姜华说："这还用说。不管怎样，巧慈姐都是我们最亲近的人。"

童安认同道："那是当然。"

姜华眼珠子一转，对姜华说："既然这样，我们就该帮郑文龙一把，也算我们还他们的人情。"

童安好奇地问："怎么帮？"

姜华说："到时候我跟傅卫国，你跟郑文龙。"

两人边聊边走，回到宿舍门口，发现郑文龙正站在那里等着他俩。他俩知道这次是躲不过了，只得硬着头皮跟着郑文龙进了宿舍。

郑文龙一坐下就开门见山地说："找你们有两件事情。第一，我已经知道了，我的信不仅被你们拿了，看了，而且烧了，你们应该当面说清楚，而且要承认错误。第二，韩社长已告诉你们收学生的事儿了，我们现在就定下来。"

童安忙低头道歉："郑老师，信最早是我拿的，拿错了，后来我们看了。我做得不对，我向您认错。您千万别把这件事情说出去，我们一定改正。"

郑文龙转头问姜华："姜华呢，为什么把信烧了？"

姜华想了一下，说："信撕开了，也看了，能不烧了吗？"

郑文龙笑道："还挺合理的啊。不过这也不一定吧，光想偷看一下的话，还可以把信重新粘上啊。"

姜华见无可狡辩，只得坦白："想报复吧。我错了。"

郑文龙笑了："你的一把火，出了许多变化，始料未及呀！你们给我记着，这种事今生今世不能再干了。"

二人都低头不语。

郑文龙接着说:"我知道我抢了你们的师姐。今天我还你们两个情,刚才那件事我既往不咎,算一件了。我教你们,带你们下棋,算第二件。"

姜华说:"谢谢。不过我想跟傅老师,这样可能更好。"

郑文龙问:"为什么?"

"我的下棋风格攻击性比较强,变化不够,傅老师的棋风全面一些,对我更有用处。童安的棋软一点,跟你比较合适。"姜华辩解道。

"你是捧我还是骂我?你的意思,我的棋风不够全面,教不好你,是不是?童安,你的意思呢?就是说你同意跟我学?"郑文龙对姜华的回答哭笑不得。

郑文龙本希望童安能提出不同的意见来,可童安也很配合地说:"我没意见。"

场面有点尴尬,郑文龙说:"你们没意见,人家傅卫国就没意见?是他挑的童安,姜华,人家为什么不先挑你呢?姜华,烧了我的信,我都不计较了,你还别扭什么。"

姜华说:"从小到大,我只有蔡佑民一个师父,没认过别人。"

郑文龙一听笑了:"有种!放心,我不会让你三叩九拜的。我要是当了你师父,那你师姐成什么了!"

姜华说:"我们对局一盘,如果你赢了我,我无话可说,如果输了,那我自己决定。"

郑文龙想想,同意了姜华的要求:"好吧,这样也挺公平。强扭的瓜不甜啊。你说,怎么下?"

姜华说:"刚来的时候,跟您下了盘盲棋,让两子,您输了,这次还是让两子吧。"

郑文龙:"这回你倒是谦虚起来了。不行,我得打起精神,不然你这学生我还真有可能收不成了。"

事后，童安主动去找傅卫国。傅卫国问他："韩社长都和你们讲了，我想听听你的意见。"

童安说："我想跟郑老师。"

傅卫国问他："为什么？"

童安说："姜华跟郑老师太别扭。"

傅卫国显然是挺同意童安的说法，笑着说："郑文龙同意，我也没意见。"

童安说："郑老师好像不同意。"

傅卫国点头，他了解郑文龙不会这么轻易地同意："是啊，郑老师是里子、面子都要的人，肯定不会同意的。还是我来带你吧。一帮一，一对红，有言在先，我不是你的师父，你也不是我的弟子，咱们只是队友、战友。平时我们一起训练，对局不多，主要是一起讨论。"

童安说："郑老师同意了姜华提出来的用一盘棋的胜负，来决定跟您还是跟他。"

"那咱们看看去？"傅卫国起身，却看到周佳兰走了进来。

周佳兰看到童安，说："哦，童安在呀。卫国，能和你说一会儿话吗？"

傅卫国想躲开，说："我们正在说事儿，过一会儿行吗？"

周佳兰说："那就几句，说完我就走。"然后周佳兰对童安说："童安，你先出去，姐姐跟他说几句话。"

傅卫国却拦住童安道："童安，你不用出去。"

童安不知所措地站在那里，不知道听谁的好。

周佳兰很伤心，眼泪在眼眶里打转："那你几分钟都不肯给吗？

傅卫国见状，很是无奈，"行，你说吧！"

周佳兰平复了一下自己的心情，说："我是来和你告别的。"

傅卫国说："回成都去？你拿定主意了？"

周佳兰盯着他，傅卫国却有意躲避她的目光。

"卫国，你看着我好吗？"周佳兰的眼泪终于流了下来。

傅卫国只好勉强地看着她，周佳兰情绪有些激动："为什么你总是这样冷冰冰的，你就不能抱抱我吗？"

傅卫国却一动不动地站着。

没想到旁边的童安冲了过来，过去抱住了周佳兰，大哭了起来。傅卫国和周佳兰两人都同时惊呆了。

3

周佳兰闷闷不乐地回到宿舍，躺在床上发呆。

王巧慈见状，关心地问道："佳兰，你怎么啦？"

周佳兰一动不动，把王巧慈吓了一跳，摇着周佳兰问："傅卫国把你怎么啦？"

周佳兰回过神来，对王巧慈说："巧慈姐，燕京棋社我待不下去了，我这就回去！"

王巧慈忙安慰她："别急，好好说，他怎么惹你了？"

周佳兰无限伤感地说："我宁愿他惹我，可是他还是对我无动于衷。"她揉了揉眼睛，感觉眼泪又要流出来，"其实这次从四川回北京，我只是想最后试试，不甘心，还抱着一线希望。看来没有必要了。"

王巧慈怜惜地看着她，说："现在你不能这么想，你以为回去你就不难过了？"

周佳兰叹道："用时间来医治吧。"

"可是有些事情，靠时间是医治不好的。"

周佳兰看了王巧慈一眼："我还有其他选择吗？"

郑文龙和姜华的收徒比赛，郑文龙让姜华两子，最终还是输了，按照约定郑文龙只好接受让姜华挑选老师的现实。

输棋后的郑文龙，去宿舍找王巧慈，刚好碰上王巧慈正在安慰周佳兰。

王巧慈说："佳兰想离开棋社，回四川去。"

郑文龙安慰周佳兰："就是回去，也不能这么回去。你爱他傅卫国是你的事，与他何干？这才是你的路数。"

周佳兰看着他，说："我看，那是你的风格。"

郑文龙说："我的风格是，走自己的路，让别人去说！你学不会，就先别急着做决定，我去找傅卫国！"

郑文龙去找傅卫国，傅卫国正在宿舍，郑文龙直接推门走进去。

"你们比赛了？"傅卫国躺在椅子上问，精神有些不好。

"我输了，两子根本让不动。姜华是你的了。"郑文龙说。

傅卫国稍微兴奋起来，说："谢了。"

"我不是来跟你说这个的。周佳兰，绝望了，要走了。"郑文龙转换了话题。

"脚长在她腿下，我挡不住。"傅卫国回答得很冷漠。

郑文龙说："你听我的，不能让周佳兰回去！就从队长的分儿上，你都不能放她。"

傅卫国说："她不听，我有什么办法？！"

郑文龙继续说："多好的姑娘啊，不瞒你说，我头一个看上的不是王巧慈，是周佳兰，但是人家只认你傅卫国。"

"我宁可她不认我。"

"该做的都做了，转眼就不认啦？"

一听郑文龙这么说。傅卫国有点紧张："做过什么？……我们之间清清白白。"

郑文龙："清清白白？！那你让人家姑娘给你洗衣服是怎么回事？"

傅卫国一听郑文龙说的这事，松了口气。

郑文龙继续说："这事是有吧？还不止一次是吧？还从燕京棋社洗到了山西公社，你行啊！"

傅卫国不以为然："那可是她自愿的。"

郑文龙说："那她为什么不给我洗？不给何跃利洗？偏偏给你洗？"

"我又没逼她。"

"你说你没事招惹人家小姑娘干什么？"

"天地良心！我招惹她？是她招惹我，我躲都来不及，还有时间招惹她。你别在这叽叽歪歪，装大尾巴狼。我的事情不需要你来指手画脚。"

傅卫国还是一副雷打不动的样子，索性摇起扇子闭目养神。郑文龙看他这样，也没有一点办法，又奔王巧慈宿舍来了。

"我赞同你回去。"郑文龙进门就对周佳兰说，让王巧慈和周佳兰都很疑惑地看着他。

"但是现在不行，一年以后也不迟。其实，爱一个人，比被爱幸福。"郑文龙继续说。

周佳兰似乎被这话触动了，王巧慈也抬起头来看着郑文龙。

"傅卫国正顶在杆头上，下不来，现在太偏激执拗，没必要搭理他。佳兰，如果你还喜欢他，必须改变思路。从小到大我太了解他了，就是嘴硬！"

周佳兰似有所动。

晚上郑文龙倒是为傅卫国和周佳兰的事情闹得心神不宁，翻来覆去睡不着。可周佳兰却因为郑文龙的点拨而想通了，她决定不离开棋社，她可以就这样陪着傅卫国，静静地看着他。至于傅卫国会怎样，她管不了那么多，爱是她的权利，也是她的自由，傅卫国也一样。

姜华这边，战胜了郑文龙心情不错，童安却因周佳兰的事情，心情有些低落。下午他的举动让傅卫国和周佳兰都吃了一惊，但大家都认为是童安舍不得周佳兰这个大姐姐走，所以没有太在意。只有童安自己心里知道，他喜欢大他四岁的周佳兰，是不同于对王巧慈的那种喜欢，只是他的心思，谁也不知道。

得知姜华战胜了郑文龙，童安心里好受了一点。他说："姜华，谢谢你，傅卫国实在太坏了，要我跟着他，也难受。"

说出这番话来，姜华觉得奇怪，就问："怎么啦？"

童安说："他把周佳兰气走了。"

姜华没注意到童安的变化，说："走了回来，回来了走，这来来回回的都多少次了，怎么谈个对象就这么费劲，天天光看她折腾了。童安，你和她走得近，得提醒一下她。"

童安有些伤感地说："我能提醒她什么？"

姜华说："我研究过，这谈对象啊，就好比下棋，必须一黑一白两子，必须一缘一会才能坐到棋盘前，对手有回应才能一来一往接着下，你说对吧？"

童安点点头，姜华继续说："周佳兰和傅老师是都坐在棋盘前了，周佳兰也落子了，可是傅老师他迟迟不回应啊？"

郑文龙是翻来覆去睡不着，宿舍的何跃利呼噜打得山响。郑文龙不堪其扰，就来到训练室一个人打谱。王巧慈这边等到周佳兰情绪稳定安静入睡了，也来到了训练室。

夜色宁静，忙乱了一天的两人终于可以坐下来安安静静地说一会儿话。

"周佳兰爱得真辛苦，看着都心疼。"王巧慈叹息道。

"是啊，这姑娘对卫国那么好，可傅卫国他到底是什么意思，这心也太狠了。"郑文龙说起来有点愤愤不平。

"你说得对，傅卫国太固执了。"王巧慈也叹息道。

"这爱情还是一把钥匙开一把锁，找到了钥匙，这锁就轻而易举地打开了。可周佳兰是没找到钥匙啊！"郑文龙也心生感叹。

"何尝不是呢？周佳兰每次问我，我都劝她要坚持，可是单凭坚持，就能找到钥匙吗？"王巧慈说，仿佛是在问郑文龙，又像在问自己。突然，她抬起头，盯着郑文龙的眼睛，眼神里无限的温柔，脸颊也飞出了红晕。

"文龙，我们结婚吧？"

郑文龙一呆，随即握住了王巧慈的手，眼里满是柔情蜜意。

第二天一早，两人便向社长韩德昌打了报告，韩德昌自然是高兴又祝贺，从韩德昌那儿领了结婚证明，两人就到民政局领证登了记，刚好碰到三强和郑文慧前来通报消息，三强的大学录取通知书下来了，考上了厦门大学。虽然没有考进北京，但总算是考上了大学，而且是一所很好的大学。双喜临门，于是郑文龙与王巧慈决定请三强和妹妹一起去吃烤鸭。

郑文慧因为三强未能考进北京而闷闷不乐，三强也没什么胃口，郑文龙见状安慰两人道："考上了，户口就从农村出来了，这比什么都强。厦门大学那可不是一般的好学校。到时候毕业分配的时候打结婚报告，再往北京调嘛！"

郑文慧一听，觉得哥哥说得有道理，感觉重新燃起了希望，三强心情也好转了许多。晚饭结束，已是夜色阑珊，郑文龙和王巧慈手牵着手走在街上，看着离开的三强和郑文慧的背影。王巧慈说："我觉得许师父的决定是对的，让三强放弃下棋的念想，走另外一条路。"

郑文龙问她："怎么会有这种想法？"

王巧慈说："自古华山一条路，那是很久以前的事了……结果都是到达顶点，但方式和方法有很多种。那时候的人怎么也没想到，现在还有这么多交通工具。其实吧，下棋也一样，棋盘里永远摸索不出更精彩的门道。"

郑文龙点点头，说："孩童、少年、青年、中年和老年是每个人都会经历的五个阶段，同一个人在不同的年龄阶段，考虑问题的角度和深度是不一样的，哪怕再怎么谨小慎微，再怎么深思熟虑，在十年数十年后再想起来都不一定是正确的。所以，对和错是相对的，不能作为人处世的准则。"

王巧慈说："所以，我一直在想今后有了孩子，我可能就要放弃围棋了。"

"如果你觉得值，那我就支持你，做错可以改，错过就没机会了。"郑文龙用力握了握王巧慈的手，王巧慈顺势把头靠在郑文龙肩上。夜色中两人的身影被拉得长长的。

4

姜华和童安两人有个小小的计谋，两人准备在大国手赛到来前帮郑文龙一把，通过姜华让郑文龙熟悉一下傅卫国的棋路。不过两人也商量不能让郑文龙知道，知道了他肯定也不会同意。

周佳兰已经下定决心不再纠缠傅卫国，不再给他添麻烦添堵，要用一种全新的方式与他相处。所以在接下来的日子，周佳兰都故意躲着傅卫国，就算两人面对面经过，周佳兰也不再像以前那样热情，甚至看也不看一眼傅卫国，像陌生人一般走开。这种变化让傅卫国突然有些不习惯，心中隐隐有些怅然若失。

大国手的比赛越来越近，韩德昌找到傅卫国，说："不出意外，这次的决赛在你和文龙之间争夺。这手心手背都是肉，我是希望你能赢，也不希望文龙输啊。"

傅卫国笑笑道："这个你就没必要操心了，结果总要有一个输的。"

谈话间，郑文龙拿着喜糖走进韩德昌办公室，见了两人就打招呼："卫国也在啊，我打算大国手比赛完，请大家喝喜酒。今天呢，先给你们发喜糖。"郑文龙说完从兜里拿出两袋喜糖，分别交给傅卫国和韩德昌。

韩德昌很高兴，说道："这是好事啊，文龙，我代表棋社恭喜你啊！这不仅是我们棋社的喜事，在围棋界也是一段佳话。"说完韩德昌剥开糖果，笑眯眯地看着郑文龙，吃了起来。一边吃一边看着傅卫国说："卫国，接下来就看你了。"

傅卫国拿着糖果，内心沉甸甸的。黯然说道："我已经娶了围棋，怎么好再娶？"

郑文龙说："结婚和围棋两码事，你可以……"话未说完，傅卫国一眼瞪过来，郑文龙只好讪讪地闭嘴，告辞出门给其他人送喜糖去了。

大国手赛果然如韩德昌所料，参赛的棋手一路淘汰晋级，最后傅卫国与郑文龙不负众望双双胜出，晋级决赛。

决赛在北京劳动人民文化宫举行。这也是燕京棋社重开以来面向公众的第一场正式比赛，吸引了不少围棋爱好者前来观战，在文化宫大殿外，露天支着一个大棋盘，近百名棋迷已经到场，等候比赛讲解开始。

担任本次讲解工作的是棋社的何跃利，此刻他正站在大殿外和棋迷们寒暄。

"今天这场决赛有看头！傅卫国和郑文龙争夺第一届大国手赛冠军，实际上也是争夺中国棋坛第一人宝座的决战。两个人已经憋了好长时间了，今天是一局定乾坤。我请大家猜一下，谁的赢面更大？"

下面棋迷议论纷纷。有人说："傅卫国！当然是傅卫国！"

何跃利又问："难道没人猜郑文龙吗？"

人群中只有稀稀落落几个声音在回答，看来大家都看好傅卫国。

比赛开始，傅卫国执黑棋，率先落子，众人的注意力都集中在棋盘上。

决赛当天韩德昌带着王巧慈有个重要的接待，原来荒村秀雄随一个文化团体访问北京，来了之后主动提出要到棋社拜访一下老朋友，算是一位不速之客。既然这么重要的客人登门造访，韩德昌自然要隆重接待，于是叫了周佳兰陪同，王巧慈担任翻译，一行人都在棋社陪着荒村。

王巧慈陪着荒村秀雄、春日英明参观了棋社，回到办公室喝茶。荒村对棋社的盛情表示感谢，说道："这次我们参加一个文化代表团访问北京，今天跑到这里来了。韩德昌说："不用客气，您登门造访，我们求之不得！今天是大国手赛决赛，如果你们有时间，我们可以一起去观看比赛。"

荒村欣然同意，一行人驱车前往文化宫，荒村问韩德昌："韩社长，你说燕京棋社永远不会再关门了，也就是说，中国永远不会再出现前几年那样的乱局了吧？"

韩德昌恳切地说道："不会了，那一页永远翻过去了。"

荒村说："我有一个设想，我们双方能不能举办一项对抗赛？像打擂那样的棋赛。"

韩德昌问荒村："打擂？就像武术那样的攻擂、守擂的比赛？"

王巧慈在一旁解释道："这种比赛在日本曾经比较流行，当年德川幕府的域城棋的比赛，就是打擂。"

韩德昌明白了，点头说对王巧慈说："这个我听说过。巧慈，你告诉他，我们需要认真考虑一下。"

荒村听后，忙说："不用着急，请韩社长考虑一下，希望能尽快得到您的答复。"

几人来到文化宫比赛场馆外，韩德昌带着荒村和春日进入大殿，王巧慈和周佳兰也跟了进去。韩德昌在人群中发现了刘秘书，忙打招呼。

"刘秘书，您也来了。"

刘秘书说："听说郑文龙进了决赛，老爷子特地嘱咐我来看一眼。"

韩德昌说："现在'四化'建设百废待兴，老爷子复出后肩上的担子更重了，可要注意身体啊！"

刘秘书点头说："老爷子身体还挺硬朗，就是经常念叨文龙，有空让文龙去看看老爷子。"

郑文龙和傅卫国的棋也进入中盘，双方落子开始慎重起来，此时的郑文龙额头冒出了密密的汗珠，傅卫国也是面色凝重，手上的折扇都已经合上。

王巧慈和周佳兰在旁边观看了一阵，两人各怀心思，脸上却是一片阴云密布。

大殿外的讲棋现场，何跃利正对着棋迷们解说战局："现在到了胜负的关键时刻，局面犬牙交错，千钧一发！大家要问我谁占优势，我只能遗憾地告诉大家，无可奉告，太混乱了！行话说'争棋无名局'，意思就是说，只要能获胜，不管三七二十一，什么手段都可以用，什么俗手、险招、愚行，无所不用！"

棋迷们听得津津有味，数百人的现场鸦雀无声，大家一面听着何跃利的讲解，一面看何跃利将棋子摆上棋盘。

这应该是当前国内最高水平的比赛了，傅卫国早已声名在外，而郑文龙自从上次中日对抗赛战胜日本棋圣荒村之后，也一时名声大振。恰好两人又出自同一师门，师兄弟相争更是让观众津津乐道，因此这一仗，是真正意义上的"棋逢对手，将遇良才"。

棋局还是不明朗，王巧慈最初看到盘面上傅卫国依靠稳健的落子隐隐占得先机，郑文龙似乎处于劣势，可是转眼郑文龙又连续进攻扭转劣势，双方都在你来我往中不断试探和布局，就连王巧慈也看不清接下来棋局的走向。周佳兰的心情也随着棋局的变化而阴晴不定，一开始看到傅卫国略有优势，心里就略略放松，可过一阵局势似乎又转向郑文龙这边，心情又随之紧张了。她虽然有意远离傅卫国，可是还是为傅卫国的一举一动牵挂，只是不让傅卫国看到而已。

随着比赛的深入，局势也渐渐明朗起来，原来一边倒的支持声现在颠倒了过来。何跃利还在卖力地解说："不出所料的话，这一个回合下来，比赛就要结束了！现在棋盘上到处都是陷阱，到处都是地雷，一招不慎，满盘皆输！这盘棋我看不用点目，当然，如果傅卫国杀死了郑文龙的这条大龙，也是一样。围棋有一个特点，就是活棋很容易，大家都知道，两个眼就活了嘛，要屠龙是不容易的。"何跃利一边说，一边摆出变化图，详细地给大家讲解，围观的棋迷开始议论纷纷。

终于，大殿里，傅卫国放弃了落子，小声说道："输了。"这两个字，从他的嘴里说出来，犹如千斤重担般艰难。

郑文龙长出了一口气，眼睛仍盯着如千军万马厮杀过的棋盘，周围的人也围拢过来。

郑文龙问："复盘吗？"

傅卫国摆摆手："不用了。"说完他站了起来。周佳兰看到他满身疲惫，心情也随之沉重起来。

大殿外，何跃利还在做最后的总结："现在我宣布啊，郑文龙执白棋中盘战胜傅卫国！果然，这个局部的攻杀变化，郑文龙的算路更巧妙一些，傅卫国的对策不能说错了，就是拳拳都打不到对手。"

人群中爆发出热烈的掌声。

大国手赛就这样以郑文龙的胜利而告终，虽然这样的结果傅卫国在比赛前也想到过，但是比赛结果摆在眼前，他还是有些无法接受。他是燕京棋社的绝对主力，虽然他并没有轻视郑文龙，但他觉得自己还是有很大的胜算。可结果无情摧毁了他的自信，就如一瓢冷水从头把他浇到了脚。他感觉自己很累，索性把自己关在屋里，放空一下思想，不再去理会外面的事。

下午韩德昌送完荒村回酒店，想起应该去看看傅卫国，来到傅卫国宿舍门口，发现大门紧闭，知道他心里难受，犹豫了一下没再打扰他。到了晚上，何跃利见傅卫国的门仍未打开，就拿着饼干去敲傅卫国的门。门并未上锁，何跃利推门进去，屋里黑漆漆的，灯没打开，傅卫国独自坐在黑暗中。

"没吃晚饭吧？"何跃利问傅卫国，傅卫国并未理他。

"卫国，韩社长让我跟你说，今天日本围棋访华团来了。"见傅卫国对此仍没什么反应，又继续说，"日本棋院的理事长荒村提出要跟咱们棋社举行擂台赛。"傅卫国听到这话，明显地触动了一下，开口说道："我知道了，你回去吧。"

何跃利将手上的饼干递给傅卫国，说道："胜败乃兵家常事。卫国，你吃点东西吧。"

傅卫国接过饼干，打开了饼干盒子。

何跃利说："道理也没必要多说，你比我都懂，说多了你也烦。"

傅卫国咬了一块饼干，说："也就你何跃利懂我。"

"咱们一起支援山西建设，又一起到棋社，再一起到山西，然后再一起回棋社，这来来回回，该有十年了吧？十年最艰苦，最美好的青春，我们哥儿俩没有分开过，也算得上患难之交吧。"何跃利看着傅卫国吃东西，也放了心。

傅卫国说："是啊，曾经的懵懂少年，青春已经不再了。"

何跃利很诚恳地说："我们已经浪费了大把的青春……卫国，打起精神，善待自己。"

傅卫国点头："谢谢！"

何跃利看着傅卫国吃完饼干后拍了拍手，叹了一口气，说道："你不用谢我，你知道你最应该感谢的人是谁？"

傅卫国似有所动。

5

郑文慧打电话让郑文龙和王巧慈回家吃饭，郑文龙特意叫上了童安和姜华。他觉得自从收了学生之后，两个人的进步很大，而且自己也从他俩身上得到了许多启发。

郑母知道郑文龙赢了棋，十分高兴，夸王巧慈是郑文龙的福星，让两人无论多忙周末都要回家来改善伙食。郑母还告诉王巧慈，小两口没事要多一点时间待在一起，王巧慈明白老人家的意思，不好意思地点点头。

吃完晚饭出来，童安和姜华两人要了郑文龙的自行车，两人歪歪扭扭地在前面骑，郑文龙就陪着王巧慈在后面慢慢地散步。

晚风轻拂，两人手拉着手走在路上，王巧慈给郑文龙说起下午郑母说的事。

"妈也是好意，让咱们多点独处时间。妈上了年纪，想抱孙子了。"郑文龙说。

"这我知道，可是现在就要，这行棋的速度太快了。"王巧慈有点担心，"我是女人，跟男人不一样。到时候，围棋和孩子我可真的只能选一样了。"

郑文龙想了想，觉得王巧慈说得对，如果有了孩子，王巧慈就无法全身心地投入围棋中，毕竟孩子对一个母亲来说是无法忽视的重要部分。于是用力地握了握王巧慈的手，说："那咱们就顺其自然吧！"

王巧慈点了点头，对郑文龙说："文龙你知道吗，今天荒村跟韩社长见面，提出要跟咱们棋社打擂台赛。"

郑文龙一听就来了劲："真的？擂台赛？"

王巧慈点点头。

郑文龙忍不住追问："擂台赛，怎么打？咱们要跟日本打比赛了？"

王巧慈被郑文龙着急的样子逗乐了，扑哧一笑道："文龙，你先别忙着激动，韩社长还要考虑考虑呢。"

"这还用考虑，打啊！"

"这里面牵扯到外交政策，不是我们棋社考虑的问题，你就别瞎起劲了。"

两人说着话，发现童安和姜华两个早已骑着自行车不见了踪影。眼看离棋社路程还远，两人上了公交车。车行驶在长安街，正好路过北京饭店。

郑文龙问王巧慈："荒村他们住在哪个饭店？"

王巧慈说："北京饭店。怎么了？"

郑文龙说："下一站咱们下车。去拜访一下我们的日本客人。"

王巧慈说："今天太晚了，明天再去吧，再说我们没有预约，很失礼的。"

郑文龙说："没关系吧。今天早晨见着荒村，我忙着比赛，也没说上话。上次下棋的时候，他还说我们俩都是农民呢。"

王巧慈只好跟着郑文龙下了车，两人来到北京饭店门口，被门卫拦了下来。没有预约，门卫不同意他俩进去。正在争执间，刘秘书走了过来，看见郑文龙打招呼，寒暄几句后让门卫把郑文龙两人放了进去。

荒村对郑文龙的深夜来访感到讶异，但也非常高兴。王巧慈刚好充当两人的翻译，让两人的聊天能够愉快地进行。

荒村对郑文龙大国手比赛的胜出表示祝贺，他说："郑文龙君的棋力比起两年前大有进步，今天的比赛我也去看了，您赢了傅卫国君，不愧为中国围棋第一人啊！"说话间还拿出了一瓶日本的清酒，笑着对郑文龙说："郑文龙君，我们两个农民喝一杯如何？"

郑文龙推辞道："时间不早了，不打扰您的休息吧。"

荒村笑笑说："你们中国有句诗，叫作'酒逢知己千杯少'，况且我一老头子，睡不了那么多觉的。"

郑文龙听罢，不便再推辞，便与荒村对饮起来，荒村邀请王巧慈共饮，王巧慈礼貌地婉拒了。

荒村说道："擂台赛的事情，郑文龙君可感兴趣？"

郑文龙坦诚地说："中国棋手已经很久没有跟日本棋手对局了。想要检验真正的实力，这样的赛制我认为是一种很好的方式。"

王巧慈悄声提醒他："这是擂台赛。韩社长还没有表态，你说话也不要大包大揽。"

郑文龙说："我只是作为棋手表达自己的意愿。再说，这也是早晚的事。"

荒村举起酒杯与郑文龙碰杯，说道："擂台赛的事，还请郑文龙君跟韩社长多多沟通，我们东京棋院很期待跟中国棋手比赛。"

两人一饮而尽。

第二天一早，王巧慈帮郑文龙打来早餐，放在桌上。郑文龙早操回来，俩人面对着坐下来吃早饭。

房门虚掩，傅卫国在门口轻声敲门，郑文龙和王巧慈抬起头，看到傅卫国面容憔悴地站在那里。

"文龙，祝贺你。我昨天晚上自己复盘，仔细研究了那盘棋，你下得真的很好，看来我得加油了。"

郑文龙听后感到欣慰，说："卫国，不过是一盘棋而已，咱们是师兄弟，又是一个棋社的棋手，输输赢赢都是兵家常事，你也别太往心里去。日本人就要来了，咱还得合伙跟他们干哪。"

傅卫国问："跟日本人打比赛的事我也听说了。巧慈，韩社长什么意见？"

王巧慈说："韩社长还没表态。"郑文龙接过话说："我等下就去找韩社长。"

吃过早饭，郑文龙去韩德昌办公室找他。

韩德昌看见郑文龙就笑着说："听说你昨天夜会国际友人了。违反外事纪律，懂吗？"

郑文龙知道他是故意吓唬人，"说：这都什么年代了？您还这么上纲上线的。"

韩德昌问："你都跟荒村说什么了？"

郑文龙说："我能说什么呀，正好路过，看看他。打擂台赛的事，您觉得怎么样？"

韩德昌皱了皱眉，说："我昨天琢磨了一晚上，还是觉得擂台赛，现在还不是时候。这是大事，得由组织决定。燕京棋社和东京棋院现在打擂，为时尚早，我们不能围着他们的指挥棒转。荒村的用意也许不完全针对我们，可能他是站在东京棋院那一边的，我看还是要慎重。"

郑文龙急道："我怎么听不明白？什么叫按照他们的指挥棒转？团体比赛是比赛，打擂也是比赛，反正伸头一刀，缩头也是一刀，早晚都得打，要不咱们中国围棋还怎么进步啊？您这么躲着也不是个事儿啊！"

韩德昌说："你先别急，日本围棋的商业化程度很高，他们提出跟咱们打擂，那是为了吸引本国的关注。可咱们呢？如果万一被日本人给剃了光头，舆论怎么办？对棋迷怎么交代？领导又怎么想？明知不可为而为之，是兵家之大忌。"

郑文龙有点泄气道："唉，白激动一场，看来您决心已定。"

韩德昌说："这么大的事情，我决定不了，你也决定不了，最后还得体委决定。这不我今天就得去一趟体委。卫国输了棋情绪不佳，估计顾不上训练的事，训练这边你盯着点。"

郑文龙说："行，我看着他们。您去吧，希望能带回好消息。"

早操过后，童安一身臭汗回到宿舍，被睡懒觉躲着不出早操的姜华嫌弃。童安这小孩什么都好，就是不太讲究个人卫生，姜华被熏得不行，硬拉着童安去澡堂洗澡。

澡堂里热气蒸腾。两人很快洗完，边穿衣服边聊天。

"怎么被热气一蒸，我又感觉肚子饿了。食堂的伙食太差，天天都是白菜豆腐，一点油水都没有。"姜华说。

"那菜里也有肉片。你刚吃过就叫饿，不会是生什么病了吧？"童安说。

"拜托，我正长身体，哪有什么病？再说就那么点荤腥，哪里够我塞牙缝？不行，得让郑文龙重新请咱们吃一顿。"姜华说。

"你刚去人家家里吃饺子了，你还好意思又让人家请啊？"童安说。

"一顿饺子哪能算数，这次得让郑文龙请一顿大酒，庆功宴那种！起码得是什么东来顺啊、全聚德啊这种档次才行。"姜华说得兴起。

童安在一旁说："姜华，你真贪心。"

姜华不以为然道："我们不能白帮他了。我容易吗，在傅老师那里学了棋，再处心积虑地告诉他，费了我多少脑细胞啊！"

童安说："这也是你自己愿意的，再说，你自己也进步不少。"

姜华说："我不管，我要开荤，不能让他一顿破白菜饺子就打发了。"

两人你一言我一语地聊着，没想到这些话被也来洗澡的傅卫国听了个正着。傅卫国听完他们的对话，脸色铁青地离开了澡堂。姜华和童安两人还在想着美餐，对自己闯下的大祸浑然不觉。

傅卫国无意中听完姜华和童安的对话后，感觉肺都要气炸了，他感觉自己受到了愚弄和欺骗。他觉得郑文龙应该是知情的，而且是他授意让姜华这样做的，目的就是为了在大国手比赛中战胜自己，否则他怎么那么好心把姜华让给自己？以他郑文龙的性格，他怎么会吃柿子拣软的捏而甘愿选择童安当学生呢？

这根本就是一场阴谋！傅卫国努力平复着自己的情绪，却感觉自己的胃部一阵绞痛，眼前一黑，几乎要晕倒。也不知道最近是怎么了，感觉身体状况大不如前。他克制着自己，让自己平静下来。可能是最近精神太紧张，压力太大，他要好好休息一下了。

6

姜华和童安从澡堂出来，回到宿舍。

姜华还不忘吃大餐的事，就催着童安去问郑文龙，童安自己脸皮薄，觉得这种邀功请赏的事说不出口，姜华连推带拉地将童安带到了训练室，来到郑文龙和王巧慈身边。童安怯生生地说："姐，姐夫，您拿了棋，赢了冠军，我想表示祝贺，请您吃顿饭。"

旁边的何跃利忍不住笑了："是赢了棋，拿了冠军吧，要是赢了冠军，那应该是什么军呀？好像还没这头衔吧。"

姜华说："怎么没有，叫超级冠军。"

童安窘得满脸通红，王巧慈看到这样，心里也明白了个大概，瞪了姜华一眼，说："姜华，又是你撺掇的吧？"

郑文龙乐呵呵地对童安说："好啊，童安，你请我吃什么呀？吃涮羊肉，还是烤鸭？想起涮羊肉，我还真的流口水呢。"

童安大窘，一个劲向姜华使眼色求救，王巧慈看了，赶忙给童安解围："文龙，别闹。"

郑文龙伸了个懒腰，说："好久没涮羊肉了，我还真想吃涮羊肉。不过你放心吧，我不会让你掏腰包的。就今晚吧，怎么样，姜华？"

姜华不好意思地笑了。

何跃利一听，赶紧说道："听者有份儿啊，我也要去！"

火锅热气腾腾，香气四逸，郑文龙、王巧慈、姜华、童安、何跃利五人围坐一起有说有笑。

开吃不久，童安就说自己吃饱了。

何跃利看了一眼童安，说："童安的棋阴柔有余，但阳刚不足，处处体现得饶人处且饶人，是个好孩子啊。不过要成为好棋手，还得读毛主席的书，听毛主席的话，宜将剩勇追穷寇，不可沽名学霸王。"

郑文龙说："不过童安最近的棋风强悍了很多。"

何跃利说："跟郑文龙老师学的吧。取长补短，相得益彰。你们这对师生倒是绝配呀。"

姜华听了在一旁冷笑，郑文龙突然明白了什么，说道："我的确从最近和童安的对局中所得甚多。这孩子的棋，不是你想象的那么简单。不过我倒是有点奇怪，童安最近的杀棋多了起来，一招一式，与其说像我，不如是说更像卫国。童安，是你和姜华一起研究的吗？"

童安点点头，姜华也甚是得意地说："我们每天晚上回宿舍都要摆棋，研究交流，互取二位老师之所长。"

郑文龙恍然，何跃利听罢啧啧称赞："哎哟，不得了。傅卫国加上郑文龙，你还真别不信，这俩孩子以后还真有可能成超级冠军呀。"

王巧慈心中一动，说道："这话要是传到卫国耳朵里，他会不会误会呀？"可大家正在兴头上，没有人听进她的话。

涮肉的锅里冒着腾腾热气，大家有说有笑地交谈着，唯有王巧慈心事重重。

落日余晖，彩霞满天，暮色四合，街上的路灯渐渐亮了起来。燕京棋社门口的巷子，一片宁静祥和，倒是棋社里面一片灯火通明，欢笑声不断。

棋社食堂里，一个大大的"囍"字格外醒目，棋社所有人围成两桌，在这里祝贺郑文龙和王巧慈新婚之喜。棋社恢复训练以来少有这种集体性的聚餐活动，大家伙都特别高兴，两桌人是边吃边聊，时而举杯畅饮，时而开怀大笑，场面甚是热闹。

郑文龙更是今晚的主角，刚做了新郎官，又获得了大国手的殊荣，可谓双喜临门。大家都端着酒杯轮番找他祝贺，郑文龙一个人招架不住，拉了姜华帮他挡酒。今晚的周佳兰打扮得很漂亮，还特意涂了口红，但她还是躲着傅卫国，看到傅卫国朝她这一桌走来，她就故意起身坐到另一桌，刚好坐到童安身边，童安开心，不知不觉喝了好多酒。

傅卫国看上去很憔悴，在热闹的气氛中显得有几分落寞。众人狂欢的情绪显然没有感染到他，他坐了一会儿，简单地吃了些东西，就起身离开了。周佳兰远远望见傅卫国离去的背影，心里也满是失落。

晚宴结束后，周佳兰担心傅卫国，却又不愿去打扰他，久久地在宿舍外面徘徊。

回到宿舍，周佳兰忧心忡忡地问："巧慈姐，我看傅卫国很疲怠，精神状况不是很好，是不是生病了？"

王巧慈叹了口气，说："他把棋和人生搅在一起，拧巴了，气不通可不就生病了。"

周佳兰有些着急："那我怎么办？"

王巧慈说："按着你的方法，让一切顺其自然，水到渠成。是你的谁也抢不走；如果不是你的，你努力了也就无怨无悔。"

周佳兰点点头。

傅卫国又是一夜没睡好，郑文龙的事让他心里像吃了苍蝇，憋得慌，也气得够呛。左思右想他决定去找韩德昌。

韩德昌办公室，傅卫国一脸憔悴走进来，还有些咳嗽。韩德昌看了，忍不住说："我不记得哪本书里有这样的话：'身体是存放灵魂的碗。如果碗坏了，魂儿也就没了。'那这棋还怎么下？卫国，身体健康，一定要重视起来。"

傅卫国笑笑说："我会注意的。"

韩德昌问："卫国，你找我有什么事？"

傅卫国想了想，还是说了出来："韩社长，我昨晚想了一宿。这件事，我必须阻止郑文龙。"

韩德昌说："你指的是和日本人打擂台的事吧？"

傅卫国点点头。

韩德昌说："唉，我也担心哪！"

傅卫国说："韩社长，您千万别被郑文龙的慷慨陈词给骗了。擂台赛为时尚早，现在千万不能干，这关系到国家的荣誉。"

韩德昌有些吃惊："怎么了，卫国，用'骗'这么重的一个词。文龙确有些操之过急，但这也说明他的进取之心嘛。"

傅卫国面露愤懑之色，情绪激动："韩社长，我这几天几乎每天晚上都无法入睡，心里这个难过，我这才知道，什么叫作寒心。"他语调有些哽咽了。

韩德昌更加诧异了："怎么了，卫国。别激动，慢慢说。"

傅卫国平复了一下情绪，说："几天前，我偶然撞见姜华和童安在背后议论国手赛的事，姜华叫童安让郑文龙请吃饭，要喝什么庆功酒，我当时很奇怪。我输了，姜华怎么这么高兴，反倒让郑文龙请他吃饭喝酒。我注意听了下去，这才知道，原来姜华故意要跟我学棋，目的是把我的招数摸清楚，好让郑文龙赢我拿冠军。"

韩德昌道："还有这事？不太可能吧。文龙的品行我还是了解的，不大可能干出这样的事。会不会是姜华这小子在背后瞎咧咧。文龙好像也不同意姜华跳槽，还下了一盘棋，我当时还说多此一举。"

傅卫国说："我也不愿意这么想。那天输了棋，是有些恼火。那盘输得挺窝囊，招招都在郑文龙的掌控之中。我研究的一些新手，他都应对自如。后来我想，是他水平提高了，我自己努力的还不够。所以第二天，我还专门找他表示了祝贺。"

韩德昌点头说："是啊，我还表扬了你。是大将，就应该有大将风度。"

傅卫国摇摇头："唉，我把人想得太好了。"

韩德昌忙说："卫国，你也别想得太多。"

傅卫国说："害人之心不可有，防人之心不可无。我的这根弦绷得太松了。郑文龙对姜华的那盘收徒比赛，根本就是演双簧。让姜华两子，姜华刚来棋社的时候让两子，郑文龙都输了，现在怎么可能让得动。我太大意了。"

傅卫国这句话说得让韩德昌琢磨了半天。他说："他们真的若是演双簧，就不会是下让子棋了吧。这样故意让姜华赢，不是太明显了吗？"

傅卫国在旁边点拨："两人分先平下，郑文龙要是输了，不是也太奇怪了吗？"

韩德昌默然。

傅卫国说："韩社长，自从他和我师从一个老师，对他这种不舒服的感觉就一直伴随着我。从小到大，他在师父面前讨好卖乖，我就很看不惯。但我努力把它看成是性格上的差异，并且以大师兄的标准要求自己，以身作则，一次次地容忍他，宽恕他。到最后，终于被他狠狠地咬了一口。"

韩德昌不再同傅卫国探讨这事，说道："这件事可不是一般的问题。在事情没有了解清楚以前，你不要对任何人提起。卫国，你能做到吗？"

傅卫国说："当然能做到。韩社长，我也是想了好几天才来找你谈这事，并不是为了泄私愤。"

韩德昌听了很受感动，说："卫国，在擂台赛的问题上，我和你完全一致。你放心吧！你也不要太难过，现在形势不同了，比赛会越来越多。现在全国都在准备'第一届围棋棋王赛'，好好准备，你一定会用好成绩来证明自己的。"

7

韩德昌等着郑文龙聊事情，看到郑文龙推着车子回来，傅卫国却绕道走，郑文龙向傅卫国打招呼，傅卫国也是置之不理，径直走开。

韩德昌心里隐隐有点担心，叫郑文龙一同到办公室。

韩德昌问："傅卫国的学生现在对你怎么样？"

郑文龙说："自从我和巧慈好了以后，他对我的立场慢慢改变了。尤其是最近这段时间，简直来了个一百八十度大转弯。哎，好歹我也是他姐夫嘛。"

韩德昌意味深长地说:"这小子鬼心眼儿忒多。"

郑文龙当然不明所指,说:"这个年纪,喜欢耍耍小聪明,挺正常。"

韩德昌说:"聪明没用在正道上。瞧你,越来越护犊子了,好姐夫啊。"

郑文龙听出了韩德昌话里的意思,说道:"别说阴阳话了,您赶紧的,说正事儿吧。"

韩德昌这才正色道:"两件事:第一,傅卫国对你看法很深,也有他的道理,我们不用想太多;最近他全力准备棋王赛,你就别自我感觉良好,再去招惹他了。"

郑文龙有些讶异道:"什么事呀?国手赛赢了他,他当时是有点情绪,不过后来好了呀?"

韩德昌说:"他认为你赢得不光彩,姜华是你的卧底。"

郑文龙一时语塞,有口难辩,"我……我是这种人吗?韩社长,您不会也是这么认为吧?"

韩德昌反问:"姜华难道不是卧底吗?在傅卫国那学完棋,跑过来和你研究,把他的路数全都摸清楚了。"

郑文龙说:"姜华和我们一起研究,这不错。训练大伙儿都是在一块儿研究的,是傅卫国觉得自己一枝独秀,从不参加,向来是闭门造车。更何况下围棋不是打扑克牌,能偷看对方的底牌。"

韩德昌说:"我不拿你当坏人,你也别拿自个儿当诸葛亮,就不要再三气周瑜了,行吗,我的'大国手'?"

郑文龙虽还是一肚子意见,但也不再说这事,问:"那还有第二件事呢?"

韩德昌一边泡茶,一边说:"第二件事,擂台赛的问题,我决定暂时不考虑,先恢复相互间的访问比赛。荒村抛来的橄榄枝,咱们以后再接吧。"

郑文龙比刚才更着急，问道："那要等多久？三年、五年，还是十年？"

韩德昌说："这个不是你考虑的问题，你问我，我也不知道。"

郑文龙有些泄气，无可奈何地坐在一边，韩德昌过来拍拍他安慰道："你也别多想，等时机成熟了，我们再打擂台赛。"

郑文龙不愿继续听下去，起身离开了办公室。

回到房间，郑文龙躺在床上发呆，突然周佳兰风风火火地跑来，对郑文龙说："文龙，快去看看吧，巧慈吐得厉害！"

郑文龙一听，翻身爬起来往外跑。

王巧慈正躺在床上，脸色还有些苍白。

郑文龙关心地问："大上午的，怎么会吐呢？早饭你吃的什么，吃坏肚子了？"

王巧慈轻声地说："没事了，你别听佳兰一惊一乍的。"

王巧慈支开周佳兰，略带羞涩地对郑文龙说："文龙，我可能怀孕了。"

郑文龙一听，高兴得蹦了起来："真的？太棒了！我要当爹啦？"

王巧慈看他高兴得像个小孩的样子，又好笑又好气："小声点儿，这还不一定呢，瞧你忘乎所以的样！"

郑文龙说："错不了，肯定错不了！"

王巧慈看着郑文龙说："可我是又兴奋又害怕。"

郑文龙重新坐在王巧慈身边，抚摸王巧慈的秀发，无限怜爱地说："怕什么呀？闺女儿子我都喜欢，而且我更喜欢女儿，你想女儿多好呀，贴心！和爸爸最贴心，也是最漂亮的小棉袄。"

王巧慈说："我不是害怕这个，我是害怕，再也下不了围棋了。"

郑文龙握住王巧慈的手，说："怎么会？我不同意你的想法。"

王巧慈叹道："女人最重要的还是家庭，一手不能搏二兔，特别是有了孩子，心不静这棋是真没法下了。能为你付出一切，也没什么舍不得的。如果真怀上孩子，那我认命，以后就安心地在家相夫教子……"

郑文龙听了，心里满是感激，一把将王巧慈搂进怀里。

早晨，到了傅卫国单独给姜华上课的时间，姜华心虚，但还是硬着头皮去见傅卫国。傅卫国在宿舍里觉得胸口很闷，站起来打开了窗户，想了想又把窗户关上。这几天胃痛越来越厉害，一开始他还能坚持，后面实在坚持不住，就打开药瓶吃止疼片，吃完药后感觉稍稍缓过来，就坐下来闭目养神。

休息了一会儿，傅卫国起身摆好棋盘，姜华来敲门。

姜华犹犹豫豫，傅卫国却当没事发生一样，让姜华进屋坐下。

姜华有点心虚，一边观察傅卫国，一边毕恭毕敬地问："傅老师，还是先复盘吗？昨天郑老师和童安的一盘棋下得很有意思的，就摆这盘棋，您看行吗？"

傅卫国有些意外，说："你随便吧，复哪盘棋向来是你自己选的。"

两人凭记忆，将郑文龙、童安对局一一摆完，傅卫国看着棋盘上的棋子说："郑文龙赢半目，官子功夫也上来了。童安这优势的棋，愣让他收官给逆转回来了。以前的弱项，现在成了强项了。提高得好快啊！"

姜华说："郑老师的特点是布局好，中盘力量大。可现在好像棋风变了。中盘尽量避免战斗，腾挪闪转，就是不出拳。"

傅卫国脸色有些难看，道："这才可怕呢，你打不着他。他一出拳就能把你打趴下。"

两人不再说话，各怀心事地开始对局。

一局结束，两人简单复盘。傅卫国很平静地对姜华说："以后咱们分先下吧。让先，我总觉得已经很吃力了。"

姜华说："还是先让先吧。傅老师，您今天不过是有点累了。"

傅卫国摇了摇头，说："让不动了。姜华，你和童安的棋，已经上台阶了。好啊，再过两年，也许我们真的可以拿得出去，跟日本人比比，打擂台了。"

　　姜华问了一个一直想问的问题："傅老师，您觉得我和童安的棋，谁好？"

　　傅卫国看看他，很直率地说："你真要这么问，我也就直接回答你吧。是童安。"

　　姜华抓抓脑袋，不解地说："我不明白，为什么？郑老师好像对他也十分欣赏，可是我对他的成绩一直都是胜多负少，压倒性的优势。"

　　傅卫国说："郑老师不是对你也十分欣赏吗？"

　　姜华听出话中有话，低头不语。

　　傅卫国接着说："姜华，我们棋手，是一群攀登魔山的人，这座魔山，不知道有多远，甚至不知道顶峰在哪儿。但在每一拨登山者中，总有一个是爬得最高的。这个爬得最高的人，往往是走错了路的人，他再想往上一步，都已经无路可走了。"

　　姜华似乎有些明白："您的意思是说，童安尽管现在在矮处，可是他走的路是一条正确的路，有可能走得最远的路？"

　　傅卫国笑笑说："不知道，也许吧。"

　　回宿舍的路上，姜华一直在思考傅卫国的话。回到宿舍，姜华看到童安躺在床上看书，就问童安："童安，你说，围棋是什么？"

　　童安抬头看着姜华，没明白姜华为什么问这个问题。

　　"不知道。傅卫国整你了？"童安问道。

　　"没有，倒是跟我说了些挺有意思的话。哦，还说以后要跟我分先下了。"姜华说。

　　"这不挺好的嘛。"

　　"好什么好，就差说我教不了你了。哎。你还没回答我问题呢。"

姜华对童安的木鱼脑袋很无奈。

童安问："围棋是什么,你说呢?"

姜华说："对牛弹琴,还是算了吧,不说了。"

童安摇摇头,有点委屈地说："你别嫌弃我,我是真的不知道,围棋对外人来说就像一个迷宫。"

姜华惊讶地张大了嘴巴："傅卫国说围棋是一座魔山,跟你的意思差不多,看来你们真是一路人!"

童安对这些问题不感兴趣,合上书翻身睡觉,不再理会姜华。

8

周佳兰在宿舍研究棋谱,见王巧慈回来,面色苍白,忙关心地问："又吐啦? 这饭全白吃了。"

王巧慈有点虚弱地说："唉,吃啥吐啥,连喝水都吐,做女人可真不容易。以前常说,妇女能顶半边天。这话听了,当时觉得还挺自豪的,现在才明白,这其实很不公平。"

周佳兰笑她："以前你要这么说,非得被打成'反革命'不可。"

王巧慈又一阵恶心,差点儿呕吐,周佳兰忙扶着她,递给她一杯水。

王巧慈喝了一口水,稍稍平复了一下,对周佳兰说："哎,你对傅卫国这种远距离、不接触的战术,千万别让人将计就计了。对了佳兰,我看你还是多关心关心卫国。他最近身体、心情好像都不太好,听文龙说,连早操也不出了。这个时候主动一点,效果会更好。不能让他一个人闷着。"

周佳兰一撇嘴,傲慢地说："你以为我是故意不理他的? 我是真的不想理他了。"

王巧慈笑了："算了吧,我还不知道你?"

周佳兰见王巧慈不相信，继续说："我承认，以前我是因为围棋喜欢上他，现在是因为他，我又重新喜欢上了围棋。我现在过得很充实。"

王巧慈说："哦，这样的话，这个棋痴倒是真的有可能因为围棋而喜欢上你。"

周佳兰不解："巧慈姐，你说傅卫国到底是喜欢我，还是喜欢围棋呀？"

王巧慈没接她话，对她说："其实你现在这样，我还挺羡慕的。"

周佳兰问："羡慕我？你多幸福呀。"

王巧慈叹了一口气，说："你知道吗，等肚子里的小宝宝一出来，我就要和围棋说再见了。"

周佳兰端着茶杯坐到床边，看着王巧慈说："可是围棋对你来说那么重要，你真的能够为了孩子放下它吗？"

王巧慈又有点犯恶心，费力忍住，说："没办法的事，选择了接受小生命就只能舍弃心爱的围棋。女人的人生就是这样。"

看到王巧慈这么辛苦，周佳兰忍不住替她抱不平："哎，这个郑文龙跑哪儿去了，这个时候，也不知道陪陪老婆，典型的大男子主义。"

王巧慈叹了一口气说："他一个兵团战友考上清华大学，在外面吃饭呢。哎，他乱七八糟的关系太多了。"

下午一下班郑文龙就出去了，告诉王巧慈去参加兵团战友聚会。王巧慈知道郑文龙将兵团战友的友情看得很重，虽然自己身体有些不适，但也未加阻拦。郑文龙得知叶秋考上清华大学，几个朋友组织聚一聚，如此好消息，当然得前去祝贺一番。叶秋在兵团时就和郑文龙关系要好，自从上次千辛万苦回到北京恰逢棋社解散走后，再无消息。郑文龙聚会时才知道，叶秋与辛燕子两人已经喜结连理，叶秋在北京上大学，辛燕子也待在北京的家中，两人算是修成正果，羡煞旁人了。想当年叶秋也是一个棋痴，想着法与郑文龙下棋，如今得知郑文龙娶了一个温柔漂亮的围棋高手为妻，也为郑文龙感到高兴。席间众人你来我往，谈笑风生，喝得酒酣耳热，直至深夜才散。倒是王巧慈担心一夜，等郑文龙回来才放心睡下，郑文龙看到后内疚不已，直言绝无下次。王巧慈心中本有微词，在郑文龙的甜言蜜语下，也展颜一笑，心情舒畅起来。

时间已至隆冬，大雪纷纷扬扬地下起来，北京城一片素净。在这宁静的日子里，每个人都在忙忙碌碌地生活，却感觉到从未有过的轻松和喜悦。那些阴暗不堪的日子仿佛被一阵猛烈的北风刮走，一下子无影无踪了。另一方面，人们开始对瑞雪之后的丰年有了更加明显的企盼：这样的冬天是美丽的，这样的冬天过去后，春天会更加美丽，这一点，棋社的每一个人都相信。从三强的信中郑文龙了解了些南方的消息，那是一片跃跃欲试的土地，到处萌动着春的气息，每个人都带着热情和希望，朝气蓬勃地过日子。王巧慈肚中孕育着新生命，周佳兰仍然若即若离地关心着傅卫国，童安和姜华各怀心事地学习成长，三强与郑文慧都用书信寄托着甜蜜与思念。这一切真美，还有什么比这更美的呢？

韩德昌这天接到外办转来的日方回函，荒村又将访问中国。上次拜访荒村提出举办中日擂台赛，看似偶然提及，实则是日方棋社经营所需，急需用擂台赛的方式赢得国内机构更多的赞助。可中方出于顾虑委婉拒绝了荒村的要求，建议将擂台赛改为团体对抗赛，这让日本棋社方面计划落空，不得已荒村提出再次访问北京，希望能游说燕京棋社同意擂台赛。

韩德昌当然知道荒村的意图，但面对日方棋社中的亲华派代表人物，也着实找不到理由拒绝荒村。老韩有些为难，找来傅卫国商量，两人交谈了半天，也没有找出好的办法来，只有作罢，先等体育局方面的安排再说。

转眼已到放寒假的时间，三强已完成一学期的学业。此时他已经完全适应了大学生活，这使他的知识青年形象更添了书卷气。现在的他，不再是以前那个无处为家，在乡下苦苦煎熬的年轻人了，而是一名重点大学的学生。他的前途和未来，还有爱情，都掌握在自己手中。他知道，作为老三届大学生，他的年龄比其他学生要大，但同时，他具备更加成熟的思想。他要充分利用学习的时间，充实自己，提高自己，把这来之不易的大学读好、读透。

所以闲暇时间，他除了给北京的大家伙儿逐个写信外，就是泡在图书馆学习。读书期间，他唯一往来比较多的就是贺梅，贺梅也在福建，算得上他乡遇故知。贺梅已经在文工团停薪留职，下海经商，三强从贺梅这里了解到许多校门之外的新消息，知道了脚下这片土地，在改革春风吹拂之际正慢慢复苏，作为全国改革开放的前沿阵地，这里有许多新的知识和观念，也有许多机会。贺梅算是下海弄潮的第一批弄潮儿，很快尝到了弄潮的甜头，生意做得顺风顺水，性格豪爽的贺梅也没少请三强下馆子改善伙食。三强看得出，虽然贺梅的的确确赚了钱，但她过得并不幸福。这么多年过去了，她还时常向三强打探郑文龙的消息。她虽然已经结婚，但对于过去，似乎并没有放下。

学校终于放假了，三强归心似箭，半年没有见到心爱的郑文慧了，书信往来怎抵得过见面的喜悦。三强准备了一大包礼物，要给北京的每一个亲人送上一份心意，也让他们看看沿海城市的新奇玩意儿。

北京的积雪已经很深，三强回到师母住的小院，院里幽幽，雪已经被扫成一堆一堆在树旁。还是这熟悉的地方，三强眼睛有些湿润，自己在北京无依无靠，师父和师母把他当成了亲生儿子，吃住都在这个小院，这里就是三强的家。如今，师父已经不在，剩下师母一人，本就幽静的小院显得更加清幽了。

"师母，我回来了！"三强的喊声打破了小院的宁静。

"三强哥，你回来啦！"郑文慧的头从屋内探出来，瞪着惊喜的大眼睛。

"文慧，你也在啊，太好了，一会儿把东西给你哥送去。"三强很高兴在这里见到郑文慧。文慧信中提起过，担心自己走了师母一个人孤单，就抽空过来陪陪老人家。

师母也从屋内出来，看到三强十分高兴，赶紧把三强接进屋内。

一进屋，三强就迫不及待地打开包，把准备好的东西一件一件拿出来。

"师母，这是给您的。小慧，这是你的。"三强拿出两条围巾，递给师母和郑文慧。

两人开心地接过来，许师母见是一条带着鲜艳花纹的围巾，笑着说："老太婆哪能用这么花哨的围脖，还是小慧拿回去给你妈吧。"

三强说："老来俏嘛！买了两条一人一条，你看都一样的，免得有人说我偏心。"

"浪费钱。"许师母白了三强一眼，口上虽在责怪，手里却对围脖爱不释手。

三强看着两人喜欢的样子，带着满意的笑容，说道："南方的好东西太多啦，就是银子不够，等我赚钱了，给您买大件。"

许师母欣慰地说道："你师父带了你们几个徒弟，都是有心啊。"郑文慧走过去帮许师母系上围巾，鲜艳的围巾搭配下老太太显得格外精神。

三强默默地走到供台前，给师父上了一炷香。

9

早晨棋手训练时间，韩德昌宣布了一个消息："棋王赛"已经定在杭州的九曲溪工人疗养院举行，这次比赛比"国手赛"的规模要大得多。现在各地棋社都在发展壮大，燕京棋社虽然占有一定优势，但也没有绝对胜算。所以韩社长告诉大家抓紧训练，不能轻敌，这几天先设计个赛制，在队内搞个选拔赛吧！

周佳兰和王巧慈刚刚对完局，周佳兰就问王巧慈："巧慈姐，你还参加'棋王赛'吗？到那时候你差不多该生了。"

王巧慈点点头说："我算过了，预产期在比赛后一点。"

周佳兰说："可到时候你挺着个大肚子去比赛，恐怕也不好吧？我是担心你，那么长时间坐下了，能受得住吗？"

王巧慈说："可能这是我围棋生涯里的最后一场比赛，我一定要参加。"

周佳兰有些不解地问："生了孩子，不是也可以做棋手吗？"

"我不知道还能不能做棋手，但是我有预感，可能围棋真的要为肚子里的宝宝让道了。"王巧慈说得有些伤感。

王巧慈决心参加"棋王赛"，与郑文龙约定先不告诉郑母怀孕的消息，可事情哪能瞒过郑母的眼睛呢？这天王巧慈回家吃饭，恰好碰到郑文龙棋社训练没有回家，于是和郑母、文慧三个女人一起用餐，吃饭间王巧慈突然感到一阵恶心反胃，眉头轻轻皱了皱，她这细微的动作都让郑母看在了眼里。

第二天清早，王巧慈起来，家里一个人都没有。王巧慈走到客厅，刚把围裙围上准备做饭，看到郑母拎着菜兜从门外进来。

"妈，大清早您就出门了？"王巧慈赶紧接过郑母手里的菜兜。

"哎，我去早市转了转。"郑母一边回答，一边走进厨房，从厨房端了一大杯牛奶出来。

"巧慈，这是给你的，以后早晨多睡会儿，别起来做饭了。"

王巧慈一看这架势，知道被看出来了，说："妈，您都知道了？"

"我是过来人，能看不出来吗？女人这种事，想瞒也瞒不住。"郑母略带嗔怪地说。

王巧慈有些不好意思地低下了头。郑母看着儿媳妇，关心地问："几个月啦？"

王巧慈低低地回答道："三个多月吧。"

"什么？"郑母有些惊讶，恰好这时郑文龙跑步回来，被郑母逮着一顿责备："媳妇都怀孕这么长时间了，你是打算一直装傻是吧？"

郑文龙一看老妈发现了问题，嬉皮笑脸地说："这不是准备给你个惊喜嘛。"

"惊喜！非常惊喜！"郑母没好气地回答。

"妈，是我不让文龙说的。"王巧慈怕郑母真的生气，赶紧圆场。

郑母责备中带着怜爱，嗔怪道："你也是的，孩子在肚子里营养要跟上，不能有一点马虎。赶紧回房间休息，饭好了再喊你。"说完又指着郑文龙，"你，去照顾巧慈，这个时候保胎最关键。我已经托人找了中日友好医院的大夫，挺有名的，你吃完饭，带巧慈去看看。"

郑文龙一脸惊讶："啊，你这速度也太快了吧？"

郑母瞪了儿子一眼："你们让我措手不及，不就在考验我的办事效率吗？再说了，怀孕对女人来说是最重要的事，你可不能大意了。"

两人被郑母一顿教育，顿时哑口无言。

吃完饭郑文龙就带着王巧慈去医院检查身体，拿到体检结果郑母才放了心。儿媳妇一怀孕，婆婆是如临大敌，忙前忙后不说，还只允许王巧慈坐着，什么活都不让她干。叮叮当当一桌子好吃的上来，都是给王巧慈准备的，还要求小两口不要住在棋社，回家改善伙食，才能保证营养。两人没办法，也只好答应了郑母的要求。

荒村一行人很快就来到北京。荒村特意将最后的行程安排在燕京棋社，这也是他此行的主要目的。为了增进友谊，双方本着以棋会友的宗旨，特意安排了一场友谊赛，由姜华出战日方的春日。韩德昌这样安排，意在让这些潜力选手有机会打打比赛，锻炼一下比赛经验。两位棋手在对战室对弈，引来众多棋手围观。趁此机会，荒村和韩德昌在会客室就"擂台赛"的事情进行了探讨，由于王巧慈不方便担任翻译，棋社安排了同样懂日语的周佳兰做翻译，傅卫国和郑文龙同时作陪。

荒村说："这次中国之行，我还去了古都西安。围棋的发源地在中国，我也一直对中国文化情有独钟，很想在我尚未卸任之际，促成中日围棋之间的交流。希望韩社长能够促成这次'擂台赛'，完成我的心愿。"

韩德昌礼貌地回绝："这个还是要由体委来做决定，我们棋社不好自己做主呀。"

荒村很诚恳地说："其实擂台赛的提议，并非我个人执意而为。贵社有所不知，在日本围棋界，只有擂台这种形式，才能够获得赞助商的垂青，也才能吸引真正有实力的棋手。没有对贵社的友好赛，实在难以进行商业上的操作。"

面对荒村的坦诚，韩德昌也很为难地说："我很能理解荒村先生的处境，但目前来看，我们棋社也有自己的苦衷啊。"

会谈场面略显尴尬。郑文龙听了荒村的话也深有感触，但见旁边的傅卫国面无表情，似乎不为所动。

韩德昌打破了尴尬场面，说："咱们也去看看春日君与姜华的对局吧！"众人起身，结束了会谈，荒村神情尴尬，有些失望。

　　对局室里，姜华和荒村正在紧张对局，大家都屏住气息，房间内异常安静。

　　姜华和春日均眉头紧蹙地思考着，众人都在凝神静气地看棋，韩德昌带着荒村到来，大家都没有觉察到。

　　"春日君，赢！"何跃利当众宣布，对局结束。

　　围观的棋手陆续散去，姜华对于比赛失利有些懊恼，荒村却对他大加赞赏："姜华君作风顽强，大局观好，又这么年少，将来必定大有作为。"

　　姜华被夸，却高兴不起来，郑文龙过去拍了拍他的肩膀，表示安慰。

　　荒村还是下榻在北京饭店，郑文龙决定晚上去拜访一下这位老朋友。白天他看到了荒村眼中的失望，虽然自己也希望打擂台赛，但组织的决定个人无法改变，他对荒村也是爱莫能助。郑文龙来到荒村房间，春日和翻译作陪。

　　荒村请郑文龙落座，郑文龙拿出二锅头酒，放在桌上，对荒村说："这次我请您老尝尝北京的二锅头。"

　　荒村哈哈一笑道："好，今天晚上咱们这两个农民一醉方休！"

　　二人斟酒对饮，荒村想起白天未见到王巧慈，就问道："今天怎么没见着你太太？"

　　"她怀孕了，来不了。"郑文龙说。

　　荒村连忙道喜："恭喜，郑文龙君好福气啊，娶了一个这么聪慧漂亮的太太，真令人羡慕。在日本，女棋手嫁人眼界高到了天上去，我们年轻的男棋手可是很难追求到的。是不是，春日君？"

　　春日不好意思地笑笑，也端起一杯二锅头，一饮而尽。一杯下肚，春日咋咋舌头，颇不适应。

荒村见春日的样子，笑着说道："这烧酒和我们的清酒不同，好大的劲头。"

郑文龙说："咱北京人都喝这个。这是荒村先生第几次来北京了？"

荒村叹道："第三次了。可惜，仍然是无功而返啊。"说罢喝了一口闷酒。

春日说："这次中国之行我们去了当年的长安，围棋就是在中国的唐朝时期，由日本遣唐使吉贝真备传到日本的。这次的古都西安之行，也算是圆了荒村老师多年未竟的一个心愿。"

荒村接过话题道："如果说围棋是个孩子，中国就是它的生母，而日本却把它养大。我下了这大半辈子围棋，也是来中国寻根来了。"

春日对郑文龙说："荒村先生对中华文化总怀着一颗感恩的心，这跟我的同门师兄藤原君很不一样。"

荒村说："我的学生藤原，目前是日本风头最劲的专业棋手。他并不看好我这一次的中国之行。他甚至建议我，由他个人负担中国棋手的出国费用，与我们东京棋院的业余棋手比赛。"

郑文龙听到这话，闷头喝了一口酒，把酒杯重重地放在桌上。

荒村看在眼里，也稍一停顿，诚恳地说："在日本国，如果不是真正意义上的竞技比赛，是很难吸引到大财团的投资，也没有真正一流的棋手愿意打这种没有酬劳的比赛。但是，我还是希望能够跟中方多多沟通，尽量促成两国一流高手之间的比赛，否则，比赛就没有意义。"

郑文龙抬起头看着面前真诚的荒村秀雄，满怀敬意说："这杯酒我敬您，感谢您对中日围棋交流做出的贡献。"

从荒村的房间出来，郑文龙心情有些沉重，看到荒村心里不好受，他也十分难过。他不明白为什么就不能打擂台赛，乒乓球、羽毛球都敢和别人打，轮到了围棋，为什么就不行了呢？

回到家的时候，郑文龙向王巧慈倒苦水，王巧慈安慰他说社里这样做也有苦衷，毕竟我们的围棋整体水平还不高，一着不慎会伤害了围棋的发展。郑文龙突然想到了这事向老爷子汇报一下兴许会有转机，而且自己媳妇怀孕的事也应该让老爷子高兴高兴。

第二天一早，郑文龙先给老爷子去了个电话，老爷子刚好在家，听说郑文龙要过去很是高兴。两人见面后自然是老规矩，先摆上一盘棋，让老爷子过过棋瘾。

老爷子犹豫着要不要悔棋，郑文龙看在眼里，忍不住说："老爷子，拿起来重下吧。"

听郑文龙这么一说，老爷子反而不犹豫了："落子无悔，就下这儿了。"老爷子呵呵笑着说："这是你们那个叫姜华的娃娃说的，他是你的学生吧？"

"他是傅卫国的学生。"郑文龙说。

"我看这娃娃像你，和你小时候一模一样。"老首长对姜华印象深刻。

"首长，我也快有自己的娃娃了。"郑文龙说。

老首长一脸惊喜："真的？文龙，你也要当爸爸了，看来我是真的老喽！"老首长爽朗地笑着，继续说："什么时候把你夫人带过来让我见见？"

"好，到时候我们一家三口一起来见您！"郑文龙说。

刘秘书走过来，在老爷子耳边耳语了几声。老爷子点了点头，对郑文龙说："文龙啊，晚上你留下来吃饭吧，可我不能陪你了，有外事活动。"

郑文龙想要说正事，他听到老爷子的话，赶忙说："首长，我不吃饭，今天来找您，就为了一件事。"

老爷子笑着说："我猜你来就有事。平时不来陪我下棋，到这时候想起我来啦？你还从没自己张口求过我呢，肯定是大事，说吧。"

郑文龙说："日本东京棋社的荒村秀雄理事长来了，想跟燕京棋社打擂台赛，但是体委的同志有些顾虑，怕输得太难看，下不来台。"

老爷子听后，抬头问郑文龙："文龙，你怎么看？"

郑文龙想都没有想，就说："我觉得，应该打。"

老爷子听了很高兴，说："对。有什么下不来台。被打下来不就是下台了吗，再爬起来嘛。我这一辈子，下台下的够多了。"

郑文龙听了大受鼓舞，说道："荒村秀雄的学生藤原，竟然提议，既然我们不肯打擂台，就让我们的棋手去跟他们的业余棋手打比赛。但是荒村先生认为，如果不促成一场两国一流高手之间的比赛，就没有任何意义。"

老爷子说："中国人怎么能当缩头乌龟？这场比赛一定要打！三中全会已经开过了，可是我们有的同志，思想上'左'的东西还占主导。思想不解放，改革开放怎么搞！文龙，你先回去，这事我和体委安排一下。"

郑文龙高兴得连连点头，感觉自己的心都要飞出来了。

童安和姜华都知道巧慈姐要参加"棋王赛"，也知道这届"棋王赛"可能是王巧慈最后一次参加比赛，对比赛寄予了很大的期望。于是两人合谋要帮王巧慈扫清夺冠路上的障碍，尽力帮她拿到"棋王赛"的冠军，如果谁与王巧慈对局，就不易察觉地让棋，让王巧慈获胜，兄弟俩也算是帮姐姐完成一桩心愿。两人的谈话让郑文龙听了个正着，姜华索性请求郑文龙也参与其中，这样的话计划实施的成功率会高出许多。郑文龙对两兄弟对姐姐的感情十分赞赏，对此事也表示默许。他知道王巧慈为了家庭付出了许多，如果真能让妻子生产前得到棋王赛冠军，那是求之不得的好事。

　　就在大家的注意力都集中在"棋王赛"上时，体委来了通知，日本的"擂台赛"邀请，我们接受。郑文龙听到这个消息，十分振奋。他知道事情是老爷子安排的结果，他从心底里佩服和感激老爷子。

　　韩德昌将这个消息告诉傅卫国时，傅卫国却不以为然，连牵头挂帅的事都一口回绝，推给了郑文龙。在他的心里，将棋王赛看得更重。他希望在棋王赛上战胜郑文龙，赢回在大国手赛上失掉的荣誉。

第五章

1

时间悄悄流逝，送走飞雪的冬日，春天也在不知不觉间溜走，转眼已是五月，和煦的阳光一天比一天暖和；花开了又谢，柳絮飞了又没，这一切都在告诉人们，夏天快到了。

与此同时，南方的杭州城，也过着属于这里的五月，这可是这座城市一年中最舒适的时光。俗话说："上有天堂，下有苏杭。"此时城里的人们都像生活在画中一样，蓝天绿水，翠柳红花，有山有水，有湖有桥，有塔有寺，有诗有画。任何溢美之词用来形容人间天堂，都不过分。

此时的杭州城，迎来了全国各地的棋手，这其中就有来自燕京棋社的棋手们。准备已久的"棋王赛"在杭州正式拉开帷幕。

王巧慈挺着个大肚子在家门口比赛，自然受到家中亲人的特殊照顾。姜华和童安也借着这次比赛见到了家人，家中大人大包小包将好吃的送过来，主要是来看怀孕的王巧慈，两小孩也跟着受了优待，高兴得很。

王巧慈的母队金陵棋社这次也派出人马参赛。一晃六年多时间过去了，金陵棋社的社长曹金豹看着自家棋社培养的三名棋手在北京发展得这么好，心中也十分欣慰，但仍然不忘挤对韩德昌，说要不是金陵棋社的无私奉献，燕京棋社也不会有今天的实力。韩德昌与曹金豹两人见面也十分难得，想着几年来的起伏和眼前的好光景，也都十分感慨。曹金豹做东宴请大家，大家难得利用比赛的机会领略杭州的美景和美食。

比赛很快开打。这次"棋王赛"的比赛场地设在杭州九曲溪工人疗养院。疗养院的礼堂内，二三十张棋桌顺序排开。"第一届围棋棋王赛"的横幅醒目地悬挂在正中墙上。来自各地棋社的棋手都集中在这里，向着首届"棋王"的荣誉发起冲击。

此时的大厅内异常安静，只有断断续续的落子声。

这是第一轮比赛，也是整个大厅内人数比较多的比赛，郑文龙、傅卫国、姜华、童安、周佳兰、何跃利等分别对阵无名棋手。只有王巧慈捧着个大肚子对局，在赛场中十分显眼。

由于第一轮比赛实力悬殊，燕京棋社的参赛众人战胜对手，悉数过关，只有傅卫国在比赛中感觉胃部有些难受，好在对手在棋局上没有给他制造太多麻烦，也顺利地赢下了比赛。

第二轮的对阵很快就出来了。有些让人意外的是，这一轮童安对上了傅卫国。

比赛开始后，第二轮选手比第一轮少了许多，大厅里空荡荡的。

这一轮，郑文龙、王巧慈、姜华等棋手都分别对阵不知名棋手，胜负似乎已在预料中，倒是童安和傅卫国的比赛，吸引了大家的目光。傅卫国是国内一等一的高手，而童安，虽然大家并不看好，但他是郑文龙的学生，而郑文龙刚刚在大国手赛中战胜了傅卫国，所以这场比赛也变得格外微妙。

比赛开始，童安执黑子，在棋盘上轻轻放下第一颗棋子，"啪"的一声，傅卫国立即落子，干脆利索，一副志在必得的架势。

傅卫国有自己的盘算，训练中他比较了解童安的棋路，稳健绵柔，攻势不凌厉，但防守密不透风，擅长打持久战。而且，随着训练一天天加深，童安的弱势逐渐在弥补，强势得到了增强。因此，傅卫国希望自己在节奏上占据主动，打乱童安的防守阵脚。最主要的是，昨天的比赛中自己的胃病好像越来越厉害，晚上睡觉都痛得浑身冒冷汗，如果和童安进入持久战，自己的体力肯定会出问题。

其他几场比赛都是同时进行，郑文龙这边很快就占据了优势，对手进入长考。郑文龙起身活动，看了看旁边的王巧慈，妻子挺着大肚子，扎着马尾，在专注地比赛，看得郑文龙一阵心疼，好在局势一片大好，让郑文龙稍稍放心了些。

最快结束战斗的是郑文龙，接着姜华和何跃利都战胜了对手，可王巧慈这边遇到了点麻烦。其实早就赢定的棋，可对手故意拖延时间迟迟不落子，明显想在体力上拖垮王巧慈。郑文龙看到这个棋手已经在读秒，每步棋都拖到数九才落子，而王巧慈挺着肚子咬着牙撑着，急得旁边的郑文龙心里暗暗骂娘。好在最终对手弃子认输，才让早已疲惫不堪的王巧慈松了一口气。

周佳兰扶着王巧慈回酒店房间休息，大厅里只剩下童安和傅卫国两人了。童安也陷入了长考。他脱掉鞋子，盘腿坐在了椅子上，双目微闭，似睡着一般。而傅卫国这边，拿起棋桌上的折扇，仰靠着椅背，右手灵活地开合折扇，哗哗直响，耐着性子等童安落子。一段时间后，童安终于睁开眼睛。他从棋盒中夹起一枚棋子，小心翼翼地放在棋盘上，傅卫国未多想，又迅速落下一子。

日头已经西斜，拉长了窗格的影子，投射在大厅内。很快，夕阳的光线渐渐暗淡下来，室外的天空慢慢变黑，室内的灯光已经亮起。这场比赛从清晨下到日暮时分，傅卫国的计划显然落空了。他本想速战速决，用节奏带着童安将落子的速度提上来。如果换了姜华，恐怕真会被带走，可童安偏偏不是这种性格，天生的慢性子，让他毫不着急。长考时干脆选择舒服的打坐方式，让自己精力更加集中，这恰恰是傅卫国最不希望看到的。一天下来，傅卫国感觉自己的体力正在慢慢变差，胃部的疼痛已经开始影响他的思考。没有办法，傅卫国只好将节奏慢了下来，双方进入了拉锯战。

傅卫国感觉自己正在一步一步走进童安的节奏中，想改变却无能为力。双方均已进入读秒。一部分棋手都已吃完晚餐，过来围观这场厮杀，这人群中包括周佳兰。此时，她将眼前的一切看在眼里。她看见了傅卫国额头密密的汗珠，看见他的手顶着自己的胃部，周佳兰的心一阵阵揪紧。这几个月来，傅卫国的状态很差，她都看在眼里，记在心里。大厅里面灯火通明，围观的人围成了一个大圈，大圈外面还有两层更大的圈，大家都默默地看着这场对局。现场没有声音，围观的人群也没有动静，静如一群雕塑一般。

周佳兰看到，此时的傅卫国脸色暗淡，仿佛一盏油灯，随着时间推移，灯油在慢慢枯竭。

终于，童安执黑手后，填完最后一个单官。傅卫国低低地说：

"一目半。这个单片劫我打不过。"

童安点了点头。

围观的人群有了一阵骚动，但都忍着，等着裁判数子。

"黑棋 184 子，胜四分之三子。"裁判宣布。

围观人群发出一声惊呼，似乎不相信这个结果，一代天骄，竟然输给了一个无名小辈。

伴随着叹息，傅卫国站起来。

"太累了，不复盘了。"

童安也赶紧站起来，一时慌乱没能找到鞋，光着脚站在地上，像一个做错了事的孩子。

傅卫国面无表情，但还是轻轻地说："没什么，是你下得好。"

说完傅卫国转身离开了棋室，留给众人一个孤单的背影。

周佳兰再也控制不住自己的情绪，眼泪浸湿了双眼。

周佳兰回到宿舍，王巧慈看到她通红的双眼，猜到了比赛结果。

"佳兰，比赛结果是很残酷，你难过解决不了什么。"王巧慈安慰周佳兰。

周佳兰忍不住抽泣，悲伤道："巧慈姐，我想坚强可控制不住自己啊。看着卫国孤独离开的背影，我心里难受。如果这时候我在他身边，分担些痛苦，也许卫国会好过点。可是，咫尺天涯，我却跨不过这道鸿沟。"

王巧慈叹气道："傻妹妹，你还是一往情深，你这是何苦啊！"

周佳兰说："我是自作自受。"

王巧慈说："有失必有得，一切都是公平的。卫国经过这次挫折，应该重新面对自己，别再自己和自己较量了……他也在煎熬。"

2

王巧慈和周佳兰住一个房间，第二天有比赛，两人早早休息了。

刚入睡不久，王巧慈从一阵剧烈的腹痛中醒来，心中一惊，估计坏了，怕是腹中的孩子有什么意外，连忙叫醒旁边的周佳兰。周佳兰起身开灯，问："巧慈姐，怎么啦？"

王巧慈额头已冒出颗颗汗珠，说："不行了，肚子疼得厉害。"

"怕是要生了！"周佳兰连忙起身披上衣服，冲了出去。

"快，大肚子棋手要生了，给医生打电话。"周佳兰一边对值班室喊，一边往郑文龙的房间跑去。

周佳兰不知道，此刻在另一个房间，傅卫国躺在床上，胃痛折磨了他一晚。这次疼痛没有停下来的意思，反而像涨潮的海水一般，一浪高过一浪。房间的灯还亮着，傅卫国强忍着疼痛，起身拿水杯吃药，不承想一口鲜血喷了出来，紧接着又是几口鲜血喷在地上。傅卫国的身子摇晃，看着眼前的灯光有些恍惚。

郑文龙闻声赶到王巧慈房间，看到丈夫王巧慈的心稍稍安定下来，可腹中的疼痛却一阵紧似一阵。郑文龙紧握着王巧慈的手，一边替妻子擦掉额头的汗珠，一边安慰她。好在疗养院的医生很快赶来，医生紧急检查后，告诉郑文龙送医院恐怕来不及，就在这儿接生。以防万一，叫救护车随时待命。

大家都闻讯赶来，聚集在走廊，围着王巧慈的担架，医生和护士拨开人群，推着王巧慈进了临时产房，留下郑文龙在门外像热锅上的蚂蚁。就在这个时候，走廊尽头的房门开了，已近昏迷的傅卫国从房内艰难地爬了出来。他模糊的双眼隐约看到走廊上有人影晃动，拼尽全力喊出了"救命"两个字，微弱的声音却被前方嘈杂的人声掩盖，没有人听到他的呼救。他眼前一黑晕了过去。

兴许是心灵感应，周佳兰似乎听到有谁在呼唤她的名字，回头张望。就在她看到傅卫国的一瞬间，尖声叫了起来。

慌乱之中，人群都冲了过去。

众人七手八脚把傅卫国抬上了救护车，周佳兰、韩德昌随车而去。郑文龙有些不知所措。事情都堆到一起来了，救护车送傅卫国走了，这边王巧慈要是有什么意外，还不知如何是好。好在何跃利在旁边安慰他，说另一俩救护车已经在赶来的路上，郑文龙才略微安心一些。

房间里一声响亮的婴儿啼哭传了出来，郑文龙听到后长出了一口气，双脚一软，差点坐在地上，被何跃利一把拉住。众人见王巧慈母子平安，都放心回房休息了，留下郑文龙一个人，定了定神，推门走进了王巧慈的房间。

医生在整理现场，看到郑文龙对他说：

"母子平安。恭喜你，得了个儿子。"

郑文龙心中高兴，使劲道谢："谢谢，谢谢大家！辛苦了！"

然后他坐了下来，拉住王巧慈的手说："你吓死我了。"

儿子安静地躺在母亲怀里，王巧慈额头的汗还未干，刘海湿成一绺，脸色虽有几分疲惫，温柔的笑容却多了几分慈爱。

"长得像你。"王巧慈说。

郑文龙有几分好奇地看着眼前的小生命。眼前这张小脸，眉眼之间真是像极了小时候的自己，看着看着，他不由咧开嘴巴笑了。

"哎，佳兰呢？"王巧慈问。

"卫国胃出血，陪他送医院了。"

救护车急速地驶入医院，在急诊室门口停了下来，傅卫国躺在担架上被医生快速推进了急救室，紧跟着的韩德昌和周佳兰也到了急救室门口。手术室的灯光亮了起来，门口的韩德昌急促地踱着步，周佳兰眼里噙着泪水，浑身似乎在颤抖。面对她故意疏远又深爱的人，她此刻的心情慌乱而急迫。她不知道傅卫国的病有这么严重，同时心里又充满了内疚，要不是自己故意远离他，他怎么会病成这样而无人察觉？

这时，主治医师出来了，周佳兰、韩德昌赶忙迎上前去。

主治医师看着韩德昌和周佳兰，问："是病人家属吗？"

"我们是……"韩德昌刚要回答，周佳兰抢着回答道："是的，医生！"

"暂时没有危险了，不过问题很严重，明天还需要做个专家会诊。"主治医师说道。

周佳兰急切地推开了抢救室的门，看到病床上的傅卫国依然双目紧闭，面容憔悴，输液架上挂着一瓶血浆，鲜血滴滴下坠。

　　此刻的周佳兰再也控制不住自己，眼泪夺眶而出。她强忍着内心的悲痛，走到病床前，双手捧着傅卫国的手。

　　傅卫国的手冰凉冰凉，周佳兰看着傅卫国紧闭的双眼，轻轻地呼唤着他的名字。良久，周佳兰感觉到傅卫国的手有感应似的轻握了一下，这让周佳兰大感欣慰。

　　一旁的韩德昌看了看表，轻轻说道："佳兰，天快亮了，你先回去吧。明天，不，今天你还得比赛呢。"

　　周佳兰不愿离去，说道："你走吧，我不走。"

　　韩德昌被噎，不知说啥好。

　　这时，病房门开了，童安出现在门口，头发上还带着雾的潮湿，看得出走了好远的路。

　　韩德昌和周佳兰大感意外。

　　"童安，你怎么来了？"韩德昌问。

　　"我来看看傅老师。"童安平静地回答。

　　周佳兰问："你怎么找到这儿的？走来的？"

　　童安点点头道："这家是最好的医院，我想傅老师一定是送这儿来了。"

　　韩德昌动容道："这孩子，走了大半夜。"

　　童安还是一如既往的平静："韩社长，没事的，今天我的对手是巧慈姐，不用比赛。"

　　周佳兰这才想起王巧慈，忙问道："生了吗？男孩女孩？"

　　童安道："是个儿子。"

　　韩德昌微微笑了笑，道："郑文龙好福气啊！"

　　周佳兰停了一下，抬起头来对童安说："童安，你来看傅老师，你是不是觉得自己有责任？傻孩子。"

童安低头不说话。

韩德昌叹气道："童安，你尽了心意了。歇会儿，就和佳兰回去。"

周佳兰有些不悦，说道："韩社长，你怎么老让我回去呀？我现在正式告诉你，我弃权了，不比了！"

韩德昌无可奈何，童安劝道：

"佳兰姐，你回去吧。傅老师是最爱围棋的人，你要爱围棋，他才会爱你。"

周佳兰万万没料到童安会说出这样简单直接却又洞察深刻的话，一下子愣住了，也被感动了。

病床上的傅卫国，此时的眼角涌出了泪水。

周佳兰惊喜万分，轻声呼唤道："卫国，你醒了，你听到了是吗？"

傅卫国终于睁开了眼睛，朝周佳兰点了点头。

周佳兰终于听了傅卫国的话，同意和童安回疗养院休息，参加第二天的比赛。韩德昌送二人出门，对周佳兰叮嘱：

"佳兰，你回去告诉组委会，马上通知当地体委，请他们赶紧派人来医院。另外，请他们打个长途，通知北京。"

周佳兰点点头，还有些恋恋不舍。

童安突然回头，对韩社长说："韩社长，我还有一件事，请您告诉傅老师。我和姜华研究傅老师的棋，去帮助郑老师，郑老师一点也不知道。还有这次，我全力阻击他，是为了巧慈姐。因为这是巧慈姐最后一次参加比赛了。"

韩德昌错愕良久，抚摸童安的头，说道："孩子，你不用埋怨自己。在棋道这条路上，不能用简单的对和错来概括。每一次对弈都是在完成一个局，既然是局就需要谋略才能布好局，这个局有大有小，局中为小，局外为大……"

3

韩德昌和何跃利一大早就来到省人民医院。专家的会诊意见刚刚出来，韩德昌拉住主治大夫问："医生，怎么样？问题严重吗？"

主治大夫答道："胃癌确诊无疑。到底是第几期，还有争议。"

韩德昌和何跃利都惊呆了，何跃利问："有解决办法吗？"

主治医生摇摇头："目前没有，但是也不用悲观，办法总比困难多。"

何跃利有些着急："你这话，我心里没底啊。"

主治医师看着何跃利和韩德昌笑了："都说下棋的人心态好，我看你们这是自己往牛角尖上撞啊。"

韩德昌接过话说："是说没那么严重，也不是没办法，只是现在还在争论中，还没答案，是这个意思吗？"

主治医生点点头，道："这位同志的理解，应该是到位的，归根结底还是心态问题，不管是病人还是家属将来都要碰到这个问题。"

何跃利听了才放心了些："谢谢，这么说我就宽心了。"

看着主治医生离开，何跃利吐吐舌头，对韩德昌说："韩社长，这是吓死人不偿命啊。"

韩德昌点点头说："只要有一丝希望，大家都全力以赴。年纪轻轻的，得这病可惜了。"

何跃利说："习惯不好，长期饮食没规律。"

韩德昌叹了口气，说："下棋本来就是一件快乐的事，这么折磨自己，棋还怎么下啊？"

两人一起去病房，医院院长和省体委领导来看望傅卫国。傅卫国已经醒来，看到领导前来，认识到问题有些严重，抬头问韩德昌："检查结果出来了吗？严重吧？"

韩德昌没有回答，旁边的医生接过话说："是萎缩性胃炎。我的大国手，你太不爱惜自己的身体了。不过，你不用担心，我们会有办法的。"

体委领导在旁边说："卫国，你别多说话，不要想得太多。好好养病。韩社长，有什么困难尽管提。不要客气。"

韩德昌很是感动。

领导走后，医生将韩德昌拉到一边，说："韩社长，我已经安排转干部病房了，先在这里恢复几天，得尽快动手术。不过我建议，手术最好还是回北京做。"

韩德昌一夜未休息，睁着通红的眼睛，点了点头。

一夜忙乱，但第二天的比赛仍然继续，郑文龙不出意外获得了最后胜利，燕京棋社也囊括了比赛的前几名，取得了很好的成绩。比赛一结束，郑文龙便急匆匆往傅卫国住的医院赶，刚出疗养院门口，碰到从医院回来的韩德昌，韩德昌得知郑文龙得了冠军，向他表示了祝贺。郑文龙看到韩德昌满身疲惫，很是感动，韩社长告诉他傅卫国的会诊结果是胃癌，郑文龙听后非常震惊，差点没站稳：

"什么？癌！卫国他知道了吗？"

韩德昌说："只告诉他是萎缩性胃炎。"

"怕是瞒不过他。"话没说完郑文龙就急急往医院赶去。

病房门开着，傅卫国躺在病床上，气色好了很多，手上仍然挂着输液瓶。郑文龙径直走了进去，看到病床上的师兄，不禁百感交集。

"卫国。"

傅卫国看到了郑文龙，朝他笑笑，目光温和地说：

"文龙是你啊，来，坐。"

看到师兄的笑容，郑文龙的眼泪忍不住一下子涌了出来，站在师兄面前，他很痛心，也很愧疚。

"卫国，我……"郑文龙像个孩子似的哭了起来。

"文龙，什么也别说，你来看我，我很高兴。"傅卫国从韩德昌那里听到了童安转告的话，不再对郑文龙怀有怨恨。

郑文龙哭得更伤心，眼泪汹涌而出："师兄，我对不起你。从小到大，我对你就是索取得多，要求得多，关心得少，体谅得少。你是大师兄，棋下得好，每个方面就应该做得好。帮我，做对事情，都是应该的。哪件事情做得不好，不周全，就是混蛋。道理总觉得在自己一边。你的话，我从来没有好好听过想过。韩社长说我，自我感觉过于良好，说得对。我的确是自以为是。"

傅卫国看到郑文龙的样子，也很动情地说："文龙，你没有错。一名棋手，需要有自信。我们都是过于自信，才会这样。好好干吧。我现在这样子，想自信也自信不起来了。"

郑文龙看着傅卫国的样子，想到他的病，心里一阵难受，但还是安慰他道："别这么说，你会好起来的。"

傅卫国叹了一口气，道："病来如山倒啊。我自己知道问题很严重。韩社长也提醒过我，身体是装载灵魂的碗。我这个碗看来是彻底坏掉了，我把我的魂交给你吧。"郑文龙听得很揪心，傅卫国接着说道："琴、棋、书、画，围棋是我们的国粹，却成了别人家的儿子。师父咽不下这口气。陈老总也说过，围棋不赶超日本，我就死不瞑目。文龙，这次的擂台赛，就拜托啦。"

郑文龙紧紧握住师兄的手，两人都热泪盈眶。

棋赛已经结束，周佳兰匆匆回到房间。王巧慈住在病区，周佳兰坐在自己的床上，望着空荡荡的房间，一种莫名的失落感袭来。

一阵敲门声传来，是姜华。

姜华看周佳兰一个人孤单地坐着，问："我姐呢？"

"住院去了。"周佳兰没精打采地回道。

姜华转身走了，走两步后又回头对周佳兰说：

"周佳兰，你不用太难过，你可以趁这个机会，多点时间陪傅老师，这个时候你在他身边，比什么都重要。"

看着周佳兰惊讶的表情，姜华平静地说："你不用感谢我，这是我的真心话。傅老师虽然很固执，但更需要人关心他。"

周佳兰看着姜华离去的背影，反复地咀嚼着姜华的话。

参加比赛的各地棋手陆陆续续地离开，疗养院时不时有旅行车驶出。韩德昌带领的燕京棋社棋手们也收拾好行李准备回京。王巧慈由于这种状况，只好带着孩子留在衢州老家一段时间。傅卫国计划回北京做手术，但还需要休养几天，周佳兰主动要求留下来照顾他。

出发的这天，天空飘起了小雨。郑文龙看着熟睡中的孩子，心中无限眷恋。此时此刻，他要是能陪在王巧慈身边该有多好，天天看着自己的儿子，哪怕不吃不喝，都是件开心的事。

王巧慈在旁边看着郑文龙，道："都快走了，孩子名字都还没想好呢！"

郑文龙笑道："我不是想了好几个，什么郑光明，郑晓祥，郑杭生，都被你否决了。"

王巧慈想了一下说："我想了一个，你看怎么样？郑羿，后羿的羿，预祝你在擂台赛上射日成功！"

郑文龙哈哈一笑，说："太好了，就叫郑羿！"

窗外一声喇叭声传来，是棋社的汽车要开了。王巧慈说："走吧，别让大家等太久。省体委对我们真的很照顾了，安排专车送我回去。我小姨和小姨父今天就到了，路上也有人替把手。在娘家坐月子，已经是好得不能再好了。"

郑文龙附身亲了一下郑羿的小脸颊，又站起来将王巧慈紧紧搂在怀里，在她额头上深情一吻，恋恋不舍地走了出去。

王巧慈站在窗前，看着郑文龙魁梧的身形钻进大巴车，车子在蒙蒙细雨中渐渐远去。王巧慈心中涌起一丝失落和怅惘，心中默念着：郑羿，郑羿……

周佳兰轻轻推开傅卫国的病房门。傅卫国已经醒了，睁着眼睛呆呆地盯着天花板。

"你醒啦，有没有哪里不舒服？"周佳兰温柔地问。

"你怎么没和大队回北京？"傅卫国对周佳兰的出现有点意外。

"韩社长让我和何跃利一起留下来，照顾你和巧慈。"周佳兰说。

"何跃利呢？"

"去办手续了，巧慈明天出院，回衢州坐月子。"

"那你也回去吧。"

傅卫国的话让周佳兰有些讶异："为什么？"

傅卫国眼睛还是盯着天花板，说："以前为了围棋，现在因为身体。"

周佳兰固执道："那就更需要人照顾。"

傅卫国还是没有看周佳兰，说道："我不想耽误你。"

"这不是借口，我的未来，我的幸福都在我自己手里攥着，想放在哪里，我自己还是能做主，不需要别人对我指手画脚，也不需要任何人给我答案。有句话：自己脚下的泡是自己走出来的！我自己乐意，即使脚上起泡也不会停下脚步，就这么痛并快乐地走着。我不后悔'水泡'留下的疤痕，因为，总有一天疤痕会变成老茧。"周佳兰的声音不大，但是一番话说得很坚决，也不容争辩。

傅卫国知道，他阻止不了周佳兰的爱，索性闭上眼睛。

周佳兰对傅卫国的举动丝毫没有在意，她为傅卫国整理好被子，拧了热毛巾小心翼翼地为傅卫国擦脸，和插着吊针的手。傅卫国闭着眼睛，一动不动，任凭周佳兰为他擦拭。只是此时他的心里，对这温柔的抚慰，不再感到难堪，一股暖流在身体里缓缓地流动。

4

何跃利来到傅卫国病房，周佳兰收拾了一下，对何跃利说："跃利，这里就交给你了，我去巧慈那边休息了。你们都早点休息吧。"说完转身离开了病房。

何跃利目送周佳兰离开，帮傅卫国整理好被子，说道："哎，多好的姑娘啊，你就好好珍惜吧！"

傅卫国默然不语。

周佳兰离开傅卫国的病房，轻手轻脚回到房间，生怕吵醒了睡着的郑羿，可郑羿还是"哇"的一声哭了起来，王巧慈赶紧坐起来。

周佳兰心有歉意："我打扰到你们啦。"

王巧慈笑笑："不是，这会儿估计肚子饿了。"

周佳兰上床，看着王巧慈满眼慈爱地收拾着郑羿，忧心忡忡地问道："巧慈姐，你说卫国这病能治好吗？"

王巧慈一边喂奶一边看了周佳兰一眼，说："现在科学发达，没有什么治不好的病，北京的医疗条件，你不用担心。等做好手术，再好好地调理一年半载的，也就恢复过来了。"

周佳兰仿佛受到了鼓舞，可随即又失落起来："如果我能在他身边照顾他……咳，不说了，想了也没用，还是自寻烦恼。"

夜色，宁静而温柔，王巧慈哼着小曲，怀中的郑羿带着满足的笑，不知不觉睡着了。

窗外，月儿高挂。

卫国静养几天之后，由周佳兰等人一起陪同回到了北京。上级对国手的病情非常重视，组织了专家团队会诊，选择了最为稳妥的一手方案，周佳兰更是忙前忙后，细心又体贴地照顾着傅卫国。

幸运的是，手术非常成功，大家都很高兴，尤其是周佳兰，更是喜极而泣。这些天来，她心里经受的煎熬有多少，只有她自己知道。

傅卫国从病房转移到监护室，众人才放心地回到棋社。棋社这边，韩德昌收到来自东京的函件，原来是日本棋社寄来的对阵名单。韩德昌找来郑文龙商量，问："他们提交名单这么快，用意何在？"

郑文龙看了看名单，说："很明显，他们在藐视我们，这名单果然和我们猜想的差不多。"

韩德昌问："我们的名单还要调整吗？"

郑文龙果断说："长考出臭棋，不能犹豫了。我看大家压力比较大，不是什么好事。赶快公布棋手阵容，大家也好着手准备。我们队员的出场顺序是童安、周佳兰、关铁军、姜华、高树森、何跃利、郑文龙。"

韩德昌点点头，说："正好协会评定的段位证书已经颁发下来了，咱一起宣布，让大家带着军衔出征。文龙，今天你去趟体委，把段位证书取回来。"

郑文龙很兴奋："也好，那我们都是正规军了，我马上就去。"

郑文龙去医院看望傅卫国，推门进去，看到傅卫国躺在病床上，盯着天花板发呆。

傅卫国看到郑文龙，脸上露出笑容："文龙来啦，坐！"

郑文龙看着傅卫国："身体恢复得可以啊！"

傅卫国想要坐起来，郑文龙赶紧过去扶住他。傅卫国笑笑说："躺了这么长时间身体都要生锈了，你们什么时候出发？"

"明天，刚去体委把段位证书拿回来了，好歹出战之前也要出师有名。要不你的段位证书我就先给你吧。"郑文龙扶着傅卫国靠着枕头坐起来。

傅卫国摇摇头道："发段位证书是一件很严肃的事情，怎么能随便给。明天就出发了，那你们什么时候发证书啊？"

郑文龙说："回去准备准备就发下去，也让大家高兴高兴。"

傅卫国说："士气很重要，那你早点回去吧。"

"卫国，好好把身体养好！"望着病床上消瘦的傅卫国，郑文龙心里一阵难过。

傅卫国伸出手来，紧紧握住郑文龙的手："文龙，这次擂台赛就看你了！"

郑文龙明白他这句话的分量，用力点了点头，两只手一起用力握住了傅卫国的手。

郑文龙急匆匆地走了，剩下傅卫国一个人躺在床上心潮起伏。与日本人作战，那是多少棋手的心愿啊！终于有机会挑战日本棋手了，自己却病了，无法出征，壮士断腕之痛啊！

思来想去，傅卫国决定瞒着医生回一趟棋社。临行之前，他希望能亲眼见到出征的战友们。

天空飘着蒙蒙细雨，街道上被细雨淋湿，湿漉漉地反着光。傅卫国一个人步履蹒跚地回到棋社大院，没有打伞，头发上已凝结成了密密的小水珠。

周佳兰和几个少年棋手在训练室打谱，抬头瞥见傅卫国的身影，吃惊得连忙起身跟了过去。

傅卫国左顾右盼，最后回到自己宿舍。

"卫国，你怎么离开医院的？大夫同意了吗？这刚拆完线才几天呀！"周佳兰关心地问。

傅卫国苦涩地一笑道："不经过大夫的认可，我怎么能离开医院？你们都怎么样？大家都好吗？”

"一切都正常。"

"那就好啊，好。"

周佳兰见傅卫国身体不胜虚弱，忙上前扶他，帮他坐在椅子上。

周佳兰还是不放心，问道："卫国，你真是经过医院同意的？"

傅卫国掩饰道："那还有假。我知道你们要出发，所以征得医院同意，请了半天假，回来给你们送行来了。"

周佳兰没有被傅卫国的话骗到，摇着头说："我不相信！我知道你心里挂念着棋社，挂念着围棋，挂念着和你并肩作战的队友。可是卫国，你不能这么不爱惜自己，身体都这样了你还有什么放不下的？听我的，回去好好养病，等你身体好了再回到棋盘上来。我喜欢看你下棋的样子，所以，你一定要站起来，站得高高的让我仰视你！但不是现在。"

说完这番话，周佳兰的泪水又涌了出来，傅卫国看着身边这个女人，心中一阵心酸。

窗外的雨突然大了起来，一道闪电划过，远处传来了滚滚的雷声。

"我现在需要清静，不是谈感情的时候。我宁愿听你说说比赛准备情况。"傅卫国说。

"我知道，现在是你最难的时候，所以，我就是想和你一起渡过难关，这样我心也踏实一点。"周佳兰说。

傅卫国沉默了，过了良久，才轻轻说道："佳兰，你明天要去比赛，你好好准备吧。一会儿我去看看童安、文龙还有那些队友。你走吧！我两个月没有回自己宿舍，想一个人坐坐。"

傅卫国已经下了逐客令，周佳兰无奈只好起身离开。走出门后，周佳兰再也忍不住心中的情感，蹲在地上号啕大哭起来。这一瞬间，她心中的无助、委屈和牵挂，交织在一起，像潮水一样汹涌而出。

良久，门开了，傅卫国从里面走了出来，看到蹲在地上的周佳兰，轻轻地将她扶了起来。

"佳兰，别哭了，我听你的，你带我去看看队友们，我就回医院。"

周佳兰停止了哭泣，站了起来。

外面大雨如注，周佳兰扶着傅卫国从宿舍区往外走，何跃利发现了傅卫国，忙打着伞跑了过来。

"卫国，你这是干什么嘛，医院都打电话到棋社了，说你不见了，韩社长还信誓旦旦说你没回来，想不到你还真回来了。"何跃利替下周佳兰。

"这不明天你们要去比赛吗，我想回来见见大家。"傅卫国笑笑说。

"但那也得注意身体啊，你这刚拆线。雨太大了，赶紧到训练室躲一躲吧！"三人刚到训练室，碰到韩德昌，韩德昌见到傅卫国吃了一惊。

"卫国啊，这可不是开玩笑的，刚才我还和医生说没见着你呢。估计不一会儿医生就追过来了！"

果然，两名大夫打着伞跑进院子，到了训练室门外。

韩德昌说："看见没有，来人了吧？找到家了！"

说话间两名大夫已经到了训练室门口。两人收了伞，抖了都身上的雨水，其中一位男大夫看着傅卫国说："您可把我们急坏了，马上跟我们回去，您的病没那么轻松，走吧！"

傅卫国说："我见见我的队友们就走。"

女大夫接过话说："坚决不行，你这样擅自跑出来，我们病房是要负责任的，出了问题医院是要承担医疗事故责任的！一分钟都不能待了！"

这时，郑文龙抱着证书回来。韩德昌看到郑文龙手上的证书，对大夫说："大夫，就耽搁一分钟，行吗？"

医生见状，勉强同意，韩德昌连忙召集训练室的队员们集合，说道：

"明天就要出征了，今天趁卫国也回来了，把段位证书发给大家，我们也是正规军了。现在，我叫到谁，谁就上台来领取证书——"

这个发证仪式虽然有些仓促，但关系到每个队员的荣誉，因此大家都神情庄重，等待韩社长念名字。

"傅卫国，九段！"韩德昌第一个叫出了傅卫国的名字。

"到！"傅卫国正了正身子，响亮地回答。

何跃利扶着傅卫国上台，傅卫国用颤抖的手接过韩德昌递过来的证书，此时台下响起了热烈的掌声。傅卫国翻开段位证书，"傅卫国，九段"几个醒目大字映入眼帘，他哭了。

医生示意傅卫国离开，傅卫国也不再坚持，在医生的搀扶下走下了台。

队友们都整齐地站在台下，看着傅卫国，傅卫国心中充满了不舍，与他们一一握手道别。当他再一次面对周佳兰的时候，看到周佳兰那双哭得通红的眼睛，眼泪忍不住顺着双颊滑落。

众人目送傅卫国离开，台上响起韩德昌的声音。

"郑文龙，九段！"

"到！"

"王巧慈，九段！"

"到！"

"何跃利，八段！"

"到！"

"关铁军，八段！"

"到！"

"高树森，七段！"

"到！"

"童安，七段！"

"到！"

"姜华，七段！"

"到！"

"周佳兰，六段！"

"到！"

台下响起了一阵又一阵热烈的掌声。韩德昌见证书已经派发完毕，对大家说："据说啊，东京棋院、大阪棋院不认咱们的段位，说是水平不够。这次希望参赛队员跟他们比试一下，用事实予以反击！下边，咱们请集训队代理队长郑文龙九段给大家做赛前动员讲话！"

郑文龙在队员们的掌声中走上台，说道："我就说一句话，我是最后一个上场的，希望前边的棋手，给我剩两个，起码把日方主将藤原，留给我！"

台下传来一阵哄笑声，沉重的气氛顿时变得轻松起来。

5

队员们顺利到达东京，日方特意在东京新大谷饭店为中国队员举行了隆重的欢迎仪式。宴会设在最大的宴会厅里，悬挂着巨大的横幅，上面用中日两种文字写着"第一回东京 – 北京超级围棋争霸战"。

擂台赛开幕宴会现场，棋界、商界、政界要员济济一堂，大家三五成群地执杯交谈，这次"擂台赛"历经波折终于成功举办，日方对活动的规模和效果非常满意。开幕式正式开始，中方代表燕京棋社的社长韩德昌上台讲话：

> 中国是围棋的生母，日本是围棋的养母，既然这样，这次比赛可以看作围棋的还乡省亲，血缘关系没用，关键是看实力和勇气。在我们国内，也有棋迷调查，多数人也认为，这次获胜的将是东京队，而不是北京队。中国有一句老话，叫"哀兵必胜"。劲旅获胜，平淡无奇；哀兵获胜，才光彩照人！

韩德昌一番话，既不盲目托大，也不消极悲观，不卑不亢，赢得棋社队员们拼命鼓掌叫好。

轮到日本东京棋社现任社长铃木弘男上台致辞，台下的掌声明显热烈了许多。铃木弘男发言：

> 中国是围棋的生母，日本是围棋的养母，话虽如此，但是近几百年来，围棋已经初步发展成日本的国技。既然是国技，这次比赛东京棋院的棋士们，就会捍卫棋道的尊严。我们的问卷调查表明，东京有百分之九十三的棋迷预测这次东京队将获得胜利，那百分之七的人群中，有百分之六是在东京的中国留学生。我本人预测，这次比赛，东京队不用主将、副将出场，就可以结束战斗！所以，现在请中日双方主将上台，提前和大家见一面，因为，在闭幕式上想同时看到二位，太困难了。

台下一阵热烈的掌声，还夹杂着笑声，藤原和郑文龙同时被请到了台上。站在台上，郑文龙虽然清楚这样的发言明显带有商业炒作和哗众取宠的成分，但看到身边藤原扬扬自得的模样，还是按捺不住心中的气愤。

台下的记者也挤到前旁边，问藤原："藤原君，请发表一下感想。你也认为再见面是不可能的吗？"

"当然不是。面是一定会见的。不过，你见不到的是我身边这位中国的荣誉九段。"藤原得意扬扬地说。

记着转头问郑文龙："请问郑文龙先生，听说中国的九段是临时册封的，是这样的吗？"

"不错，我这个九段在你们看来可能是水货。可是我想提醒诸位，《三国演义》里'水淹七军'的故事，大家一定都很熟悉吧。真是巧得很，这次比赛日方出场棋手正好也是七个，哈哈！"郑文龙针锋相对地回答。

许多日本人不了解中国的《三国演义》，但荒村了解，他知道，郑文龙把自己比作关云长了。

第二天擂台赛正式开打，童安作为先锋第一个上场。一大早，对战室内，裁判员宣布，东京－北京超级围棋争霸赛，正式开始。

第一场由中方童安对日方先锋小井，双方猜先之后，战局开始，裁判要求五分钟内清场，观战人员都退出对战室，统一安排进了观战室。

观战室内，安装着两台闭路电视监视器，棋盘上的对局进展，可以尽收眼底。郑文龙、韩德昌、周佳兰一边看着屏幕，一边小声地商量、猜棋。

第一个出战，童安还是有些拘谨和紧张，一开始落子都特别谨慎，而日方的小井，显然是受到日本队整体氛围的影响，落子速度明显快于童安，似乎想速战速决，以显示自己的实力。童安虽然紧张，但他一向风格稳健，这一战，至少在前半段看，双方是势均力敌的。

周佳兰看着棋盘，小声叹息道："已经到中盘了，童安还是紧张，你们看他的棋局。"

韩德昌说："局势好，紧张也没关系，可是——"

郑文龙不着急，似乎胸有成竹，安抚他们道："别急，心急吃不了热豆腐，童安有戏。"

周佳兰看了一眼另一端的日本棋手。日方十余个棋手聚集在大型榻榻米的另一边，分别围着两张棋桌，也在猜棋，并不时传来一阵低低的笑声。

"他们判断是小井占优势。"周佳兰不无担忧地说。

郑文龙在盘上猜棋，时而瞥一眼监视器，这时春日端着两杯咖啡过来，递给周佳兰一杯，问道："我们那边认为小井有优势，你们的判断结果呢？"

郑文龙盯着棋盘，对周佳兰说："佳兰，你跟春日说，我看好童安，我敢跟他打赌。"

周佳兰翻译给春日，春日一听也来了兴趣，说道："好啊，赌什么？他们听说我们打赌的话，不加码才怪！"

正在这时，郑文龙看了一眼监视器，立刻惊呆了。鲜血正滴在棋盘上，一滴、两滴、三滴……是童安！

郑文龙霍地站起来："童安怎么了？"

对战室内，童安抹了一把鼻子，手上全是血，他自己也惊讶得不知所措，连忙站了起来，仰面站着，血滴到了裤子上。

小井见此情景，摇摇头，摁了下暂停键。旁边的女服务员慌忙取来几块白色擦脸湿巾，递给童安，两个女记录员显然没有遇到过这种情况，十分惊恐地向裁判长求助，裁判长也赶紧走过来，问道：

"能行吗，童安先生？"

郑文龙、韩德昌、周佳兰已经快步赶来，郑文龙扶住童安，说道："童安别站着，找个地方躺着！佳兰，拿条凉的毛巾过来！"

童安仰脸坐下，开始平静下来，对大家说："没关系，一会儿就好了。"

郑文龙说："不行，还是找个地方躺一躺。"

裁判长安排了旁边的房间，让童安躺在沙发上，额头上蒙着一块湿毛巾。

韩德昌看童安有些痛苦的表情，安慰道："童安，躺一会儿就没事了，你还有对局时间。"

裁判长客气地说："这里留周小姐一个人照顾他吧，你们两位请回避一下。"

郑文龙对童安说："童安，你现在保持着一定优势，知道吗？"

童安似乎有些不相信："我优势？"

"对，你优势。"郑文龙继续说，"你冷静控制着局面，小井就完蛋了。"

童安微微点头，裁判长再次催促他们，郑文龙、韩德昌只好出休息室。

郑文龙边走边骂道："这童安，真没出息！怎么能在日本人面前这么丢人现眼！"

韩德昌说："看棋真是比下棋更累人，你别跟他急。"

郑文龙说："让我整天哄着一个大小伙子，更累。"

韩德昌叹息道："童安亢奋过头了。我干了三十多年围棋，还是第一次遇到这样的事情。现在他真的领先？"

郑文龙答道："刚才小井见形势不利，放出了'胜负手'，童安可能没料到，顿时急了。微弱优势，就看他接下来会不会失控。"

谈话间，在大夫和周佳兰的护送下，童安用药棉塞着鼻子，走出休息室，重新走进对局大堂。

郑文龙三人重新回到观战室，郑文龙盯着监视器，对周佳兰说："佳兰，你去问春日，如果他们还觉得小井要赢，我还跟他打这场赌。"

韩德昌制止道："算了文龙，已经够糟心的了，你就别生事了！这么重大的比赛，别当儿戏。"

郑文龙说："没关系，看他赌不赌。"

周佳兰走了过去，不一会那边传来叫好声，春日和山村笑眯眯地跟着周佳兰过来。春日对郑文龙说："可以啊，赌什么？"

郑文龙笑道："你们日本棋手一般怎么赌？"

春日说："谁输了，谁请客喝酒。"

郑文龙说："我们中国棋手一般是赌喝白开水，谁输了谁喝白开水。吃饭没意思，咱们按照中国玩法赌？"

春日、山村听了觉得很夸张，不相信地问："啊？喝白水？"

郑文龙笑眯着眼睛，故作轻松地说："对，十杯白水。"

春日爽快地点头道："好！我坚信我今天是喝酒，而不是喝水！"

比赛继续进行，童安鼻孔塞着棉球，看上去有点滑稽。荒村背着手，缓缓来到赛场，到棋盘前审视了一阵局势，摇着头离开。

裁判长前来打探情况，问荒村："怎么样，快结束了？"

"快了。我以为我一来就能看到一场胜利，谁知道……"荒村苦笑着摇头，"小井已经把对手打出血了，结果到头来还是自己输了。"

观战室里，郑文龙、韩德昌、周佳兰注视着监视器。郑文龙胸有成竹地说："韩社长，不出十分钟，你心里最重的石头就要落地了！"

韩德昌一听来劲了："赢定了？"

郑文龙道："童安赢一目半。"

周佳兰附和："我计算也是一目半。"

韩德昌难得地轻松一下，说："哎，文龙，你说我心里最重的石头是什么？"

郑文龙狡黠一笑："怕剃光头呗。"

韩德昌哈哈一笑："你小子够精，没错！这块石头压着我的时间可不短了，现在咱至少不怕剃光头了！"

郑文龙对周佳兰说："佳兰，通知春日，让他准备喝十杯白水！"

此时的闭路电视上，四只手在收拾棋子，小井已经认输。

晚上用餐时间，周佳兰和童安前后脚赶到。郑文龙已经叫人在餐桌上摆了十杯白水，整齐地排成两排。郑文龙饶有兴致地让周佳兰去叫春日过来，让他们人越多越好。韩德昌见此情景，觉得把场面搞大了别人下不来台不太好。

"文龙，得饶人处且饶人，算了吧，这不是显得咱中国人忒小心眼了吗？"韩德昌说道。

"这是心理战。你想不想再赢一盘？"郑文龙面带狡黠的笑容，说道，"你就别拦着我，到一边好好看戏吧。"

韩德昌还是有些不放心，嘱咐道："千万别玩得过分了。"转身不再管郑文龙，找荒村喝酒去了。

这时，春日后面跟着一群日本棋手向郑文龙走来，郑文龙指指桌上的水。

春日看了一眼周佳兰，问郑文龙："郑君，改请喝酒行不行？"

郑文龙道："春日君，你输了，就得按我的规矩办，是不是？请吧。"

春日犹豫片刻，端起水杯，一杯杯灌下，童安看得津津有味。

这时，日本棋手围到周佳兰身边，日语叽里咕噜地说了一阵，周佳兰一口喝下一杯白酒，其他人也喝下。童安见状忙拿起酒杯，凑了过去。

"佳兰，我帮你挡几杯。"

周佳兰看了一眼童安，笑道："算了吧，就你那点酒量。"

郑文龙见状，将童安拉过来，道："童安，来我们吃饭，看佳兰怎么收拾他们。"

童安还是有些担心周佳兰，带着疑惑问道："她行吗？"

郑文龙拍拍他的肩膀，说："你就等着看好戏吧。"

不一阵，随着一阵阵惊呼，已经有人喝躺下了，韩德昌和荒村正在一起饮酒聊天，被惊呼声吸引，回头看见见周佳兰依然面不改色地站着，她边上已经喝趴下好几名日本棋手，春日还吵着要喝。

荒村有些尴尬地对韩德昌说："看不出来，周小姐不愧女中豪杰啊！"

韩德昌赶紧过去，挡在周佳兰前面，直眨眼睛说道："佳兰，明天还要比赛，早点结束吧。"

童安将这一切看在眼里，心里大大的问号变成了感叹号，转头看着郑文龙正在朝他使眼色，两人不由会心地一笑。

擂台赛是一场定胜负，胜者留下，败者淘汰。第一站童安淘汰了小井，给了有些轻敌的日方当头一击；第二站日方出战者就是昨天打赌输掉十杯白水的春日。

经历了第一战后，尤其是经过了晚上十杯水的羞辱，春日憋着劲不敢轻敌，一上场就拿出了百分百的专注力。比赛中双方都周密布局，缠斗在一起，一个上午下来，局势依然扑朔迷离。

下午再战，双方依然杀得难解难分。随着时间的推移，棋局逐渐进入后半盘。

此时观战室的郑文龙等人都紧张地注视着监视器屏幕。郑文龙额头已经出汗，看得出他内心的紧张。

周德昌急切地问："童安是不是不行了？"

郑文龙边看边思索："没有不行，有一个变化如果他发现了，就赢定了。"说完在棋盘上摆出了几手棋，继续说道："按这个步骤走下来，春日正好输一目！"

韩德昌着急地说："可是他好像没发现这一步棋啊，急死人了！"

正说话间，监视器中的童安在棋盘上摆了一颗白子，表示认输。

郑文龙拍了一掌棋盘，叫起来："什么？童安怎么认输了？难道他没发现那条生路？"

韩德昌拍掌叹道："没错，他确实认输了。"

与此同时，观战室另一侧的一群日本棋手掌声欢呼声响了起来。

周佳兰也惋惜道："看来童安确实没发现。"

郑文龙又气又急："那他也不能立刻认输啊！他怎么了？"

几人边说边往大厅赶去。

棋盘残局前，围着裁判长、棋院官员、双方棋手。

裁判长在点目，童安目光呆滞地注视着棋盘上的残局，似乎无心复盘。

春日指着棋盘总结："白棋中盘以后就不行了，最后一场战斗，白棋好像没有更好的办法。"

郑文龙按捺住心中的火气，问道："童安，为什么要认输呢？"

童安抬眼看了一下郑文龙，眼中布满血丝，无奈地说道："已经不可能扳回来了。"

郑文龙说："有个变化你没有发现，你可以一举获胜。"

童安一惊："什么？"

郑文龙在棋盘上摆着变化，一边当着童安和春日的面讲道："这个变化走下来，你赢一目。"

春日不信，在盘上摆了几手，郑文龙也跟着摆了几手棋，对春日说："你还是输一目。"

日本棋手在旁边惊呼："喔，原来还有这个妙手！"引得另几名棋手在旁边惊叹。

童安懊恼得说不出话。韩德昌也忍不住说："你也是，干吗急着认输啊？"

见童安垂头不语，郑文龙拍了他一下，说道："好了，胜负乃兵家常事。晚上我们陪你喝酒。"

晚上，新大谷会馆餐厅，童安情绪低落。

郑文龙举杯，对童安说："童安，我们大家敬你一杯。"说话间，韩德昌、周佳兰同时举起酒杯。

童安说："我今天输得窝囊，你们不用敬我，我自罚吧。"说完咕咚将一大杯酒一饮而尽。

韩德昌眼见到手的胜利变成了失利，对童安有些恨铁不成钢，说："你就不该投子认输！赢棋认输，我是第一次见，你可让我们开眼了！"

郑文龙接过话说："韩社长，已经过去的事儿，咱不提了。童安，你一胜一败正好保本，而且让咱们度过了最困难的阶段，开了个好头。另外，我还打赌赢了春日，灌了春日十杯凉水。哈哈！"

韩德成明白，郑文龙的话是有意安慰童安的，可童安还是红了眼睛。

"赢棋认输，我真是没脸言论胜负。"

郑文龙说："童安，你比赛时太悲观了，应该乐观一点。比赛本来就是麻秆打狗两头怕，也许春日怕你怕得要命呢，结果你先断定自己不行了。"

周佳兰也说道："说得太对了，你就是缺乏阳刚之气。"

童安一听周佳兰这句话，没有忍住，哭了起来。

大家的心情都有些低落，一时无语，韩德昌见童安落泪，忙举起杯安慰：

"别后悔了，来，这一杯酒，我陪你喝。"

郑文龙问童安："童安，今天这盘棋，你知道自己输在什么地方了吗？"

童安低着头道："知道了。不过现在说，已经晚了。"

郑文龙正色道："永远不晚！我教你一个绝招，比赛就是恶赌，如果我输了，我就用两三个小时找出失败原因，然后，该干吗干吗去，别想让我难受。本来输棋就已经亏本了，还让我再难过一场，那我不是亏了老本了吗？绝对没门儿！童安，不信什么时候我输给你看看。"

周佳兰忙打趣道："别别，我们都指望你赢呢，可别说输。"

韩德昌也接话道："就是，说什么不好，拣这不吉利的话说！"

童安点头，站起身来说道："来，我敬你们，也祝佳兰姐明天能赢春日，替我报仇。"

周佳兰也笑了，干了杯中酒，道："一定！"

晚饭过后，大家回住处，童安一路郁郁寡欢，周佳兰开门顺口说了句："童安，别想太多了哈，早点休息。"

第二天，韩德昌应东京棋院邀请参观棋院。刚进棋院，韩德昌就被眼前的情景震住了。从棋院大门开始，所有接待的礼仪，古典又庄重，韩德昌一路参观，看到棋院对棋道的敬仰，无论是待人接物的仪式感，还是环境布置的细节，方方面面都在追求极致，非常考究。韩德昌看得额头直冒汗，心中连连感慨。

东京棋院用很高的接待规格招待了韩德昌，无论是茶道还是棋道，做足了细节。韩德昌眼前见到的棋社，虽处处低调，却处处精心打磨，让韩德昌不由暗暗佩服日本人做事的严谨及考究。同时也暗自惭愧，燕京棋社已是国内最好的棋社，可与日本人比起来，却相差甚远，还有很长的路需要走啊。

参观回来，韩德昌的心情一直很低落，晚上一个人对着窗户喝闷酒。郑文龙开门进来，在韩德昌对面坐下。

郑文龙见韩德昌有些郁郁寡欢，问："面对美景和美酒，怎么看起来却有点失落啊？"

韩德昌看着窗外的夜景，感叹道："无心贪恋啊，文龙，我今天以燕京棋社社长的身份，参观东京棋院，不得不承认我们比人家差得太远了，不知道需要多少时间才能缩短距离，真无法想象。就两字——丢人！"

郑文龙没想到韩社长受触动这么大，说："不至于吧，我们燕京棋院有那么不堪吗？"

韩德昌接着说："何止是不堪，真想找个洞钻进去，你说我这心情能好吗？"

郑文龙放下杯子，看着韩德昌，听韩社长继续说："按理说围棋起源于中国，怎么也不应该忘记它还有一种很重要的仪式。可是我们丢了，认为它不重要，认为只要把棋盘里的文章做好，其他都是花架子。燕京棋社代表国家的脸面，我们比赛不仅仅是比输赢那么简单，而是比一种文化的传承和发扬。现在下棋和以前不一样了，我们必须向东京棋院学习，就学习他们对棋道的敬仰！"

郑文龙认同："下棋不只是输和赢那么简单，仪式感也很重要啊。"

韩德昌说："这段时间我一直在考虑，如何传承和发扬围棋的历史地位。今天我带着这些问题参观考察了东京棋院，我是彻底被吓到了。我不是危言耸听在吓自己，我是愧对自己在社长这个位置上，没有把工作做好！我把历史责任抛到了脑后，光顾着眼前这些成绩，我的格局太小了……"

韩德昌说得有些激动，一口喝下杯中的酒，对着东京的夜色，心潮起伏。

郑文龙安慰道："那是历史的原因，不能都往自己身上背。"

韩德昌说："不，是我思想禁锢，一只井底之蛙有什么资格埋怨历史？"

郑文龙沉默了，韩德昌说的话给了他不小的触动。是的，历史只代表过去，机会摆在面前，如果没有把握它的能力，轻则平庸无能，重则成为围棋发展的制约。而围棋要发展，就必须学人所长，不能一直躺在中国是围棋的发源地这个陈旧的命题上做着春秋大梦。日本将围棋的文化不断传承和发展，他们的态度和技艺都值得我们学习，如果盲目乐观自大，故步自封，那就真的成了井底之蛙了。

窗外，夜色中的东京街头，车水马龙，一派繁荣的景象。两人就这么对着夜景，一杯一杯地对饮，想着心事。

第二天，"擂台赛"的最后一场比赛，以周佳兰输棋结束，但总体成绩还算让韩德昌满意，因为他担心剃光头的情况没有发生，毕竟这里是日方的主场，能带走一场胜利，也算是虎口拔牙了。

7

上午，阳光正好。燕京棋社门口，一辆白色面包车停下，韩德昌、郑文龙、童安、周佳兰等人回来了，带着大包小包的行李，一路谈笑风生。

王巧慈已经从衢州回到了北京，早就在棋社恭候丈夫等人归来。韩德昌将大伙集中到训练室，对本次的"擂台赛"进行了总结。周佳兰大大咧咧的性格，虽没取胜，比赛后很快就恢复了原有的精气神，可童安却一直闷闷不乐，自己生自己的气，高兴不起来。

童安把自己闷在宿舍里不吃不喝，姜华好说歹说劝他都无济于事。恰好到了成都举行围棋比赛，韩德昌早说好让大家去练练手，让童安找回自信，可临出发了，大伙都在大巴车上等着，童安却躲在房间里不愿出门。韩德昌劝了半天，童安说自己头痛，弃权不参赛了，韩德昌被童安气得说不出话来，只好领着大家去了成都。

大伙儿离开后，童安趁人不备溜出了棋社。他觉得心中烦闷，想一个人出去透透气。童安走在街上，感觉脚步轻浮，头脑一片空白，仿佛多日与世隔绝。看着来来往往的人群，童安麻木地跟着他们的脚步往前，不知不觉间走进一座寺庙。望着庙间香雾缭绕，童安突然感到特别安定。他索性在一张木椅上坐下，闻着寺庙里的香火气息发起呆来。

游人熙熙攘攘，其间走过几位光着头的僧侣，童安看见，不由得摸了摸头。

童安起身离开寺庙，来到街边的一家理发店门口，径直走了进去。

棋社宿舍，周佳兰跟着王巧慈在学织毛衣。王巧慈看着周佳兰有些生疏的样子，嘱咐她手要放松一点，不然织出来针脚太紧，毛衣缺乏弹性。

周佳兰一边应着，一边积极地纠正动作。王巧慈看着周佳兰认真的样子，忍不住笑着说："没见你下棋也这么上心过，这毛衣是织给卫国的吧？"

周佳兰点头道："我手生，慢慢织，希望他疗养回来能穿上。"

这时，童安出现在门口，对王巧慈说："巧慈姐，马大姐让我告诉你，传达室有你家的电话。"

王巧慈起身看见童安，吃了一惊："童安，你怎么把头发剃光了？"

童安低头不语，王巧慈急着接电话，走了。周佳兰也看到了童安，带着笑说："可以啊？童安，这是削发明志啊？"

童安点点头说："调整一下心情。"

童安看着周佳兰织毛衣的手法有点生硬，便坐在旁边看周佳兰织毛衣。

"该锁针儿了。"童安说。

"你也会啊？"周佳兰奇怪地看着童安。

"书上这么写的。"童安指着书上的字说。

周佳兰一不小心，手里的毛衣脱了线："哎哟哟，坏了坏了，我得再去找巧慈姐去。"

童安拿过她手里的毛衣，按照书上教授的内容，从容地把扣眼锁好，然后递给周佳兰，道："佳兰姐，你看，把这两个扣套在一起，锁成一针，然后转移到另一根毛衣针上，右手上不留套儿，就行了。"

周佳兰看着童安织的针脚，说："童安，谢谢你啊。"

童安很开心，说："佳兰姐，你要是喜欢，我帮你织一件。"

周佳兰连忙说："哎，不用不用。这是女人家的活儿，我自己再琢磨琢磨。"

这时王巧慈接完电话回来，问童安：

"童安，你为什么把头发剃了？"

"凉快！"童安说。

"那也不至于把头发剃成这样啊？"

童安没有回答，径自离开了。

刚回到宿舍，姜华拖着行李箱风尘仆仆地推门而入。成都比赛结束了。

姜华看到童安的光头，张大了嘴巴半天合不上："你怎么把头发都剃了？削发明志啊？"

童安轻描淡写地说："走在路上，看到理发馆就剃了。对了，成绩怎么样？"

姜华说："哎，这国内比赛还不是小打小闹，去练练兵就是了。哎，你说你干吗不去，峨眉山的风景多好啊……"

童安没有回答。

过了一阵子，姜华已经收拾好行李，对童安说："收拾收拾走吧，巧慈姐让咱们一起去她家吃饭。"

童安低着头说："我不想去，你自己去吧。"

姜华不高兴了："好你个童安，你这是中了哪门子的邪啊？我这千里迢迢回来，你也不问问我比赛怎么样了，叫你去吃饭吧，你还爱理不理的。士别三日当刮目相看，你能告诉我，这到底怎么啦？"

童安没理会姜华的怒气，答道："我吃的又不多，就不来回折腾了。"

童安一副油盐不进的模样，姜华一点办法也没有，只好自己离开了。

大中午的，棋社门口来了个穿着喇叭裤，戴着太阳镜的时髦青年。马大姐看到来人这副打扮，将人拦了下来。那人摘下太阳镜，原来是叶秋。叶秋来找郑文龙，原来辛燕子家里收回来一栋临街的四合院，一直闲置着，于是就开了个棋馆。现在终于装修完毕，想请郑文龙过去看看，郑文龙爽快地答应了。

郑文龙和叶秋一起出门，刚好碰到何跃利。何跃利一眼就认出了叶秋，笑着说道："咦，这不是叶秋吗，打扮得这么时髦，差点儿没认出来，你小子什么时候来的？"

叶秋说："开了个围棋馆，请文龙给个意见。"

何跃利问："你开围棋馆？不上学啦？"

叶秋干咳了一声："咳，一言难尽。"

郑文龙对何跃利说："跃利，刚好你也一起过去转转？"

叶秋也一把拉过何跃利，热情地说道："走吧，走吧。"

郑文龙和何跃利坐着叶秋的车来到棋馆门口，里面有经理迎接出来。叶秋先让经理拿来相机，给三人合了一张影，笑着对经理说："回头把我们的合影洗出来，放大点儿，挂墙上。以后你们国手来了，都得先跟我这个老板合影。"

郑文龙抬头看着棋馆的招牌"一盘好棋"四个潇洒大字，说道："'一盘好棋'这棋馆名字取得可以啊。"

叶秋说："如今改革开放是国家的一盘好棋。你郑文龙走到今天，不管是家庭还是工作是一盘好棋。我叶秋放弃围棋，又退学从商，没想到现在生意越做越好，还开了棋馆，不都是一盘好棋吗？"

何跃利问："你退学啦？"

叶秋点头道："学习需要全力以赴，经商也需要全力以赴；我一手不能搏二兔，只能二选一。"

"那为什么不上完学再从商？"郑文龙觉得叶秋从清华大学退学有点可惜，问道。

叶秋说："学习是长久的事情，从商要靠机会，改革开放这么好的机会怎么能少了我叶秋。嗨，不讨论这个话题了，走，进去看看。"

叶秋带着郑文龙走进棋社。郑文龙环顾四周，棋馆布置得简朴大气，古色古香，不由感叹："叶秋，你弄这么个棋馆真不错，以后我们棋社搞什么活动，就有地儿了。"

何跃利也赞同，说道："这个提议好，可以和我们棋社搞合作。"

郑文龙给叶秋介绍何跃利："何跃利可是我们棋社的工会主席，这事靠谱。"

叶秋高兴地答道："那就这么愉快地决定了。回头你跟日本人打擂台的时候，我就在这儿挂大盘讲棋。咱这地儿，容纳个百八十人，一点问题都没有！"

何跃利说："那我回去和韩社长商量一下，尽快拿个方案出来。"

叶秋又说："对了，什么时候有空，给我们剪个彩吧！"

郑文龙爽快地答应:"那肯定的,咱哥俩儿随叫随到!"

何跃利也说:"那开张的时候把韩社长也请来,一起把这事情定下来。"

叶秋大喜,招呼道:"啥也别说了,走,先吃饭去!"

超大的包厢里,就郑文龙、何跃利、叶秋三个人。

叶秋对两人说:"我这也算是圆了围棋的梦。我呢,最近一直忙这个棋馆的事儿,你呢,忙着比赛。咱哥俩儿也没时间坐下好好吃顿饭。今天难得大家聚在一起,我也不能太寒酸,就请你们吃顿正宗的粤菜吧。"

郑文龙看着豪气的叶秋,打趣道:"多大诱惑啊,清华都退学了。看来真是发财了,你可真行啊!"

何跃利说:"我还纳闷呢,你一个学生哪儿来的钱投资棋馆,原来是退学做生意了。"

"你们有空真该去深圳那边看看,真是不一样啊。"叶秋给郑文龙倒了一杯水,"尝尝,正宗的冻顶乌龙。"

郑文龙喝了一口茶,说:"听你这口气,深圳遍地是黄金,那你还回来干什么?"

叶秋说:"哎,开棋馆,是咱哥们儿一直以来的梦想。"

郑文龙说:"你不是说,下棋是独木桥吗?"

叶秋说:"下棋,是不能当饭吃。可是,当人吃饱了之后,就开始琢磨这精神追求了。"

郑文龙点头表示赞同。叶秋继续说:"文龙,你还记得去兵团看你的那个女朋友,贺梅吗?我没有她那魄力。要不,还能多挣点儿。"

郑文龙讶异地问:"贺梅她不是在福建文工团吗?什么时候跑深圳做生意了?"

叶秋说:"军区副司令的千金,那跟咱平头百姓可不一样。生意越做越大了，女强人一个，在深圳不敢说呼风唤雨，但也差不多了。"

郑文龙问："她离开文工团啦？我对她的印象，还停在二十岁那时候的小女孩儿呢，就知道哭。"

叶秋说："哪里有生意就往哪里钻，没有这点嗅觉还能做生意？哎，大家都是奔三的人了。三强和贺梅一起来过深圳，我们倒是在生意场合见过几次面。贺梅现在厦门的生意基本都是三强在负责，贺梅的事情都是他告诉我的，不过听说她的感情生活不是很顺利。"

"三强也做生意？"郑文龙第一次听说这些事，觉得新奇。

"他是利用休息时间帮贺梅打理一些事情，勤工俭学嘛。"叶秋说。

郑文龙还在想着贺梅的事儿，自顾自说："我前段时间还收到贺梅的信了。她信里还说知道我生了个孩子，替我高兴呢。也没提自己，我以为她在福建一切都挺顺利的呢。"

"尝尝这广东的飞霞液，"叶秋细细品了一口酒，"知道这叫什么吗？一个成功的男人背后，总有一个支持他的女人。一个成功的女人背后，总有一个伤她心的男人。你是前者，贺梅是后者。"

郑文龙问："贺梅的老公是做什么的？"

叶秋给郑文龙介绍："听三强说一直在北京念书，读了硕士读博士，现在是什么音乐理论家，好像还跟他的女学生好上了。"

郑文龙一愣。

叶秋接着说："开始还闹了闹，后来情场失意，商场得意，就懒得顾那茬儿了。都分居好几年了，我看离婚是早晚的事儿。怎么，三强没告诉你？"

郑文龙心里有些失意，这些事他从来不知道，还一直以为贺梅过得很好很幸福。

何跃利看文龙神情有异，忙岔开话题："文龙，这两年可是事业爱情双丰收啊，来，喝酒。"

叶秋也心领神会，忙说："这事情你还是问三强吧，我这也是道听途说，来，吃菜。"

郑文龙回过神来，问叶秋："那说说你家辛燕子吧。"

叶秋说："她呀，我们俩结婚了，她现在在深圳帮我管理进出口贸易，我才有时间张罗棋馆。"

郑文龙："你们结婚啦？也没通知一声，来祝贺一下，干一杯！"

8

傅卫国回天津老家休养，周佳兰心中一直放心不下，反反复复给傅卫国写信，却总是写了又撕掉，废纸扔了一地。思来想去，她决定亲自去天津找傅卫国。

天津，周佳兰按照地址来到傅卫国家，一下被眼前的景象震惊了。傅卫国家的院子里摆着各种盆景，多盆菖蒲长势很好。一位正在打理花花草草的老者看见周佳兰，抬头问道：

"你找谁？"

"请问，傅卫国，傅老师住在这里吗？"周佳兰礼貌地问。

"你是谁？"

"我是他燕京棋社的同事。"

"从北京来的？"

"是的。"

老者起身，拍拍衣服，和善地说道："卫国去中医馆取药，等一会儿就回来。你先坐一会儿，我给你沏茶。"

周佳兰连忙说："不用麻烦了，谢谢。您是傅老师的？"

老者答道："爷爷。"

"爷爷好！我叫周佳兰，您就喊我小周吧。爷爷精心打理的菖蒲好娇嫩，很美！一进来就能闻到悠悠的香味，很好闻的。大有一花一世界之感，真是修身养性的好地方。"周佳兰够机灵，一番话说下来，一下子把老者的兴头拉了起来。"小周也喜欢菖蒲？"

周佳兰说："以前不懂事，养不好，反而害了植物的生命，有机会跟爷爷多学习。"

老者点点头道："只有不浮躁的人，才能养出它的精神来。"

周佳兰看着院子里的盆栽，不断发出感慨，说爷爷的盆景打理得真好，说得爷爷心情大好。两人顺着盆栽和菖蒲聊开了。

爷爷说："这石树盆景是需要几代人传承的，到现在已经一百多年了，是日本的盆景世家传承的短针黑松。它还有个名字叫'寿松'，非常珍贵。这些土培植物要定期施肥、松土管理。'文革'那几年疏于管理，没及时翻盆……现在想起来就像罪过。"

周佳兰说："这个我就完全不懂了，隔行如隔山啊。"

爷爷炫耀盆景，周佳兰搭不上话，只好继续移步到菖蒲前，爷爷看着菖蒲继续说：

"菖蒲要成规模地种，香味才好闻。山石类和菖蒲草盆景都需要花大量的时间和精力，加上也不好管理。所以，不是那么有雅兴的人是不会有兴趣的。不过，你能知道这么多，已经很不错啦。"

周佳兰说："以后，爷爷要多给我一些指导……"

爷爷说："只要入了门，对你们下棋人的修身养性，是有百益而无一害的。"

周佳兰专心地听着，爷爷仿佛遇到了知己，讲得很开心。

傅卫国提着药回来，一进门只听见爷爷在说话，没注意周佳兰来了，对爷爷说道："爷爷，你今天开心哦。"话音未落，看到了周佳兰，不由愣住了。

周佳兰也闻声回过头来，看到了傅卫国，也是一愣。

"卫国，你这位同事难得来，我们聊得很开心。现在你就陪她坐坐，我去给你煎药去。"爷爷对傅卫国说。

"还是我来吧。"周佳兰站起来，从傅卫国手里抢过药包，却不知往哪里走。

爷爷看着周佳兰的囧样笑了："还是我来吧，你们也好久没见了，卫国别站在外边，带小周回屋里坐吧。"

周佳兰说："不用麻烦了爷爷，我只是来看看卫国。他气色很好，我也就放心了，还要赶火车回北京，我就先走了。"

爷爷也未加挽留，对傅卫国说道："卫国，送送小周。"

周佳兰说："爷爷，那我下次再来向您请教。"

陪着周佳兰出门，傅卫国没有说话，倒是周佳兰打破了沉默："好久没见，我只是来看看你，没有其他意思，你不要有什么压力。看你气色和神态都很好，我也放心了。外边凉你回屋吧，我自己走不用送。再见，傅卫国同志！"

周佳兰伸出手来，握着傅卫国的手。这双温热的大手让她特别不舍得松开，最终还是咬咬牙转头离开，留下傅卫国一个人呆在原地，好半天一动不动。

这一夜，傅卫国有些意外地失眠了。

"一盘好棋"棋馆落成剪彩仪式举行，叶秋请来了几乎整个燕京棋社，郑文龙、王巧慈、姜华、童安、周佳兰、何跃利等人站成一排，在给叶秋的棋馆剪彩，台下来了不少棋迷和看热闹的群众，场面热闹非凡。

一阵掌声响起，叶秋精神抖擞地走上台。他环顾了一圈，发言道："我以前下过棋，但下得不好，开棋馆一直是我的梦想。今天，梦想成真了！我也不会说话，说不好，就长话短说吧！下面请我的发小儿，郑文龙九段给讲两句。文龙，说点振奋人心的话！"

郑文龙走到台前，接过叶秋的话说："叶秋对围棋的感情我非常了解，拿过全国少年组亚军就不说了，我从他收集的围棋资料以及很多媒体对我们围棋队的报道中了解到，原来我们的棋迷队伍如此庞大，这是我没有想到的。围棋这项看上去这么孤独的运动，竟然有这么多支持者。围棋是我们中国的国粹，但是现在日本人却发展得比我们好。中日擂台赛还在进行，我们每向前走一步，都需要付出巨大努力。我们这一代棋手经历过'上山下乡'，所以对现在和平建设的大好时机格外珍惜，都想争分夺秒地把以前耽误的时间补回来，早日夺回我们在亚洲棋坛的应有地位！"台下响起一阵热烈的掌声，同时，棋馆前的鞭炮声响起，在震耳欲聋的爆炸声中，剪彩仪式开始。

剪完彩后，叶秋领着大伙和一些棋迷参观棋馆。大家走进棋馆内，首先看到的是棋馆醒目的位置挂着的叶秋和郑文龙的合影。

叶秋逐一为大家介绍棋馆的收藏品，有民国时期留下来的围棋，有关于围棋的字画等等，都是十分罕见的藏品，看得大家啧啧赞叹。

参观完棋馆，何跃利趁着机会把叶秋拉到韩德昌面前，向韩德昌介绍了叶秋。叶秋握住韩德昌的手，笑着说道："韩社长好啊，我总算找到您了！七年前我们农场放我来你们棋社训练，当我拿着农场的介绍信到了燕京棋社，集训队解散了。"

韩德昌说："还有这么回事？"

叶秋道："可不是嘛！还住在文龙那儿，和何跃利一个房间，后来又被抓回到农场，这都是命啊！"

韩德昌哈哈一笑："现在不也挺好嘛！"

叶秋正色道："韩社长马上退休的事情，我听文龙和跃利说过。您要是不嫌弃，可以把我们这里当作自己的棋馆，我们聘您做顾问，您要推广的那些棋道和茶道，棋社不方便，我们这里方便。"

韩德昌没想到一直困扰已久的事情，这么快就能落实了，精神大好。握着叶秋的手说："感谢叶总对围棋事业的支持啊！"

叶秋谦逊地说道："中国不缺我一个下棋的，但缺少专业的棋馆，不是吗？"

剪彩活动第二天，韩德昌收到了来自日本的传真。日方催促中方出具第二轮"擂台赛"的出场名单，韩德昌找来郑文龙商量。

"日方那边催我们出第二场攻擂的名单了，春日的'棋谱'你最近看了吗？你觉得实力如何？"韩德昌问郑文龙。

郑文龙说："研究过了，跟藤原师出同门，棋风很稳健，没有什么明显的漏洞。"

韩德昌说："咱棋社以前也没怎么跟日本棋手真正交过手呀，排兵布阵方面，你看怎么安排？"

郑文龙显然经过了深思熟虑，说："姜华是我最后一道防线。应该能替我把春日这颗硬钉子拔掉吧。"

韩德昌："那你明天把护照带过来，我去体委办出国手续。"

郑文龙迟疑了一下，说道："这次，我看我就算了，韩社长你带队吧。我也得准备后面的比赛。就让姜华去把春日拿下，我就在家门口等着你们。"

韩德昌想了想，觉得有道理。

郑文龙去找姜华，问他："日方第二场攻擂马上就要开始了，你和春日也交过手，应该没压力吧？"

"要说没压力是假的。但信心也是有的，我可不像童安。"姜华的性格洒脱，这让郑文龙放心不少。

姜华临时找来春日的棋谱，做着战前的最后准备。姜华出战的消息传到日本，也引起了藤原和春日等人的讨论。

"中国人搞什么名堂？棋下得不怎么样，净做这些盘外功夫。郑文龙是主将，还不出现，那我是不是也可以在家里养精蓄锐了？"藤原和春日在荒村的茶室饮茶，藤原还是那样傲慢。

"我们是东道主，自然礼数要周全些。"荒村说道。

"我看他郑文龙如果不是怕了，就是要搞些什么花招。"藤原说。

"郑文龙倒还是那种走大道的人。我想，他应该是对姜华的攻擂信心十足了。"荒村不认同藤原的说法，皱了皱眉。

春日看到了老师神情变化，岔开话题问："这个姜华和上一轮的童安，都是郑文龙的徒弟吗？"

荒村说："年龄上差不了几岁，算起来应该是他的同辈。"

藤原不屑地说："那还叫老师。中国的这些棋手，连辈分都乱了，还怎么下棋？"

荒村这次没有不悦，只是平静地说："燕京棋社是动乱之后重组的，谈不上什么论资排辈。这些棋手也都是从全国各地搜罗来的。棋力和风格差距都很大。姜华虽说是郑文龙教出来的，但是棋风很不一样。他更讲究布局优雅，他的棋形非常漂亮，把围棋当作一门艺术来看，这倒跟我们日本棋手有某些共通之处。"

春日说："姜华的'棋谱'，近日来我也做了一些研究。正如老师说的那样，讲究布局优雅，棋形非常漂亮。"

藤原颇有些得意地说："童安已经被春日拉下了马，再拿下姜华，燕京棋社就只剩下郑文龙这个光杆司令了。

"郑文龙这个'内蒙古农民'，是块硬骨头不好啃啊。"荒村轻轻地说。

姜华已经出发去了日本，北京电视台找到郑文龙，希望能够转播这场比赛，郑文龙有些犹豫，因为这种跨国的围棋比赛转播，尚属首次，毫无经验可言。但电视台说是应广大棋迷的要求，广大观众对围棋的热情非常高。尤其是这个"中日擂台赛"，很多观众已经来信反映，希望能够看到直播。

经过思考，郑文龙最终同意电视台直播，何跃利担任解说。解说现场安排在棋社训练室，由何跃利根据日本传真回来的棋局进展，现场摆棋讲解，满足现场和电视机前棋迷的愿望。

训练室布置成演播室的样子，灯光布景前，布置成挂盘讲棋的架势。

直播正式开始，何跃利有些紧张地在做开场介绍。

"姜华七段已经出场了，他今天状态非常好，有势在必得之势。说到春日七段，上次他参观燕京棋社和姜华七段有过切磋，他们都彼此熟悉……"

叶秋在"一盘好棋"棋馆也特意准备了电视机，供棋迷们看现场转播。棋馆里一切准备就绪，棋迷们围着电视。棋迷都把这次比赛当作一次欢乐的聚会，在棋馆吃着零食，喝着啤酒，大家七嘴八舌地聊着围棋，气氛热烈而轻松。

与此同时，在日本，对局室里的气氛可就紧张多了，姜华和春日正在对局。此时的春日正眉头紧锁，看来场面上姜华占据了优势，从表情上看，姜华也是一脸轻松，看来胜算不小。

上午的比赛，姜华在场面上占据了优势，对局情况发回北京，棋馆里的观众目睹了战局的发展，看到中方选手占有优势，大家的心情自然很高兴。

随着一声铃响，裁判表示比赛暂时结束，中午封盘。

韩德昌问关铁军："铁军，你看姜华下得怎么样？"

关铁军说："目前场面上姜华占优。只要保持得住，下午应该没问题。"

在北京演播室里，何跃利摆完最后几个棋子，对着正在转播的摄像机说："观众朋友们大家好，日本那边已经传来了封盘的消息。那么我们来看一下封盘前，中国棋手姜华七段和日本春日英明七段的最后几手棋。"

郑文龙看到眼前的棋盘，松了一口气，道："只要保持住优势，姜华胜春日应该没问题。"

旁边的童安也点头道："姜华不像我,他是比赛型选手。"

比赛现场观战室的藤原看到春日落后,面色很难看,对身边的随从说:"真是欠缺天分。上次跟中方的先锋,要不是对方一时昏聩投子认输,他早就被打下擂台了。难道这个春日只能靠对方失误才能赢棋吗?"

日本记者凑上去想采访,也被藤原挥手拒绝。

中午用餐时间,姜华精神大好,连吃了五碗米饭。春日情绪低落,连午餐也没吃,让藤原看到心里不是滋味。

用过午餐,藤原回到酒店,叫随行人员找来上午的棋谱,他不能让春日就这样窝囊地输了。看着棋谱,他思考了一会儿,拿起纸笔写了一些东西,然后装进信封。

春日在房间里烦躁不安,午饭也吃不下,上午的劣势让他很焦虑也很难堪。这时,酒店门缝里窸窸窣窣塞进一封信来,春日君捡起信打开,看到纸上画得密密麻麻的棋谱,他不禁大喜过望。

中午棋社的电视直播也十分顺利,多亏了何跃利的讲解,幽默风趣,又生动易懂,给围棋直播增加了很多趣味性。吃过饭后,郑文龙带着童安准备去"一盘好棋"棋馆感受现场棋迷的气氛,周佳兰陪着何跃利继续完成下午的电视直播。

比赛现场,下午的比赛即将开始,入场的春日一扫上午的颓气,显得容光焕发。他看到旁边面无表情的藤原时,心领神会地朝藤原点头鞠躬以示感谢。

春日和姜华相互鞠躬,相对而坐,裁判示意比赛开始,同时按下了计数器。

得到藤原点拨的春日一上来就落下几步关键的棋子,让姜华暗暗吃惊,姜华在上午布局的基础上如果稳扎稳打,相信要不了多久,春日的颓势就将转为败势,最后弃子认输。可下午回来后像换了个人一样,几步出其不意的棋都让姜华有些措手不及,几个回合下来，局面让春日扳回不少。

观战室里，荒村看到春日的棋后说："春日下午的状态比上午要好多了。"

旁边的藤原有些得意地说："他那颗榆木脑袋，得好好点拨点拨才能开窍。"

荒村看着藤原，仿佛察觉了点什么，眉头轻轻皱了皱。

观战室的另一边，韩德昌和关铁军两人对下午的局面有些不解，场上的形势突变，让人觉得不可思议。

比赛的传真传到北京的演播室，何跃利站在大盘前，往棋盘上摆了几颗棋子，表情严峻。他对着镜头说：

"下午春日似乎发起了反攻，连续的几手棋都发挥出巨大作用……"

又一份传真过来，何跃利急忙看棋谱，继续解说道："下午的比赛，春日英明七段扳回了许多，现在比赛进展到了决定胜负的关键时刻……这步棋到底该怎么走？远在日本的姜华现在陷入了长考，我们可以先来分析一下当前的形势……"

何跃利在棋盘上摆出几步棋，继续解说道："现在如果姜华走这一手，尽管不是什么妙手，棋形不好看，但能够占多一点便宜。如果走这一手的话，后面的棋就难说了。"

棋馆里，郑文龙和童安也面色凝重地听着何跃利的解说，郑文龙低声说道："不管黑猫白猫，抓到老鼠就是好猫。当然是下占优势的那一手了。"

童安说道："但这样下棋形就不好看了。这种回字形的棋很多棋手是很忌讳的。姜华下棋追求形式上的美感，保不准他会怎么考虑。"

郑文龙说："自古所谓'争棋无名局'。现在是'擂台赛'，是淘汰赛，要是我，就顾不得那么多了，先赢下来要紧。"

童安看着电视屏幕没有说话，叶秋在旁边也说："对呀，具体问题具体分析嘛。现在是决定胜负的关键时刻，当然要不惜一切代价去争取胜利。"

说话间，电视上传来何跃利的话："现在我们接到了最新的棋谱。"

大家的目光都聚焦在电视屏幕上，电视上何跃利拿到新的棋谱："刚刚接到从东京发来的传真，以下几手棋双方是这么下的……"何跃利在大盘上放棋子，郑文龙盯着那个空位，期待落空。

郑文龙脸色变了，按照这个下法，不用再往下，都已经知道比赛结果了。

电视上传来何跃利的声音："感谢春日英明七段和姜华七段为我们奉献了一场精彩的对局，这场擂台赛让中国观众有太多的遗憾，但是我们必须接受这样的结果。您现在收看的是'中日围棋擂台赛'第三场，感谢您的收看，再见！"

这是一场让人有些失望的比赛，看棋的观众开始骚动起来，表达自己的不满情绪。一位棋迷喝得醉醺醺的，将一个啤酒瓶摔在地上。

"老子一天什么都没干，就看你姜华下个棋。能赢不赢下输了，他到底想干吗？"

许多棋迷也开始起哄，一个年轻棋迷指着现场的童安高声吼道："还有你个童安，上一场输的是你吧？你还有没有点出息？跟小日本下棋，下得鼻血都出来了，本来要赢又认输了。你和姜华，你们哥俩儿故意的吧？"

童安听到这样的话，脸色顿时变了。

人群开始骚乱，有人拿起椅子往地下摔，又有人掀翻桌子，叶秋连忙拉着郑文龙和童安离开了现场，身后是一片啤酒瓶爆裂和桌子倒地的声音，一片混乱。

9

郑文龙回到家，王巧慈看到郑文龙的样子有些狼狈，关心地问道："你这是去哪儿了？"

郑文龙垂头丧气地说："别提了。姜华输了棋，叶秋棋馆里的棋迷闹起来了，差点儿把屋顶给掀了。"

"啊？真的？"王巧慈吃了一惊。

"你说，姜华自己没看到这步棋？不可能吧。"郑文龙坐在棋盘前心中烦闷。

王巧慈示意郑文龙的声音小点儿，道："姜华不这么走，也有他的道理。"

郑文龙不能理解，说道："就算他有一万个道理，难道赢棋不是最硬的道理？"

王巧慈压低声音说道："姜华从小就是个有个性的孩子。饭要是做得不合胃口，他宁可不吃。棋要赢得不漂亮，他宁可不赢。"

郑文龙生气道："这是比赛，是代表国家比赛，怎么能这种心态。何况这次又是电视转播，这丢人可是丢到姥姥家了。"说完郑文龙生气得将那颗棋子按在棋盘上，由于用力过猛，棋盘被按倒，黑黑白白的棋子稀里哗啦散落了一地。

"大半夜的，你这是干吗呢？"王巧慈有些生气地说。

"心里憋屈！"郑文龙一边说，一边默默地捡起满地的棋子。

这个夜晚，大家心里都不舒服。

韩德昌带着参赛队伍回到国内，一回来就找来郑文龙，沉着脸问："听说你们把比赛现场直播了？"

郑文龙见来者不善，说："就直播了一场，铁军那场就没直播了。"

韩德昌转头对何跃利说："何跃利，你就那么想上电视？还嫌丢人丢得不够啊？"

何跃利闷声不说话，郑文龙忙替他解围："韩社长，不怨他。是体委给我们下的通知，人家电视台的人拿着介绍信来的。"

韩德昌脸色阴沉："这影响实在太大了！这是我们第一次跟日本人打擂台，怎么能随随便便就答应他们直播？这下全国人民都知道了！"

郑文龙说："算了，全国人民也不都看这一台电视。现在观众来信都没有，好和坏都没法定论，影响大和小都是你一个人在说。我们的直播，就认这件事情值不值得，输和赢只是效果，棋盘上谁能遇见残酷，没有先知先觉，谁也不能保证每一次都会赢？输了能怎样，赢了又如何？"

韩德昌没接上话，何跃利在一旁说："我认为文龙说得对，我还真不想上电视，当时只觉得直播是一种创新，没有经验，第一次大家都是摸着石头过河。既然我们走出了第一步，有可能还有第二步、第三步，但是这种方式，我认为就是一种大众参与的娱乐，对观众也是一种消遣。既然大家都是打发时间，也就不用太计较。"

韩德昌看着这两人一唱一和，无奈地双手一摊，道："这么说，我误解你们啦？这直播如果是赢了，你郑文龙的比赛是不是也想来一场直播啊？"

郑文龙说："我没有那么多的顾虑，只要对推广围棋有益我无所谓，一切听从安排。"

郑文龙去找姜华，姜华一个人闷闷地躺在床上发呆。

郑文龙推开门进去，说道："听说你把童安撺跑了，我还以为你像童安那样，要绝食、罢赛、剃光头呢。"

姜华轻描淡写地答道："怎么可能？我怎么能像他那样？"

"自己好好总结，吸取大赛经验。"

"我已经总结好了，不用担心。"

"既然恢复过来了，就别闷在房间里，待会儿去训练室，摆摆你和春日比赛的棋。"

"现在没心情摆那盘棋。改天吧。"

"哪儿有改天？改天我就跟春日干上了！"

"那盘棋我知道您肯定觉得我输得蹊跷，你看了也不会舒服，省得我们不愉快，还是别摆它了。反正原因我早分析清楚了。郑老师，你就让我一个人待会儿吧。"

郑文龙只好自己离开，姜华还是一动不动地躺在床上。童安推门进来，姜华问道："童安，你的光头在哪儿剃的？我也想剃头。"

童安看了一眼姜华道："我是为了削发明志才剃的光头。你干吗要剃？你又没做错什么。"

姜华听到童安这话，来了兴致，坐起身来看着他："你觉得我没做错什么？"

童安说："你是按照自己的意愿下的每一步棋。按照你的逻辑来看，没有错。"

姜华道："那为什么几乎所有的人都觉得我做错了。我现在弄不清楚什么是对的，什么是错的。是不是在围棋的世界里，并不是除了黑的就是白的这么绝对？"

童安一副若有所思的样子道："对郑老师来说，或许是这样的，他把围棋当成胜负的游戏，而且他醉心于这种游戏，但是，这种输赢较量对我来说却无比残酷。可是姜华，你把围棋当成一门艺术。既然是艺术，那就没有输赢胜负的绝对标准。"

童安分析得头头是道，姜华表示赞同，说："童安，那你觉得，围棋对于你来说是什么？"

童安摇摇头道："我说不好。有人觉得是无我，有人觉得是无为。"

"那你是选择无我还是无为？"

"看情况吧。"童安不再理他。

韩德昌叫上郑文龙和何跃利一起开个小会，讨论直播时棋迷闹事的事情，大家觉得虽然发生了冲突和骚乱，但也代表了围棋的群众基础。韩德昌同时通知两位，体委对这次直播效果比较满意，觉得这种创新是成功的，有利于推进围棋的发展，因此正式发文要求下一场郑文龙的比赛一样要转播，由何跃利负责。

说话间外面传来急急忙忙的呼叫声，有人在叫郑文龙。郑文龙急急忙忙跑出去，远远看到叶秋正闯进来，马大姐拦都没拦住。叶秋见到郑文龙急忙喊道："文龙，快关门！快关门！"

看到叶秋火急火燎的样子，郑文龙忙问："怎么啦？"

叶秋有些上气不接下气，道："我也是刚刚从棋社那里得到的消息。有棋迷知道姜华回国了，要打到棋社来闹事。"

"有这回事，那赶紧关门。"郑文龙一听急了。

刚关好院门，门外就传来了一片嘈杂声，一群情绪激动的棋迷围住了大门口，其中有人在高喊：

"我们要求跟姜华见面！"

"让姜华出来！他凭什么故意输棋！放水啊！"

叶秋隔着门朝外面喊："你们不能这么得寸进尺啊，这是要犯法的！"

郑文龙对着院子里喊："不行，赶紧叫警察来！"

棋迷一边推搡着，一边喊："警察来了，今天这个道理也要说清楚！我们还真不怕跟警察说理！"

韩德昌、何跃利这时也慌忙赶到。韩德昌对情绪激动的棋迷喊道："我是棋社社长韩德昌，有什么事情直接跟我说！都不要乱来！"

"把姜华叫出来！让他给我们一个说法！"门外，一个棋迷大喊。

"是啊，棋输成这样，您无论如何得给我们棋迷一个说法。"另一个棋迷喊道。

"养兵千日，用兵一时，国家养着你们棋手，总不该打仗的时候拉不开枪栓吧？"有一个棋迷情绪激动地喊道。

训练室里的姜华也听到了外面的吵闹声，姜华站起来就要冲出去，被童安死死拉住。

韩德昌看着眼前混乱的场面，痛心地说："我们已经连输了几场棋，包括现在这一场。大家都很痛心，棋手也都很痛心。但是比赛还没有最后结束，我们还有主将郑文龙呢！所以希望大家不要泄气，不要感情用事，继续鼓励棋手打出好成绩！"

"还是没有回答我们的问题啊！"

"就是！棋手们平时都干吗吃的？"

棋迷的叫嚷声一句接着一句。

"中国围棋本来就落后日本，胜败都属于正常范围……"何跃利大声说道，声音却被棋迷的吵嚷淹没。

叶秋提高嗓门朝门外喊道："你们别听人煽动，咱出什么问题都行，就是别出事儿！"

郑文龙也着急地喊道："大家不能这么挤，要伤人的！"

可是棋迷的情绪却越来越激动，喊声达不到效果就开始撞门。叶秋和郑文龙死死把大门抵住，但无奈门外的棋迷人多势众，一次又一次地撞向大门。

"轰——"突然，一扇大木门朝里面倒了下来，直直地砸向门下的郑文龙和叶秋。叶秋眼疾手快，一把推开了郑文龙，自己却被沉重的大门压在下面。

"叶秋——"郑文龙一声惊呼。

警笛声响起，警察及时赶到了。

"快叫救护车！"郑文龙等人合力搬开大门，叶秋躺在门下不省人事，额头磕在地上，流出了鲜血。

"出人命了！"有人高喊，现场已是一片混乱。

第六章

1

医院急救室门口，郑文龙和何跃利在门口焦急地等待着叶秋的消息。

何跃利说道："希望叶秋没什么事。"

郑文龙说："他推了我一把，否则躺在里面的是我。"

何跃利说："叶秋是条汉子！如果没有他跑来通知，不知道要出多大的乱子。"

郑文龙心情十分低落，何跃利正安慰着他，急诊室的门开了，郑文龙和何跃利立刻围了上去。

"病人家属在哪里？"医生问。

"我。"郑文龙连忙回答。

医生看了一眼郑文龙，说："病人急需手术，需要家属签字。"

"他的病情怎么样？"郑文龙急切地问。

"有下肢瘫痪的可能。"医生说道。郑文龙一听大吃一惊，身体晃了晃差点没站稳。

郑文龙没有想到，这一场"擂台赛"直播，带来了这么多的麻烦事，先是棋迷闹事，后是叶秋受伤，郑文龙感到肩上的担子很沉，接下来的比赛也至关重要。既然体委已决定电视直播，那么无论发生多大的风暴，自己都得扛住。

回到家，郑文龙将叶秋受伤的消息告诉王巧慈，大家的心情都很沉重，郑母对儿子下一场比赛的直播担忧起来。

第二天一大早，郑文龙匆匆往棋社赶。他已通知了辛燕子，自己准备上午处理完棋社的事情，下午过去替一下她。

上班的路上，郑文龙碰到了三强，原来三强已经毕业开始实习，从厦门回北京工作了。哥儿俩见面，让郑文龙阴霾的心情难得高兴了一下。

郑母见到三强回来，十分欣喜，感叹着三强起起伏伏，现在终于可以名正言顺回北京工作了。郑文慧也十分高兴，和三强一起憧憬起未来的工作和生活。

郑文龙想找姜华聊聊和春日棋局的事，可姜华不在训练室，于是就和童安、何跃利聊起这局让人奇怪的棋。

"我纳闷就一顿饭工夫，整个大反转了，按理说这是不可能的事情，可是就在眼皮底下发生了。要是不琢磨透了，我就过不去这道坎。"郑文龙说。

何跃利也很纳闷，说道："按照春日的套路，是不可能变数这么大的。"

童安插话道："仙人指路也不是不可能。"

童安一句话点醒了两人，两人都停下来看着童安，童安接着说道："春日没那么神乎，上次来棋社姜华和他对局我也在场，这次比赛封盘前也都很正常，可是开盘后突然大改棋风，像变了个人似的。除了突然棒打顿悟，不可能有奇迹出现。那么打这根棒子的是什么人？"

童安这段分析，给了郑文龙很大启发。郑文龙皱着眉头想了想，答道："难道是荒村？还是藤原？荒村的棋风正，不会有这种阴招。藤原？那么藤原又是什么路数？"

郑文龙站起来，拍拍童安说道："童安，你分析得非常好，给我打开了另外一条思路。"。

郑文龙同何跃利一起去医院探望叶秋，叶秋已经转移到了康复区。两人又一同去了棋馆，辛燕子在棋馆打理事情。郑文龙心中内疚，对辛燕子说道："燕子，怎么说叶秋也是为了我才受伤的，只要我郑文龙有一些能力，我都会毫无保留地出钱出力，这一点请你放心。"

辛燕子安慰他道："每个人都有自己的福报，我们家叶秋算一个劫吧。你也不用埋怨自己，我们生意还在做，叶秋这几年赚的钱，盖个医院都可以了。只要你继续在围棋这条道上有所成就，就是他最大的心愿。叶秋和我说过，选择合适自己的道路，没必要都挤在一条道上，所以，他放弃自己最爱的围棋，把希望寄托在你身上。只要你有所建树，就等于他成功了。他更在意以前农场的日子，还有那些和他一起走过来的人。开这个棋馆，也是为你们多个休息的地方。"

一番话说得郑文龙十分感动，眼泪差点儿涌出来。

何跃利说道："叶秋是个重感情的人，我为文龙交这么一个好兄弟感到高兴！希望叶秋能够早日站起来，我们一起把'一盘好棋'棋馆办大办强！也希望文龙不负叶秋兄弟的厚望，为中国围棋走向世界做出更大努力！"

与春日的比赛在即，郑文龙为叶秋受伤的事分了不少的神，每天来回奔波，王巧慈看在眼里，提醒郑文龙多集中精力准备比赛。郑文龙看到叶秋目前的状况自己也帮不上什么忙，只好回到棋社准备比赛。

姜华终于将春日的棋谱整理出来，特地交给郑文龙参考。郑文龙接过"棋谱"，问道："姜华，我能问你这一步为什么非要这么走吗？"

姜华早就想好了答案，道："棋形漂亮。郑老师，我知道下在别的地方或许会捞到更多便宜，但是，我姜华也下了很多年棋，那样做就不是我姜华下出来的棋了。如果您让我再下一次，我可能还会这么下的。"

郑文龙有些激动地说："不对！你说得不对！你面对无情的杀手，却用了仁慈之心，你毁灭的不仅仅是自己。一个真正的剑客又何必在乎剑花的飞舞？"

"可是……"

郑文龙打断了姜华的解释，继续说："国与国之间的战争没有可是！你可以把你的仁慈给你的亲朋好友，大家说你是爷们儿。你把仁慈给了对手，你就个傻蛋！"

姜华睁大眼睛看着郑文龙。郑文龙继续说："我再说一遍，国与国之间比赛，不是儿戏！不需要花拳绣腿，摆花架子没用。你出了国门，不是代表你姜华自己，你代表的是国家，你是一名战士。你肩上扛着是国家的期盼，所以你必须杀无赦！懂吗？！"

郑文龙说得有些激动，姜华听了惭愧地低下头。

第三轮擂台赛就要开打，王巧慈约周佳兰一同上街，给郑文龙扯些布料，准备做一套像样的衣服，周佳兰直嚷着要王巧慈教她做衣服。王巧慈知道周佳兰也想给傅卫国做一身衣服，笑着说教她做衣服没问题，还是先把前面学的毛衣织完再说。周佳兰说很快就要完工，但不熟悉傅卫国的尺寸，不知道会不会合身。说话间不禁落寞起来。看到周佳兰失神落寞的样子，王巧慈忙安慰说只要有"三顾茅庐"的精神，打动傅卫国是迟早的事，提醒她又有一段时间没去天津走动走动了。

晚上回家，王巧慈哄睡了郑羿，准备开始做衣服。郑母看了直夸江南女子手巧，衣服也能自己做，说得王巧慈都不好意思起来。两人说话间，郑文龙回到家，王巧慈忙拉着郑文龙量尺寸。郑文龙心疼王巧慈又要带郑羿又要做衣服太辛苦，比赛衣服直接找乒乓球队借就是了。王巧慈说出国比赛总得有精气神，借来的西服又不合身，所以要给郑文龙量身定做一件中山装，既显得精神，又代表中国形象。一番话说得郑文龙连连称是，趁王巧慈不注意搂着她亲了一口，小两口一番亲热打闹。

周佳兰决定去天津看望傅卫国，何跃利要求以棋社工会主席的身份一同前去慰问。周佳兰带着何跃利来到傅卫国家，傅卫国看到何跃利，很是惊喜，看到身后的周佳兰时，又显得有些拘谨。但是爷爷看到周佳兰来了，乐得眉开眼笑。周佳兰并未理会傅卫国，一下子蹦到爷爷身边，送上一盒茶叶，道："爷爷，这是我特意托人给您带的龙井茶。"

爷爷接过茶叶很高兴，答道："小周姑娘心真细，上次就喝了一杯，也没问我喝的是什么茶，这次还真把龙井茶给带来了。既然你这么有心，那爷爷这里的盆景你喜欢哪一株，我就送你啦！"

周佳兰摇了摇头，说："我怎么好夺爷爷所爱，我也带了一盆菖蒲，要不就和爷爷交流吧。"说罢从盒子里取出从宿舍带来的菖蒲。

爷爷眼睛一亮，傅卫国看到这盆菖蒲，表情极不自然。

"爷爷是盆栽圈顶级的高手，来看爷爷多好的机会，不带菖蒲来交流，多可惜啊！是吧，爷爷？"周佳兰说。

爷爷特地戴上老花镜，对着菖蒲仔细地端详，不停地点头，道："这盘金钱菖蒲已经十年了，能养到小巧葳蕤、青翠鲜活，给人春意盎然的感觉，不容易啊！要保持金钱菖蒲最好的形态，关键之一是要防止菖蒲烂茎烂叶，这一点你已经做到浇水不沾叶，说明你很有心；但是要养出内敛娇巧的金钱还需素养。小周，你过来，我教你怎么控肥。"

看着周佳兰抱着金钱菖蒲跟着爷爷走开，傅卫国叹了口气对何跃利说道："跃利啊，你这是存心把她带来给我添堵啊。"

何跃利故意说："不对啊，卫国，我们这是来看你，你要是觉得添堵，那我们就走啦。"

傅卫国忙拉住他道："你走不了，还没陪我摆一局就想走？"

爷爷领着周佳兰去给菖蒲施肥，一边动手一边给周佳兰讲解："菖蒲正常两年就要更换分栽一次。生长期内每月追施一次肥料，每次施肥一定要把肥料放入泥深的五厘米处，以利于根系的吸收。"

周佳兰道："当时这盆菖蒲就放在窗台上，都快干了，我去了才发现，后来慢慢地又活了过来。"

爷爷听了一愣，从边上挑了一块带青苔的石块，往盆里一压。说道："北方干燥，不像你们南方潮湿，所以要在生长期内保持一定水位，给它营造潮湿的环境。菖蒲在生长季节适应性比较强，可进行粗放管理。"

爷爷不经意的几下分栽打理，使整个盆栽变得更加雅致了，看得周佳兰啧啧赞叹："我太佩服了，哪一天我要是有爷爷这么几手就好了。"

爷爷爽朗一笑道："你要是喜欢，爷爷可以教你。"

周佳兰高兴地说道："那爷爷可就是我师父了！"

爷爷点了点头，说："其实养菖蒲就是培养一种生活方式。等入门后，你会突然发现自己对围棋的理解也在发生变化，它们之间有共通之处。"

傅卫国和何跃利摆开棋局对弈了一阵，何跃利弃子认输："好啦！卫国，你赢，不下了，你身体还没好透，咱就到此为止了。"

这时周佳兰兰抱着菖蒲跟着爷爷走过来。何跃利看到周佳兰手中的菖蒲，道："好漂亮的盆栽，经过大师之手，就是不一样，整个味道都变了啊。周佳兰，这一趟你可没白来啊。"

周佳兰得意地说："可不，爷爷已经收我做徒弟了。"

傅卫国心中一惊，紧张地看着爷爷。

何跃利笑道："可以啊，周佳兰，能拜在大师门下得到真传，将来你的造诣不仅仅在围棋之上。要不爷爷，你也把我收编了吧？"

爷爷呵呵一乐："收弟子不仅仅是天赋，也要讲究缘分，缘分到了一切都水到渠成。是吧，卫国！"

傅卫国知道爷爷在说自己，咧着嘴苦笑了一下。

爷爷继续说道："小周姑娘把这盆菖蒲从枯萎养到今天生命力旺盛，确实费了不少心血，我能看见她爱惜草木的生命，如同爱惜自己。我要是铁石心肠也会被融化，所以，这个弟子我收了，而且是入室弟子。"

爷爷又对着何跃利说道："人活一世才短短几十年，可这些生命都生生不息。人可以用爱让这些生命无限生长，也可以用恨覆灭这里的一切生命。和围棋一样，如果眼睛只盯着眼前的棋盘，心中没有爱，那么活着又有什么意义？一个没有爱的人又有什么资格面对棋盘？"

何跃利知道爷爷这话是故意说给傅卫国听的。这番话有轻有重，有苛责也有希望。长久以来爷爷将孙子的事情都看在眼里。他只是静静地看着，从未说过什么，今天这番话对于傅卫国来说，有振聋发聩的效果。

何跃利瞥了一眼傅卫国，发现他将头低了下去，盯着棋盘出神。

2

贺司令生病了，贺梅回北京看望父亲。正如叶秋对郑文龙所说，三强在福建念大学期间都在帮贺梅打理公司的事情，所以贺梅回京三强自然要负责安排和接待。

其实贺梅这次回京，一方面是因为贺司令生病，另一方面想处理一下同张家林的问题。两人结婚以来，聚少离多，贺梅当初嫁给张家林其实有些赌气的成分，她给郑文龙写了那么多的信，都没有得到郑文龙的回复，她后来也死心了，再加上父母整天催着自己结婚，于是就找了这个音乐家结婚。多年来两人也没有孩子，后来张家林又考上博士研究生回北京攻读，这样一来，两人一南一北离得更远了。后来，贺梅得知张家林在北京和女学生不清不楚，于是就暗中派人调查，果不其然，拿到了证据。

所以，贺梅这次回来也准备和张家林摊牌。本来她对张家林也没有多少感情，所以这件事情做起来并不难。在贺梅的心里，一直装着郑文龙，她也经常向三强打听郑文龙的消息，知道他结了婚，生了子，赢得大国手，战胜日本棋圣荒村等等。郑文龙的大小事情，她都从三强口中了解得一清二楚。

不过贺梅不知道，直到童安向王巧慈说出了真相，她写的信郑文龙一封也没收到。郑文龙收到贺梅的第一封信时，已经是郑羿出生后的事了，郑文龙看到贺梅的信并未多想，而且把收到信的事情告诉了王巧慈。这一份坦诚，让本来心存芥蒂的王巧慈打消了疑虑。

贺梅约张家林到酒店见面，贺梅拿出了离婚协议，张家林被她突如其来的举动吓了一跳，等明白过来后，试图挽回局面。张家林心里清楚，自己博士毕业要留在北京，还需要贺司令的关系，所以无论如何这时候不能和贺梅离婚。贺梅心意已决，直接甩出了几张照片，张家林看到照片上自己和学生的亲密合影，再无话可说。

新一轮比赛即将开始，王巧慈趁着晚上的时间给郑文龙做衣服，这一段时间郑文龙早出晚归，棋社的事，叶秋的事，比赛的事，都让他操心费神。临行前的晚上，郑文龙照例很晚才回家，王巧慈已经将孩子哄睡。郑文龙贪婪地看着熟睡中的郑羿，心中充满无限爱意，说："巧慈，你觉不觉得，只要看着他，什么压力啊紧张啦，就都没有了。我发现，当了爸爸之后，我真的好像变了个人。以前，更多考虑的是自己的感受，但是现在呢，这个小鬼的一举一动，都牵动我的心。"

王巧慈温柔地靠在郑文龙身边，轻轻地笑着说："我又何尝不是，以前觉得围棋是生命的全部，后来，我的世界多了一个你。现在，又有了郑羿。以前我总对自己在事业上有这样那样的期望，后来我发现，当一个女人真正接受为人妻、为人母的角色之后，会觉得，生命中其他的一切，都可以退居其次，丈夫和孩子才是生活的意义所在。"

王巧慈的一番话，让郑文龙十分感动。他轻轻搂着王巧慈的肩，说道："你说怪不怪。以前我比赛前常常兴奋得睡不着觉，要不就是紧张得睡不着觉。可现在不一样了，只要一想到你们娘儿俩，我心里就踏实起来了。你说，这是一种什么感觉？"

王巧慈轻轻捶了郑文龙一拳，道："看来我们文龙，为人父变得更成熟了！"

郑文龙点点头，表示赞同。王巧慈起身打开衣橱，拿出已经做好的中山装。

"试试，看合不合身？"

郑文龙接过衣服，有些惊喜："你做的？"

王巧慈点点头，郑文龙把衣服穿在身上，刚好合适。他在大衣柜的镜子前照着比试，看着镜子里的自己，非常满意："还是中山装穿上精神。"

王巧慈帮郑文龙整理着衣领扣子，说道："和春日比赛的时候就穿这件吧。"

郑文龙高兴地说道："太好了！以后参加比赛，我都穿这件中山装。"

王巧慈看着自己的杰作，说道："嗯，好，穿坏了我再给你做新的。"

郑文龙一把搂过王巧慈，低头迎着她温润的唇，猝不及防地吻了上去。

夜色温柔无边。

全国人民都在关注着郑文龙的战况，这也是本次"擂台赛"中方的最后一位选手，如果失利，将直接宣告本次"擂台赛"结束。众多关注者中，贺梅也是其中一个。不过她很快从报纸的新闻报道中得到了好消息：郑文龙连下两城，先后战胜了春日和武宫正树两位日本选手，将会在"擂台赛"最后的决赛中与日方的主将藤原交手。

胜利的消息让每个人都异常兴奋。以目前三比二的战绩，中国已经追上日本，就算决赛失利，双方差距也不会太大。这已经是历史最好成绩了，更何况以郑文龙目前的状态，与藤原的比赛并不落下风。

听到郑文龙胜利的消息，贺梅很高兴，拨通了郑文龙家的电话。接电话的是郑母，听到贺梅的声音，郑母有些惊讶，但还是礼貌地和她聊了一阵，并让贺梅有空到家里做客。王巧慈听到郑母在电话里客套，问是不是有人要上家来吃饭。郑母也没有隐瞒，说是郑文龙的前任女友贺梅打来的，仅仅是客套几句而已，王巧慈并未放在心上。

可郑文龙刚一回国，贺梅就真的登门拜访了。这一次，只有王巧慈在家。

郑羿在家里正调皮，王巧慈手忙脚乱地收拾孩子，这时候门铃响了，王巧慈打开门，看到衣着打扮时髦的贺梅站在门口，只一眼，王巧慈心中便明白了个大概。

"我叫贺梅，郑文龙的发小。"贺梅介绍自己。

"你好，你好。我是郑文龙的爱人王巧慈。进来坐吧。不好意思，家里太乱了。有小孩子，没办法。"王巧慈把贺梅让进屋内，说道。

贺梅看到沙发上的郑羿，走上去逗孩子："哎呀，好可爱的小朋友，长得真像他爸爸。巧慈，他叫什么名字？"

"郑羿。"

"呵呵，这名儿好听。"贺梅一边说一边问，"郑文龙不在家？还在日本比赛吗？"

王巧慈道："不，他回来了，今天去医院探望战友了。"

贺梅环顾了一下屋内，又道："文慧和阿姨也不在家吗？"

王巧慈道："妈去菜场了。文慧自从上了大学，就不常在家里住了。"

贺梅知道只有王巧慈一个人在家，忙说："哦！那太不好意思了，打扰你了。我改天再来家里拜访吧！这点东西是我从香港带过来的，化妆品是给你和文慧的，保健品是给阿姨的。"

王巧慈推辞了一番，便也不再坚持，收下了礼物。贺梅起身告辞，王巧慈送她出门口。

贺梅离开王巧慈家，又前往棋社找郑文龙，可郑文龙也不在棋社，贺梅只好失望地离开了。

郑文龙一回国，就风尘仆仆地赶去医院看望叶秋。三强在病房门口迎接郑文龙，告诉郑文龙叶秋已经醒过来了，可下半身还是没有知觉。医生说，站起来的概率非常小。

郑文龙心情沉重地走进病房，叶秋正在看书。看到郑文龙，笑着向他伸出了手："文龙，祝贺你！"

郑文龙看到叶秋的样子十分憔悴，便握住叶秋的手，在他身旁坐下。

"身上的伤还疼吗？"郑文龙问。

"疼。可疼了，尤其是我这个腿啊，疼得晚上都睡不着觉。"叶秋说。郑文龙看着他的双腿，默默地握住他的脚，给他揉脚。

"你轻点儿。"叶秋说。

"你能感觉到吗？"郑文龙惊喜问道。

叶秋泄气地低下头，使劲地摇头，哭了出来。郑文龙和三强不知道如何安慰，只好静静地让他发泄。好一阵子，叶秋才调整好情绪，勉强一笑对郑文龙道：

"没事儿，我现在感觉不到，总有一天能感觉到的。我总有一天能下地走路的。"

郑文龙和三强都使劲点了点头。叶秋不忘安慰大家，故意轻松地说道："在这段时间里，我就看看书充充电，将来'四化'还指望着我去建设呢。"

郑文龙看着眼前既脆弱又勇敢的战友，心中一阵心痛，恳切地说道："叶秋，你一定要站起来，你一定可以的！"

叶秋握着郑文龙的手，目光坚定："好，我答应你！"

贺梅离开后，王巧慈心中有了个小计划，她知道贺梅没见到郑文龙是不会罢休的，唯一的办法只能是不让郑文龙留在京城。

晚上睡觉的时候，王巧慈对郑文龙说："文龙，下次比赛该在国内打了吧？"

"是的，不用兴师动众跑到日本去打比赛了，终于可以以逸待劳了。"郑文龙说。

"你想不想去烂柯山封闭训练？"王巧慈试探。

"你陪我去？我看你是想回娘家了吧？刚才说以逸待劳等日本

人来呢，你就把我发配到烂柯山去啊？"郑文龙笑道。

"我是想让你去那儿安安静静地打打谱，封闭训练。你要是嫌一个人没人对局，就带着童安和姜华一起去，他们倒是很久没回家了。我跟妈带着郑羿在家。接下来两个对手分量那么重，我这不是怕影响你吗！"王巧慈说罢，假装生气地转过身去，背对着郑文龙。

"哎！听老婆的，行吧？"郑文龙从身后抱住王巧慈，王巧慈见郑文龙答应了，莞尔一笑，转过身来。

"你还记得当年咱们谈恋爱的时候，你去烂柯山找我的时候，发生的那出'烂柯山遇仙记'吗？"

"当然记得了。那天下了大雨，我被困在山上迷路了，你奋不顾身地跑上山找我。雨实在太大了，我们就在山里一户人家住下了。结果那天晚上我发烧，迷迷糊糊的，我记得我明明看到那对夫妇下了一通宵的棋。结果第二天早晨起来，那对夫妇跟我说，他们俩压根儿就不会下棋，我特别奇怪。我就问你，你看到没有？"郑文龙说。

"我的话你还记不记得？"王巧慈问。

郑文龙搂着王巧慈，说道："我记得可清楚了。咱俩下山的时候，雨后初霁，烂柯山上的空气格外清新。我问你，你记不记得看到一对老夫妇下棋了？你说，你做梦梦到了，不过，是我们两人在下棋。就是从那天起，我们俩在一起了。"

王巧慈又问："记得你拿第一个全国冠军的时候吗？"

"嗯，我们还特意跑到烂柯山去拜烂柯石。还别说，我觉得衢州烂柯山真的是人杰地灵，是我们棋手的福地。而且，衢州一下子出了你、童安、姜华三个棋手，不能不说是块宝地啊。我也觉得我一到那儿，就耳聪目明的。"郑文龙说。

"是吧？那你这次去不去？"

"哎，这么一说，还真想去。你不让我去，我自己都要去拜一拜烂柯山上的神仙。"郑文龙说。

王巧慈很高兴，说道："好呀，我让童安陪你一起去吧。"

3

郑文龙和童安去了衢州。王巧慈心情舒畅，换了一身漂亮的衣服和周佳兰一同逛商场。她已经好长一段时间没有回棋社了，周佳兰告诉她，韩社长快退休了，何跃利可能是下一任社长的人选。周佳兰让王巧慈没事多去棋社走动走动，还特别神秘地提醒她：要提防郑文龙身边的女粉丝，最近棋社的门槛都快被她们踏破了。而且，前天还有一个特别时髦的女人来找郑文龙，听说是他的前女友。王巧慈一听果然和自己想的一样，幸亏自己把郑文龙送走了，任贺梅找遍北京城也找不到人，总不至于跑到衢州找他吧。想到这里，王巧慈不由得笑了。

从商场回来，王巧慈看到贺梅又来了，正在同郑母聊天。郑母见儿媳妇回来，连忙给双方介绍，两人都笑着说上次已经见过面了，王巧慈热情地挽留贺梅吃过晚饭再走，贺梅见郑文龙又不在家，借故推辞离开了。贺梅走后，郑母怕儿媳妇多想，特意解释道："贺梅今天突然来，我也没办法，总不能把人给挡在门外。"王巧慈说，来的都是客，理当好好招待。郑母笑了，拉着王巧慈说："放心，妈永远都会和你站在一起。"听了郑母的话，王巧慈也会心一笑。

贺梅终究还是没有见到郑文龙，带着无限失落离开了北京。

此时的郑文龙，正与童安漫步在烂柯山，感受着围棋圣地的独特魅力。这里草木葱茏，小径幽深，溪流无声，空气清新，烂柯石仿佛是一位智者，让前来的人自然而然有了许多顿悟。站在这熟悉的地方，郑文龙感到神清气爽。他想起自己和王巧慈定情的雨夜，想起山里茅屋两位深夜下棋的老人，这块风水宝地使自己收获颇多，似乎这一生都与这座山有了不解之缘。童安也说，自从日本输棋后，自己经常会嗡嗡地头疼，可是来到烂柯山，头也奇迹般不疼了。

烂柯山洗去了两人一身的疲惫，恢复了棋手的精气神，也让这些天忙累的郑文龙有了放松和思考的时间。几天的休息，郑文龙觉得自己已经恢复到了最佳状态，眼看比赛日子将近，便告别蔡佑民师父和童安父母等人，动身回到北京。

在郑文龙养精蓄锐、踌躇满志之际，韩德昌却收到日方消息：擂台赛的决赛改在日本打。这个消息让韩德昌很生气，自古以来，败方攻擂，胜方守擂，天经地义，日方擅自修改主场地点，就是藐视比赛规则，或者根本就是傲慢轻视，看不起中国围棋。

韩德昌准备据理力争，绝不让步，哪怕是拒绝参赛。但日方的解释也合乎情理，主要是日方赞助商的意思，因为关系到闭幕式，作为一种商业化运作的比赛，赞助商是出钱方，自然有话语权。体委给出的意见是本着中日友好的大局出发，参加比赛。韩德昌心中愤懑难平，决定去找老爷子，听听他的想法。

到了老爷子那里，韩德昌陪着老爷子下了几盘棋。老爷子知道韩德昌心中有事，就说："知道你心里有事，说出来吧。"

韩德昌不好意思地笑笑说："唉，擂台赛打到今天，因为郑文龙的连胜，已经极大地激发起了全国人民的爱国热情。可是日方突然提出决赛改在日本举行，这简直是欺人太甚。如果轻易答应他们，我怕对群众不好交代呀。"

老爷子说："那怎么办，拒绝参赛吗？"

韩德昌说："实在不行，我看也只好这样了。好在尽管打了个平手，也虽平犹荣了。"

老爷子没有表态，继续说："郑文龙吊足了大家的胃口，就这样不下了，岂不可惜？作为一个棋迷，我倒是很想看看他和那个日方主将的决斗。"

韩德昌也说出了心中的担忧："体委方面是从担心影响中日友好的大局来看这个问题的。"

老爷子站了起来，在屋里慢慢踱着步子，说道："这件事情，他们已经汇报给我了。我看这个事倒没有这样严重。我们都不要过多干预。下棋嘛，本来就是棋手之间的事，让郑文龙来决定好不好？谁的事情就让谁来管，我们不要包办一切。你这就给郑文龙打电话，听听他怎么说？"

韩德昌觉得也在理，拨通了郑文龙家的电话。"我自己看着办？那还有什么好说的，去呀！"郑文龙想都没想就答道。

老爷子对郑文龙的态度很是赞赏，接过电话，鼓励了郑文龙几句，末了又送给郑文龙一句话："放下包袱，发挥水平，无论胜负，我都要表扬你。"

放下电话，郑文龙很感动，看着一旁一脸担忧的王巧慈，笑着说道："别担心，就把这次变化当作日方的一次计谋，既然都知道了，我怎么能临阵脱逃，让对方小看我。比赛比的是气度，你看我现在身上满满的王者之气，那就用王者之气对付他们！"

看着郑文龙一身轻松的样子，王巧慈一颗悬着的心也放了下来。

擂台赛出发前，恰逢中日女排比赛。排球可是中国获得世界冠军的项目，在观众中拥有超高的关注度。果然，三强下班去郑文慧学校找她，发现她们学校正在布置篝火晚会，操场上绕圈放置了好多台大电视，摆在搭起的桌椅上。许多学生已经聚集在操场上，准备观看马上要开打的比赛。

三强陪着郑文慧在学校操场上观看比赛。人多看比赛气氛果然不一样，中国队轻松拿下前两局，大比分 2：0 领先。操场上沸腾了，似乎看到了中国队已经提前获得了冠军，欢呼声一浪高过一浪，许多人甚至在操场上跳起舞蹈来。

两局领先后的中国队员似乎有些放松，被日本队抓住机会连扳了两局，场面变成了2：2，比赛进入了令人窒息的决赛局。学生们不跳舞了，重新围聚在电视机前。日本队得分，一片叹息。中国队每一次扣击过网，学生们跟着叫好。每得一分，则是一阵山呼海啸般的欢呼。17：15，女排姑娘充满戏剧性地险胜日本，彻底点燃了青年学子们的狂热火焰。有人从火堆中取出燃烧的火棍狂舞，篝火晚会变成了火把游行。

三强看着热情的人群，在人群中显得格外冷静。郑文慧拉着三强的手说："三强哥发什么呆，想什么呢？"

"没什么。"

郑文慧说："我希望有朝一日，我哥也能成为女排姑娘这样的全民英雄。"

三强说："你哥已经是英雄了，离超级英雄只差一步。不过……"三强指着狂乱的人群对郑文慧说："你看他们有多高兴，你哥的压力就有多大。"

女排的胜利让所有人都沉浸在喜悦之中。晚上，郑文龙躺在床上，回想着女排决胜的画面，心中有些难以平静。看着身边安静的妻子，他轻轻起身，走到了阳台上。

晚风阵阵，远处有零星的灯火，偶尔还有几声爆竹的响声，打破夜空的宁静。

不知什么时候，王巧慈出现在郑文龙身后，给郑文龙轻轻披上了外衣。

"文龙，你也别把压力给自己，女排是竞技运动，和围棋还是有区别的。"王巧慈轻轻靠着郑文龙的肩安慰道。

"只要是直播，都一样。"郑文龙轻轻叹了口气。

"别想太多。无为而治。"王巧慈知道郑文龙心中的压力，给出了她的意见。

郑文龙感激地看着妻子，笑了笑道："遵循棋道，遵循客观规律，我可以化整归零。"

王巧慈赞同道："是的，以无胜有！"

郑文龙轻轻搂着王巧慈，两人不再说话，一起默默地望着远处零星的灯火。

天边，已经有了一抹鱼肚白。

4

训练室里，郑文龙和何跃利、童安、姜华、周佳兰等人，在一起研究藤原的棋谱，帮郑文龙寻找对策。

何跃利说："藤原真是厉害啊。咱们摆的各种变化都不行。只有他下出来的这个华山一条道行。"

姜华也跟着说："他不仅是实地专家，战斗力也超强。我看只能以其人之道，还治其人之身。"

郑文龙把棋子抓回棋盒，一脸轻松地笑道："对付他的办法，巧慈替我想出来了。"

姜华疑惑地问："巧慈姐？"

郑文龙："对，无为而治。"

童安眼前一亮，道："以无胜有。"

"以静制动，围剿绝杀！"郑文龙很有信心地站起来，对着大家双拳一抱，道："这几天谢谢大家陪我研究藤原棋谱，这是我们燕京棋社最佳的战前准备状态。我觉得这是一种精神，也是一种斗志，明天我就带上咱们燕京棋社的精神和斗志，迎战日本，争取胜利归来！"

郑文龙燃起的旺盛的斗志，让棋社大伙倍受鼓舞。更让韩德昌欣慰的是，郑文龙丝毫没有受临时更换主场的影响，反而更加斗志昂扬，信心满满。

下班回家时，郑文龙路过传达室，马大姐传话给他："文龙，你妈打电话来叫你下班去买一包银耳，给你熬银耳羹。"

郑文龙笑道："我妈也信这个？"

马大姐说："你妈特地交代了，一定得自己亲自买，银耳赢尔，就是赢你个小日本的意思。"

听得郑文龙一愣一愣的，只好苦笑着领命而去。

郑文龙依照母亲的意思，到菜市场买银耳。小摊的旁边高高地码着一堆装空啤酒瓶子的木箱，一个小男孩用脚踢着最底层的木箱，空瓶子在木箱里发出哗哗的声响。小孩觉得好玩，一遍又一遍地踢着木箱子，全然不知危险正悄悄来临。

顶上的木箱摇摇欲坠，终于，一整箱瓶子从两米多高的顶上落下来，直直地砸向小男孩。郑文龙发觉的时候，提醒小孩子离开已经来不及了，说时迟那时快，郑文龙一个箭步冲了过去，小孩子推开了，满是啤酒瓶的箱子却重重地砸在郑文龙的小腿上。

一阵剧痛让郑文龙差点昏厥，他脑子里闪过一个念头："完了，腿肯定折了，这比赛怎么打……"

人们从旁边跑过来，手忙脚乱地扶起郑文龙，破碎的啤酒瓶也散了一地。

郑母和王巧慈接到医院打来的电话，听到郑文龙被砸伤的消息，两人急忙往医院赶。到了医院，看到郑文龙已经坐在轮椅上，一条小腿已经打上了夹板。

大夫拿着 X 光片，指着腿骨上的一条裂缝，告诉郑母和王巧慈："小腿胫骨骨折，就是这个地方。"

郑母一看，眼圈都红了，说道："都怪我，让你去买什么银耳。这下好了，闹了这么一出。"

王巧慈也心疼不已，但还是安慰道："已经万幸了，哎，那孩子没事吧？"

郑文龙笑笑说："没事，都我扛了。"

这里正是叶秋住的骨科医院，郑文龙真没想到自己和叶秋兄弟俩竟然会以这种方式在医院相见。当王巧慈推着坐在轮椅上的郑文龙来到叶秋面前时，叶秋和辛燕子脸上写满了大大的惊讶。

叶秋半天才缓过神来，说："我在想，此时的郑文龙应该翱翔在蓝天之中，或者在战场上傲视群雄，怎么会坐在轮椅之上出现在我面前。"

郑文龙倒是十分洒脱，说："既然是难兄难弟，也可以在轮椅上平起平坐，难道不是吗？"

叶秋心中不是滋味："一个即将代表国家出战的国手，和我平起平坐，的确是个笑话啊。"郑文龙尴尬地笑笑："不是笑话，是惭愧！"

辛燕子在一旁说："文龙，你可别听叶秋在这里胡说八道。"

郑文龙说："燕子，我只是脚不利索，但是脑袋清醒得很，下棋不需要用脚。"

叶秋的情绪还在激动中，郑文龙对着叶秋动情地说："现在我应该在日本，可是我却在这里出现是不是很可笑？但这些都不重要，重要的是我还能够在这个时候来和我的兄弟告别。这就是我选择的围棋人生，在最重要的时刻还知道需要仪式感。叶秋，你好好地等我给你拿一个骄傲回来。但是，你也要站起来迎接属于你的骄傲。"

王巧慈推着郑文龙的轮椅离开，叶秋的眼里流出了感慨的泪水。

"擂台赛"的决赛队伍增加到了五位，除了韩德昌和何跃利外加一名翻译陪同郑文龙之外，还临时向体委申请了一名队医随队前往。郑文龙笑道:"这次的规格空前,不拿冠军都不好意思回国了。"到了日本之后,日本方面的接待规格也非常高,特地为棋手郑文龙准备了套房,而作为代表团团长的韩德昌,也和大家一样住普通标准间。何跃利还觉得不理解,觉得日本方面是不是怠慢了代表团的团长。而韩德昌自从上次参观了日本棋社后,就特别理解日本方面的接待和安排都是非常用心与恰当的。韩社长解释道:日本棋道尊重棋手,其他人都是陪衬,这样安排很合理。回想起之前的中日之间的一些比赛,中国方面都是将日方的代表团团长用最高规格接待,而作为参赛的棋手却和普通工作人员一样被普通接待。现在想来这样的安排着实让人惭愧,所以要向日本学习的不仅仅是围棋,还有这些官本位思想的改变等诸多方面。

比赛开始前,荒村像老朋友一样接待了郑文龙,陪着郑文龙在海边散步。海风吹拂,风景如画,坐在轮椅上的郑文龙也不禁感慨,景色真美啊!荒村为郑文龙介绍,眼前这个酒店可算是特别的存在,历史上很多著名的棋局都发生在这里,荒村获得棋圣名号,藤原获得棋圣名号,都是在这里达成的。郑文龙哈哈一笑,说原来这里是日本棋手的福地呀。荒村笑着说这里不仅是福地,还是日本著名的自杀胜地。那些破产的、失业的、落榜的,最重要的,那些爱情遇到挫折的,会从悬崖上跳下去,跳进大海里。三十年前的荒村借钱做股票亏本,也来过这里。

郑文龙被荒村的坦诚给逗乐了,开着玩笑说:"那有输棋跳崖的吗?"

荒村一听也乐了,说:"以前没有,不知道这两天会不会有,哈哈哈!"

郑文龙哈哈笑着说:"我就是跳,也得回中国去跳。这个地方还是留给藤原吧。"

一行人在荒村的陪同下,游览了围棋圣地,欣赏了和风丽日、蓝天白云、水清沙幼的海滩胜景，也与热情好礼的荒村交谈甚欢。傍晚用过晚餐后，大家都回到酒店休息。第二天一早，决赛将在酒店布置出来的对战室进行。队医给郑文龙进行了简单按摩之后，郑文龙呼呼睡去。这让韩德昌和何跃利很是欣慰，知道郑文龙心无负担，状态甚佳，是一个极好的信号。倒是韩德昌和何跃利这一老一少两任社长，心中忐忑，干脆打开清酒对饮，聊至深夜。

决赛这样重要的时刻，周佳兰决定去天津和傅卫国一起度过，她知道这样的时刻，独自一人的傅卫国更需要有人陪伴。周佳兰到傅卫国家时，爷爷一个人在室外的椅子上打盹，见周佳兰来了朝屋内使了个眼色，周佳兰心领神会，知道傅卫国在屋内。

推门进去，傅卫国正打开电视准备看比赛。见到周佳兰时傅卫国并不意外，而是温和一笑："佳兰来了。"

"我可以和你一起看吗？"周佳兰问道。

"当然可以，一个人看比赛太无聊了。"傅卫国说。

周佳兰挨着傅卫国坐了下来，电视上已经出现围棋转播的画面。傅卫国看到电视里面负责解说的是新面孔，转身问周佳兰："正常直播不是何跃利解说吗，怎么换成邱伟健了？"

周佳兰说："何跃利都要当社长了，哪里还能当解说？"

傅卫国有些惊讶："何跃利当社长？"

周佳兰点头说："是啊，韩社长要退休了。内部都在传何跃利接任，就等任命书下来了。听说都已经开始交接了。"

傅卫国才发觉自己在天津老家闭门养病，许多外面的事情都不知道，心中不由一动，随口说道："看来我错过了好多好消息呀，佳兰，以后有时间要多给我讲讲社里的事情。"

这句话让周佳兰心中又惊又喜，这可是从傅卫国口中说出来的，这个曾经不愿见到自己，一直赶她离开的男人，如今要让她好好讲讲外面发生的事情，这是一种信号吗？这能代表其他什么含义吗？一时间周佳兰心里想过好多个念头，但很快又恢复了平静，不管怎样，至少这里欢迎她以后常来了。

"嗯！"周佳兰用力地点头道，眼泪差点儿涌出来。

电视里，邱伟建已经做完了开场介绍，棋盘上已经陆续落下了几颗黑白棋子。

电视机前的观众只能看到邱伟建在直播时给大家的讲解，而此时此刻日本比赛现场的画面，只有郑文龙、韩德昌等人才能看到。郑文龙坐轮椅入场，在大家的陪同下进入对局室。日本方面考虑到郑文龙的腿脚不便，特地撤掉了榻榻米，换成了方便就座的沙发。

郑文龙入座之后，看到藤原在一行人簇拥之下翩翩而至，看到对战室的沙发时，他皱了皱眉，向裁判长提出了交涉。"我要用日本棋道的方式打败他！"藤原对裁判长说。随后，郑文龙一脸错愕地看到工作人员撤走了自己对面的沙发，换回榻榻米。

郑文龙心中暗暗发笑，自己坐在沙发上，而藤原盘腿坐在榻榻米上，自己比藤原高出不少，从气势上就有一种俯视的压迫感，真不知道藤原为何要选择这样一种受虐的方式。可看上去藤原却并未觉得不自然，一本正经地端坐在棋盘前，朝自己行礼。既然对方都不介意，那占据高地的自己更没有必要心猿意马，于是郑文龙凝神静气，稳稳地下出了自己的第一枚黑棋。

此时，国内电视前的王巧慈，正端坐着看棋盘上棋子的变化。此刻，她的心情比自己上场还要激动。郑羿在她前面调皮，让她分心，她特地让郑母带郑羿下楼去玩，好让自己能够安静地观看比赛。

医院里的叶秋，也为了观看电视转播将医院吵了个翻天，强烈要求医院搬一台电视到病房来，否则就不依不饶地闹。医生和护士拗不过他，只好将办公室的电视机抱到病房去，并把医生和护士们都转移到病房来，一边看直播一边听叶秋讲解。

郑文慧所在的大学操场上，此刻也支上了一副巨大的棋盘，旁边摆着几台电视机，学生们看着直播听着现场的讲解，他们的热情劲丝毫不输中日排球比赛。而此刻的现场讲解员，正是毛遂自荐为大家讲棋的三强。

棋牌上的黑白棋子渐渐多了起来，比赛已经接近中盘，作为本次"擂台赛"的两名压轴选手，两人显然都不愿轻易让对方拿到优势，因此开局之后两人都在谨慎地试探。藤原作为日本顶尖棋手，棋艺精湛，棋风多变，在日本国内鲜有敌手。如果单从实战经验和变化来讲，藤原是高过郑文龙的，这一点郑文龙心里十分清楚。在国内针对性训练的时候，他查阅了大量荒村和藤原的棋谱资料，知道藤原向来以进攻见长，视野开阔，虽然为人傲慢自大，但棋盘上却谨小慎微。如果真要拉开阵势与其对攻，估计占不到丝毫便宜，甚至会落入对手的布局中。所以郑文龙选择的是"无为而为，寸土必争"策略，把握每一步细节，不放过细微处计较，在保证自己的城池不丢失的情况下，伺机而动，有机会咬住就绝不轻易松口，靠着绝对的冷静和耐力，一寸一寸和藤原消耗下去。这是郑文龙的策略。他知道藤原自视颇高，断不会以防守的方式与郑文龙对弈，而郑文龙等的就是他在进攻中出现的失误。

临行前王巧慈的话，其实给了郑文龙很大的启发。高手之间的博弈，胜负本就在毫厘之间，棋艺其实已经退居次席，更重要的是心理上的较量，在变化的棋局中谁能守得住，谁能更清醒、更缜密，谁就可能成为最后的赢家。

中午封盘。从局面上看，两人势均力敌，难分高下，但在心理上，藤原已输了一截，因为自视甚高的他根本没有想到他的攻势在郑文龙的布局下纷纷瓦解，棋盘上的局面并未如他所愿，势均力敌在他看来，就是失败。

果然，下午开盘再战，藤原失去了原有的耐性和风度。他开始觉得郑文龙坐在沙发上居高临下是一种压力，叫人拿来一个矮方茶几，自己盘腿坐在上面，与郑文龙一般高度，才觉得舒服。而此时的郑文龙，已完全沉浸在棋局之中，全然没有在意藤原的心浮气躁。他似乎忘记了环境，忘记了对手，甚至觉得自己置身烂柯山，端坐在烂柯石前，正在和自己对弈。一种前所未有的舒畅感传遍全身。恍惚间，他似乎成了一枚黑子，穿行在棋盘间，仿佛晨雾下的小路，仿佛微风拂动的林间。

不知持续了多久，裁判长宣布比赛结束，藤原一脸沮丧与不甘地起身离开，他输了。而郑文龙仍然坐在棋盘前，出神地注视着散乱的棋盘。众人激动地冲进对局室，韩德昌在郑文龙耳边大喊："文龙，文龙。"郑文龙方才如梦初醒，咧嘴笑了笑："赢了那家伙一目半。"

5

北京的大学校园，一片欢乐的海洋。

直播现场人山人海，只有三强一个人的声音：

"目前黑棋胜一目半，肯定没跑了。"

学生们欢呼雷动，电视里讲棋的老棋手邱伟健也在和大家解说："黑棋应该赢一目半。最后结果还没传过来。哎，很细，我真的怕自己点错了呀！"

"中国必胜，中国必胜。"不知是谁突然喊了一句，然后整个现场整齐地响起"中国必胜"的声音。震耳欲聋的欢呼声中，郑文慧激动地抱着三强哭了起来。

王巧慈叫来了童安一起看比赛。她一边要抱着郑羿一边目不转睛地盯着电视。童安认真地看着电视屏幕上的棋盘，说："黑棋赢一目半。"

"你没点错？再点一遍。"王巧慈说。

童安又仔细数了一遍，肯定地说："一目半，没错。"

王巧慈激动得眼泪都流了出来，在儿子脸上亲了一口道："郑羿，爸爸赢了！"

郑母激动得拿出一挂长鞭炮，冲着童安喊道："童安，准备放鞭炮！"

天津，傅卫国家。周佳兰对着棋盘在摆盘计算。

"文龙赢两目。"周佳兰说。

"黑棋一目半。"傅卫国纠正道。

两人还在紧张地盯着电视，爷爷不知什么时候出现在门口，看到两人的手握在了一起。

"赢了吧。"爷爷问道。

"真是解气啊。"傅卫国看着电视，全然忘记了自己握住了周佳兰的手。等醒悟过来的时候，连忙把手松了开来，两人的脸都红了。

"佳兰，房间我都给你收拾好了，今天就别回去了。"爷爷当作没看见一样，对周佳兰说道。

"我听爷爷的。"周佳兰红着脸答道。

"卫国，你还愣着干什么？"爷爷佯装催促。

"哦。"傅卫国回答的声音低低的，像个做错了事的小孩子。

叶秋的病房里，挤满了看比赛的人，有病人，也有医生，看到电视里郑文龙胜了藤原，病房里也爆发出热烈的欢呼声。

叶秋也看得入神，还不时给大伙担当一下解说。病房拥挤，陈医生也坐到了叶秋的病床上。

"陈大夫，您能挪一下吗？"叶秋说。

"怎么，挡着你了？"陈大夫挪动了一下位置，问。

"您把我的腿压麻了。"

大家都在注视电视，等待最后的结果，没在意叶秋的回答，陈大夫突然反应过来。

"什么？你的腿麻了，有知觉了？"

陈大夫掀开床单，发现叶秋的一条腿已自动曲了起来。

陈大夫惊叹："奇迹啊！叶秋，你可终于有知觉了！"

叶秋又自己动了一下腿，确信自己的腿又能动了，惊喜地喊了起来："郑文龙，我又能站起来了！"

一旁的辛燕子激动地抱住了叶秋。电视上，邱伟建正在宣布：郑文龙获胜！

晚上，日中围棋团体特别赛举行闭幕式。领奖台上，赞助商代表将一尊金灿灿的奖杯交给郑文龙，郑文龙又将奖杯递给韩德昌，韩德昌激动地将奖杯高高举起。台下镁光灯一片闪烁。

台下的春日看着台上领奖的中国代表团，小声感叹道："听说这尊奖杯的价值超过一亿日元，没想到被中国人拿去了。"

荒村一脸不悦道："中国人应该感谢你。没有你的三连胜，也许就没有郑君的六连胜了。谁让你还差那么一点点呢。"

春日垂下头不敢吱声。

台下的记者开始提问。一位记者问藤原："请问藤原先生，我记得你曾经在开幕式上说，在闭幕式上很难再看到你。意思是说根本轮不着你上场就能结束比赛。今天的结果看来不是这样的情况，你做何评价？"

藤原有些尴尬，答道："我感到非常惭愧。"

记者似乎并未准备放过藤原。又一名记者问道："藤原君，你的对手是坐着轮椅来比赛的，你却输了。我想问问，你还有什么脸面以日本棋道的捍卫者自居。"

台下来宾骚动，一片窃窃私语。面对记者尖锐的问题，藤原十分窘迫，不知如何回答是好。

郑文龙见状，拿起话筒为藤原解了围："我方不仅是胜方，还是客方，你们应该先向我提问才对。"

台下渐渐平静，郑文龙继续说道："就像外面的大海，后浪推前浪，是很正常的事情。我们都应该有大海般的胸怀。日本围棋是我们的老师，我们是追赶者。我们追上来，有什么不好呢？彼此可以更加紧密地握住对方的手。"

台下鸦雀无声，大家的目光都投向郑文龙。郑文龙看了看刚才提问的记者，笑着说道："至于说我坐着轮椅来比赛，我想丝毫没有影响我的战斗力。因为我是来下围棋的，而不是参加足球比赛。"

台下发出一阵笑声，紧接着一阵热烈的掌声响起。

回国的飞机降落在首都机场，接机的人们夹道欢迎凯旋的队伍。

老爷子也率众人在贵宾厅亲自迎候郑文龙等人。看到郑文龙的身影，老爷子对他竖起大拇指："郑文龙，好样的！"

郑文龙看到迎接的队伍，心中十分感动，眼眶湿润了。

体委领导当场宣读了嘉奖令后，让郑文龙发表感言。当众人的目光再次聚集在他身上时，他突然有些不能自制，叫何跃利将他扶了起来，动情地说道：

"就让我们给首长鞠一个躬吧，感谢他对中国围棋长久的关怀。没有他，就没有中国围棋的今天。"郑文龙哽咽了，他向着老爷子深深鞠了一躬，韩德昌、何跃利等也向这位老人鞠躬致敬。

大厅里响起经久不息的掌声，老爷子也忍不住揉了揉眼睛。

郑文龙直接被送进高级病房。医生们安排妥当之后就离开了病房，房间只剩郑文龙、王巧慈二人。终于有了难得的二人世界，郑文龙、王巧慈深情对视，王巧慈疼惜地抚摸着郑文龙，忍不住吻在他的脸颊上。

"文龙，还有一个好消息要告诉你。叶秋的腿能动了，医生说他很快就能恢复，站起来。"王巧慈说。

"真的？奇迹呀！叶秋要是一辈子躺在床上，我不知道该有多内疚啊，真是太好了！"郑文龙全然忘记了腿痛，一下子来了精神。

他使劲捶了一下床，自嘲道："他倒是站起来了，我却倒下了。"

王巧慈道："你开什么玩笑，你现在成大英雄了，知道吗？"

"欢迎我的大英雄归来！"这时，辛燕子推着坐在轮椅上的叶秋出现在门口。

郑文龙差点从床上蹦起来，碰到伤腿疼得直咧嘴。他也顾不上这些，急切问道："叶秋，他们说的是真的吗？你的腿有知觉啦？"

叶秋眼睛湿润了，笑着说道："他们说得对！接下来就是恢复训练了。"

郑文龙一拍手掌，说道："太好了！"

6

三强被分配到某部委办公室，一开始每天做些打开水、扫地、擦桌的杂活，像每个刚分到单位的年轻人一样。三强每天很早就到单位，办公室还没人上班，他就将办公室的卫生打扫一遍，为每个办公桌前的暖水瓶打好热水，整理好每个桌子上的文件物品，这时候大家才陆续来到办公室。三强便跟着大家跑跑腿，送送文件，做些杂活儿，过着简单又简单的实习生活。

这天早晨，三强正在办公室打扫，却早早来了一个人。在往常，这个时间点不会有人这么早来上班，三强抬起头看了来人一眼，发现来人干部模样打扮，却并不认识，于是打了声招呼继续低头干活。

来人看了一眼三强胸前的校徽，问道："新来的实习生？厦门大学的？叫啥？"

"是的，我叫牛三强。"

来人打开旁边一间办公室的门，三强也走过去，将一瓶装好的水瓶放到门口。发现办公室好些天没进人，桌上已经蒙上了一层灰，三强连忙拿起抹布准备打扫，来人却制止了他，从他手上接过了抹布，自己动手擦桌子，一边说道："哎，你们大学生分到咱们部委来，可不是让你们打扫卫生的。"

三强一时有点无所适从。干部笑着道："来来来，坐。我刚去广东、福建考察了三个月，没赶上你们这一批新同事入职。来了多长时间了？"

三强和干部在沙发上坐了下来，三强答道："一个多月了。"

干部点点头，给自己倒了一杯水，说道："我刚从深圳和厦门考察回来，有很多感触。你在厦门待了四年，那就说说，你对特区经济的看法？"

三强说："我上大学的时候，在一家贸易公司勤工俭学，常常跟着老板从厦门跑石狮倒货……也跑过几回深圳，最长一次二十多天。"

干部听到这句话，眼神一亮，示意三强继续把话说下去。

三强继续说："我刚去的时候，觉得贩货就是投机倒把。但是学了市场经济学之后，我才理解了开放市场对于国家的意义……"

干部很有兴致，起身给三强也倒了一杯水，说道："来，三强，我们坐下来谈。"

三强说："等下，我还有一点擦完……"

干部说道："从现在开始，你不用再打扫卫生了。我一会儿和人事部说一声，把你调到我们处，暂时做我的助理，现在你就踏踏实实坐下来谈谈特区的事。"

　　三强自己还不知道,像他这样的名牌大学高才生,又在改革开放的前沿阵地学习了四年,最难能可贵的是,他读书期间一直跟着贺梅做生意,有第一线工作经验,这些经历,对于在改革和经济建设中摸索前进的国家来说,都是非常宝贵的财富。作为部委领导干部,自然敏锐地发现了这个难得的人才,这给三强的人生带了机遇,但同时,也给他现在的生活带来了烦恼。

　　下班后,三强去郑文慧学校等她放学,一路心事重重,领导的话让他既高兴又犹豫。领导看中了他的经历和才能,想让他去厦门特区工作。这对于三强的个人发展来说肯定是好事,但是,这意味着要离开他千辛万苦才回到的北京,而且小慧那里又怎么办?

　　远远地,郑文慧兴冲冲地走出来,手里拿着一张红头文件,冲过来一把抱住三强。

　　"看!报社给我发调档函了,我要当记者了!"

　　"走,我请你吃老莫庆祝一下!"

　　郑文慧拉住三强:"哎呀,省点钱吧,结婚要用钱的地方多着呢。"

　　"没事儿,走吧!我的爱人这么优秀,值得庆祝。"三强拉着郑文慧往前走。

　　"三强哥,我是这样想的,我想……先在研究生毕业之前,把婚结了。要不,一去工作单位就结婚,显得特别不好……"郑文慧说。

　　"嗯,结婚的事,我都听你的。"三强一面回答,一面想着如何开口说工作的事。

　　老莫西餐厅,三强和郑文慧相对而坐。三强为郑文慧点了她最爱吃的俄式西餐:黄油烤鸡。

　　"我最爱吃黄油烤鸡了。"郑文慧吃着,心情愉快。

"那你多吃点。闽南的白雪鸡，质地软嫩，口感非常清香鲜美。也特别好吃。有机会去福建，我带你吃闽菜，佛跳墙、福州鱼丸、海蛎煎、厦门沙茶面、面线糊、荔枝肉、醉排骨等等，都很好吃的。"三强一边说一边看着郑文慧的反应。

"我还没去过福建呢。三强，你不是还得回去毕业吗？反正我工作也落停了。到时候，我们去厦门旅游，好不好？我想去看看你学习和生活过的地方。"郑文慧丝毫没有觉察，说得很高兴。

三强点点头，犹豫了一下，说："小慧，你说……如果，我们去厦门那边工作定居，怎么样？"

郑文慧一愣，停下手里的刀叉，疑惑地看着三强。

"你……什么意思？好不容易调回北京，现在又说这个。开玩笑的吧？"

三强有些不好意思，为难地低下头，嗫嚅道："不是，我……说的是真的。"

"啊？！"郑文慧睁大了眼睛。她没想到三强说的是真的，突然的惊吓让她完全反应不过来。

"今天，领导跟我谈了特区工作的事。那边组建办事处正缺人，领导……想让我跟他去厦门。"三强不敢看郑文慧的眼睛，低着头说。

郑文慧看着三强，半晌说不出话来。在这环境幽雅的西餐厅，她控制住了自己的情绪。

"我……去一下卫生间。"郑文慧站起来，离开座位，冲进了洗手间。

望着镜子里的自己，郑文慧心中的委屈一下子涌了上来，眼泪再也忍不住，顺着脸颊流了下来。她没再回到座位上，从旁边的小门离开了。

三强等了半天没看到郑文慧回来，到洗手间也未看到人，一打听才知道她已经离开了。

三强连忙追了出去，远远地看到郑文慧登上一辆刚好到来的公共汽车。三强的心中一阵失落，一时也不知道该怎么办才好，想了想，他决定去找郑文龙拿个主意。

郑文龙家楼下，三强等到了下班回来的郑文龙。郑文龙发现三强的神色有异，问是不是和郑文慧闹了别扭。两人在院里的石凳上坐下来，三强将工作的事和郑文慧生气离开的事都告诉了郑文龙。

"你说，这事儿我该怎么办？去厦门特区，对我来说，也是个机会。插队耽误了八九年，与其在办公室里端茶倒水熬资历，不如去一线，干出点成绩来。"三强对郑文龙说出了自己的想法。

郑文龙点了点头，问："可是，小妹怎么办呢？"

三强叹了一口气，道："我想让文慧跟我一起去特区。她是师范大学的研究生，在特区，这样的人才，肯定不会被埋没的。"

郑文龙摇摇头说："郑文慧这种性格，肯定不愿意跟你去厦门。"

三强一脸无奈，说："可我想试着说服她。"

"要是说服不了呢？你是选择前途，还是选择家庭？"郑文龙继续问道。

三强抬头看着郑文龙，不知道该如何回答。

"这个问题，你必须回答。"

"让我考虑考虑。"

郑文龙有点坐不住了，说："考虑？这还需要考虑？"

三强说："我现在心里很矛盾，真的不知道该怎么回答你。"

郑文龙说："古生物学家泰亚尔曾说过，'人的一生中只有一个义务，那就是学会爱。人的一生中只有一种幸福，那就是知道爱。'世界有时候很残酷，但因为有爱你的人在身边，你会更有勇气去面对风风雨雨，度过一个个沟沟坎坎。你自己好好考虑考虑吧。"

郑文龙扔下这句话，转身上了楼，留下三强一个人在院子里呆坐了许久，才迈着沉重的脚步离开了。

郑文慧负气回到家中，把自己关在房间里面抹眼泪，郑母问发生了什么事，可怎么问郑文慧就是不开口。正好郑文龙回来，郑母一脸疑惑地问郑文龙是不是三强欺负文慧了，郑文龙当然知道两人为啥闹别扭，就说两人的事就由他们自己解决吧。郑母追问，才知道是三强要去厦门工作，眼看高高兴兴准备的婚礼也要泡汤，文慧心中委屈。知青三年，大学四年，她等了三强七年时间，可现在……

郑文慧满腹委屈，三强也心事重重，郑文龙的话也让他思索良久，思来想去他最终还是心情沉重地走进领导办公室。

"主任，我要回厦门参加毕业典礼，这是假条，您看看。"

领导给三强的请假条上签了字，问道："小郑啊，去特区的事，你考虑得怎么样了？"

三强低着头说："我可能……去不了了。"

领导点了点头道："理解，理解。家里的半边天不同意，对不对？"

三强为难地点了点头。为了小慧，他决定放弃这个机会。

三强要去厦门参加毕业典礼，特地到师范大学找郑文慧。两人漫步在校园。这些天两人一直在冷战，刚刚见面，都各怀心事，气氛有点僵。

"我回厦门参加完毕业典礼，档案就调到北京了。"三强率先打破了沉默。

三强拿出一个存折，递给郑文慧道："这是我这几年勤工俭学攒下的钱，你拿着，置办点结婚用的东西。"

郑文慧打开三强的存折，有些吃惊道："你哪儿来的这么多钱？"

"在贺梅公司挣的。"

"你们干什么工作，能挣这么多？"

"贸易，进口贸易。都是正规生意。"

"不会……犯法吧？"

"怎么会呢？亏你以后还要当记者呢，国家经济政策还不了解？"

郑文慧把存折又递回给三强："这么多钱，你自己拿着吧。"

三强将存折硬塞给郑文慧，道："不行，以后结了婚，工资都要交给老婆。"

见郑文慧接过存折，三强又说道："我听说，我们单位结婚分房子的事儿，还挺紧张的。可能得排队。到时候，就委屈你了。"

郑文慧心情好了许多："等我上班了，也问问我们报社。说不定，我们单位能给咱们分房子呢。"

三强想了想又说："还是回师母家住吧，别让老人家心寒。"

郑文慧点了点头："行，我听你的。"

郑文慧把三强送到学校门口。分别之际，郑文慧对三强说："三强哥，为了我，委屈了自己，谢谢你！"

三强看着郑文慧，认真地说："是为了我们的未来，我的未来，必须有你，生活才有意义。"

车来了，三强一个人上了公交车，郑文慧目送他远去，心里涌起一阵温暖。

郑文龙回家，看见郑文慧心情不错，问："这么高兴，和三强和好啦？"

郑文慧点点头。

郑文龙又问："三强还去不去厦门了？"

郑文慧说："不去了。"

郑母听到这话，叹了一口气，既为女儿松了口气，同时又有点失落。

"三强不容易啊。没爸没妈，好不容易熬出头，还为你放弃了这么好的晋升机会。你以后，得好好对人家。"

郑文慧抬起头，对郑母说："妈，你说，以后……三强不会怪我吧？"

郑母说："三强这孩子，不会的。"

郑文慧有些高兴不起来："可是，我怕，我将来会后悔。"

郑母叹气道："手心手背都是肉，你让我怎么选？你们下乡插队就够苦了，我可不想再让你们离开北京。以后你们结了婚，单位房子紧，就先住家里。"

郑文慧说："师母已经把房子收拾出来了。"

郑文龙插话道："妈，你怎么把特区说得跟偏远山区似的。人家那边好着呢。我听说，贺梅在那边都发大财了。"

郑母不以为然："咱也不想着发大财。我看，哪儿也不如家里好。"

郑文慧拿出一个存折，递给郑母："妈，这是三强给我的。"

郑母打开存折，揉揉眼睛："这是几个零啊？"

"五个！"郑文慧说。

郑母吃了一惊："他哪儿来的这么多钱？"

郑文慧解释道："他大学的时候，在贺梅姐的贸易公司勤工俭学，自己挣的。"

郑母有些不相信自己的眼睛："都说那边走私贩私，这钱，没什么问题吧？"

郑文龙凑过来看了一眼存折，也有点吃惊。

"我知道三强为什么要去厦门了。他已经比我先富起来了。他是想让更多的人，像他一样，先富起来。小妹，你不是要去报社当记者吗？我觉得，你也应该去特区，去改革开放的前沿，到有新闻的地方去。"

郑文龙说完就进屋了，留下郑文慧和郑母两人各怀心事，呆了半天没动。

当郑文慧出现在三强面前的时候，三强惊喜万分，看着眼前一袭长裙的文慧，三强激动地拥抱了她。郑文慧是个干脆利索的人，经过一晚上的思考，她决定去厦门看看。作为未来的新闻工作者，她应该去特区前沿去寻找新闻素材，将国家的好形势和好政策报道出去，让更多的老百姓知道；作为三强的未婚妻，她更应该去，去看看三强向往的地方到底是一片怎样的土地。

三强带着和郑文慧参观经济特区，郑文慧第一次看到这座海边城市，一栋栋高楼拔地而起，一切都仿佛春天一般充满生机。她十分感叹，这里的空气都弥漫着和北京不一样的味道，让每个来到这个地方的人都能感受到蓬勃的生命力。她开始感到自责和羞愧。作为一名国家培养出来的新闻工作者，她差点因为自己的浅见和个人利益而忽视身边发生的重大变革，她应该是参与者见证者才对，而不是旁观者甚至反对者。这里不仅应该属于学经济的三强，更应该属于学新闻的郑文慧。社会的发展需要有眼光有胆识的先行者，同时也需要有见识有担当的记录者。终于，她找到了自己的位置，无论是她的人，还是她的心。此刻，她甚至觉得做出这个决定，毫无困难。

三强带着郑文慧漫步在厦门大学海边，海风轻拂，夕阳无限。

"这儿的沙滩真漂亮。"郑文慧挥动着双手，让海风吹起自己的头发，十分惬意。

三强看得入迷。他指了指对岸，说道："对面就是台湾。"

"你去过吗？"郑文慧顺着三强手指的方向，看着远处隐隐约约的岛屿问。

三强摇摇头道："我只是在书上看过照片，说是和中国香港、新加坡、韩国并称亚洲四小龙。"

"它们推行出口导向型战略，重点发展劳动密集型的加工产业，在短时间内实现了经济腾飞，一跃成为亚洲发达富裕的地区。但是，中国已经改革开放，未来的事情谁也说不清楚。"郑文慧说，这些信息她从书本上了解过，如今的台湾就在眼前，让她觉得这些信息如此真实。

三强点头，说："不过台湾经济的腾飞，也是近三十年的事。我相信，现在国家政策开放，我们将来会比台湾还要好。"三强也望着远方的岛屿，海面泛起金色的波光，夕阳下，阵阵海风掠起他的白色衬衫，他英武的脸庞满是豪情壮志。

眼前这个男人，让郑文慧看得有些呆了。半晌，她对三强说："三强哥，我们一起，留在厦门吧。"

三强似乎不相信自己的耳朵。他看着郑文慧认真的脸庞，惊喜得几乎有眼泪滚落。此时各种情感交织，让他幸福得来不及分辨，也不想去分辨。他唯一想做的，就是将眼前这个女人拥入怀中，深深地吻她……

7

时间悄悄地流逝，不知不觉间，已经到了1984年。

经过近一年的休养，傅卫国终于康复回到了棋社，而此刻的燕京棋社社长已经成了年轻的何跃利。韩德昌光荣退休，受聘为燕京棋社"终身荣誉社长"。

此时，郑文龙已是名满天下的大国手。中日"擂台赛"战胜日本棋圣藤原后，郑文龙一夜之间成了家喻户晓的英雄人物，而他也似乎因为这场比赛打通任督二脉，之后的比赛一路过关斩将，未尝败绩。随着战绩的提升，围棋也成为可以为国争光的体育项目，郑文龙受到体委的照顾也越来越多。体委特地为燕京棋社配置了专车，名义上是给棋社配的，实质上是为了郑文龙出行方便。

从机场回市区的路上，一辆黑色簇新的轿车正在飞驰，车里飘荡着张国荣温暖又忧郁的歌声：我劝你早点归去，你说你不想归去，只叫我抱着你，悠悠海风轻轻吹，冷却了野火堆，我看见伤心的你，你说我怎舍得去……郑文龙坐在后排，戴着墨镜，正闭目养神。比赛获胜，似乎成了家常便饭，连新闻媒体都无法挖到新鲜的报道素材。

燕京棋社门口，一辆红旗轿车悄然停在门口，三强从车上下来。此时的三强已是一副干部派头，精神十足，他知道郑文龙今天比赛回来，专程到棋社门口等候。

郑文龙的车刚到门口，三强便迎了上去。郑文龙看见了三强，远远地打招呼：

"哟，三强，你什么时候回北京的？"

"嗯。在党校学习一年呢。"

"看样子，这是准备提干啦！"郑文龙热情地搂住三强的肩膀道。

"我这算什么呀。我就知道你一定先回这儿。走，别进去了。正好叶秋也回北京了，我晚上约了几个老朋友，给你摆一桌，庆贺你又拿了一个冠军。"三强说。

"这有什么好庆贺的，不就是赢盘棋嘛。你让我先进去打个招呼。"郑文龙说。

"你也忒牛了，赢棋都不是什么新闻了，那你还进去干什么呀，接受大伙儿朝贺吗？"三强笑道。

"那我也得打个电话，告诉巧慈一声。"郑文龙走进传达室，给家里拨去了电话，半天没人接听。

"走吧走吧，咱们先去叶秋那里聊聊。"三强拉着郑文龙就上了红旗轿车。

小车在北京饭店门口停下，三强领着郑文龙走进一间豪华包厢。

叶秋迎了上来。此时的他，已是南方投资集团总裁，气宇轩昂，派头十足。

"我的大英雄，好久不见。"叶秋乐呵呵地说道。

"嚯，当大老板了，这么神气。是啊，士别三日，当刮目相看。"

"不如你呀。你终于成了第一人，不仅是中国的，更是世界的。我嘛，不过是个混了个师长旅长干干，嘿嘿。"两双大手紧紧握在了一起。

三人入座，又客套了一番。当年兵团的三个难兄难弟，现在一个是商界精英，一个是国企干部，一个是围棋界的领袖，大家这个时候聚在这里，特别感慨。中午叶秋安排酒菜，大家也是情绪高涨。

叶秋端起酒杯，对郑文龙说："文龙，我还有一件事要同你商量。"

"有啥事直接说，兄弟间扭扭捏捏干吗。"郑文龙爽朗地笑着说。

三强接过话说："叶总在深圳盖了一幢最高的楼，马上就要落成了。到时候有一个落成典礼，有不少领导光临，想请你也去给助助威。"

郑文龙不解："我去干什么呀？我又不是领导，就是一个下棋的，大老远的，凑这个热闹？"

叶秋说："就是请你去下棋。唉，还是我来说吧，到时候你拿一场比赛，放到我那儿去下，一定要顶级的，最好比赛的一方就是你。你想想看，在我的大厦顶层，一盘世界级的比赛，而世界就在你的脚下，是什么感觉？"

叶秋的几句话让郑文龙有些动心，问："打算什么时候？"

"冬天吧。那个时候，这边的领导都愿意去。"叶秋说。

郑文龙想了想说："到时候正好是世界围棋锦标赛的决赛，我试试看吧。"

叶秋一听，两眼发亮："就是你已经进四强的国际比赛吧。太好了！就这么定了。所有的费用我全包，另外再给棋社一笔承办费。哎，半决赛谁对谁呀？"

"我对日本人，姜华对一个韩国人。"郑文龙说。

叶秋一拍大腿，兴奋地说道："一定要会师决赛，包揽冠亚军。太牛了，地王大厦，加上世界棋王，我的企业文化也是与众不同，顶级的。现在的企业，很农民，搞个开业庆典什么的，喜欢找一些歌星影星去扭扭唱唱，一个字，俗！"

三强端起酒杯，对两人说："文龙一定会进决赛，拿冠军的。这还有问题吗！来，走一个！"

三人碰杯，一饮而尽。

郑文龙惦记着临走前没打通的电话，拨通了家里的电话报了平安，顺便在电话里逗了郑羿一会儿，三人才撤下餐具，继续喝茶聊天。

畅聊了一个下午，到了黄昏，三人走出酒店到另一处参加晚上的聚会。郑文龙坐在三强的车上，路上三强对郑文龙说："文龙，还有个事，我先给你打个招呼。贺梅回北京了，咱们老同学聚会，也把她给叫上了。"

郑文龙听了呆了一呆："贺梅？一晃都十年了，她还好吗？"

三强叹了一口气，说道："这几年贺梅很不顺哪，在那边做贸易，开始时挣了不少钱，我劝她见好就收，她不听。接着干，越做越大，结果赶上打击走私，被抓了个典型，罚了个精光。要不是她爸的面子，说不定得判个十年八年的。"

"她爱人呢？怎么也不管管她。"郑文龙问。

"我正要说这事呢。她的前夫不是个东西。他一直在北京，读完硕士读博士，评上了教授，成了音乐理论家，跟他的一个学生搞上了。后来被贺梅抓到了证据，两个人就离了。"三强愤愤地说。

郑文龙神情漠然，暗自叹了口气。

三人到了聚会地点，一些知青老朋友已经到齐，却没有看见贺梅，郑文龙有些失望，同时又松了口气。他看了一眼三强，三强摇头，示意也不知道咋回事。

王怀臣走过来，向郑文龙打招呼："大国手，你还认识我吗？"

郑文龙一眼认出了他，说道："王怀臣，这么多年不见，怎么在这里冒出来了？"

王怀臣哈哈一笑："怎么不能冒出来，难道咱就不是兵团战友？"

叶秋恍然大悟的样子："啊，我想起来了，抢了我两只鸡的那个人。"

三强在旁边点点头。王怀臣看到三强，笑得更厉害了："哎哟，三强！当年咱俩可是正宗的战友啊！哈哈。"

众人也跟着一阵哄笑，大家入座。

三强的表情有些不自然。当年王怀臣和他是对头，虽然多年过去了，但他对王怀臣依然心存芥蒂。

三强靠近郑文龙耳边，轻轻说道："贺梅今天这样，都是王怀臣害的。王怀臣生意做得可不干净。"

郑文龙听了三强的话，不由得多看了王怀臣两眼。此时的王怀臣正在叶秋旁边献着殷勤，高谈阔论。

"这次已经奔着叶秋去了。"郑文龙小声对三强说。

三强嗤之以鼻，说："他哪是叶秋的对手，根本不在一个等级上。"

郑文龙担心地说："那也要提醒一下叶秋。"

聚会结束，郑文龙回到家中已经很晚，郑羿已经熟睡，王巧慈还没有睡，躺在旁边陪着孩子。

"孩子睡啦？"郑文龙看着王巧慈说，在孩子脸蛋上亲了一下。

王巧慈翻了一下身子，说道："回来太晚了，他是不会等你的。"

郑文龙听出了话里的意思，轻轻笑了一下，说："以后我晚回来，你也不用等我，先睡吧。"

王巧慈一愣，郑文龙却没有说话，又去了隔壁房间，坐在棋盘前，久久地清理着思绪。这个晚上，他忽然对贺梅担心起来，心里怎么也无法平静。

8

郑文龙在训练室打"棋谱"，传达室马大姐让他去接电话。

郑文龙拿起话筒："你好，我是郑文龙，你是？"

对方一个女声："知道我是谁吗？"

很熟悉的声音，郑文龙却一时没想起来。

"我看看要多长时间，你才能反应过来。"对方咯咯笑道。

"贺梅？"郑文龙一惊，难怪这么熟悉，十多年了声音还是没什么变化。

"谢谢，你还能听出来啊！"电话那头还在笑。

"我就是聋子，也能听出来啊。"郑文龙说道。

"那就好。现在真是大国手啊，见你一面挺不容易的，跟进京觐见皇上似的。我这已经是第三次回来了，事不过三，如果再见不到，说明我们就不该见面。哈哈！"好几次想见都没见到郑文龙，贺梅也没恼，开心地开着玩笑。

"哪儿的话。昨晚上不是说你要来吗？怎么没来？"郑文龙问。

"昨晚呀，临时有点事情。"贺梅并没有说昨晚自己发烧的事，还是继续调侃道，"再说了，昨晚上人太多，要见我一定得单独见。"

"那下午吧，找个地方聊聊天。"郑文龙放下了电话。

两人约到一间咖啡厅见面。贺梅到的时候，郑文龙已经先到了。

十年不见，郑文龙眼前的贺梅几乎没什么变化，只是现在整个人更加时髦，也多了几分成熟女性的风韵，只是以前身上的那股泼辣和纯洁劲儿找不到了。也许是时代变了，故意隐藏了起来。

两人相对而坐，咖啡厅里正播放着《莫斯科郊外的晚上》。

歌声显然触动了贺梅。她故作轻松地对郑文龙说："就是这种感觉，老的才好。你去内蒙古之前，咱们老听这些歌儿，你还记得吗？"

郑文龙淡淡一笑："怎么不记得？你父母还没收过咱们的唱片呢。要听可以，就听革命歌曲，要不然就是样板戏。"

两人不约而同想起了许多往事，一段小小的沉默。

"过去就不提了，来，喝一杯。"贺梅打破了沉默，拿着酒杯跟郑文龙碰杯，却发现郑文龙端着白水。

"哎，你怎么又是白开水？不行，不是挺能喝酒的嘛，换葡萄酒。"

郑文龙无奈，端起一杯倒好的葡萄酒，跟她碰了一下。

贺梅满意地看着郑文龙将杯中的葡萄酒一饮而尽，问道："文龙，你说，丢掉的东西还能找回来吗？"

郑文龙微微一愣，注视着贺梅，没有马上回答她，过了一会儿才说：

"有个故事不是讲过了嘛：一对新人去海边度蜜月，在海里游泳时，新娘的戒指掉到了海里，再也没有找着，她好多年都牵挂着那枚戒指。五十年后，这对老夫妻又来到了那个海滩。一天在餐厅吃饭，他们点了一条鱼。老太太用刀把鱼肚子剖开——"

"戒指在鱼肚子里！"

"那是哄小孩儿的——结果发现，鱼肚子里什么都没有！"郑文龙摇摇头，笑着说。

"讨厌，这个玩笑太冷酷了！真的，你说过去的东西还能找回来吗？"

郑文龙看着她，没有直接回答，而是问她："你说，断了的线能接起来吗？"

"那根线根本就没断。可能对你来说已经断了，但对我来说却没有断。所以我根本不用去接。"贺梅想都没想就说。

喝完咖啡，郑文龙礼貌性地送贺梅回家。在贺梅家楼下，郑文龙停住了脚步。

"上去坐坐吧，认个门。"贺梅说。

"不了，下一次吧，今天我得去接孩子。"郑文龙说。

"上去认个门就走，不行吗？"贺梅上去不由分说拽住郑文龙的胳膊。

郑文龙跟着贺梅走进贺梅家里，两人坐在沙发上，又不知道聊些什么，气氛一时有些尴尬。

郑文龙想了想，打破了沉默："看到你现在好好的，我也放心了。当年的事情咱就不提了，那时候我们的命运都不在自己手上，都是别人攥着呢，身不由己。"

贺梅咬了咬嘴唇，目光低垂："你知道我过得不好吗？"

郑文龙一时不知怎么回答，沉默了一会儿，起身拿起了外套。

"我无论如何得回去了。"

贺梅也跟着站了起来，道："你真的要走吗？"

"真的要回去了，不走就太晚了。"郑文龙说。

"要是我不让你走呢？"贺梅不愿郑文龙离开，有些要小性子地问。

"你不会的。来日方长。"郑文龙避开贺梅热辣辣的目光。他不愿事情朝着他不希望的方向发展。

可是贺梅还是贺梅，她站到门口，堵住了郑文龙。

"不，我会。我不放你走的。"

郑文龙知道贺梅的性子，于是笑道："我已经认了门了，以后少不了来串门。"他一边说话一边扶着贺梅的肩膀，慢慢把她推到一边。

贺梅却一把抱紧了他，让他猝不及防。

郑文龙呆了一呆，多年前熟悉的感觉，此刻似乎又回来了，藏在内心深处的一小团灰烬，此刻仿佛又升腾起火苗。那久违多年的感情，仿佛鲜活过来，当年离别时的大雨，久久拥抱都不愿分开的身影，哭得红肿的眼睛，像放电影一般，一幕幕浮现在眼前。他犹豫了几秒钟，轻轻抱住了她。

贺梅在郑文龙怀里失声痛哭："郑文龙，我本来就是你的，我从来就没有离开过你。你本来也是我的，我不放你走！你知道这么多年我是怎么过来的吗……"

贺梅在郑文龙怀里尽情地哭着，仿佛要把这么多年被压抑的情绪全部宣泄出来，她的双手紧紧抓住郑文龙的外套不松开，她害怕一放手，这个男人又找不到了。

过来好久，郑文龙从回忆里回过神来。他知道，他应该走了。

他几乎是一根一根掰开贺梅紧拽他衣服的手指，然后咬咬牙，头也没回地离开了。

回到住所，发现王巧慈还没回来，郑文龙一个人坐在沙发上发呆。此时，他们已经搬出郑母的家，一家三口住进了棋社给他们分的房间。

王巧慈开门回到家里，疲惫地脱下外套，挂上提包，郑文龙冷不丁说：

"很少见啊，这么晚才回来？"

王巧慈被吓了一跳，笑着说："你吓死我了！讨厌！你不是也少见吗？这么早就回来了！"

两人走进卧室，郑文龙见王巧慈一脸疲惫，问道："看样子你今天输棋了。"

王巧慈点点头："输给郑文彬那个丫头了。"一边说一边解嘲道，"再输可就什么都没了。"

郑文龙听出了她的言外之意，忙安慰道："慢慢来，王巧慈终归是王巧慈。需要我帮你参谋参谋吗？"

"不了，原因我早知道了，现在我想休息。"王巧慈说完突然想起件事，对郑文龙说："文龙，今天何跃利告诉我荒村给咱们棋社提供了一个去东京棋院进修的名额，我想去日本学习一段时间。"

"多长时间？"

"一年。"

郑文龙没有回话，郑羿跑了过来，对妈妈说："妈妈，陪我睡觉好不好？"

"不是睡觉了吗？怎么又起来了。"王巧慈抱起郑羿走进隔壁房间，郑文龙陷入了沉思。

一会儿工夫，王巧慈回到卧室。郑文龙对她说："我想了想，还是要劝你打消去东京棋院进修的念头。"

"为什么？"

郑文龙说："郑羿都快上学了，你去一年，他怎么办？"

王巧慈有些不悦："这不是理由。我都带他五年了，你带他一年怎么了？不行就让他回妈那边住。你也可以试试带孩子的滋味，这样你就知道这几年我是怎么过来的了！"

郑文龙说："不是我心胸狭窄，你就是去东京棋院进修一年，又能怎么样？不是我说大话，再过几年，让他们日本棋手到北京进修！"

王巧慈不认同郑文龙的话，道："别说几年，几十年都不行，农民才这么说！"

郑文龙有些无奈，说："再说，以前有棋手提出过出去进修，我都拒绝了。现在你反而要出去，让我怎么解释？"

王巧慈："时代不同了，这叫与时俱进。何社长都没反对，你着急什么？再说了，我不能当棋手，难道还不能当教练吗？不能下棋，总能教棋吧？反正我不想耽误下去了。"

两人都注意到声音有点大，担心吵醒旁边睡觉的郑羿，也知道今晚这事无法达成一致意见，于是都不再说话。郑文龙翻身拉熄了床头的灯。

9

傍晚，周佳兰在宿舍织毛衣，傅卫国进来。

"佳兰，我和你商量件事。"

"请说。"周佳兰忙着手上的活，没有抬头。

"那你得看着我。"傅卫国说。

周佳兰抬起头来，看到傅卫国很认真地注视着她。

傅卫国说："我想尽快结婚，你答应吗？"

听到这句话从傅卫国的口中说出来，周佳兰奇怪自己居然没有兴奋。她只是平静地丢下手上的毛线活儿，站起来，双手扶着傅卫国的肩。

"你在正式求婚吗？"

傅卫国点点头，认真地说："当然。"

周佳兰噘起嘴，道："那我不接受。"

傅卫国问："为什么呢？"

"我到这个大院，前后有十年了，认识你也有十年了，那么长时间都等过去了，难道你一句话就行了？"周佳兰的眼圈红了，这些年的委屈此刻在她心中翻腾，十分感慨。

傅卫国笑了，说："那就定个日子，我正式向你求婚、赎罪。"

"你不是说，等夺得大国手冠军再结婚吗？"周佳兰对傅卫国的回答很满意，转移了话题。

"我已经想清楚了。"傅卫国动情地说，"能活到今天，我已经知足了。得不得冠军不重要，有你才是最重要的。"

这几句话周佳兰等了十年，今天终于从傅卫国的口中说出，她的眼泪一下子涌了出来，再也没有忍住。多年的苦苦等待，无法言说的委屈，还有看不到希望的坚持，这些苦连同这一瞬间的甜蜜，让她感情的潮水喷薄而出。她太需要这句话了，这是她这份痴情最好的回报。

周佳兰紧紧抱住了傅卫国，哭成泪人。傅卫国只是紧紧抱着她，用臂膀的力度传递心中的温柔和感激，还有关怀和爱。

只是他们不知道，此时他们门外，童安将二人的对话全都听到了。他呆立在那里，脑子一片空白。

童安失魂落魄地来到训练室，呆呆地坐在那里，王巧慈来了也浑然不知。王巧慈明白童安的心思，她知道童安的性格，特别容易进去走不出来。

"童安，感情的事情，强扭只会两败俱伤。"

"巧慈姐，怎么是你？"童安回头见王巧慈冷冷地看着自己，不好意思地低下头。

王巧慈说："周佳兰踏进棋院前后用了十年，才得到傅卫国的爱情，这种毅力不是一般人可以坚持的。她为傅卫国放弃最好的青春，这种感情的付出说明了什么？"

"我没有影响到她，只是站在远处观望，难道也有错吗？"童安心中还有一丝希望，他抬起头对王巧慈说。

"你是聪明人，可是我始终不明白你为什么一定要自寻烦恼？

你是我表弟，又是我师弟，我从小看着你长大，再到燕京棋社，姐什么时候看见你这么糟践自己？你现在这样子姐看了心里难过。"

童安低下头，轻轻说道："我有我的生活方式，我自己愿意。"说完之后径自离开了。

王巧慈看着童安的背影，心里一阵难过。

周佳兰喜滋滋地四处派发喜糖。她来到童安宿舍，把一大把喜糖往童安桌上一撒，童安抬起头问："你要结婚了？"

"我和傅老师结束长考了！"周佳兰眉梢洋溢着喜悦，说道，"还有，这是我送你的一件毛衣，估计你会喜欢，是棒针的。"

童安接过袋子，从里面取出一件白色毛衣。

"谢谢。比我织得好多了。"

"你穿上试试，看合不合身？"

童安用手掌摩挲着柔软的毛衣，低落的心情开朗了几分，点头道："那我一会儿就穿。对了，你的编织教材我得还给你。"说着，他从书架上取出那本编织杂志，交给周佳兰。

"童安，回头见啊，我还给他们送喜糖去。"周佳兰转身走了，童安怔怔地看着她的背影出了半天神。

姜华进门，看到桌上放着的喜糖，童安已经穿上了周佳兰送的白色毛衣。

"好看吗？"童安笑眯眯地问姜华。

姜华一时有点不适应童安的情绪变化，问："谁送你的？周佳兰？"

童安点头。

"不会吧，周佳兰送你毛衣？"

"这都穿上了，还有什么不可能。"

"你们这是什么情况啊？"姜华有些云里雾里，"周佳兰都要结婚了，还送你毛衣，这是什么情况？"

童安不以为然，但还是不加掩饰地高兴："不就是一件毛衣吗，至于大惊小怪的？我还要穿着她送的毛衣，笑着祝福他们。"

姜华坐到床上，满脑子的问号，却不知道怎么开口。

傅卫国和周佳兰的婚礼选在离棋社不远的这家饭店举行，这么重要的喜事，何社长亲自安排棋社出面给两位棋手举办婚礼，在包房办了两桌筵席，全社人员都到场祝贺。

今天的傅卫国穿着整齐的西服，虽然病愈后整个人看起来很瘦削，但格外喜气和精神。周佳兰今天穿着白色碎花尖领衬衫，喜庆红色的长裙，还特地化了淡妆，涂了口红，秀气的脸蛋一片红晕，比平时更加漂亮迷人。

此刻两人正喝完交杯酒，大家起哄让傅卫国自罚三杯。

"卫国，你得自罚三杯！你这一着棋长考时间也忒漫长了，别说人家周佳兰了，就是我们都等得地老天荒了，想来想去，不还是这一手棋嘛！"郑文龙说。

周佳兰心疼傅卫国，要替他挡酒，被韩德昌笑着拦下："不行不行！这酒不能替，该几杯是几杯！卫国这一手棋啊，长考时间确实太长了，长得都超时负了，如果不是你舍命陪着，他早被淘汰出局了！"

傅卫国端起酒杯，说："要不是病了几年，这点酒不算什么，就连郑文龙也算上，都不是我的对手！我喝了！"说罢连喝三杯，众人鼓掌称好。

何跃利说道："我们这批棋手里，卫国是最不该晚婚的！第一，他成名最早；第二，他是一表人才，从来不乏追求者；第三，他是家里的独苗，全家都在盼星星盼月亮，可就是盼不出一个儿媳妇！所以，该罚！"

今晚的童安，特地穿上了那件白毛衣，默默地坐着，听着耳旁的说话声和欢笑声，无动于衷，似乎这一切都与他无关。

郑文龙接着问："卫国，给我们讲讲，这些年你都在长考什么呢？"

傅卫国又倒满一杯酒，站起来说道："其实开始就觉得家庭和事业的矛盾，调和不起来呗！要奋斗就会有牺牲，牺牲哪一边呢？结果把佳兰牺牲了。所以我要敬佳兰一杯，这些年她受了多少委屈，我心里特别清楚。"

周佳兰也端起酒杯站起来，被何跃利拦住："佳兰你别喝，他应该自罚！"

周佳兰泛着红晕的脸上洋溢着幸福的笑，说："这酒我得喝，对我来说一点不苦，是甜的！"

"噢——"大家在台下起哄。

傅卫国接着说："再后来，突然得病了，而且是绝症。那时候我才知道自己爱着周佳兰，但是已经晚了，千万不能连累人家，所以当时我拒绝了她。那滋味，比得了癌症还绝望！"

场面突然变得有点安静，说的人动情，听的人也动容，一时间无人接话。郑文龙连忙说："接下来的事情最绝，癌症奇迹般好了！我认为这是周佳兰的功劳，爱情就是能化腐朽为神奇啊！我估计他们的好事儿还没完，还在后头呢！"

大家跟着哈哈笑了起来。韩德昌站起身来，端着酒杯说："我得说两句。我特别理解卫国，你们这批棋手，是把下围棋当成了干革命！日本人走出去两百年了，我们五十年怎么追上去？只能拼命跑，跟过去打仗没什么两样，就是有种牺牲精神！我想也就是你们这批棋手才会这样，童安、姜华他们不会，以后的棋手更不会付出这么大的牺牲了！"

郑文龙也端起酒杯："来，咱们敬卫国、佳兰一杯！来，干杯！"

大家一起把酒杯举到这对新人面前。

周佳兰看着席间的童安穿着自己送的毛衣，欣慰地笑了。

婚礼现场热闹非凡，大家兴致很高。童安一直一言不发地坐着，最后趁大家不备，独自悄悄离开。

这个晚上，一对新人，注定无眠，而同样彻夜无眠的，还有童安。

第二天，童安走了，没有向任何人道别，只是给姜华留下了一封信：

> 姜华，这次我走，不打算再回来了。原因我已经说过了，我想过另外一种生活，没有胜负没有恩怨的生活。我不是一个好棋手，好棋手是郑文龙老师那样的人，一种特殊的人。我做出这个决定的时候，心里非常平静，我预感我需要的东西找到了。生活原来有这么多种，只要自己稍微调整一下就可以了。姜华，我们两个一起下棋已经有十四年了，正式比赛四十三局，另外还打过三次架。我了解你，你比我有才华，有毅力，不能浪费了，应该完成你的目标。我走得越远，就越想听到你的好消息。我们还会见面的。我离开的事情，先不要告诉棋社。等我安顿下来，我会告诉大家的。希望你能理解我的选择。

姜华看到信后不知所措，连忙将情况告诉了王巧慈和郑文龙，大家一听都慌了。郑文龙和何跃利连忙往火车站赶，终究还是晚了一步，未赶上童安乘坐的火车。不久从衢州老家传来消息，童安在烂柯山出家，暮鼓晨钟，过上了隐士的生活。众人听闻消息虽倍感失落，但也只好尊重童安自己的选择。社长何跃利决定，继续保留童安棋社名誉八段棋手和荣誉队员称号，如果哪一天童安想回来了，仍然可以回来。

10

这天贺梅在家和父母闹了别扭，去党校找三强解闷儿。在北京贺梅发现其实自己还真没几个能聊得来的朋友。

三强热情地招呼贺梅，贺梅还是一副气不顺的样子。

"文龙这段时间在忙什么，你知道吗？"贺梅见面就问郑文龙的事。

"我真的不清楚。他现在是大国手，时间自己不好控制，刚打完日本人，又要打韩国人，来回转圈是挺忙。"三强给贺梅冲了一杯咖啡，在贺梅对面坐下："怎么？你福建那边，离婚彻底落停了？"

贺梅喝了一口咖啡，说："哎，这段婚姻就是一个错误，当初明明意识到是个错误，但还是撞了上去。早知如今，悔不当初啊。"

三强说："那是谁的错？"

贺梅说："说小点儿，是自己的错，是父母的错，他们就不该反对我和文龙好，我也没办法违抗他们的意志。"

三强说："那说大点儿呢？"

贺梅叹了口气："当然是时代的错，那年月有多少人不出错？错误的时间，错误的地点，错误的角色，能干不出错误的事儿？就说围棋吧，当时是什么样子，现在是什么样子？谁能掐会算，知道棋手也有今天？"

三强见贺梅说得有点伤感，忙指着桌上的点心说："尝尝黑森林，今天刚买的。"

贺梅回了回神，吃了一块点心："哎，这么多年，还是北京饭店的黑森林蛋糕味儿正。"

三强看着她说："贺梅，我知道你特想知错就改，但是，我就担心你用错误的办法来改正错误，结果是错上加错。在正确的时间、正确的地点、正确的人物面前，不应该再发生错误的事儿了。”

贺梅听出三强的弦外之音，问：“你什么意思啊？”

三强犹豫了一下，还是说了出来：“你是不是，还惦记着文龙呢？”

贺梅明显愣了一下。

三强继续说：“凡事都有前因后果，这错了，那错了，难道都是别人的错？现在文龙这个情况，我看你还是别去打扰他了。我当过棋手，我清楚。”

贺梅有些不悦，道：“你又来了！想说什么就直说。你和文龙是发小儿，我和他也是发小儿。怎么你们能见，我就不能？难道棋手就不是人了？三强，你不会是一直在吃文龙的醋吧？”

三强笑了：“哎，你就当我是吃他的醋吧。要真是这样，倒好办了。”

贺梅道：“我是跟你说不通了。”

三强收起笑容，很认真地说：“我们都是发小，有什么事情说不通的？我一直感激你，把我从农场弄回北京，虽然没有留下来，但我还是要感激你。在厦门你又让我提前进入生意场，还赚了不少钱。你是我三强的贵人，所以，不管你说什么，我都会站在你的立场来考虑你的想法。”

贺梅笑着问：“那你能理解我现在的想法吗？”

“有的事情能理解，有的事情还是理解不了。”三强回答得很直率。

贺梅噘着嘴，斜着眼睛看三强，收起了笑容。

“我走了！”

三强看着贺梅的背景，轻轻一声叹息。

贺梅从三强这里并没有得到想要的支持，她落寞地回到家中，坐在沙发上，听着老唱片机传出的悠扬歌声。歌声舒缓，一个人在空荡荡的家中，她不想让自己伤感起来，就拨通了郑文龙家的电话。

　　电话接通，那头却传来的是王巧慈的声音。

　　"谁呀？"

　　贺梅一愣，又快速镇定下来："哟，是巧慈在家呢。文龙在吗？"

　　"他不在家。"电话那头王巧慈平静地说。

　　"对不起。他去哪儿了？什么时候回来呢？"贺梅继续问。

　　王巧慈感觉到电话里贺梅似乎挑衅的语气，冷冷地说："这些你不需要知道。文龙还要准备比赛，你不要再打电话过来了。"

　　贺梅毫不示弱，说道："王巧慈，既然你和郑文龙是两口子，那我这个电话是打给郑文龙的，也是打给你的。你也用不着这个态度对我吧，躲我跟躲瘟神似的？我上周见郑文龙了，怎么了？发小怎么连见个面都不行吗？"

　　"这都几点了，孩子刚刚睡着……"王巧慈还要说什么，贺梅却把电话挂断了。

　　王巧慈听到电话里的忙音，明显愣了一下，这时外面传来开门声，郑文龙回到家。

　　王巧慈从孩子房间出来，帮郑文龙收拾好外套，装着不经意地说："贺梅刚刚来过电话。"

　　"哦！"郑文龙反应很平静。

　　"你们见过面了？"王巧慈还是问得不经意的样子。

　　"她刚从福建回来，见过一面。"郑文龙没有隐瞒，回答道。

　　"以后不要再跟她联系了。"王巧慈说。

　　这话让郑文龙有些发愣。他不明白一向性格温和的王巧慈为什么会这样说，还是忍不住辩解了一句："贺梅是我发小，朋友之间偶尔见个面，没什么大惊小怪的。"

王巧慈有些生气道："她电话打到家里直接和我叫嚣，又是什么意思？"

"她就是那种性格，不用管她。"

"没想到这么多年了，你还记着她是什么性格。"郑文龙的辩护让王巧慈很不高兴。

"好了，这么晚了你就别多想了，我自己知道分寸，你就不用操心了。"郑文龙看到妻子不悦，连忙终止了这次不愉快的谈话。

事后郑文龙完全没有将这次谈话放在心上，可王巧慈的心却像蒙了一层薄薄的雾，敞亮不起来。白天她路过路边的美发店，看到玻璃窗上自己的模样，镜子里的自己一身老气的衣服，面容憔悴，又想起了贺梅的模样，精致的穿着，时髦的发型……

王巧慈犹豫了一下，走进了理发店。从理发店出来，王巧慈准备去幼儿园接郑羿，一边整理着自己的头发，刚换新发型还有些不习惯。三强开着公务车刚好路过，远远看到王巧慈就停下来打招呼。得知王巧慈去接郑羿，三强提出送她一段，顺便也去看看郑羿。上车后，三强看到了王巧慈的新发型，夸嫂子发型好看、时髦，王巧慈被夸得有些不好意思。三强却一改嬉闹的模样，正色地对王巧慈说："嫂子，恕我直言，你看起来有点累，我都替你累。"

王巧慈笑了一下，道："正在办去东京棋院进修的申请手续，乱七八糟的特别烦琐，是挺累人。"

"去东京棋院进修？多长时间？"三强有些惊讶。

"一年。"

三强沉默了一会儿，王巧慈苦笑道："文龙觉得，我去东京棋院进修学习，他自尊心受不了，你不会也这么认为吧？"

三强说："我更受不了的是别的。"

"什么？"

"是贺梅。"三强握着方向盘，看着前方，他看了一眼后视镜里的王巧慈，王巧慈低着头。

王巧慈心里有些吃惊。她犹豫了一会儿，说："贺梅昨天往家里打电话，在电话里质问我就算了，居然还挂我电话。你说说这都是什么人啊。"

"她就是那性格。"三强这个回答和郑文龙一样。

"什么事情都由着性子，这要是大领导那还了得。"王巧慈心中还是满心不悦。

三强没再接王巧慈的话，而是有些担忧地说："嫂子，我觉得你现在去东京棋院学习不是时候。万一留个空档给贺梅钻，无论对文龙还是对你们这个家庭，都不好。"

车到了幼儿园门口，王巧慈进幼儿园接郑羿，三强停车在门外等这娘儿俩出来。

一段时间没有见，郑羿已经长高了不少，看到三强也会主动叫姑父好，乐得三强合不拢嘴。三强送王巧慈母子俩回到家楼下，三强陪郑羿玩了一阵子，便向王巧慈告辞，离开前对王巧慈说："嫂子，别的不多说了，就是一点，对贺梅，你得用强手，你一松她就紧，你一虚她就实。她就那么个人。所以跟她不能客气，半目也要死扣。"

王巧慈说："其实跟她没有关系，跟郑文龙有关系。"

三强劝道："棋是一盘棋，都有关系。我在贺梅手下打了三年工，对她还是很了解的。如果有什么事情，你就和我商量，我一定站在你这边。"

王巧慈不再说什么，点点头道："谢谢你，三强！"

三强道："这也是小慧的意思。"

三强的话让王巧慈心中有些犹豫。这个时间去日本的确不很合适，想来想去她便到棋社找社长何跃利，提出申请推迟去日本进修的时间，何跃利以为郑文龙不同意，也同意将情况向体委汇报。王巧慈又将事情告诉了周佳兰，周佳兰这脾气，一听就气不打一处来，说："这算什么事情啊，这样明目张胆地闯入别人的家庭，这么不要脸的事情都能做出来，这女的脸皮也太厚了吧！"

王巧慈也是满面愁容，说："所以说，这个节骨眼上，我哪儿能安安心心去日本进修呢？"

"那就不去了，巧慈姐，你们家文龙现在名气正如日中天，人一出名是非就多，你一定不能放松警惕，家里和单位都要看紧咯。晚上我和卫国也说一下，让大家都保持警惕，做好防范工作。"周佳兰煞有介事地说。

"这种事情防不胜防，没用的。"王巧慈有些消极。

"巧慈姐，你可不能这样想啊，有这么多双眼睛帮你盯着，他郑文龙如果敢这么没脸没皮，那还不被唾沫给淹没了！那女人可以不要脸，文龙可跟她不一样，文龙代表的是燕京棋社，代表国家形象。"周佳兰积极地为王巧慈出主意。

"唉，怕什么就来什么，日子过得怎么会这样闹心。"王巧慈还是一脸愁容。

"巧慈姐，你忘了当初怎么教我了吧？你可得自信起来，人靠衣裳马靠鞍，看你今天收拾的，整个人都年轻了十岁，照样还是十年前那个聪明智慧的王巧慈，可不比她贺梅差哦！"周佳兰开导着王巧慈，把王巧慈拉到镜子前，让王巧慈有点不好意思。不过经周佳兰一打气，王巧慈也渐渐恢复了自信，不由得感激道："谢谢佳兰，我知道自己该怎么做了。"

第七章

1

王巧慈打定主意，既然郑文龙也不支持自己去日本进修，那就推迟一些时间，好好盯着下郑文龙，免得他和贺梅生出什么事端来。可郑文龙却改变了自己的想法，既然王巧慈想去日本进修，那自己应该支持。

"跃利说你推迟了去日本进修的时间？"郑文龙问王巧慈。

"家里事太多了，我一时走不开。"王巧慈说。

"你想去就去吧。孩子放我妈那儿照顾，也没什么别的挂心的。"郑文龙故作轻松地说。

本就敏感的王巧慈却听出了另一层意思，有些生气，说道："你现在怎么让我去了？当初怎么说，去了也白去？"

郑文龙还没注意到妻子情绪上的变化，说："你想去，我自然要支持你。"

"我看，你是想过两天没人管的单身生活吧？"王巧慈的话里带着刺。

郑文龙听出了妻子话里的意思，眼看再讲下去又是一场不愉快，赶紧说："这事情咱俩今天就不研究了，明天下午我还要比赛呢。"说完进屋去了。

王巧慈收拾完家务进屋的时候，看到郑文龙背对她已经睡着，将熨好的衣服轻轻摆在床头，也背对着郑文龙躺下了。

一夜无话，王巧慈的心里刚刚按下的去日本的念头，又冒了起来。这一次，是郑文龙的态度让她心生去意。

第二天一大早，三强火急火燎地打电话到棋社找郑文龙，两人就约了去"一盘好棋"棋馆见面。

"一大早就打电话见面，有什么急事？"郑文龙问三强。

三强喝了口茶，说："我找你来，是想替贺梅向你借钱。"

郑文龙一愣："贺梅？她没向我说过啊，借多少钱？"

三强伸出三根手指："三十万。"

郑文龙吓了一跳："这么多，我哪能拿出这么多钱？"

三强问："你有多少？"

郑文龙说："你嫂子要去日本进修，前几天我看了一下家里存折上只有九千。你让我去哪儿给她找三十万去？"

三强还不相信："什么？你一个堂堂国手，奖金呢？补贴呢？"

郑文龙说："都是你嫂子管钱，我也不知道，反正手头上就这么多。"

郑文龙心中的疑团还没解开，问道："她要那么多钱干什么？"

三强喝了口茶，叹了口气，道："哎，说来话长。贺梅在广州出事的时候，跟王怀臣借了三十万交罚款。现在，王怀臣来要钱了。我一个拿死工资的，能有多少钱？"

郑文龙皱起了眉头，问："什么时候的事儿？"

"也就是贺梅回北京前后的事儿吧。你别看她面子上撑着，跟个没事人儿似的，要是没有这三十万救命钱，她人就押广州了，直接进去了也说不定。"

两人都沉默了，闷着头喝茶，郑文龙想起下午还有一场对日本棋手的比赛，叹了口气："那你为什么一定要今天告诉我？"

　　三强一摊手道："我也是没办法了，今天是最后的期限，贺梅还不知道我来找你。"

　　郑文龙紧锁眉头，沉思了一阵，问道："有王怀臣的电话吗？"

　　"有，你要干什么？"三强问。

　　"解铃还须系铃人，我来联系一下他。就这样吧，三强，我先回棋社了，我下午有场比赛，你也还要上班，去忙你的。"郑文龙说完，急匆匆离开了棋馆。

　　路上，郑文龙找了个公用电话，拨通了王怀臣的电话。王怀臣还很客气，但郑文龙也知道自己的面子值不了三十万。王怀臣不怀好意地笑着说："文龙，没错，咱俩是兄弟，老交情了，可贺梅她不是你的女人。再说了，她当初可是在我这儿有借据的，哥儿们这血汗钱也不是从天上掉下来的呀！"

　　郑文龙正犹豫着如何回答，王怀臣又说："这么着，我也就好人做到底，给兄弟指条明路。今下午三点，我这有个牌局，你来试试，几个牌友都是大场面上的人物，运气好了三十万区区不在话下。你是高手，可别说不敢来啊，哈哈……"

　　放下电话，郑文龙略一犹豫，径直朝家的方向走去。

　　事情紧急，郑文龙已经没办法顾忌太多。他拿出家里的存折，到银行将九千块全部取了出来，用报纸包着夹在腋下，出门上了一辆出租车。

　　郑文龙根据王怀臣的介绍，来到了酒店，一个经理样子的中年人迎上来。经理将郑文龙领进了一个包房，屋里烟雾缭绕，几个人正在抽烟聊天，旁边摆着一副梭哈牌局。

　　见到郑文龙，王怀臣起身站了起来："咱们又见面了。"

　　"是啊，好久不见。"

王怀臣给大家做介绍:"这都是几个一起玩的朋友,澳门来的。这是我的老战友。"郑文龙也跟那两位赌客点了点头。

"今天咱们还是老规矩,怎么样,要文斗,不要武斗。"王怀臣说。

"客随主便,怎么个斗法?还下棋?"郑文龙说。

王怀臣哈哈一下:"您都是国手了,咱还下什么棋啊。棋牌不分家,正好我两个朋友都在,咱们试试手?"

"行。"郑文龙想都没想就答应了,既然来到这里,在他看来玩什么都一样。

王怀臣喊来经理:"经理,来给这位老板换点筹码。"

经理来到郑文龙身旁:"您要多少码子?"

郑文龙将钱全部递给他说:"先给我来九千吧。"

"那好,一会儿把码子送过来"

四人入座,不一会儿服务员进来,把一只装满筹码的盒子递给了郑文龙。

"今天真荣幸,跟大国手坐到一张牌桌上了。"其中一个赌客笑着说。

郑文龙故作轻松地一笑,掩饰心中的紧张。虽然这种牌在兵团的时候他们也经常玩,而且郑文龙是赢多输少,可这次赌的毕竟是真金白银,郑文龙则押上了自己的全部身家。坐在赌桌上,他感觉到心惊肉跳。

王怀臣和另两名赌客看来是场面上的老手,都是一副轻松的模样,王怀臣也有一搭没一搭地和郑文龙聊天。郑文龙似乎没有找到玩牌的感觉,一会儿工夫,手中的筹码出去了不少。

王怀臣没想到郑文龙会来赴约,他得意地通知了贺梅这个消息。贺梅急忙找三强商量,两人都猜不出王怀臣叫郑文龙去到底要干什么,贺梅只好带着刚筹到的三万块钱赶过去,打算见机行事。

原本下午安排的围棋比赛,郑文龙知道自己铁定无法赶过去参赛了，索性不再去想，专心玩牌。这可急坏了何跃利，四下寻找未果，便打电话去他家里，王巧慈这才知道郑文龙一早出门并未去棋社。比赛现场吸引了大批记者，参赛选手也早早来到赛场等候，可是就是不见郑文龙。郑文龙无故缺席重要比赛，这样的事情以前可从没发生过。

眼看天色渐晚，天空飘起了小雨，王巧慈安顿好郑羿后，一个人来到比赛现场。对局室里人头攒动，郑文龙的对手还在正襟危坐，静静等着比赛开始，可他对面的座位依然空空如也，郑文龙并未出现。何跃利正在满头大汗地给媒体解释："目前郑文龙九段一时联系不上。如果超过比赛规定时间，将视为弃权处理。我代表棋社向大家表示歉意……"

王巧慈透过玻璃窗，看到对局室里混乱的人群，没进去打扰谁，而是转身离开了酒店。站在酒店的大门口，雨势渐猛，阵阵晚风吹来。王巧慈心中一阵难过。她不知道郑文龙为什么会变成这样，毫无理智，毫无责任，成为她完全陌生的郑文龙，让她惊讶，让她心碎。她仰面朝天，依旧没有忍住汹涌而出的眼泪。

此时的郑文龙，依然在牌桌上煎熬，郑文龙又拿出六个筹码，丢给一位赌客，盒子里只剩最后一个筹码了。

"王经理，你这位朋友是不是快没有码子了？"另一位赌客问王怀臣。

"不多了。"郑文龙装作若无其事。

王怀臣说："肯定是不多了，文龙啊，你就没怎么赢！要不，我再给你补些筹码了。哥儿几个玩得也不大，别伤了和气。"

郑文龙故作镇定地说："再玩一把。"

继续发牌，郑文龙小心翼翼地把牌翻起一角，看了一眼。发牌的赌客把最后一张发完，敲了一下桌子说道："这一盘打完，大国手该补码子了。"

郑文龙看了一眼自己的牌，这时门开了，贺梅匆匆走进来，经理跟在她身后。

"这位是贺梅，请问是谁的朋友？"经理问。

王怀臣向经理示意，一位赌客向贺梅打招呼："贺梅啊，你怎么才来？"

郑文龙看了一眼贺梅，又低头看牌，故作镇定地说："贺梅，去帮我换点筹码来。"

贺梅会意，跟着经理走了出去。

包间外面，经理、贺梅接过递过来的信封袋子，问："换多少，三万？"

贺梅点点头，经理笑道："那个是不是没带钱，来蒙事儿的？你要是晚到一步，我估计就炸窝了！"

贺梅说："谁说他没带钱？少啰唆，赶紧给他送进去。"

经理满脸堆笑地离开。贺梅在酒店的吧台坐下来，点了一杯红酒，静静地看着玻璃窗外，已是深夜，雨不知何时已经停了，湿漉漉的街道反射着迷离的光线。

一会儿，经理又悄悄坐了过来，满脸堆笑地对贺梅说："你那个朋友来劲了嘿，正进着呢。他是咱北京棋社的郑文龙吗？"

贺梅没有说话。

经理尴尬地自言自语："那可是高手，是不是他一开始可能没适应过来。"

贺梅将杯中的红酒一饮而尽，起身上楼。

包间里的牌局已经结束，几个赌客各自收拾面前的筹码。郑文龙的面前，堆着一堆赢来的筹码。贺梅端着两杯酒进来，看了一眼筹码，问："赢了，多少？"

郑文龙一脸疲倦："没数，你来数吧。"

几位赌客脸色有些难看，王怀臣把他们几个送出了门。

贺梅收拾着筹码，说："行，你真行。"

郑文龙长舒一口气，似乎这才放松下来："我哪儿行，是你行！你晚来十分钟，我的裤衩儿都可能输掉！"

贺梅心情很好："这么晚了，万一你老婆知道了，怎么办？"

郑文龙说："你让我怎么办？你都到了这个地步，我还能袖手旁观？巧慈那边，我再想办法解释吧。"

贺梅低头沉默不语，过来一会儿才说："谢谢你啊，文龙。"

旁边的经理站在门口，王怀臣回来，低声问经理："你看他大概赢了多少？"

经理低声说："差不多一百个吧。"

王怀臣脸色有点难看。他调整情绪，坐到牌桌前。

"这都是你的。"王怀臣指着桌上一堆筹码说。

郑文龙看也没看这些筹码，说："我拿三十万，先把贺梅的欠款还给你。我再拿这些。其他的，就算了。"说完在筹码堆里拿了五个筹码。

王怀臣睁大眼睛露出不可思议的表情，贺梅也说："文龙，你不懂牌桌规矩。这是你挣的，就该是你的！"

王怀臣还是没失风度，说道："是，贺梅说的对。哥们儿也是道上混的，愿赌服输，该多少，就是多少。"

郑文龙把筹码推给他，拿着手里的几个筹码。口气坚决地说："我就要这几个，算是我今晚的出场费。其他的不需要，你们爱怎么处理，和我没关系。"

郑文龙站起来告辞道："我先走了。老战友，咱们后会有期。"

郑文龙走出酒店，来到大街上，深深吸了一口气，天都快亮了，空气中有湿漉漉的味道。

2

天都亮了，郑文龙一夜未归，一大早王巧慈就骑着自行车出门，早早地来到党校门口等三强。

三强回来，看见王巧慈在门口站着，神色严肃。

"嫂子，你怎么在这儿。"

"三强，郑文龙去哪儿了？"

看到王巧慈神情严肃，三强有些为难，也有些愧疚地说："他现在应该已经到家了。对不起，嫂子。"

王巧慈说："你不用替他打幌子，郑文龙是不是跟贺梅在一起？"

三强支支吾吾地说："他……其实是去会了一位老同学。"

"你们男人都是这样互相打圆场的吗？我来找你，不是要听你说这个的。"王巧慈打断了三强的话，"他昨天下午到晚上，连晚上的比赛都敢缺席，所有人到处找都找不到他。"

"嫂子，对不起。"三强无言以对，只能使劲地道歉。

王巧慈还是不依不饶，说："三强，如果你还当我是嫂子，那你就一五一十，跟我说实话。"

王巧慈听完了三强的解释，急忙赶回家中，看到桌子上散落的钞票，郑文龙正躺在沙发上睡觉。

听到王巧慈进门的声音，郑文龙醒了，翻身坐起来，对王巧慈说："巧慈，这钱你拿着，换一些日元带着，管不了大用，至少可以应急。"

王巧慈不冷不热地说："赌来的钱，我不要。"

郑文龙说："你也是堂堂一位女国手，我只是希望你到东京以后，不用陪着人家下棋赚钱。"

王巧慈冷冷地说道："那样挣来的钱也比这钱干净！"

郑文龙拿她没有办法，说："咱们不用争了，我就是恳求你拿着。"

王巧慈语气生硬："你自己留着吧，我不会收的。我刚去找过三强，他已经把事情的来龙去脉跟我说了。我知道你为什么要去赌钱。"

郑文龙知道瞒不住了，抱歉地说道："事情来得太紧急，我没来得及跟你解释。"

"你根本不用解释。看来，贺梅在你心里比围棋还要重要。"王巧慈道。

郑文龙叹气，头埋在胳膊里，有口难言。

"我要去上班了。"王巧慈抛下一句话，转身准备出门。

郑文龙连忙起身："我跟你一起去。"

"我看你不用去了。"王巧慈话带讥讽，"对你来说，名利、女人，这样的生活比枯燥的围棋有趣多了。"

王巧慈推门而出，重重地关上门。

清晨的街道，随着上班时间的到来，行人渐渐多了，王巧慈走在行色匆匆的人流中，耳边充斥着行人相互问候的声音，还有来往穿梭的自行车车铃声。她感觉自己仿佛将要被人流淹没，整个人轻飘飘的，仿佛一阵风就可以将自己吹走，吹到不知名的地方。她就这样恍恍惚惚地走着，脸上的泪无声地流着，身体被掏空，灵魂也不知所踪。

王巧慈就这样失魂落魄地来到棋社，何跃利和傅卫国还未找到郑文龙。傅卫国看到王巧慈一脸憔悴，也思虑重重，想问王巧慈什么却欲言又止。

何跃利问王巧慈："巧慈，昨天郑文龙到底去哪儿了？"

王巧慈有气无力地回答："还是等他来了问他自己吧。"

王巧慈走后，郑文龙也无心再睡，于是简单洗漱后也匆匆赶去棋社。到了棋社门口,郑文龙看到贺梅正在门口等着他,贺梅歪着脑袋看着眼前这个两肋插刀帮助自己的男人,眯着眼睛笑着说:"我给你打电话,没人,我就找来了,心想昨天你连比赛都缺席了,今天一定会来棋社。"

郑文龙看了看棋社,对贺梅说:"咱们换个地方说话吧。"

贺梅点点头:"嗯,那我们去后海走走吧。"

阳光和煦,河水泛波,柳枝在微风中像一根根轻轻拨动的琴弦。无声的乐章让贺梅陶醉,她想起了多年前曾多次和郑文龙在这里并肩而行,他们一起谈心,一起欢笑,一起憧憬未来。如今熟悉的场景在眼前浮现,她停下脚步,抬起头看着郑文龙。

"文龙,我真不知道该怎么谢谢你。"说完眼泪也流了下来。

"看你说的。你的忙,我说什么也得帮。"郑文龙赶紧帮她擦泪,略带责备地问:"这么大的事儿,怎么不早告诉我?"

贺梅低下头:"我都来不及阻止三强,没想到他已经跟你说了。"

郑文龙轻轻叹息:"没想到,你这些年过得这么不容易。"

贺梅眼泪又止不住流了出来:"我本来也不想让你知道的。"

郑文龙轻轻一笑:"你这个倔脾气,跟当年一样。"

贺梅破涕为笑,一下子紧紧抱住了郑文龙。郑文龙身体有些发僵,犹豫了一下,还是推开了贺梅。

贺梅抬起头望着他问:"你嫌弃我?"

郑文龙正色道:"我只是尽一个朋友的情谊,但现在这一切都已经翻篇了,你别多想了。"

贺梅心中不甘,问:"你为我放弃比赛,说明你心里还有我,只是顾忌家庭对吗?"

郑文龙摇摇头:"你真的想多了,我得回去了。我们改天再聚。"

贺梅从包里拿出一沓钱,递给郑文龙:"这是你的钱,给!"

"你留着吧,我够用。"郑文龙不等贺梅回答,赶紧离开这是非之地。

贺梅手里拿着钱，看着郑文龙离去，没有生气反而笑了。

"还和以前一样是个胆小鬼，一点都没变！"

郑文龙没去棋社，与贺梅分开后径自回家去了。回家又休息了一阵子，才把昨晚通宵欠的觉给补了回来，觉得精神了许多。想到这两天发生的事，也不觉心烦意乱，于是坐在棋盘前摆弄棋谱，想把乱纷纷的心情平静下来。

王巧慈下班回来，忙着整理家务，又是收拾郑羿半天，才停下来，却一直没有理睬坐在棋盘前的郑文龙。

郑文龙看着沉默的王巧慈，一脸无奈地说："巧慈，咱们能不能不闹了？这事情该说的我都说了，你还要让我怎么解释？事情真的不是你想的那样。我再说一遍：贺梅她摊上大事了，来找我帮忙，我如果不出手帮她，她不仅要倾家荡产，还有可能进监狱。我帮她只是看在发小的情分上，其他真的没什么。"

王巧慈听不进去："你不用解释了。我知道你和贺梅经历过一场不幸，如果真能找回过去的感情，也是你们的缘分，我可以平静地离开。"

郑文龙说："巧慈，你去日本留学，我想通了，这么多年你确实为这个家付出了很多，我没有理由再拦着你。但是，我觉得这两件事不能这么相提并论。"

王巧慈还是冷冷地说："有些事情，我不需要知道得那么清楚。我们谈谈条件吧。等我在日本安顿下来以后，我要郑羿跟着我。"

郑文龙有些急了："你这是什么意思？"

"你都打算跟贺梅好了，离婚不是早晚的事？你还想把孩子留着，天底下哪有这么两全的事。你还可以下你的棋，打你的比赛。那你想过我吗？我已经没有了围棋，如果连孩子都没有了，这公平吗？我一个人去日本，你以为我真的想那样吗？你替我想过吗？"王巧慈说得有些激动，语气也有点哽咽。

"我讨厌你把无关紧要的人牵扯进来，这样很没道理。我曾经说过，只要你高兴的事情我从来不拦你。所以，你想去日本我不阻止，也希望你能出去散散心，调整一下心情再回来。我还要怎么表达，才能让你理解和懂我的意思？"郑文龙觉得很无奈，百口莫辩的感觉。

"我和你说郑羿的抚养权，你不用和我扯别的。"王巧慈根本听不进郑文龙的这番话。

"可郑羿也是我的孩子，这事儿我没法让步。"

"即便是法律，也会支持孩子跟着母亲的。"王巧慈觉得话已经说完，起身要出门，"好了，不说了。我还要收拾行李。"

王巧慈走到卧室门口，郑文龙追上她，语气坚定地说："巧慈，你要什么条件都可以，但孩子的问题上，我绝不让步。"

王巧慈关上房门，将郑文龙晾在一边。郑文龙心情复杂，呆站了一阵，来到郑羿床边。郑羿已经熟睡，小脸蛋还带着满足的微笑，郑文龙长久地凝视着，伸出手轻轻抚摸着郑羿的脸蛋，禁不住眼泪掉了下来。

王巧慈收拾好行李，护照机票已经准备好了。她低头看到台灯下，一家三口的照片笑容灿烂，又打开旅行箱，把相框放了进去。

王巧慈走出卧室，在郑羿的房间门口，发现郑文龙微微颤抖的肩膀，和用手擦拭泪水的背影。王巧慈也非常痛苦，不忍再看下去，回到自己房间，暗自垂泪。

这注定是个不眠之夜。

3

阴天，首都机场。

终于到了离别的时刻，王巧慈推着行李车，身后跟着郑母、郑文慧、姜华，郑母手牵着郑羿，却没有郑文龙的影子。

郑母忍不住唠叨："这个郑文龙也太不像话了。"

王巧慈安慰道："妈，是我不让他来送的。"

郑母道："那他也知道你今天要走啊。他在这些事儿上就是个榆木脑袋。"

"奶奶，我代表我爸爸了！"郑羿懂事地拉着奶奶的手说。

看着懂事的儿子，王巧慈的眼睛有些湿润。

一行人在候机大厅，为办完登机手续的王巧慈送行。王巧慈和大家一一告别之后，又抱起郑羿叮嘱。

"郑羿，要多听奶奶的话啊，妈妈很快就会回来看你的。"

"那要不要听爸爸的话呢？"郑羿歪着脑袋问。

"当然要听，上学了还要听老师的话呢。"王巧慈说。

郑羿搂住她的脖子："妈妈，我不想让你走！"

王巧慈也舍不得孩子，搂着孩子轻轻说道："没关系，咱们很快就会见面的。"王巧慈在郑羿耳朵边悄声耳语，"下次妈妈回来，带你一起去日本玩，好不好？"

郑羿点点头，也在妈妈耳朵边小声说话："爸爸也去吗？"

见王巧慈摇头，郑羿不解，问："为什么呀？"

王巧慈想了想，说："因为……爸爸去过很多次了。你，还有妈妈，都还没去过，对不对？"

郑羿点点头。王巧慈小声说："这是我们俩之间的小秘密，不告诉别人，好不好？"

郑羿笑着点了点头，这时响起开始检票进站的声音。

郑母走过来对郑羿说："郑羿，妈妈该进去了，该跟妈妈说再见了。"

王巧慈放下孩子，对郑母说："妈，那我走了，给您添麻烦了。"

郑母慈爱地看着儿媳，笑着道："瞧你说的！放心走吧。"

王巧慈又亲了亲郑羿，朝安检口走去，在不远处又停下来，和大家招手告别，忍不住回头望了望远处，没有人出现。

华灯初上，王巧慈离开了，奶奶接走了郑羿，郑文龙家里一下子变得冷冷清清。郑文龙一个人坐在沙发上，心中满是失落。

一阵敲门声响起，郑文龙开门一看，何跃利和傅卫国站在门口，何跃利手里还拎着一瓶白酒。

"巧慈一走，家里就这么冷清啊！"傅卫国看见房间灯都没开，打趣道。

郑文龙一脸苦闷："你们就别再埋汰我了。这一天下来，什么事情都没干成。"

何跃利扬了扬手里的白酒，道："我估计你还没吃饭，这不就把卫国也拉来了，大家一起热闹热闹。"说完把食盒里的菜都放到餐桌上。

"西红柿炒鸡蛋，酱猪头肉，花生米，尖椒土豆片，还有卫国家里捎来的烧鸡，三人五个菜，可以吧？"何跃利一边摆菜一边说，"文龙，你去拿筷子和杯子。"

三人坐下，几杯酒下肚，郑文龙觉得自己苦闷的心情稍稍舒展了些，也把前些天为了贺梅而缺席比赛的事讲了出来，并真诚向棋社道歉。

听完解释，何跃利也没再说什么，只是说当时场面太被动，顶着巨大的压力，又有许多记者在场，弄不好就成了爆炸性新闻。

郑文龙赶紧端起酒杯一杯见底表示赔罪。何跃利也没再计较，端起酒杯说："过去的事情就不提了，但是另外一件事，你给我交个底，你和王巧慈之间到底怎么啦？"

郑文龙喝完手中的酒，看着何跃利和傅卫国："真想知道？"

何跃利说："因为王巧慈代表棋社去日本学习，你又代表棋社在比赛，你们俩都不能有一点闪失，作为棋社的领导你觉得我该不该知道？要是心里没个底，我这工作还怎么做？"

郑文龙说道："我发小摊上大事了，来找我帮忙，我如果不出手帮她，她不仅要倾家荡产，还有可能进监狱。我帮她只是看在发小的情分上，其他真的没什么。可是，巧慈误解了，以为我和她之间有什么见不得人的事情。这件事和没参加比赛是同一件事。"

傅卫国说："那你和巧慈说清楚不就没事了。"

郑文龙苦闷地说："说了，不听啊！"

傅卫国摇摇头道："不会啊，巧慈挺通情达理的。"

"唉，不提了。我现在是众叛亲离，活生生地变成孤家寡人一个。"郑文龙郁闷地喝光杯中的酒，"都是从小一个院子长大的发小，已经求到我这儿了，我不能无情无义，甩手不管吧？再说当年如果没有她的帮助，能不能回到北京都不一定，这份恩情我能见死不救吗？"

何跃利抬头问道："你说的是贺梅吧？"

郑文龙点点头。傅卫国问："贺梅是谁？"

何跃利笑着对傅卫国道："你那时候眼睛里只有棋盘，棋盘以外的事情，你都看不见。"

傅卫国对何跃利的话并没反驳，端着酒杯对郑文龙道："我不管贺梅是谁，你文龙是从我手里抢走了巧慈，你就得好好对她。你要是对不起她，我就和你绝交！"

郑文龙又是一脸苦笑，酒杯一碰，两人一饮而尽。

此时，在日本东京，王巧慈也安顿了下来。荒村为王巧慈找了宽敞的住处，但由于王巧慈的学习和生活费用由燕京棋社负责，因此王巧慈推辞了荒村的好意，自己租了一套四楼的小公寓，虽然面积小，但房租便宜。平时王巧慈就同棋社的老师一起教孩子们下围棋，自己也学习语言，学习日本棋社的教学方法。荒村也会在王巧慈休息的时间介绍一些陪人下棋的活儿，让经济拮据的王巧慈赚一些外快贴补生活。这样的日子比起北京来说，艰苦了许多，再加上王巧慈刚到日本，生活起居都需要适应，因此生活的辛苦让她颇感吃力，但是倔强的她咬着牙坚持了下来。

<h1 style="text-align:center">4</h1>

贺梅请郑文龙去家里做客，郑文龙犹豫了一下，还是去了。

贺梅做了满满一桌子美食，让郑文龙有些惊讶，尝了之后更是连连称赞贺梅的手艺。贺梅为郑文龙盛上一碗乌鸡汤，一边得意地说："在福州不是闲得慌吗？我也没学会什么，就是做饭，煲汤。"

郑文龙尝了一口汤，称赞道："美味啊！"

贺梅歪着脑袋看着郑文龙，一副看不够的样子："我发现呀，你们棋手都是爱吃爱喝的人，什么原因？"

郑文龙颇为得意地说："热爱生活，极其热爱生活。"

贺梅关心地说："可我看你们棋手的生活也挺清苦的。"

郑文龙点点头："是啊，下棋确是非常枯燥的一件事儿，所以更得热爱生活。尤其喜欢美食，还有美酒。"

贺梅一听连忙站起身来去拿酒："哟，你这是要酒喝呢？瞧我，怎么把酒忘了！红酒怎么样？"

郑文龙默许，贺梅给郑文龙斟满一杯红酒，郑文龙举杯同贺梅碰了一下，说："棋手训练比赛消耗巨大，一场比赛下来掉三四斤肉很常见，所以都能吃。"

贺梅给郑文龙夹菜，郑文龙胃口不错，边吃边说："好久没正经吃过一顿这样的饭了。自从……"话说一半又咽了回去，尴尬地笑了笑。

"你多吃点。"贺梅看着只顾低头吃菜的郑文龙，眼中满是爱意。

郑文龙抬头感激地看了贺梅一眼，又低下头大口吃起来。

贺梅起身，放上一张老唱片，音乐舒缓地响起，气氛又柔和暧昧起来。

郑文龙已经酒足饭饱，离开饭桌子，走到沙发前坐下。贺梅斟满红酒，将郑文龙的红酒杯递给他，两人轻轻碰杯。

"你下个周末有空没有，我请你去看场话剧吧？我们部队的戏。"在酒精的作用下，贺梅脸颊微微泛红，柔声说道。

"我不懂戏，万一睡着打起呼噜来，岂不给你丢脸？"郑文龙俏皮地补充说，"我是一点文艺细胞都没有。"

"因为你的心思全在围棋上了。"贺梅很理解郑文龙，知道除了围棋他连生活都不擅长，更别说话剧了。

郑文龙突然想起什么，说道："对了，我们棋社下周搞个国庆联欢会，小棋手们吵着让我出节目呢。要不，你帮帮我吧？"

"怎么帮？"

"去唱首歌吧，用你的专业水准，把他们全震住。"

刚好唱片机里邓丽君的歌曲《往事只能回味》响起来。

邓丽君柔美的声音溢满房间，两人静静地听着。贺梅走到郑文龙旁边，做了一个邀请的手势，郑文龙也配合地站了起来，两人随着轻柔的抒情音乐跳起了交谊舞。

> 时光已逝永不回，往事只能回味，忆童年时竹马青梅，两小无猜日夜相随。春风又吹红了花蕊，你已经也添了新岁。你就要变心像时光难倒回，我只有在梦里相依偎。
>
> 时光已逝永不回，往事只能回味。忆童年时竹马青梅，两小无猜日夜相随，春风又吹红了花蕊，你已经也

添了新岁，你就要变心像时光难倒回，我只有在梦里相
依偎……

　　贺梅轻轻靠在郑文龙的肩上，气氛有些暧昧，让人心生遗
憾的歌词却引起了贺梅的不快。她停下来去调整唱针，要换一
首曲子。
　　郑文龙趁机说："酒足饭饱我得回单位了。"
　　"你就这么着急吗？"贺梅刚换了一首歌，一听郑文龙要走，
很失望。
　　"时间不早了，单位事情一大堆。别忘了，国庆节联欢会啊。"
郑文龙没有给贺梅挽留自己的机会，起身出了门。听到关门声，
贺梅心情异常失落。一首新曲子正悠悠响起，是邓丽君的《我只
在乎你》：

　　　　任时光匆匆流去，我只在乎你。心甘情愿感染你的
　　气息，人生几何能够得到知己？失去生命的力量也不可
　　惜。所以我求求你，别让我离开你，除了你，我不能感
　　到一丝丝情意……

　　转眼国庆到了，棋社举行联欢会，会议室里张灯结彩，黑板
上写着国庆联欢会字样，桌子上摆着瓜果梨桃，棋手们围坐在会
议室里，一派喜庆的节日气氛。姜华正抱着吉他自弹自唱《是否》，
一曲唱罢，听得大家鼓掌叫好。周佳兰和傅卫国被簇拥着上台，
大家要求夫妻俩共唱《天仙配》，傅卫国没什么音乐细胞，一脸窘
相站在台上，周佳兰连忙替他解围，准备独自表演节目。
　　郑文龙看了一会儿节目，起身出门，今天和贺梅约好了过来
表演节目。贺梅站在传达室外面向里面张望，看到郑文龙走过来。

"你来得正好。走，进去跟我看节目。"

贺梅有点不好意思地说："都是你们单位的人，算了吧。咱出去走走吧。"

郑文龙："那又怎么了？咱俩认识的时间，可比他们都长。走，我还要请你大家给表演个节目呢！"说罢不由分说拉着贺梅往棋社里走。

会议室内，周佳兰正在台上表演节目，郑文龙拉着贺梅悄悄进来，两人在旁边坐下。

周佳兰唱完之后，大家鼓掌齐声叫好，周佳兰鞠躬致谢。主持人何跃利走上台来，说："还有谁给表演个节目？文龙，来一个吧？"

郑文龙笑着说："我没有艺术细胞，我这位朋友是专业演员，请她来唱一首好不好？"

热闹的人群一下子安静了下来，大家才注意到现场多了一位不速之客。周佳兰打量着贺梅，明显不是很待见贺梅，说道："哟，这不是拆我台吗？我刚唱完了，就让专业演员接着唱！"

贺梅有些尴尬，她拽拽郑文龙的袖子说道："我不唱了吧。这里也没有伴奏，不能清唱。"

"对啊，专业歌手，没有伴奏怎么行！"周佳兰话里带刺地说。

何跃利见状忙打圆场道："没关系没关系，大家来做个小游戏吧，都热闹热闹。我们分成两队，一队傅卫国领头，一队郑文龙挂帅，下一盘连棋比赛，体现咱们棋社团结协作、奋勇争先的传统！每个人都参加，不许有掉队的！我当裁判，好不好？"

现场的小棋手们都放下零食，来了精神。

不一会儿，棋盘已经摆在会议室中央。人群开始分成两队，准备连棋比赛。

贺梅一脸迷惑地对郑文龙说："我就不参加了吧？我不会下棋啊！"

马大姐放下瓜子，趁势凑热闹道："参加参加！我也不会，不是也照样参加？没听社长说话了，一个不落，全数上场！"

这时两边队伍已经分开站好。傅卫国下了第一手棋，郑文龙接上一手。两队棋手排队，轮流下出一子。大家轻松地说笑着。轮到贺梅，她手忙脚乱，随便放了一子，旁观几个小棋手忍不住笑出声来，让贺梅十分窘迫。

两队人排着队轮流下子，队伍里也在窃窃私语。大家都在打听郑文龙带来的这个女人是谁，不一会儿大家都弄清楚了，气氛也悄悄发生了变化。又轮到贺梅，她拿着棋子不知如何下手，只好风马牛不相及地下了一子。郑文龙队伍里的小棋手有些愤愤不平，有人在嘀咕："你不会下棋就别参加，这不是拖我们后腿吗！"

郑文龙连忙打断："较什么真儿啊！就是玩儿！"

贺梅听了心里也觉得抱歉，等又轮到她下棋时，她停下来说："对不起啊，要不然我就别下了。"

本来快速轮转的队伍突然停止不前，大家突然愣了，都注视着贺梅。

马大姐在后面说："哎，别呀，你不下了，我也就落单了。"

周佳兰在后面看着，冷冷地说道："既然来了，那你就下呗！"

周佳兰讲话有点挑衅，郑文龙有点看不过去，想去打圆场，被何跃利拉着往外走。

郑文龙来到门口，看见老社长韩德昌脸色阴沉地站在那里。

"文龙，这位女士就是你的那个青梅竹马？"

郑文龙略一迟疑，点点头。

韩德昌沉声道："巧慈刚走，你就把这女的带到棋社里来，恐怕不太好吧？"

郑文龙说："棋社里开联欢会，我请老朋友来助兴，怎么了？"

韩德昌冷哼了一声："恐怕没这么简单吧？"

郑文龙道:"我和贺梅,不是你们想的那样。"

韩德昌顺势说道:"你原来知道我们是怎么想的啊!巧慈前脚刚去日本,你后脚就这么办,你让我们怎么想?"

郑文龙牛脾气也上来了,说道:"我不管你们怎么想,我还就不信了,我和贺梅,怎么就碍着你们了?"

韩德昌也生气地说:"文龙,我不管你们什么关系,但今天你把她带到单位来,这很可能就是你的一步败棋,你想好了?你可是大国手啊!"

郑文龙不服气:"君子坦荡荡,我就不信邪。"

韩德昌叹了口气,说:"文龙,我们认识快三十年了,我一直觉得咱爷儿俩很熟悉,很了解,很投合,我这才退休多久啊?但是今天回来,特别是现在,我突然觉得不认识你了。"

韩德昌是真的生气了,何跃利见状连忙打圆场:"韩社长,文龙他……"

韩社长一挥手打断了何跃利,道:"乌烟瘴气的,以后这种活动别再叫我来添堵!"说完一甩手,气呼呼地走了。

剩下何跃利一脸错愕,郑文龙也表情复杂。

从棋社出来,郑文龙觉得今天把贺梅请来参加联欢会,却遇到这么多不愉快的事,心中有些过意不去。贺梅提出一起去后海散散步,郑文龙没有拒绝。

一路沉默。贺梅的情绪有些低落,郑文龙看在眼里,歉意地说:"今天让你不痛快了,你不说,我也心里清楚。"

黄昏的天空一片绯红的晚霞,倒映在湖水中异常美丽,贺梅看着眼前的景色,轻轻地说道:"其实,今天的结果,我早都料到了,甚至更坏的情况也都设想过了。你只管放心,这点事情不算什么。"

贺梅说得很轻松。郑文龙听得很感动,低头道:"对不起,都是我没把事情没考虑周到，你千万别往心里去。"

贺梅摇摇头，转身看着郑文龙的眼睛，说道："我不在乎别人，你心里怎么想的才是我最在意的。"

一辆自行车从他们身边急速驶过，郑文龙把贺梅拉到路边，贺梅顺势拉住了郑文龙的手，郑文龙却轻轻挣脱，这让贺梅心中又是一阵失落。两人不再说话，默默地往前走。

傅卫国、周佳兰挽着手，经过后海散步回家。周佳兰说："卫国，我觉得你很奇怪，今天的事情，你怎么一点都不生气似的？我都气得直发抖了，你没感觉到吗？"

傅卫国说："这不是一个气字就能表达清楚的。我就是觉得吧，文龙是没把事情想周到，也没好好和巧慈解释清楚。他和那个贺梅以前真没事。但是，今天突然把人带到棋社来，而且在众目睽睽之下。现在倒好，全单位都传开了，事情就不是一句两句话能说清楚了。人言可畏啊！如果再这样下去，文龙就真的完了。"

"这就是惩罚！假如你在棋盘上走了一步恶手，那你说结果会怎样？道理是一样的，你不受惩罚才怪呢！巧慈前脚刚走，这才几天，新欢就迫不及待粉墨登场了！"周佳兰心中仍然愤恨难平。

两人面对面，站在后海的汉白玉栏杆旁。周佳兰有点担忧地看着傅卫国，说道："卫国，我们俩，会像巧慈和文龙那样吗？"

傅卫国替周佳兰把吹乱的头发别到耳后，轻轻说道："不会的。相信我，佳兰，我们是一起共患难过来的，感情有积淀。王巧慈为郑文龙牺牲太多，而郑文龙一路走得太顺，不懂得珍惜。"

傅卫国的话让周佳兰很感动，她轻轻搂住了傅卫国。就在这时，两人惊奇地发现，郑文龙和贺梅迎面走了过来。

周佳兰的脸色一下子变得极其难看，恨恨地看着郑文龙和贺梅两人从旁边走过。傅卫国也一脸错愕地看着两人从面前过去，忘记了打招呼。

5

郑文龙一时间成了众矢之的，这里面包括周佳兰、姜华等人明着就不给他好脸色，还有一些小棋手虽不敢明里怎样，但背后也是议论纷纷。这可急坏了何跃利，郑文龙是棋社的头牌，这一闹不能服众不说，还会离散队伍的军心，让刚刚有了些凝聚力的团队有了松散的迹象。特别是跟着郑文龙学习的一帮小选手，之前对这位大国手甚是崇拜，可现在却有偶像坍塌的感觉，整个人都提不起劲来。再加上郑文龙被这件事困扰着，自己也是心不在焉，别说带队伍，自己训练都成了问题。

这样下去不是办法，何跃利决定找大家做做工作。他先找到周佳兰，让周佳兰在王巧慈面前说话注意一下，不要把郑文龙联欢会的事情告诉王巧慈。谁知周佳兰心中气愤难平，给郑文龙一顿好骂，还将联欢会后在后海看到郑文龙和贺梅一起散步的事也说了出来，顶得何跃利哑口无言。

救火不成的何跃利正在办公室闭目养神，傅卫国急匆匆赶来，说姜华马上要去日本参加世界围棋锦标赛了，得和郑文龙商量商量对策，可是四处都找不到他人。

"可能又躲在家里打谱吧。"何跃利一脸无可奈何地说。

"文龙就不能闲着，不能松下来，不然他就会生事。联欢会那天的事儿，大家都看到了，影响实在是太坏了，这让棋社上下怎么看他和巧慈？还有，联欢会后两人还明目张胆在后海逛，我都懒得说了。"傅卫国也是一副痛心疾首的样子。

"看来这纸包不住火啊。卫国，我现在没有别的想法，就是希望你能带着下一辈棋手争口气，让他郑文龙看看，地球离开他照样转。"何跃利听傅卫国这么说，看来周佳兰所说的也坐实了，气就不打一处来。

傅卫国宽慰何跃利："跃利，你消消气。我当他大师兄当了半辈子，最了解他了。现在不是置气的时候，再怎么说这次世界围棋锦标赛我还希望姜华和郑文龙能会师决赛呢，我去找他谈谈。"

何跃利点头道："现在关键是不要把火引到巧慈那边，否则就别想压住。"

傅卫国想到王巧慈的好姐妹周佳兰，摇摇头叹息道："难啊，太难了。"

棋社后院花圃边，傅卫国赶上郑文龙。

"文龙，你们在后海的散步，让佳兰看见了，我解释了半天也没用。"

郑文龙听这话，苦笑道："周佳兰对巧慈的姐妹之情，十几年如一日，也是没得说了。"

傅卫国不无担忧地说："你和巧慈，就没有挽回的余地了？"

郑文龙一听来气了："你怎么也这么说？什么叫没法挽回？这都是什么话啊？"

"可你这一茬接着一茬，让人看得眼花缭乱，大家可都不自觉地往那个方向想了。"

"这事你得让周佳兰问王巧慈去，大家误解我都理解，可我解释了根本就没人听啊。巧慈是抬脚就走了，我这正常的交往被说三道四，我的一举一动怎么就牵动这么多人的神经啦？让我现在往前走也不是，往后走也不是的。"郑文龙满腹苦水，却倒不出来。

"什么叫往前走往后走？那个贺梅是你青梅竹马，你这是在走回头路啊？"

"我和贺梅也是一段孽缘。当年，姜华把贺梅从福州军区给我寄来的信全给烧了，我们俩那段路当时就没有走通，现在更不可能。"

"当初和王巧慈这条道是你自己选的，那现在这条道你打算怎么走？"傅卫国有些同情地看着郑文龙。

郑文龙叹了口气："唉，婚姻是两个人的事儿，不是我一个人说了算。我曾经说过，只要巧慈喜欢的事情我都会尊重，以前这样，现在也没变过。所以，选择权在她手里，我说了不算。"

两人都陷入沉默。

傅卫国说："说实话，我有一种预感，如果离开王巧慈，你的棋艺也就到头了。"

郑文龙注视着他："卫国，我可不怕诅咒，你接着说。"

"文龙，你知道一盘棋下到什么时候最危险？"傅卫国问。

"领先的时候。"郑文龙想都没想就回答道。

"对，当你占优势的时候最危险。那时，反而不会下棋了。"傅卫国认同。

"没错。所以那叫平庸棋手。"

郑文龙的回答让傅卫国很是不满。他站起来说："对，我们都是平庸棋手，只有你是大国手。我倒要看看，你能下出怎么一手高棋！好自为之吧！"

看着傅卫国走远，郑文龙摇摇头正欲转身离开，身后有人拍他肩膀，转身一看是何跃利。郑文龙跟着何跃利来到办公室，何跃利给郑文龙倒了一杯茶，不无担心地说："看你最近心神不宁的，你准备怎么处理这些事啊？"

郑文龙垂头丧气地低头喝茶，也不知道怎么回答。

何跃利坐到郑文龙旁边，思考了一下说："想来想去，我看根源就是贺梅。"

郑文龙抬起头来，瞪着眼说："我的何社长啊，你能不能别把不相关的人拉进来啊？我再说一遍，贺梅和这事没关系，这是我和王巧慈之间的事情，你把人家往里头拽干什么？"

"你还在为她找借口？"

郑文龙是真急了，瞪圆了眼睛说道："国庆节联欢会，是巧慈去日本之前，我就邀请她的，她来是兑现自己的许诺，没想到却演变成一次集体刁难，整个棋社谁给过她好脸色？我们燕京棋社什么时候变得这么不近人情了。人是我郑文龙请来的，既然大家都不欢迎，那我忍了，我把人送回去，可两人路过后海又被说成谈情说爱了。又是误解，又要解释，反反复复，你不觉得很无聊吗？现在连你也对我疑问重重，请问我还要不要代表燕京棋社比赛？我还需不需要有自己的时间来思考棋局？那好，我躲回家里不想面对这些烂事，又说我在逃避，脱离群体搞个人山头。那么我请问何社长，我该怎么做？"

何跃利静静地听着郑文龙的一大堆牢骚，似笑非笑地说："你说得都有理，都对！那我倒要看看你准备怎么处理。"说完走到窗边，然后指着传达室的方向，一脸笑容，"瞧瞧，贺梅又来找你了。"

郑文龙一挥手，没好气地说："没有预约，一概不见。我还要准备比赛，现在孩子都是我妈帮忙带，忙得都没时间回去看他们，哪有时间天天陪她回忆过去啊！"

"这么大反应干吗？"何跃利一脸错愕，"对了，姜华马上就要去日本参加比赛了，你作为他的师父，是不是应该和他研究研究对局？"

"他啊，看到我像看到仇人一样，我哪里还能和他一起研究？"郑文龙说，"他跟他巧慈姐穿的是一条裤子，我看他恨不得扒了我的皮才是。"

郑文龙说完后，往办公室门外走，走了一半又折回来，将一沓日元放到何跃利桌上，说道："你把这些日元让姜华带给巧慈吧。"

"还是你自己去找他吧。"

"我烦他，净添乱。"

何跃利拿了个信封把日元放进去，然后重新递给郑文龙道："你现在要做的就是让姜华把钱带给王巧慈，这是原则问题。姜华他带不带，巧慈她要不要，都和你郑文龙没关系。为了别再产生误解，你还有其他选择吗？"

6

日本东京，王巧慈刚刚指导完两位女士的围棋，从酒店的会所出来，步履匆匆。

这是她在东京这段时间的生活常态。除了在棋社学习之外，荒村和藤原等人也为她介绍了一些指导围棋爱好者下棋的活儿，虽然东奔西走，无固定的工作地点，但是也能赚取不少指导费，补贴生活。

从酒店大堂出来，王巧慈碰到了藤原。

"郑夫人。"藤原首先躬身打招呼。

"藤原先生，您好。"王巧慈也客气地跟他打招呼。

藤原打量了一眼王巧慈，关心地问道："郑夫人，下课了？那两位欧巴桑还好应付吧？"

"二位太太人非常和善，很好相处。谢谢藤原先生的引荐。"王巧慈礼貌地表示感谢。

"这些家庭主妇下棋只是附庸风雅罢了，我给郑夫人介绍一些真正热爱围棋的老板，如何？"藤原言语中有些得意。

王巧慈还是礼貌性地回答："谢谢藤原先生了。"

"我等下要去跟出版社的村上老总下棋，不如同行？"藤原趁机说道。

"改天吧，感谢藤原先生的帮助。"王巧慈推辞道。

"我的车来了，送你一程吧！"藤原伸出手做了请的动作，王巧慈不便推辞，登上了藤原的车。

藤原和王巧慈都坐在车的后座，藤原也礼貌性地给王巧慈介绍一路的街景，聊天之际不失时机地说："王巧慈女士，等会儿我要在那个温泉会馆跟村上老总下一盘指导棋，不如将这个机会让给王巧慈九段如何？"

"我在围棋方面没什么建树，比起藤原先生就差远了。"王巧慈礼貌地回答。

藤原继续说："我已经与村上老总对局多次。这一次，我想，出版社的村上先生更愿意与您这位来自围棋故乡的中国女棋手下棋的。"

"恐我能力不足，还是算了吧。"王巧慈仍然推辞。

"可只陪那些欧巴桑下棋的对局费，恐怕还不及这盘指导棋的一个零头。难道王巧慈女士真的没有兴趣试试吗？"

丰厚的报酬，让王巧慈的回答有些迟疑。犹豫之际，汽车已经向着温泉会馆大方向驶去。

到了温泉会馆，村上已经安排了与藤原、王巧慈共同进餐。

村上殷勤地给王巧慈敬酒："没想到能与大名鼎鼎的郑文龙的夫人一起进餐，不胜荣幸！"

藤原冷笑着自嘲道："是啊，连我都是他的手下败将呢！而且不止一次。"

"如果我没记错的话，是三次。"村上补充道。

"是！三次。"藤原仿佛低头谢罪般回答道，然后抬起头举杯敬王巧慈，"不过，那都是我与郑文龙的交锋，跟王巧慈女士没有关系。"

藤原给村上正式介绍王巧慈道："王巧慈九段，也作为中方代表参加过'擂台赛'。今天的指导棋，你们两个手谈一局，如何？"

"荣幸之至！"村上大喜，又向王巧慈举起了酒杯，王巧慈只好喝下，一连喝下了三杯，王巧慈有些不胜酒力。

用餐中途，藤原与村上一同离席去洗手间，村上带着几分醉意对藤原说："藤原兄，郑文龙的太太，还是颇有几分姿色的嘛。"

藤原看了他一眼，说："村上君喝多了？"

村上一脸猥琐地笑："别以为我看不出来，你把一个女人带到这种地方来，是什么意思？"

藤原假装不知："我能有什么意思？"

"别装了，我们是日本男人。她的丈夫郑文龙，在'擂台赛'上连胜了你三次。"村上拍拍藤原的肩膀，"放心，我会帮你的，嘿嘿。"

村上离开，藤原的脸上出现了一丝难以捉摸的笑。

用餐完毕，村上似乎忘记了对局的事，还请上了艺伎跳舞助兴，一曲结束，藤原再次端起了酒杯，王巧慈只得又喝了一杯。

"咱们今天什么时候开始对局啊？我等会儿还要赶地铁。"王巧慈提醒藤原道。

藤原道："今天村上先生难得高兴。围棋本来就应该是像酒和诗一样快乐的活动嘛。"

王巧慈暗暗皱眉。村上接过话说："对了，你这么说，倒是提醒了我。酒，可不能喝闷的呀！"说完解开衬衫扣子，对侍者招了招手，又做了个手势，侍者领会意思，转身出门，两个穿着和服的姑娘出现了。

村上左拥右抱，两个陪酒女在村上身边嘻嘻哈哈开始劝酒，暧昧的音乐响起，艺伎又开始舞蹈，村上拥着两个陪酒女晃着脑袋，一副享受的模样。

藤原看时机已到，趁着王巧慈低头之际，把手搭上王巧慈的肩膀。王巧慈一愣，连忙挣脱藤原的手，拿起包，跑了出去。

王巧慈一脸怒容，跑向酒店门口，藤原从后面追出来。

"王巧慈女士，请留步。"藤原叫住王巧慈。

"对不起，我要回去了。"王巧慈努力克制着自己。

"我送你吧。"藤原说。

"不必了。我自己会去搭地铁。"王巧慈冷冷地拒绝。

藤原拿出钱包，抽出几张钞票，"这些请收下。"

王巧慈没有理会，继续往前走，藤原上去拉王巧慈的手。

"藤原先生，请您自重。"王巧慈甩开他。

王巧慈的这句话让藤原有点恼火。他有点挑衅和轻佻地回答："王巧慈女士，你也不必这么介意，我想现在我们两人的关系，就应该是一个男人和一个女人之间的关系。"

王巧慈没想到藤原会说出这样无礼的话，愤怒地盯着藤原，藤原装作不在意，看了看时间，轻佻地说道："时间已经这么晚了，我看，王女士不如也入乡随俗吧。"

王巧慈明白藤原的意思，转身头也不回地离开了。

王巧慈几乎是跑着离开温泉会馆的。来到东京的大街上，她看着夜晚来往如织的车流，迷离的车灯像一双双冷漠的目光，扫过她单薄的身体，又麻木地移开，未做任何停留，就消失在远处夜色中。一阵深深的孤独感袭来，将她身上包裹的仅剩的一丝坚强击碎，愤怒、委屈、无助、悲伤，所有的情感都涌了上来，泪水也模糊了她的双眼。

拖着疲惫的身躯回到公寓，王巧慈感到头重脚轻，一头栽倒在自己的小床上，如释重负地放松下来，昏昏沉沉地睡去。

一觉醒来，王巧慈感觉自己头疼欲裂。她起身想倒杯热水，却发现水瓶中是空的，无奈之下只好接了一杯凉水喝下，又无力地躺回床上。这时响起一阵敲门声，王巧慈挣扎着起来打开门，原来是姜华。王巧慈看到姜华，悲喜交加，泪水一下涌上眼眶。

姜华进门，环顾了一下小屋，说道："巧慈姐，这真像鸽子窝啊，比咱们棋社宿舍小一半多了。"

王巧慈苦笑了一下，说："你怎么找来的？"

姜华："我打完比赛，去东京棋社找你，荒村给了我地址。我就按照地址寻了过来。巧慈姐，你这是怎么了？"

王巧慈摸了摸额头："没事，就是有点头痛，老毛病了。比赛结果怎么样？"

姜华说："我赢了。如果郑文龙在北京再赢了松山茂，我们就在世界锦标赛的决赛会师了。"

王巧慈默默地点了点头。

姜华看着王巧慈憔悴的模样，说："姐，你瘦了。一个人在东京，很辛苦吧？"

王巧慈感到鼻子发酸，深深地吸了吸气，说："其实不算辛苦，有空了就学学语言，出去下下指导棋，荒村、春日给我介绍了一些棋迷朋友。"她不希望在这个话题上继续聊下去，就问姜华："咱们棋社怎么样？大家都挺好吧？"

姜华点点头道："都挺好的！只是，郑文龙他……"

"别跟我说这些事情，我不想听。"王巧慈打断了姜华的话。

姜华一时不知说什么好。王巧慈从宿舍翻出一包东西，递给姜华，说："这是给你们买的东西，我想托你带回去。有给你的，给小妹的，给妈的，和郑羿的……郑羿，他还乖吧？"

一提到孩子，王巧慈再也忍不住了，转身跑进卫生间，眼泪簌簌地往下掉。

姜华站在卫生间门口，手足无措。好一阵子，王巧慈收拾好情绪，从卫生间出来。姜华掏出一个信封，递给她。

"这是他们给你带的日元，我如数转交了。"

王巧慈看了一眼信封，说："要是他的钱，我就不要。"

姜华如实地回答："也有他的。"

王巧慈态度坚决："我不要。"

姜华说："姐，干吗不要？需要就要，这是他应该给的，别以为跟施舍行善似的。拿着。"

王巧慈不依："要不，你就把他的那些拿出来。"

姜华只好随意抽出一沓，把信封塞给王巧慈。

王巧慈背过身去，声音还是有些哽咽："你回去，告诉他，我不要他的钱，我要我的孩子。"

姜华看到王巧慈床头的枕头下，露出他们一家三口的合影照，顺手把钱塞到了枕头下。

7

世界围棋锦标赛中国赛区的比赛现场。

郑文龙没有让大家失望，兵不血刃地战胜了松山茂。韩德昌很高兴，终于在世界大赛上实现了中国棋手会师决赛的壮举，何跃利作为新一任棋社社长，也很欣慰不负老社长的嘱托。

在世人都将关注的目光投向世界围棋锦标赛的时候，有一项比赛也在低调地进行，那就是曾经让郑文龙一战成名的"大国手"比赛。此时在上海举行的大国手预选赛，获胜的人将获得向上一届大国手挑战的资格。而让燕京棋社惊喜的是，傅卫国一路过关斩将，最终成为预选赛的胜者，获得了向郑文龙挑战的机会。韩德昌等人心里很清楚，这对从生死边缘走回来的傅卫国来说，有多么不容易。而对于围棋爱好者来说，同门师兄弟之间的较量无疑又将成为一次万众瞩目的盛事。

就在傅卫国如愿以偿获得挑战"大国手"资格时，姜华也信心满满地计划着在锦标赛决赛中打败郑文龙，而且他还冥思苦想出一条锦囊妙计。

就在大家都在摩拳擦掌之际，郑文龙却悄悄地做了一个决定。在一个宁静的早晨，他登上了飞往日本的飞机。

残阳如血，东京荒村的家门口，荒村老先生正站在门口等着谁。一辆黑色轿车悄无声息地驶来，停在棋社门口，荒村迎了过去。

侍从将车门打开，郑文龙从车上下来，看到早已等候多时的荒村，连忙行礼。

"郑君专程拜访，在下不胜荣幸，里面请！"荒村爽朗地笑着，将郑文龙迎进棋社。

室内香烟袅袅，琴声悠远，让郑文龙旅途的劳顿顿时消除了许多。老朋友相见，自然要对弈一番。

与当初擂台赛的时候相比，郑文龙现在的棋艺精进了很多，这让荒村忍不住夸赞道："虽然日本国的棋道盛行不如前些年，像郑君这个级别的棋手在日本国，据我所知，已经很难找出来了。"

"荒村会长过奖了，像您这样的棋手，一生都是我学习的楷模。"郑文龙谦虚地说。

"哈哈，我这个'农民'缺少胸怀，惭愧惭愧。"荒村说。

"别忘了，我也是'农民'。"郑文龙笑道。

"郑君，咱们喝酒。"荒村站起来，带着郑文龙来到榻榻米边，两人相对坐下，桌上早已准备好了温好的清酒。

"接到郑君电话，没来得及准备好食材，由此怠慢了郑君，很对不住。"荒村端着酒杯说道。

"是我突发奇想，给会长您添麻烦了。"郑文龙也举起酒杯，两人对饮一杯。

"按照日本国对棋道的习俗，郑君这次拜访日本国，东京棋院应该有更高的接待规格。既然不让声张，那么我可以理解为私人拜访。那私人拜访，为何又不让郑夫人知道？而且郑夫人就住在附近，所以冒昧请教郑君。"荒村问道。

"我夫人选择来东京学习，一定有她自己的思考，就如你决定落子，一定有自己的思考，哪怕是一步臭棋，也不希望被别人指指点点干扰。她是我夫人我关心她是理所当然的。所以，我选择站在离她最近的地方远远观望，不会冒昧去影响她。所以后面的时间，还得劳烦会长。"郑文龙说。

荒村静静听着郑文龙的解释，然后轻轻叹了口气，道："听从郑君安排，请再饮一杯。"

琴声响起，隐隐透出一丝苍茫。窗外的夜色，一片宁静祥和。

其实郑文龙做出这个决定，是经过深思熟虑的，也许妻子王巧慈这次远走日本有一些负气的成分，但郑文龙心里知道这也是她的愿望。作为一名围棋棋手，她为了家庭和孩子放弃了自己最爱的围棋，但并不代表她在围棋这条道路上没有了追求，培养下一代棋手也是一个很伟大的梦想，所以郑文龙愿意支持她。这次临时决定来日本，也是希望能够远远地看一看妻子在日本的学习和生活。就远远地欣赏，不走近，不打扰。

在荒村的帮助下，他趁着王巧慈外出的时间，走进那间局促的小屋，看到拥挤的房间内简单的陈设，床头小桌上，端放着那张三人的全家福照片。照片里，妻子正微笑着，无限温柔，郑文龙的眼眶禁不住湿润了。

一整天，郑文龙在荒村的陪伴下远远地看着王巧慈做的一切。从清晨离开公寓开始，王巧慈就赶往棋社办公室，处理一些工作和学习任务，然后离开办公室，步行一段时间前往棋馆，指导一些日本小孩下棋。郑文龙看到她站在棋馆外面，等着孩子的父母将孩子送到棋馆，从他们手中接过孩子。这个时候的王巧慈，脸上流露出真诚的笑容，看得出她很喜欢孩子，也很享受这份陪伴孩子们学棋的时光。一时间郑文龙的眼泪忍不住淌了下来，他看到了一个完全不同的王巧慈，那个比曾经的国手更动人的妻子。

时至黄昏，王巧慈才从棋馆出来，匆匆赶往荒村的办公室。荒村告诉郑文龙，每天这个时间王巧慈都会向他汇报，然后结束一天工作。郑文龙默默地跟在王巧慈身后，见证了她一天的工作和生活，时而疼爱，时而感触，这些都被荒村看在眼里。荒村惊讶于郑文龙的举动，但也被这个男人的做法深深感动。

"应该感谢郑君，这一路上我一直在思考，感触颇深！"送别郑文龙时，荒村由衷地说道。

"感谢荒村会长一路相陪。"郑文龙表示感谢，笑着说道，"那您就把郑文龙这次东京之行看作一场梦，我们是在梦里相见的。"

"郑君，这次东京之行，不是一场梦，这一天下来的体验对我这个'农民'来说是前所未有的奇妙之旅。"荒村无限慨，让随从拿出准备好的相机，说道："就让我们的这次见面留下一张珍贵的合影吧？"

一老一少两位朋友站在荒村的家门口，留下了一张难得的合影。

"还请会长不要将我此次的行程告诉我夫人，为我保守秘密。"郑文龙说道。

"当然，这是我们的秘密。"荒村道，"祝郑君一路平安。"

郑文龙又悄无声息地回到了北京，不过他的心里更加笃定了。

8

郑文龙回到北京，何跃利告诉他傅卫国拿到了"大国手"出线权，郑文龙听到消息很惊喜，感慨师兄终于走出了低谷，重拾自信。何跃利倒是担心郑文龙能否应付过来，"世锦赛"和"大国手赛"的决赛一个在北京，一个在深圳，两个赛程一前一后紧挨着，两面作战连喘口气的时间都没有，这对郑文龙来说无疑是一种考验。

郑文龙不以为意，笑着说反正是随时应战，来者不拒。

谈笑间傅卫国推门而入，刚好听到了郑文龙的话，师兄弟之间自然免不了一顿嘴仗。嘴上说归说，可在心里郑文龙真心为师兄重新站上大国手决赛的赛场感到高兴，也真心希望他能够重回巅峰。

郑母打电话到棋社，叫郑文龙和姜华下班后到家里吃饭，姜华也是刚从上海回来，拎着行李就去了郑家。郑文龙下班刚到门口，看到贺梅在门口等他。听郑文龙说要回家吃饭，贺梅是一脸失望，郑文龙见状，就邀请贺梅一块到家吃饭，贺梅也没推辞，便买上一些礼物，坐上郑文龙自行车的后座一块去了郑母家。这一切刚好被下班出门的傅卫国和周佳兰看见，周佳兰看着两人的背影恨得咬牙切齿。

周佳兰回到家越想越生气，拿起家中的电话拨通了王巧慈的越洋电话。

"巧慈姐，你可不能再躲在日本，还抱着眼不见心不烦的态度。如果这样你就彻底输了，还是请个假，回来一趟吧。"周佳兰几乎是求着王巧慈说。

"我考虑一下吧，这才到日本不到两个月就请假，不太好吧。"王巧慈心中有所动，但又有些犹豫。

"这都什么时候了，后院都着火了，你还不回来灭火？"周佳兰是真着急了，"长途电话贵。总之一句话，赶紧回来，你才能掌握主动。"

郑文龙带着贺梅敲开郑母的门时，屋内的所有人都为贺梅的到来感到惊讶。郑母不动声色地热情招呼贺梅入座，席间郑文龙担心贺梅尴尬和受冷落，陪着贺梅说话，还给贺梅碗里夹菜。郑母看见了心里生气，又不好发作，便借故说道："文龙，我要是不给你打电话，你是不是还不着家啊？"

"妈，瞧你说的。我最近一个比赛接一个比赛的，忙得跟陀螺似的团团转。"郑文龙不以为意。

"比三强在中央还忙？"郑母看了一眼正和郑文慧、姜华小声说话三强道。

"他是姑爷，当然得勤快点，我这也是给他表现的机会。大家都盼着我赢棋，我不得加班加点啊？"郑文龙还是没听出郑母话里的意思。

"我一个老婆子，每天买菜做饭，帮你照顾孩子，我不管你赢棋还是输棋，我忙这些就希望我孙子快点长大，儿媳妇快点回国，一家人能坐在一起吃个团圆饭。"这句话郑文龙听明白意思了，低头吃饭没敢再接话，旁边的贺梅知道这话是说给自己听的，表情有些难堪。

晚饭后，三强知趣地带着郑羿与郑文慧一道出门散步去了，姜华也拖着行李箱回棋社宿舍。贺梅见大家都走了，只好也起身告辞，郑文龙提出送送贺梅，郑母催着说赶快回来有话对他讲。郑文龙无奈，只好将人送到门口就返回了。

进门发现郑母坐在沙发上，一脸严肃地看着郑文龙："文龙，你今天把贺梅带家里来，到底怎么回事？"

郑文龙很少见到母亲这么严肃，心中有点发虚，但还是镇静地说："她以前不也常来吗。再说，她回北京了，来看看你也是应该的。"

"用不着！你想把我这个老太婆气出病来是吧？你别当我这个老太婆耳聋眼花的，就不知道你心里在想什么！巧慈为了你，自己宁可在家相夫教子，荒废了棋艺，为什么突然说去日本就去了日本？她不说，我就看不出来了？"郑母这番话憋了很久，今天一口气给倒了出来。

郑文龙无话可说，低头说道："我们之间，是出了点问题。"

"这个问题就是贺梅！你今天还敢当着孩子的面，把她带回家？"郑母继续说道，这也是她今天脾气爆发的直接原因。

"我们俩从小就是发小儿，我把她带到咱家来，跟带三强回家吃顿饭是一样的。"郑文龙解释道。

"文龙，你这是骗别人，还是骗自己？你这么说，自己信吗？"郑母不相信郑文龙的话。

"妈，我和贺梅，我们俩以前是好过，又是从小一起长大的，现在她过得不幸福，我就是想帮她一把，真没别的意思。"郑文龙说得很真诚。

郑母担心地说："可是你看看，你现在自己的婚姻也摇摇欲坠，你就不担心，她把你的幸福也拖垮了？"

"妈，你怎么能这么说？"郑文龙有些不解。

郑母很严肃地说："我是个家庭妇女，没你这个大名人有见识。可是，最起码我知道，家庭幸福是最重要的。你就是围棋上再成功，成为世界冠军，天下无敌，但是家庭不幸福，最终孤家寡人一个，你的人生也是失败的。"

郑文龙从母亲的话里听到了担心。他想了想，说道："妈，你消消气，事情不是你们想的那样，即使贺梅有这个意思，那还得我同意啊。一个巴掌她怎么拍得响？我们是发小，她帮过我，现在她落难了，您说我能因为人言可畏，就拒绝和她往来。一个不念旧情的世界冠军，才是失败者，才是孤家寡人。从小您不是也这么教育我的吗？"

郑母不依，说道："那你去跟贺梅说，以后不要再见面了。"

郑文龙一脸诚恳地看着母亲，说："从小一起长大的朋友，大家都抬头不见低头见，有些事情不是一句话就能说清楚的，有些事情是需要靠时间来解决。如果郑文龙还是以前的郑文龙，说再难听的话贺梅都能接受。可是，贺梅现在情况非常不好，如果这时候和她断交，那郑文龙就是贺梅的仇人！"

郑文龙的一番言辞让郑母心中震动。她感叹于儿子的成长，儿子的这番话无可挑剔，能看得出他心中有周密的思考，也有道德上的取舍。郑母甚至在心里是支持儿子这样做的，但是她也为儿子的现状担忧。如今这样的局面对郑文龙来说，绝对说一个巨大的坎，轻则摔个跟头，重则妻离子散，名誉扫地。

郑母还在沉默，郑文龙接着说："都说一手不能搏二兔，是大家没有耐心，都不想用时间去等待，都想急于求成。妈，你觉得这样好吗？"

郑母无奈地叹息，摇了摇头道："做人不易啊！"

<h1 style="text-align:center">9</h1>

王巧慈决定回国一趟，将郑羿带到日本一起生活。郑文龙这边，她已经打定主意离婚，趁这次回国也把离婚的手续办了。

郑文龙工作之余也经常陪在儿子身旁。这天，爷儿俩又在房间里玩飞行棋，郑羿很聪明，可就是对围棋一点兴趣也没有。两人玩得正开心，电话响起，郑羿抢着接电话，一副大人的模样。

"喂，我是郑羿，你找谁？找我爸爸？你是谁？我就是问问啊。贺梅阿姨？贺梅阿姨是谁？爸爸，是一个阿姨找你的！"

郑文龙接过电话，故意对孩子说："你不能动棋啊，等我打完电话再玩！"说完又对着话筒里说："我在和孩子玩棋呢，你怎么着，有啥事？"

贺梅在电话里说："我没事儿，一个人在家里，想问问你在干吗呢。"

郑文龙："郑羿在耍赖呢，等会儿他消停了，我打给你吧。"

贺梅沉默一会儿，说："没事，你陪孩子玩吧。"

郑文龙挂了电话，刚要离开，电话又响了，他拿起话筒就说："刚放下，又来了！谁啊？"

电话那头传来的是王巧慈声音："什么刚放下？"

郑文龙听了一愣："怎么今天打电话来了？"

王巧慈没回他，问道："郑羿在吗？"

"在屋里玩呢，今天把他接回来玩一天。你怎么着？"郑文龙说。

王巧慈停顿了一下，说："我想最近回北京一次。我想把离婚手续办了，不想再拖下去了。"

郑文龙沉默不语，王巧慈等了一会儿，说："你叫郑羿来接电话吧。"

郑文龙将郑羿叫过来，郑羿听到妈妈的声音，马上兴高采烈起来。郑文龙望着开心的郑羿，却心事重重。

王巧慈就这样静悄悄地回国了，恰逢郑文龙去珠海参加比赛。她回到自己的家，静静地打量着周围的一切，安静的家中一切陈设和她走的时候一样，没有丝毫改变，看着眼前熟悉的一切，王巧慈心潮翻涌，曾经的点点滴滴，似乎都成为遥远的往事，而眼下，她要尽快处理完这里的事情，带着儿子去日本。她打开衣橱准备整理自己的衣服带走，抬头看到郑文龙的那件中山装，笔挺地挂在衣橱里。王巧慈眼眶有些湿润，忍不住抚摸着它，发现衣服中间有颗纽扣掉了。

整理了一些衣物，王巧慈就去幼儿园接郑羿，郑羿见到妈妈很高兴，抱着妈妈不肯松手。王巧慈带着郑羿去了棋社，几个小棋手看到王巧慈都热情地打招呼，带着郑羿到一边玩去了。王巧慈一个人来到何跃利的办公室。

"巧慈，郑文龙去珠海比赛，今天晚上回来。你这次回来怎么这么突然，事先也没打个招呼啊？"何跃利见到王巧慈有点惊讶，为她泡了一杯茶。

"也不突然，我也是考虑了很长时间。我不在，郑文龙也顾不上太多，这样下去不是长久之计。"王巧慈笑笑说。

何跃利听出了话外音。他把茶端到她的面前，说道："不管怎么着，你还有几个月就回来了，没问题，我看郑羿快上学了。"

王巧慈低头沉默了一会儿，说："何社长，我想请您给我出出主意。"

何跃利也沉默了一会儿，点了点头。

王巧慈继续说道："我和文龙的事，您肯定都知道了。我们已经打算离婚了。这次回来，我想把手续办完，也把孩子接走，跟我生活一段时间。"

何跃利本有心理准备，但还是没有料到王巧慈会说出这番让人吃惊的话，问道："巧慈，我没想到你要把孩子接走，一点挽留的余地都没有了吗？"

"我不想这么做，可是我实在想不出更好的办法。"王巧慈说。

何跃利正色道："巧慈，我不同意这样的做法，要是你们真的离了，你以为你在东京就躲开他了？你以为在东京孩子就不受影响了？错了，你不能太自尊，太要强了！要是我，我就待在燕京棋社，你郑文龙能生活，我王巧慈照样生活！"

王巧慈说："何社长，我不是那样的人。"

何跃利劝道："当局者迷，你不要急于决定，你再通盘考虑考虑。这件事情我还真比你了解文龙，事情不是你想象的那样。"

王巧慈摇了摇头，说："你不用劝我，我已经通盘考虑多少次了。"

王巧慈起身告辞，何跃利看着她的背影，心里暗自着急，却也毫无办法。

傍晚，郑文龙回到了北京。他打开家门，正碰上王巧慈，吃了一惊。

"你怎么回来了？"

"我怎么就不能回来？又不是没和你打过招呼。"王巧慈一副冷冷的模样。

郑文龙往房间一看，王巧慈正在收拾行李，衣物放在床上，一只旅行包放在地上，问道："我刚回来你就要走吗？"

王巧慈道："我想明天回一趟衢州娘家。"

"那我也一起去，看看童安。"郑文龙接着话说。

王巧慈并没同意，说道："都要离婚的人了，我看还是别劳神了。我这次回来，你也知道为什么，你赶快把离婚手续准备好吧，省得我来回耽误时间。"

郑文龙一惊："谁说我答应你离婚了？"

王巧慈盯着他，脸色难看地说："什么？难道没有说好吗？"

郑文龙说："误会可以用时间去证明，和离婚沾不着边。"

王巧慈说："你想这么凑合下去，还得问问我答应不答应呢！即使都在这个房子里，也早不是一个家了。"

郑文龙不想再争吵，把话题岔开。

"你见郑羿了？"

"我回来就是见他的。"

"你打算怎么着？"

"把离婚手续办完，接孩子跟我去东京。"

听完王巧慈的回答，郑文龙沉默了好一阵，说："你刚到日本没多久，现在就带着孩子不是很方便。要带郑羿去没问题，但至少要等你各方面条件都成熟再说！"

王巧慈平静地："方便不方便，我自己清楚。总之，这个劫，我一定陪着你争到最后。"

郑文龙一脸无奈地说："我们之间没有什么劫，是着魔了。"

王巧慈回到衢州，童安特意从山上下来看望她，两人一起去看望老师蔡佑民。老先生身体健朗，又帮着金陵棋社带了几个少年棋手，日子过得闲适宁静。大家都很关心王巧慈在日本的境况，王巧慈向老师和童安讲述了一些日本的见闻和学习心得，也坦诚地向他们讲起了与郑文龙的矛盾，并说出了自己准备离婚的打算。

蔡佑民摇着蒲扇，童安也坐在一边，静静地听着王巧慈的讲述，王巧慈压抑了很久的情绪此时有了宣泄的窗口，情绪有些激动，列举了郑文龙和贺梅种种让人无法容忍的行为。

听完王巧慈的讲述，蔡佑民沉默了一会儿，对童安说："我听了半天，有点打结了，童安你觉得呢？"

童安也点了点头："我和蔡老师疑问点一样。问题的关键在郑文龙身上，贺梅不重要。"

王巧慈辩驳："要不是她，怎么会出这么多的事情？"

童安很冷静地给王巧慈分析："巧慈姐，整个过程都是你听别人说，看见的也只是贺梅来找郑文龙。那郑文龙现在什么态度？"

王巧慈还是很执着："他什么态度已经不重要了，我现在只想要孩子，其他都可以放弃。"

童安说："巧慈姐，你已经进入魔山，不能再钻牛角尖了。"

蔡佑民也说："主动权一直在你手里，不能盲目弃子投降。这时候你应该先封盘，等复好盘，这个结自然就解了。"

童安继续对王巧慈说："巧慈姐，你去日本这一步棋是对的，已经封盘了就不要急于一时，有些时候你不能着急，还是无为而治，以无胜有吧！"

王巧慈低头一阵沉默，细细咀嚼着师父和童安的话。

几天后王巧慈返回北京。郑文龙两场重量级比赛在即，何跃利担心郑文龙家事困扰，就帮他推掉了一切工作事务，让他回家准备比赛。郑文龙回家后就拔掉了电话线，专心打谱，其间贺梅也打过好几次电话，还在下班时间去郑文龙楼下等他，却发现屋里始终黑洞洞的，没有灯光，最后只好失望地离开。

郑文龙就这样把自己关在屋内平静地过了几天，王巧慈回家后看到他一个人在安安静静地打谱。

"你怎么样？手续都准备好了吗？"王巧慈问。

郑文龙没接茬儿，反问道："你的记性不会差到这种程度吧？走了才三天，就忘了我的态度了吗？我做错什么了？我郑文龙站得正不怕影子歪，你就别老想着离婚。"

王巧慈无奈，提着行李回房间。把行李放下，她又回身说道："不离可以，但有一个条件，你保证跟贺梅断绝关系。"

郑文龙一脸无奈："我早说了，我跟贺梅就是发小儿，断绝关系，断绝什么关系？"

王巧慈说："那好。我还可以让步，条件是这次我把孩子带走。"

郑文龙不同意："那不行，你一个人在日本多辛苦，再带个孩子过去添乱。我只希望你赶紧学习结束，早点回来。"

王巧慈冷冰冰地说："回不回来已经不重要了。"

郑文龙说："巧慈，我们之所以活得累，是因为放不下面子。总是把别人的眼光和恭维当作标准，然后又在世俗的迷宫中迷失。你走的这段时间我一直在想，如果当时我能把面子拉下来揣进衣兜里，不用极端的方式解决贺梅的求助呢？"

王巧慈冷哼一声："都不重要了，我没时间和你探讨这些话题。"

郑文龙见王巧慈听不进自己的话，只好说道："其实，生活真的没那么沉重，是我们把它过沉重了。你好不容易回来一趟，就在家里好好休息，别想些乱七八糟的，一切都等比赛完再说吧。"

王巧慈依然无动于衷，说道："家是讲爱的地方，不是用来讲理的，理一旦讲清楚了，爱就没了。"

郑文龙无言以对，两人不欢而散。

10

"大国手"赛如期举行，第一阶段的对局，郑文龙在和傅卫国一番鏖战后，最后顺利赢得了第一局。根据赛制，第二局对局在一周后进行，结局果真如傅卫国所料，虽然最近郑文龙的生活一团乱麻，但是他依然是一个犀利的对手，傅卫国没有把握好中段的局势，草草落败。

当然，傅卫国也非等闲之辈，他清楚三番棋定胜负的赛制，自己还有反败为胜的机会，如果第二局能够稳住扳回一城，那么双方又将回到同一起跑线上，第三局的决赛孰输孰赢，就不一定了。

而相比傅卫国的精心准备，郑文龙应对"大国手"赛则非常放松，因为在他的心里，早就做好了计划。他打定了主意，要让傅卫国通过这一战名震天下，重回巅峰，找回他生病前的信心和状态。当然，这个决定只在他一个人的心里，没有任何人知道。

离第二局比赛还有三天，何跃利就通知郑文龙和傅卫国早点入住酒店备赛。郑文龙知道何跃利希望他不受到外界的干扰，清净地参加比赛，可郑文龙想到自己封闭比赛的几天，要是王巧慈将郑羿带去了日本，自己可就彻底乱了阵脚。于是他打电话给三强，让三强想办法把郑羿带走几天，王巧慈等不及自然就只能先回日本，可三强想都没想给拒绝了。郑文龙没有办法，只好先入住比赛酒店，等到第二局比赛结束后再做打算。

郑文龙想得没错，王巧慈也是这样暗暗做的计划。她先是说服郑羿，要带他去日本玩，郑羿想和妈妈待在一起，自然很乐意，王巧慈还让儿子保守秘密，不能把计划告诉任何人。然后，王巧慈找借口去郑母那里拿到户口本，给郑羿办好了去日本的手续，又定下了机票，一切安排妥当，只等这一天的到来。

郑文龙和傅卫国的第二局对决很快举行，由于这场比赛未设直播，所以观战的人不太多，棋社的几名棋手围在观战室关注着比赛的进程。王巧慈自然没有前去观战，倒是贺梅得到消息早早来到了比赛的酒店，却没好意思进观战室，只默默地坐在大厅等着比赛结果。观战的人群中，自然各怀不同的心思，姜华和周佳兰是希望傅卫国获胜的，贺梅是偏向郑文龙的，还有几位保持中立的棋社棋手，大家各怀心思紧张地关注着比赛的进行。

贺梅坐在对局室外面的沙发上，想问一下局势进展，也找不到合适的人，一个人无聊地坐着不知不觉就睡了过去。等到醒来，发现郑文龙正站在她的面前朝她笑。贺梅开心起来问道："赢啦？"

郑文龙笑着摇了摇头，却说道："饿了，吃饭去吧。"

贺梅知道郑文龙这局输了，难过地低下了头，眼眶差点儿红了。郑文龙见状，拍了拍她的肩膀，算是安慰。

王巧慈带着郑羿来到大院找周佳兰，一到训练室门口，郑羿就嚷着要找棋社的小队员玩，王巧慈知道郑羿喜欢和大哥哥们一起玩，于是就让孩子在训练室待着，自己一个人去宿舍找周佳兰。

小棋手们教郑羿折纸飞机玩，拿着折好的飞机，郑羿独自一个人跑到院子里玩去了。郑文龙刚好回到棋院，看到儿子一个人在玩，犹豫了一下，就走上前去。

郑羿看见爸爸很开心，郑文龙陪着儿子玩了一会儿飞机，就提出带儿子去酒店玩，儿子也高兴地答应了。郑文龙看了一下四周没人，就拉着郑羿的手，一起走出了棋社。

郑文龙叫了辆出租车，径直将郑羿带去了三强的办公室。三强看到郑羿，就明白了什么事情，趁着三强秘书带着孩子去隔壁玩乒乓球的空隙，三强问郑文龙："嫂子知道你带他来我这儿吗？"

郑文龙摇头："怎么能让她知道？明着告诉你，我是把他偷来的。"

三强着急："这么缺德的事儿你都干得出来？赶紧把孩子送回去！"

　　郑文龙一脸严肃说道："三强，这次你得听我的。我担心你嫂子要把孩子带到日本，不是我不放心什么，而是因为她在日本各方面条件都不具备，要是真把孩子带去，那你嫂子就遭罪了。你知道我是什么意思吗？我还要比赛，没有别的办法，才出此下策。等我比赛完，剩下的我来解释，不会为难你。"

　　三强不依："这事儿我干不了。你还是把孩子送回去。"

　　郑文龙也有些着急了，说道："这次你嫂子是带着气回来和我离婚的，我们之间本来就是一场误会，和离婚沾不着边。可是她现在根本不听解释，如果那天晚上，不是因为给贺梅还债，放弃比赛，也不会有这么大的误会，这事情你最清楚了。怎么解释都没用，如果这个时候她带着怨气，把郑羿带到日本，那就等于整个把我生擒下来了。你知道后果吗？"

　　三强没有说话，又想了想，一个人走进郑羿玩的房间。郑羿和秘书一起打乒乓球，玩得正起劲。三强问郑羿："郑羿，你妈妈什么时候回日本呀？"

　　"过两天就走。让我也跟她一起去。"郑羿一边投打球，一边说话。

　　三强心里一惊，继续说道："真的？那你美了！"

　　郑羿开心地说："是啊，妈妈把飞机票都给我买好了！"

　　三强从屋内出来，郑文龙坐在椅子上喝茶。

　　"和傅卫国的比赛怎么样了？"

　　"平了，一比一。"

　　三强看了郑文龙一眼，说："那你赶紧回吧。"

　　"那你是答应了？"郑文龙咧开嘴笑。

　　"我可没答应你什么，不过让孩子先放我这儿吧。"三强似笑非笑地说。

棋社这边，王巧慈和周佳兰见完面出来后，发现郑羿不见了，棋社上下都找了一遍，还是没见到孩子的人影。这下王巧慈着急了，让棋社其他人帮忙四下寻找，还是没人。王巧慈急得哭了，周佳兰连忙安慰，提醒她孩子是不是让郑文龙带走了？王巧慈觉得郑文龙一直在酒店不可能带走孩子，但还是打了电话过去询问，郑文龙当然回复说没有见到孩子。放下电话后，王巧慈目光呆滞，几乎要崩溃，带着哭腔对周佳兰说："佳兰，我觉得孩子很危险！他有可能知道我们在吵架，我最担心他自己赌气跑出去。"说完捂起脸哭了起来。

　　周佳兰只好拍着她的肩膀安慰她。

　　王巧慈哭道："你知道吗？我瞒着郑文龙，已经给郑羿买好了去东京的机票，让他明天跟我一起走，没想到就发生了这样的事，呜呜呜……"

　　周佳兰听了一惊，心里也大概明白了怎么回事。连忙对王巧慈说："巧慈姐，你就别担心了，照我看，孩子一定是让郑文龙给藏了起来。"

　　王巧慈止住了哭泣，看着周佳兰。周佳兰笑着说："我刚私下问了何跃利，他说郑文龙那边听到孩子不见的消息，还像个没事人一样，这结果不是很明显了吗？"

　　王巧慈敲开郑文龙酒店的门，郑文龙见了王巧慈，平静地说："本来也没想瞒你什么，孩子没事儿，你不用担心，等我比赛完咱们好好谈谈。"

　　王巧慈克制着情绪，说："我明天回日本，这次不把孩子带走，可以，但是我有一个要求，明天上午十点，你安排人送郑羿到机场，你总不能不让我和孩子告别吧？"

　　郑文龙低头犹豫了好一阵子，答应了王巧慈的要求。

　　王巧慈转身离开，郑文龙拨通了三强的电话。

　　"郑羿怎么样？"

"估计今天玩得太累，已经睡着了。"

郑文龙略微放了心，说："三强，你明天上午把郑羿送到机场，你嫂子十点的飞机。她想见见郑羿。"

"你同意让郑羿去日本？"三强有些惊讶

"本来打算等我比赛结束，再和她好好谈谈，既然都订好机票了，我也没理由阻止啊。"郑文龙无奈地说。

"早知道是这样，何必折腾。"电话那头传来三强的一声叹息。

这一晚，郑文龙几乎一夜未合眼，三强也是辗转反侧难以入眠，只有身边的郑羿，睡得格外香甜。

第二天一早，三强就带着郑羿往机场去，天气渐渐转凉，城市上空笼罩着一层灰灰的雾气。一路上三强心潮难平，想着这个幸福的家如今却要面临分散，作为整个事件的见证人，他无法评判谁对谁错，却又无法解释。他理解郑文龙的心情，可是每个人都有自己的立场和思想，许多的事情哪是一句解释能够说清楚的呢？想到这里，他的眼眶不觉就湿润了。只有身边的郑羿还在因为要去机场见妈妈而兴奋，全然不知这一次分别，对于大人来说意味着什么。

王巧慈和周佳兰等人早早地在机场等候三强。见到郑羿，王巧慈高兴地迎了上去，一把将儿子抱了起来。

"谢谢你，三强。"王巧慈对三强说。

郑羿回头看了看三强，对妈妈说："姑父说，这次你要带我去日本吗？"

"想去就去吧，玩够了再回来。"三强用手指刮了一下郑羿被冻得有些发红的小鼻子，"文龙本来打算等比赛结束，再和你好好谈谈。他说，既然都订好机票了，也没理由阻止。嫂子，你们一路平安！"

王巧慈有些诧异地看着三强，眼圈不由得红了。

第八章

1

"大国手"赛最后一场对局的关注度空前高。作为老国手许国芳的得意弟子，到底是名满天下的郑文龙一路高歌猛进，还是卧薪尝胆的傅卫国再次载誉归来，这是无数棋迷们津津乐道的话题。

傅卫国对此关键一役充满信心，因为事情朝着自己预料的方向发展。他也不得不承认郑文龙虽然最近为家庭的事情忙得焦头烂额，但是比赛中的状态依旧沉稳得出奇，所以要战胜郑文龙，侥幸获胜绝无可能，只有靠策略、耐力，寸土必争。这一局更无可能速战速决，一定是一场持久战。正如童安所说，兼顾全盘，不放过任何捞好处的机会，也许到最后，优势就会变成胜势。比赛到了中盘双方仍然十分胶着，棋盘上的黑白棋子也似犬牙交错，看不出谁的优势更大一些，连观战的姜华都感叹说有可能和棋，惹得大家一片惊呼。重大比赛中郑文龙的战绩，几乎没有和棋出现，这也和他的棋风极其吻合：要么胜，全身而退；要么败，铩羽而归。姜华觉得，这一次，有可能要破例了，不仅破例，而且可能双方要为了"大国手"的荣誉，加赛一场。

棋局已接近收官阶段，棋盘上布满了密密麻麻的黑白棋子。郑文龙久久盯着棋盘，一动不动，进入长考。傅卫国看了他一眼，起身离席。旁边观战的所有人眼睛都盯着棋盘。

时间一分一秒地过去，郑文龙考虑了许久，才慎重地落子，傅卫国似乎早已深思熟虑，不假思索地下了一步，两人都解开了衣服纽扣，似乎在进行一场耗费体力的格斗。在裁判席一边，进来的棋手越来越多，最后他们的几个学生也挤了进来，小小的对局室，变得拥挤紧张起来。姜华紧盯棋盘，面色凝重，脑袋似乎在飞快地运转，计算着对战双方的棋子，周佳兰双目紧闭，似乎在祈祷。更多的观众不是在观看比赛的进程，而是在等待比赛结果的公布。

对局室外，贺梅早早地来了，此刻亦是坐立不安。三强也来观战，一进门就看见了贺梅。

三强打招呼："贺梅，你一直守着比赛吗？"

"是啊，听他们说，似乎情况不是很好，我走也不是，不走也不是。"

三强笑道："这滋味如何？不好受吧？我看你还是走开好。"

贺梅说："我不走，这胜负还挺刺激的。"

三强指着对局室说："那好，我们也看看去吧！"

两人来到对局室门口，小心地推门进去。

此时的郑文龙和傅卫国都已精疲力竭，靠在椅子上，看着何跃利最后数子。

傅卫国说道："很久没有这么畅快淋漓了，想不到这么激烈，差一点是和棋结果。"

郑文龙一笑："看来是好事多磨！最后还是你赢了。"

何跃利再三确认数子之后，说道："傅卫国赢了半目不到，可以用惊涛骇浪来形容也不为过。堪称名局啊！"

郑文龙抬头，刚好看见贺梅和三强进来，朝两人笑了笑，算是打招呼。贺梅刚好听到何跃利的话，脸上满是失望。

　　"恭喜师兄，喜获'大国手'！"郑文龙对傅卫国说。

　　人们围着傅卫国握手、道贺。何跃利感慨地说："卫国，想不到你还有今天呀。这让我想起了一句话：超越自我。"

　　傅卫国激动得说不出话。姜华挤了过来，说道："傅老师，干得漂亮！中盘力挽狂澜，好大的力量，比当年还大。"

　　一直让着大家的周佳兰这时也终于等到了空隙，扑到傅卫国怀里，眼里满是激动的泪水。大家鼓起掌来。

　　大家簇拥着傅卫国，郑文龙有些被冷落。他却欣慰地拿起挂在椅子靠背上的西服，大步走出对局室。

　　傅卫国看到郑文龙，从人群中挤了出来，过来把手伸给他，郑文龙握住傅卫国的手笑着说道："该祝贺的是你！你这么把手伸给我，别人还误以为是我赢了呢！"

　　傅卫国说道："我得谢谢你，也让我踩了一回你的肩膀。"

　　郑文龙说："看来上帝是公平的。"

　　姜华在旁边补了一句："说得很对。不过还有一句，'得道多助，失道寡助。'"

　　郑文龙轻松一笑，说道："'大国手'的称呼，郑文龙可以不要。给我师兄，不足为惜！还是那句话——仁慈之心只能对待战友，不是敌人！"

　　郑文龙给了姜华一个调侃的眼神，又拍了拍傅卫国，然后向已经走到门口的贺梅和三强走去。

　　三人来到餐厅。郑文龙一身轻松，贺梅却难掩伤心。

　　"文龙，你久经沙场，别再想比赛了，过去的就过去了。"贺梅不忘安慰郑文龙。

　　郑文龙笑着摇了摇头，却问三强："郑羿呢？"

三强说:"你终于想起儿子了,郑羿此时应该已经在东京了吧。"

郑文龙脸上难掩失落,他看着三强说:"你嫂子的性格,把护照、机票、签证办理好了,一点都不奇怪!我答应郑羿去见她,等于认可她带孩子走。结果总得有一个伤心,那就我把伤心扛下吧。郑羿去日本,也是儿子跟着妈,只要他们娘儿俩开心就好。"

三强也不知说什么好,只好安慰道:"想得开就好。"

贺梅心中有些嫉妒,打断了两人的谈话:"我来看你比赛,是不是会影响你啊?来吧,特别担心打搅你;不来吧,待在哪儿心里都没着没落的。"

郑文龙说:"这段时间主要是比赛太密集,是我自己的问题,家里事太多。"

贺梅心里不快,继续说:"看来我还是影响你了,以后你比赛,我再也不去了。"

郑文龙微微一笑:"你想去看我比赛就去,不想看了你就歇着,想得太复杂干吗!"

这时,傅卫国、周佳兰、姜华从外面说笑着进来。

郑文龙端着酒杯站了起来,说道:"卫国,拿了冠军,请客第一个也应该叫上我呀!"

傅卫国看到三人,有些惊讶,说:"三强也在啊。"

三强也站起来说:"难得咱们三师兄弟碰到一起,必须喝一杯啊。"

三强给傅卫国倒酒,共同举杯。

"再次恭喜师兄,先干为敬!"郑文龙说。

"恭喜大师兄,喜得'大国手'。"三强说。

三人碰杯,一饮而尽。

"再次祝贺,咱们就不多说什么了。下面该我跟姜华过招了!"郑文龙说,看了一眼旁边的姜华。

姜华气定神闲地说："随时随地奉陪。"

看着傅卫国等人离开，郑文龙坐下，不无感慨地说："卫国，这么多年来，终于找回自信了，为他高兴。三强，咱们也为大师兄拿下'大国手'干一个。"

三强却在旁边幽幽地叹息一声："希望大师兄能记着你的好。"

郑文龙一愣，继而呵呵一笑，自己喝了一杯。

2

傅卫国、周佳兰和姜华在一起研究郑文龙的棋谱，寻找打败郑文龙的策略。这次世界围棋锦标赛获胜者就是真正的世界棋王，按之前郑文龙和叶秋的约定，中国棋手会师决赛，决赛的赛场就设在叶秋投资新落成的深圳地王大厦。但根据体委的要求，这么重要的一场比赛，希望能够在北京打，也给燕京棋社长长脸。于是在既结合体委意见又考虑赞助人叶秋的想法后，决定第一局比赛在北京进行，第二场比赛在深圳进行，如果双方战平，第三局比赛仍旧在深圳进行。

对于郑文龙和姜华来说，北京都是主场，所以谁也不吃亏；同样，在深圳两人都是客场，谁也不占便宜。

经过这两年的成长，姜华棋艺大为精进，早已晋级围棋九段，成了棋社第三号种子选手。训练室里，姜华一副胸有成竹的样子："现在是彻底打败郑文龙的历史性机会，机不可失，时不再来。我认为我已经找到对付他的办法了。"

傅卫国说："你可以准备一下我的招法，但千万不可大意。"

姜华双手叉腰，来回走动，说道："我一定能做到，他是一个遭天谴的人。还是那句话，'得道多助，失道寡助。'"

傅卫国脸一沉，面带不悦地说："打住！我们所有的讨论，都仅限于业务上，不能带人身攻击。"

姜华不屑道："事实就是这样，不行就是不行。'大国手'他输给你就说明了一切。"

傅卫国站起来，来回走了几步，说道："大国手我是赢了，可是这几天我复过几次盘，每一次复到中盘，总是无数的疑惑，有几手选择完全都可以扭转乾坤，可是文龙偏偏选择这种结果，而且巧劲用得恰到好处。所以，不能排除他故意让道给我。"

周佳兰显然不能接受这种推断，马上说道："不可能！"

傅卫国显得很平静："可不可能只是一种表象，所以，姜华你千万要小心。希望你遇到的不是如日中天的郑文龙，而是走下坡路的郑文龙。"

姜华心中一惊，想起郑文龙在比赛现场对自己说的那句话："'大国手'的称呼，郑文龙可以不要。给我师兄，不足为惜！还是那句话：仁慈之心只能对待战友，不是敌人！"

姜华感觉背后有些发凉，脸色也变白了。傅卫国看出他的异样，说："姜华，你好好准备明天的比赛吧。别想太多。"

说完后傅卫国和周佳兰离开，姜华半天没回过神。

路上，周佳兰还在琢磨傅卫国刚才说的话，忍不住问："卫国，你刚才说郑文龙让棋是真的吗？"

傅卫国知道她有疑问，如实回答道："不能肯定，也不能否认。润物细无声才是高人，就是让你看不出破绽，还要花时间去琢磨。正是这种不确定，让人欲罢不能，才是高明之处！"

周佳兰心中更加疑惑："那他为什么要这样做？"

傅卫国说："他也可以不这么做，比赛前一天他还在和我较真，火药味很足。可是后来……"

傅卫国将当时的情况给周佳兰复述了一遍，周佳兰听后也低头沉默了。

"我赢了，他却特别开心！"傅卫国仰天长叹一声，"看来姜华这一次，真的危险了。"

事实正如傅卫国所料，郑文龙的心态确实很放松，他的状态也保持得很好，但这并不代表他没有受到困扰。贺梅经常出现在大家的视线中，大家更愿意相信眼见为实，所以众人对郑文龙的态度是明显的疏远。虽然郑文龙觉得内心坦荡，但也能感觉出大家伙儿的态度，这让他非常郁闷。

更让他郁闷的是老母亲对自己的态度。郑母坚持认为无论自己的儿子有多少合理解释，在儿媳妇和孙子远走日本的问题上，如果他一味坚持自己的原则，最终只会导致家庭破裂。无论郑文龙心里怎么想，贺梅是的的确确一只脚踏进了这场本来很幸福的婚姻。要想挽回局面，郑文龙的态度是基础，贺梅的去留是关键。

郑母思来想去，决定去找贺梅的父母。

黄昏时分，郑母敲开了贺司令家的门。几年不见，贺司令已经退休，身体大不如从前。

老熟人见面，寒暄之后，郑母并没坐下，站着等贺母出来。

贺母从楼上下来，看到郑母说："哟，来了，稀客呀，快坐快坐。"又招呼勤务员倒茶。

郑母摆手道："不用了，咱换个地方，我说几句话就走。"

贺父听了答道："是贺梅的事吧，就在这儿说吧。"

郑母犹豫了一下，还是说道："那好吧。贺司令，那就请您多包涵了。管管你们家贺梅吧，叫他别缠着我们郑文龙了。我们好端端的一个家，现在是被迫妻离子散，就差家破人亡了。什么时候我眼睛一闭，就算齐活儿了。"

贺母一惊，道："这，什么话儿呀。"

贺父摆手示意，让郑母继续说。

郑母索性继续说道："我就是死了，眼睛也闭不上。俗话说，'宁拆一堵墙，不拆一间房。'求你们家贺梅高抬贵手，放过我们吧。"

郑母说完转身走了，留下贺司令和贺母两人惊得半天说不出话来。

"这真是报应呀。以前是我一趟趟上他们家，叫她儿子别缠着咱们家贺梅。现在全反过来了，这真是丢人丢到家了。这都是你那惯不坏的好女儿干的好事。"贺母又急又气地说。

贺父气得直哆嗦。

贺母还在啰唆："都是你惯的，还说女儿是惯不坏的。这下好了，人家都闹上门来了。这郑文龙现在好歹也是个有影响的人物，闹得满城风雨的，让我们这张脸往哪儿搁。唉，这丫头，从小什么事都由着自己的性子，都这岁数了，还不叫人省心。"

贺父铁青着脸，一言不发。

这时刚好贺梅推门回来。

"爸、妈，晚上吃什么呀？你们都吃了吗，我还没吃呢。"

"气都气饱了。"贺母没好气地说。

"这又是怎么了？怎么我一回来，就鼻子不是鼻子，脸不是脸的。"贺梅有些莫名其妙。

"我们倒是想要脸，可哪件事情你给我们长过脸？从结婚到离婚，从做生意到走私，现在又去勾引别人的丈夫，你能做一件好事给我们看看吗？"贺母生气道。

贺梅一听也冒出火来，把包一摔，说道："我怎么啦，我和郑文龙当初还不是被你们棒打鸳鸯，才成这样的？还不是被你们给害成这样的？想要脸，早干吗去了？"

一直一言不发的贺司令突然抓起茶杯，朝贺梅扔过来。

"你给我滚，滚！"

杯子碎了，茶水洒了一地，贺梅一愣，继而夺门而出。

冲到大街上，狂奔了一段，贺梅把自己累得喘不上气来，才停了下来。她双手撑着膝盖，弯着腰用力地呼吸，似乎想把心中的愤懑和不快全部吐出来。夜色冷清，街道上空无一人，贺梅望着昏黄的路灯，心中涌起一阵悲凉。她有些后悔，父母一天天老了，可自己还在他们面前肆无忌惮地发脾气，今天是不是自己真的太过分了，一向宠溺自己的父亲都忍不住发了火。难道是自己真的做错了吗？可是，自己没有追求爱情的权利吗？丢失的东西难道不可以用自己的努力换回来吗？

可是，她又想起了郑文龙，想起大家对他们的态度。她知道自己是不受欢迎的人，除了郑文龙外，没有人愿意对她报以微笑，而且大家对她的态度也转嫁到了郑文龙身上，因为郑文龙仍然像以前一样对待自己。

和以前一样？贺梅心中一动，真的能和以前一样吗？她回想起每一次郑文龙故意保持距离的举动，一幕一幕，原来她以为自己不计较的，居然都这么清晰地记得。想到这里，贺梅嘴角挤出一丝苦笑，是的，都是自己一厢情愿。

不知不觉，她又身不由己地走到郑文龙家的楼下，看到窗户透出的灯光，她拨通了他家的电话。

郑文龙很快下楼，却没有邀请贺梅上楼，这让贺梅又感到意外。

"我刚好想出去走走。"郑文龙掩饰道。

贺梅心里有一丝失望，说："别走了，天怪冷的。我也不上去了，就是来见你一面，告诉你，我明天要去广州。"

郑文龙有些吃惊："怎么突然说走就走，你怎么啦？"

贺梅低头道："没什么，我知道这次比赛的分量很重，就是想让你安安静静地下棋。"

郑文龙笑了，说："你走和不走，对我比赛有什么影响啊？"

贺梅没有回答，却说道："我特别希望你能拿到这个世界棋王赛的冠军，给所有的人看看。加油！"

　　郑文龙感动，主动向贺梅伸出了手，表示感谢。

　　贺梅轻轻握了握这双她很想紧紧攥住的大手，转身离开了。

　　第二天，蓝天白云，贺梅离开北京，三强开车送她。

　　一路畅通，贺梅看着窗外，情绪有些低落。

　　两人沉默好一阵子，贺梅才幽幽地说："三强，这么多年来，我才发觉，你才是我最好的朋友。"

　　三强轻轻笑了笑："算你说了句公道话。不过什么叫好，你不一定能弄明白，不然怎么找了那么一个拉风箱的。"

　　贺梅叹气道："唉，说实话，当时我去福建，给郑文龙写了那么多信，他连一封也不回，把我气坏了，不就胡乱找了一个嘛！那个时候要不是你在陕西下队，说不定还嫁你了呢。"

　　三强呵呵乐了："歇了吧，你别自作多情了。我这么对你，都是为了文龙。"

　　贺梅也笑了："算了，不开玩笑了。文龙就拜托你了。他已经连丢两个冠军了，好事不过三。这次棋王赛要是再输了，说明我和他的确是没有缘分。"

　　三强下意识点了一下刹车，贺梅吓一跳。

　　"贺梅，你别犯傻了，文龙已经不可能再回到过去了。你这次去广州，真该好好静一静，好好想想，然后彻底断了这个念想吧！"

　　贺梅心有不甘，有些不高兴地说："你操心操得太多了吧。"

　　两人又开始沉默。贺梅看着窗外。

　　"你的党校学习，快结束了吧？接下来，是不是又要高升了？"贺梅觉得心中有些愧疚，打破了沉默。

"这不是你我该考虑的问题。人生是一盘棋,没有悔棋,我们都要为自己的选择买单。你是我生意上的启蒙人。我能有今天的成绩,最应该感谢的人是你。"三强真挚地说。

"哎,都是朋友嘛,何必说得这么伤感。"贺梅强装笑颜说道。

透过后视镜,三强发现贺梅正偷偷拭去眼角的泪水。

3

虽然包括郑母在内的许多人都希望姜华能在棋王赛中战胜郑文龙,但是在北京进行的第一局比赛姜华却没有得到满意的结果,不出傅卫国意料地输了。不过这一输棋更加坚定了姜华的判断,因为他看到比赛前,郑文龙又穿上了他的那件战袍——王巧慈亲手为他缝制的中山装。心细的姜华特意做过统计,郑文龙凡是穿中山装出战的比赛,到目前为止败绩为零。姜华心里明白,第一局就输棋,凭郑文龙的实力,后面想翻盘将非常困难,所以思来想去,他在郑文龙的衣服上打起了主意。

姜华首先去找了三强,说明来意。三强听后一脸严肃地盯着姜华。

"要我帮你打败郑文龙,你是不是找错人了?第一,我牛三强是郑文龙的哥们儿,我帮他打败你还差不多。第二,你是职业九段,我臭棋篓子一个,能帮你什么忙?岂不是笑话!"

"我要你做的事,很简单,明天想办法让郑文龙那个装着中山装的手提包消失。"姜华说。

三强一听,露出不屑的神情:"这种盘外招儿,对他没有效。"

"有效没效,试了才知道。"姜华显得胸有成竹。

"他要是穿身上怎么办?"三强问道。

"那你也要给他扒下来。"姜华说。

"我不可能这么做，你还是找别人吧。"三强对姜华这种要求感到莫名其妙，直接拒绝了姜华。

姜华头也不回径自走了。

姜华来到"一盘好棋"棋馆，看到不少棋友在对弈。姜华也是大家熟悉的九段高手，他的出现在棋馆引起一阵不小的骚动。

姜华正驻足观望墙上挂的国手照片，叶秋闻讯赶来。

"姜大九段，欢迎，欢迎。怎么不先打个招呼呢？"叶秋对姜华的到来很惊讶。

"怎么墙上谁的相片都有，就是没有我的呢？"姜华指着墙上的照片开着玩笑说。

叶秋听后大喜过望，连忙招呼经理拿相机过来拍照。叶秋和姜华在棋馆留下了合照，旁边的棋迷也凑上来找姜华合影。

合影之后，叶秋将姜华领进了棋馆的接待包厢，叶秋高兴地说："难得姜大九段这么给棋馆面子，让我们有机会留下与你的合影。这无事不登三宝殿，有什么事，就打开天窗说亮话吧。"

姜华说道："我就知道你是一个痛快人。好，那我就直说了吧。帮助我，打败郑文龙。"

叶秋一怔。

姜华将自己的计划告诉了叶秋。

叶秋听后低头喝了口茶，有些不屑地问："只要郑文龙不穿中山装你就能打败他？开什么玩笑，这怎么可能？"

"概率我算过，一定会的。"姜华认真地说道。

"你这人还真信邪。"叶秋大笑着问道。

两人说话间，郑文龙推门走了进来，正欲说话，却意外地看到了姜华。

"哟，你在这儿。难怪今天风这么大，原来是你出门了。"郑文龙笑着说。

"兴风作浪的妖精确实有，可惜还轮不上我。"姜华毫不示弱地回怼。

叶秋笑着打圆场说："要斗留着去深圳吧，姜华是我叫来的。"

"你叫来的？面子不小嘛。"郑文龙不信。

"还不是为了你们俩在深圳地王大厦比赛的事。到时候电视台要转播。想拍一个你们俩的合影，怎么样，支持一下吧？"叶秋说。

郑文龙欣然同意："我没问题，好事儿。"

姜华也不好推辞："赶紧拍，拍完了走人。"

拍完照后姜华离开。叶秋见天色不早了，留郑文龙在棋馆吃晚饭。

酒菜上桌，两人举杯对饮。

叶秋说："文龙，三番棋的第一盘最重要，是天王山。你翻过去了，后面路就好走了。来，干一杯。"

郑文龙摇摇头道："也不能掉以轻心啊，姜华这小子妖气很重，老找我麻烦，我还真有点怵他。"

"这可不像你郑文龙说的话。明天咱俩先走一步，在深圳以逸待劳，争取一盘将他拿下。"叶秋还是很看好郑文龙获胜，给郑文龙倒满一杯酒，"文龙啊，到了深圳，我先带你去中山吃螃蟹，吃完螃蟹泡温泉。哎，这你就不懂了，广东的螃蟹现在正好，要比上海那边的晚上一两个月。"

郑文龙笑着说："这不成了提前庆祝胜利吗？太早了吧。"

叶秋也给自己斟满了酒，说道："早什么，我连这还不懂？天王山都翻过来了，难道你后两盘还能给输出去？"

郑文龙没再说什么，笑着又举起了杯。好久都没有这么畅快地喝酒了，郑文龙也打开了话匣子："叶秋，你不知道，像我和姜华这样水平的棋手，技术已经不重要了，重要的是状态，比的是心理战术。所以听到什么买书、找书、路上带本书，都是很忌讳的。"

"所以，上一盘穿中山装，就赢了。"叶秋笑着说。

"这是迷信。我是不信这个邪。"郑文龙说。

"那你为什么还穿？"叶秋很好奇，因为现在大多数人都习惯穿西装。

"这件中山装是巧慈一针一线给我缝制的，说起来也真是怪事。穿中山装就能赢，穿西服就会输。宁信其有，不信其无吧。哎，这次比赛对我来说太重要了。重要程度不亚于和日本人打擂台赛。当然，这只是对我个人而言。"郑文龙说得很认真。

叶秋明白郑文龙的意思，问："赢了就可以把媳妇接回来，是不是？"

郑文龙看了一眼叶秋，似乎答非所问地说："我的事情你应该都听说了吧？王巧慈表面温顺，骨子里是个大女人，强悍，惹不起。贺梅呢，正相反，表面厉害，内心软弱，招人疼。"

郑文龙停了一下，端起一杯酒，喝掉继续说道："贺梅打小跟着我屁股后头，跟妹妹似的。瞅着她不幸福，作为朋友我很难过。唉，弄成这样，都是我的错。"

叶秋说："那你就拿自己的幸福搭进去，换她的幸福？这样做，对王巧慈公平吗？"

郑文龙郑重地说："这一次，我是要把我生活的主动权夺回来。下一颗棋子放在哪里，我说了算。"

4

由于郑羿的到来，王巧慈不得不退掉之前十几平方米的小公寓，换了一间稍稍宽敞的，即便这样，屋子依旧小得可怜，在北京住惯了大房子的郑羿一直嚷着不舒服。

清晨，王巧慈早早起床为郑羿做好早餐。因为儿子的到来，让王巧慈本就忙乱的生活更加辛苦。为了安顿郑羿，王巧慈今天准备将孩子送到谷口老先生棋馆的围棋班学习。一方面这是郑羿自己的要求；另一方面让孩子在这里认识一些小朋友，一起玩耍，不会孤单。

牛奶和面包都放在桌上，可郑羿却在闹脾气。他想回北京了。

"妈妈，我们到底什么时候回北京？东京一点都不好玩。"郑羿嘟着嘴说。

"咱们暂时不回北京，妈妈的进修还没结束，所以你也先跟着妈妈留在这儿，明白吗？"王巧慈一边哄着儿子吃早餐，一边耐心地解释道。

"啊？不回去？那我上学怎么办？"郑羿一脸的不高兴。

"先在这儿上学呀。"王巧慈笑着看着儿子道。

"那我想爸爸、奶奶和姑姑怎么办？"郑羿显然不想在这里上学，北京有他的小伙伴，可是这里一个人都不认识。

"赶紧吃了东西，时间来不及了。你不是要学围棋吗？今天咱们就去见见围棋老师。"王巧慈不想和儿子纠缠这十万个为什么，催郑羿赶紧吃饭。

"妈妈，我觉得你和爸爸吵架了，对不对？"郑羿闪着水灵灵的眼睛，突然盯着妈妈说道。

王巧慈一怔，说道："瞎说！赶紧吃饭！"

郑羿不依不饶地说："你在骗人。"

王巧慈掩饰着伤心，摸着儿子的头说："现在时间也来不及了，等上完围棋课妈妈再告诉你好不好？"

"我觉得你要和爸爸离婚。是他欺负你了吗？"郑羿连妈妈的话都没听进去，继续追问道。

王巧慈有些生气地说道："你要这么犟，咱们就不去学围棋了！"

郑羿看妈妈生气了，不再追问，低头开始喝牛奶，可过了一会又抬头问妈妈:"妈妈,爸爸下棋特别厉害吗?"

王巧慈回答:"是的,现在他非常厉害,没有人能打败他。"

郑羿捏起小拳头说"等我长大了,我就要打败他!"

王巧慈吃了一惊:"你为什么要打败他呢?"

郑羿突然"哇"的一声哭了起来:"妈妈,是不是爸爸欺负你了?"

王巧慈有些不知所措。

王巧慈好不容易哄着儿子吃完早餐,送到谷口先生的围棋班,安顿好儿子之后,又匆匆赶去东京棋社,开始一天的工作。中午过后,荒村让王巧慈去他的办公室。荒村正在看着关于郑文龙和姜华将在深圳进行棋王赛决赛的新闻,见到王巧慈就笑着问:"姜华君可是郑君的徒弟吧,不知道巧慈女士对这盘棋如何预测?"

王巧慈一脸平静地回答:"应该都有可能,两人交手不多,实在不好预测。"

王巧慈似乎并不看重丈夫的这场比赛,这让荒村心中闪过一丝疑惑,不过他还是爽朗地笑着说:"巧慈女士不敢预测,我倒是愿意预测一下,我觉得郑君的棋艺还在上升中,所以他的胜面更大。"

王巧慈礼貌地笑了笑,荒村说起了正题:"巧慈君,周末我和夫人想邀请你和孩子来家里吃饭。我夫人特别喜欢你们家孩子,她平时不出门,希望你和孩子能经常来家里做客,给家里添点笑声。"

王巧慈鞠了一躬,表示感谢:"谢谢,那我们恭敬不如从命了。"

晚上睡觉时,王巧慈把荒村邀请娘儿俩去做客的事讲给郑羿听。郑羿正一言不发地躺在床上想问题,突然问道:"妈妈,你还没回答我,你是不是和爸爸离婚了?"

王巧慈想了想,说:"没有,不过我们准备离婚。"

郑羿"哇"地哭了:"我不同意你们离婚!我不同意!"

王巧慈有些慌了,忙安慰道:"我们离婚,是因为我们不能一起生活了。爸爸有他自己的生活，妈妈也有自己的生活，懂吗？"

郑羿哭着说："你自己的生活，那是什么？"

王巧慈一边给儿子擦眼泪，一边说："就是把你养大成人啊。"

"那爸爸的生活是什么？"

"他还是要赢更多的比赛，拿更多的冠军吧。他是一个棋手嘛！"

郑羿不哭了，却牙关咬得紧紧地说："等我长大了，一定赢爸爸，给妈妈报仇！"

王巧慈连忙制止他，严肃地说道："不许你这么说。你记住，爸爸一直非常爱你的。"

郑羿一脸茫然地看着妈妈。王巧慈看到儿子还挂着泪水的脸，心疼地将他搂进怀里。

东京的冬天比起北京来要暖和一些，但室外仍然需要穿上厚厚的棉衣。周末天气晴朗，可几天前下的雪还没化完，王巧慈带着郑羿应邀来到荒村位于郊外的别墅。

这是一处清幽的地方，院子里的围墙边还堆着一些残雪，鱼池里的锦鲤在懒懒地游动，看到郑羿的影子，以为有人投食，便飞快聚集过来，争先恐后地冒出水面，看得郑羿开心地笑个不停。

室外有些寒冷，室内却温暖如春。荒村夫人是一位温柔儒雅的老太太，正因为她的关心，让王巧慈在异国感受到一些亲情般的温暖。她从心底喜欢和感激这位老太太。

王巧慈从包里拿出一盒大红袍茶叶，递到夫人面前："听说夫人特别喜欢中国茶，特地从家里带了一些给您。"

荒村夫人十分开心，连声道谢。两人说话间，荒村摇着扇子过来，对王巧慈说道："你带着孩子来到东京，荒村家应该全力照顾，这是荒村家族的荣幸！我和郑文龙君是同类人，所以，我特别敬佩郑文龙君的格局，他所悟的棋之大道，让我是无言以对啊。

这种难得的围棋奇才，还没见过啊！"

王巧慈对着荒村笑笑，表示感谢。

荒村继续说道："请王桑务必转告郑君，荒村秀雄正式邀请他来东京，这样你们全家就能在这里团聚了。"

荒村夫人也接过话说道："自从郑君离开这里，我们家老头每天都念念不忘，每天都希望还有这种惊喜和荣幸呢。"

王巧慈礼貌地回应着，心里有好多的疑问，却又不好多问。

郑羿在院子里开心地玩耍，大人们在一起喝茶聊天。很快到了午餐的时间，郑羿说要上洗手间，却被墙壁上一张照片吸引了。原来是郑文龙来东京时与荒村的合影，荒村把它挂在了墙上。

吃饭的时候，郑羿附到王巧慈耳边轻声地问："妈妈，我能说一句话吗？"

王巧慈制止了他："吃饭时间说话不礼貌。"

郑羿看了荒村和夫人一眼，有些不好意思地低下了头。荒村哈哈大笑："男子汉很懂礼节。没关系，你说吧。"

郑羿看着王巧慈，王巧慈也点点头示意他可以说。

郑羿说道："我刚才看到爸爸和爷爷奶奶的照片了。"

荒村笑着道："是吗？你爸爸非常厉害，你要向爸爸学习。你长大了也会非常厉害的。"

"可是，可是……"郑羿突然哭了起来，非常伤心，大家都傻眼了。

王巧慈忙道歉："不好意思，非常对不起！"

荒村不以为意，安慰道："小孩子嘛，哭和笑都很真实。你就让他哭吧，我们都不介意的。"

郑羿哭道："妈妈，对不起，可是我真的不希望你和爸爸离婚。"

郑羿这句话如一声平地惊雷，让餐桌上所有人都呆住了。

冬夜的月色明亮而冷清，照得窗外一片洁白，这一晚，王巧慈失眠了。

　　这顿午餐吃得很尴尬，饭桌上的气氛十分压抑。郑羿伤心，王巧慈沉重，荒村夫妇沉默，就这样用完了午餐。

　　饭后，荒村一声叹息后终于还是打破了沉默。

　　"巧慈君，今天如果没听到你们夫妻之间还有这些矛盾，我是不会讲的。但是，为了你们的爱情，我必须公开我和郑文龙君之间的秘密。虽然我违背了当初的承诺，成了一个失信之人，但是，我依然要讲出来。"

　　荒村平息了略微有些激动的心情，缓缓地讲述了那极不寻常的一天。郑文龙悄悄地来到东京，在荒村的陪同下，悄悄地跟在王巧慈的身边，默默地看了她一整天，王巧慈毫不知情，荒村先生却从郑文龙的目光中读出了深沉的爱。

　　"我由衷地佩服郑文龙君的格局，也能理解他心中对你的感情。"荒村先生感叹。

　　"我夫人选择来东京学习，一定有她自己的思考，就如你决定落子，一定有自己的思考，哪怕是一步臭棋，也不希望被别人指指点点干扰。他是我夫人，我关心她是理所当然的。所以，我选择站在离她最近的地方远远观望，不会冒昧去影响她……"王巧慈脑海里回想着郑文龙对荒村说的话，如果这些话郑文龙亲口讲给她听，她一定会觉得虚假，可是从荒村的口中讲出，却像一根沉重的鼓槌，重重敲击在她的心上，震得她有些眩晕。

　　……

　　棋馆的门口，郑文龙远远看到一对夫妻将一个和郑羿一样大的孩子交到王巧慈手里，王巧慈疼爱有加地领着孩子进门。他感叹地说道：

"人生如棋，棋如人生。"

"东京的家庭都是这么尊重棋道的。"旁边的荒村并没有理解郑文龙的意思。

"不，我看到的是，另外一个王巧慈。一个女棋手的另外一种境界。"站在郑文龙的身边，荒村看到了他眼眶里流下的泪水，不由惊呆了。

……

荒村家的门口，郑文龙准备离开。

"感谢荒村会长一路相陪。"

"应该感谢郑君，这一路上我一直在思考，感触颇深！"

"那您就把郑文龙这次东京之行看作是一场梦，我们在梦里相见。"

"郑君，这次东京之行，不是一场梦，这一天下来的体验对我这个农民来说是前所未有的奇妙之旅，也是穿膛一箭。"

"这是我们的秘密，希望荒村会长不要让巧慈知道。"

荒村郑重点头，对郑文龙鞠躬道：

"郑君一路平安！"

……

夜色温柔，王巧慈静静地躺在床上，任思绪的潮水起伏汹涌，任满脸的泪水肆意奔流，她的心里却感到从未有过的畅快与释然。月光从玻璃窗洒进屋里，郑羿在旁边酣睡，一切如梦似幻，又如此真实。恍惚间她又置身烂柯山，满山的月色如洗，却迷雾朦胧，她在焦急地寻找着郑文龙，她把他弄丢了，她急得眼泪模糊了视线，却依旧在漫山遍野地奔走呼喊：

"文龙，你在哪里？文龙……"

"巧慈，我在这里……"她终于听到了郑文龙的声音，惊喜万分。

终于，她看到远处的烂柯石旁，有个模糊的身影正在向她挥手，她飞奔了过去……

王巧慈突然好想北京，好想回家。

5

前往深圳比赛前，郑文龙特意将中山装取出来，叠好，小心地装进提包里。他并未随棋社一起出行，叶秋安排提前订了航班，当初郑文龙也答应了出席地王大厦新楼落成剪彩仪式。

可天有不测风云，广东的气象台预报了他们出发当天将有一场暴雨，因为剪彩仪式在上午举行，叶秋怕暴雨误事就提前出发，留下助理小刘陪同郑文龙。果不其然，暴雨让飞机根本无法降落广州，只好改降厦门机场，郑文龙不得不和机上乘客一起在厦门过了一夜，直到第二天中午才匆匆忙忙赶到深圳。

这一耽搁，打乱了计划，郑文龙连上午大楼的剪彩活动也没能参加，助理小刘连忙安排郑文龙入住早就订好的酒店套房。郑文龙进到房间，突然大叫一声，惊得助理小刘赶紧跑进来，看见郑文龙张着嘴呆看着床上的提包。

"小刘，这不是我的包！"

"哎呀！拿错了，取行李时拿错了！"小刘也慌了。

"这可糟糕了！比赛的衣服在里面。"郑文龙有些沮丧地说。

叶秋刚好进来，知道助理把郑文龙的包弄丢了，责骂了小刘一顿，然后安慰郑文龙，并立即派人去机场找提包。郑文龙丢了包，心中闷闷不乐，但叶秋将比赛期间的活动安排得比较紧密，他也无暇多想。

棋社的队友听了郑文龙丢包的消息，都在私下议论，说郑文龙的飞机因暴雨先发后至,如今这战袍也弄丢了,是不是预示着姜华要逆风翻盘呢?姜华也得到了消息,不由得心中一喜,顿时来了精神。

真是无巧不成书,错拿郑文龙提包的人,居然是当天乘坐同一班飞机去深圳的贺梅的前夫张家林。当张家林哭笑不得地把提包放到贺梅面前时,贺梅也惊得睁大了眼睛。

"这是怎么回事?"

"跟郑文龙一班飞机,一起在厦门过的夜。什么是无巧不成书,这回我是长见识了。"张家林还一脸无奈,"真没想到和我的包一模一样,不过这里面也没有什么值钱的东西。你跟他是发小嘛,你去把我的包换回来,我包里还有一些马上要用的资料。"

贺梅从包里翻出了那件中山装,脸色一变,但仍然冷着脸对张家林说道:"那你自己去找他换吧,和我有什么关系?"

"我今晚住酒店,这两天你换好了告诉我一声,我就过来取!"张家林仿佛没听到贺梅的话,扔下一句话径直走了。

贺梅有些生气地把包扔一边,继续看电视,电视里面正在播放新闻:

> 国手郑文龙九段和国手姜华九段的第二局比赛将于明天早晨在深圳新落成的地王大厦顶层举行,这将是我国围棋比赛第一次接受商业赞助。这是一种全新的尝试,赞助商的引入也将为我国围棋事业的发展注入全新的活力……

贺梅看看窗外,天色渐渐暗了下来。她看了一眼一旁的手提包,换了个频道继续看电视。

翌日,棋赛如期举行。下午时分,贺梅打开电视的时候,看到新闻上郑文龙只穿了一件衬衣，西服挂在一旁，心中一紧。

> 本台刚刚收到的消息，东洋银行杯世界棋王第二回
> 合比赛，中国棋手姜华九段执黑中盘战胜另一名中国棋
> 手郑文龙九段。两方战成一比一平，最后的较量将在明
> 天举行。

贺梅气恼地关掉电视。呆坐了一会儿后，她拎上郑文龙的提包，匆匆出了门。

广州到深圳路程一百多公里，贺梅的汽车在公路上飞驰，车上播放着罗大佑的歌：

> 春天的花开秋天的风，以及冬天的落阳，忧郁的青
> 春年少的我，曾经无知的这么想，风车在四季轮回的歌
> 里，它天天的流转，风花雪月的诗句里，我在年年的成
> 长，流水它带走光阴的故事，改变了一个人……

城市的高楼扑面而来，汽车已经驶入深圳市区，灯火阑珊，低沉忧伤的音乐萦绕在贺梅的耳边。不知不觉，她的眼泪流了下来。

酒店的西餐厅，贺梅和郑文龙相向而坐。

"喝点红酒吧。"贺梅扬手招呼服务员。

"真没想到，山不转水转，这包居然能转到你手里。"郑文龙惊讶之余，也为这似乎宿命般的输棋而挤出一丝苦笑。

"也许是天意吧，"贺梅笑着说，"我原本不打算给你送过来的，可谁知道你还真就输了。"

郑文龙笑得有些尴尬。

"失而复得，我希望下一个词语就是反败为胜。"贺梅收起笑容，看着眼前这个男人。刚刚输棋的郑文龙轮廓分明的脸上还留着一丝倦意，一丝落寞。这个什么对手都不怕的男人，原来心里还有一块柔软的地方，那是他的软肋。

"文龙，我这些天在广州想了很多，按理说我不该这个时候给你说这些。但既然来了，我就说了。你劝王巧慈回来，你们好好过日子吧。"贺梅不知道用了多大的力气，说出了心中的这句话。

郑文龙端起桌上的红酒，一口喝了下去。

"我们曾经有过美好的爱情。那时候家里有爸爸宠着我，外面有你。对我来说，好像一切都是理所应当的。我们分开后，我给你写了很多信，可是你一封也不回。这成为我心中一个解不开的心结。我的心里最最美好的往日情怀，你怎么会对它如此地决绝。我想不通，于是自己跟自己较劲，跟你较劲，跟所有人较劲。结果确实离理想越来越远。现在已经是众叛亲离了，我知道再也不能这样下去。文龙，我希望你幸福！"贺梅一口气把心中想说的话全说了出来。她注视着郑文龙，眼神中依然有爱意，但是她知道，有些爱，只能放手，与其纠结难堪，不如潇洒放手，这才是她的性格。

郑文龙沉默半天，抬起头来，眼眶也有些湿润：

"贺梅，谢谢你，你比我想象中更坚强。在我心里，你是一个柔弱的小妹妹，看到你快乐，是我最开心的事。过去的日子，在我心里一直都是那样美好，但是生活还得向前，我们都回不去当初，只好带着希望和爱继续前行。你说是吗？"

"这就是你当初不给我回信的理由吗？"贺梅的眼泪在眼眶里打转。她对此仍有些介怀。

"也许吧。但现在我可以告诉你，你给我的信，我一封也没有看到过。"郑文龙说。

这个答案让贺梅十分震惊:"真的?一封也没看到?这是我想了无数遍,也没有想到的可能。"

郑文龙长叹一声。

"唉,是姜华把信给烧了。小孩子,不懂事。"

贺梅的眼泪涌了出来,忍不住哭出了声。她无论如何都没有想到这样的结局,命运的玩笑开得太残忍。

"你不要怪他,或许这就是命运吧。"郑文龙劝慰道。

"怎么会有这种事?太让人意外了。"贺梅无法相信。

"今天的事又有谁想得到呢?"郑文龙反问。

贺梅沉默了,良久,抬头看着郑文龙问道:"文龙,我提一个傻瓜问题,行吗?"

郑文龙点头。

贺梅认真地问道:"你爱王巧慈,胜过当初爱我吗?"

郑文龙想了想,也非常认真地回答:"不一样。我们之间是对等的爱,而她为了我放弃了自己的事业,做出了太大的牺牲,这样的爱,我是不能割舍的。对不起,我这样回答,行吗?"

贺梅流着泪笑了。

"这也是我想要的答案,我已经很满意了。"

郑文龙举起酒杯,微笑地看着贺梅,说:"我想起了你爸曾经对我说过的话——一手不能搏二兔。人生往往就是非此即彼的选择吧。但是无论怎样,在我心里,你一直是我最好的朋友,最关心的人。"

"谢谢你,文龙,在我人生最开心的时候和最低谷的时候,你一直都在。"贺梅眼含泪水,深情地说。

两人端起红酒杯一饮而尽。

夜色渐浓,窗外都市的霓虹开始闪烁,这样的城市和这样的夜晚,许多故事正在结束,许多故事正在发生。

沿海城市，黎明的到来似乎格外早。

郑文龙早早地醒来，酒店房间落地玻璃窗外，清晨的阳光已经洒满城市的街道，举目远望，天际是一片波光粼粼的海域，倒映着天空灿烂的红霞。这样的景致在北方的城市很难见到，郑文龙不由驻足多看了一会儿。

站在镜子前，郑文龙仔细地扣上白色衬衣的每一颗纽扣，然后再系上一条红色的领带。收拾完毕，他看着镜子里面的自己，一夜安眠让他精神抖擞。他又注意到嘴角冒出来的一截胡茬，于是拿出了剃须刀，一番仔细修剪之后，本就英武的面容光洁如新。郑文龙对自己的形象甚是满意。

那件黑色中山装静静地挂在酒店的衣橱里。郑文龙回头看了一眼，始终没有取下来，转身打开门走了出去。

对局室外，郑文龙早早地到了，在门口碰到了等候的何跃利。何跃利看着郑文龙身穿白衬衫，不由一愣："衣服不是送来了吗，怎么还没有穿上？"

郑文龙微微一笑，没有理会，径直进对局室。

"怪了，自己和自己较上劲了。"何跃利自言自语道。

对局室里，郑文龙正安静地坐着，双眼微闭，气定神闲。

姜华从外面走了进来，看到郑文龙的白衬衫和红领带，不由一愣。

尾 声

1986 年，春天。

北京的春天和许多北方城市一样，来得比较迟，春风仿佛一位婀娜的女子，从南方的土地一路缓步徐行，所到之处，绿草红花，将大地单调的灰色换成一张彩色的画布。春风就这样一路吹至北京城郊时，已经到了阳春三月。青草开始有了绿意，柳枝开始有了新芽，贪早的迎春花等不及了，在城市的角落路边次第绽放，向还没来得及脱下冬装的人们传递春天的讯息。

今天是个特别的日子，没有比赛，出门的时候，郑文龙却穿上了中山装。

今天是王巧慈和儿子郑羿回来的日子。

郑文龙带着母亲和姜华一起前往机场，一同前往的还有带着大大小小行李箱的三强和郑文慧。

坐在汽车上，郑文龙居然有些紧张，和多年前参加第一场围棋比赛一样。

旁边的郑母看得明白，帮儿子整理了一下衣领，拍了拍他的手，娘儿俩相视一笑。

姜华还是没忍住，打趣地说道："你这中山装都穿上了，今天是势在必得啊。"

"什么得不得的？我这当姐夫的接我的儿子和你姐，能不隆重点吗？"郑文龙说道。

"文龙，你就别端着了，与嫂子久别重逢，你的心情大家都理解。"三强也笑着开玩笑。

众人都乐了。

机场到达大厅，王巧慈带着郑羿终于出现在大家的视线中。

"爸爸！"郑羿远远地看到大家，率先冲了过来，扑进了郑文龙的怀中，郑文龙一下子把儿子举了起来，在空中转了两圈。

王巧慈看着亲热的爷儿俩，露出会心的微笑。

"你怎么来了？"

"我怎么能不来呢？"

郑文龙放下儿子，王巧慈看到了他身上的中山装，眼眶有点湿润，伸手帮郑文龙整理了一下弄皱的一角，发现中山装那个掉纽扣的地方依然缺着。

"扣子都掉了，回头我给你缝上。"王巧慈轻轻地说。

郑文龙咧开嘴笑了。

王巧慈看着他说道："精神挺好的嘛，祝贺你，拿了世界冠军。"

郑文龙笑着说："姜华也来了，别当着他的面这样说。"

王巧慈扑哧一声笑了，趁没人察觉把湿润的眼睛擦了擦。

姜华走过来，笑着说："我都听到了，没事儿，自家人谁拿冠军都一样。巧慈姐，欢迎你回来！"

三强拉着郑文慧的手，和郑母一起走了过来。

郑羿挣脱郑文龙的手，向郑母扑去。

"奶奶！"

"郑羿又长高了！"郑母高兴地摸着孙子的头，笑容满面。

"妈，你们怎么都来了？三强，你们这是要……去哪儿？回厦门吗？"王巧慈看到旁边的行李箱，问道。

"不，去深圳。"三强抱起郑羿，在他白净的小脸蛋上狠狠亲了一口。见王巧慈有些疑惑，接着说："组织上派我去深圳特区工作。有一个围棋术语，叫腾挪。"

三强说完，目光投向了郑文慧。

"姑父，我知道。腾挪就是从原来下棋的地方，换到一个新的地方去下棋。姑姑、姑父，你们为什么要去深圳下棋啊？"

三强哈哈大笑："对！姑姑和姑父，要去深圳特区，再开一盘新棋！"

郑文龙伸手搂过王巧慈的肩，王巧慈很自然地朝郑文龙的身边靠了一下，另一只手拉起郑羿的手。郑羿笑了，伸出另一只手握住了爸爸的手。郑母看在眼里，笑出了泪花。

郑文龙轻轻将母亲拉到身旁，动情地说道："今天是个好日子，既是接风，也是送行。三强，文慧，那我们就预祝你们为国家，为深圳特区，再下一盘好棋！"

出 品 人：许　永
项目统筹：张　谦
策　　划：赵晙呈
　　　　　谢家良
责任编辑：许宗华
特邀编辑：林园林
装帧设计：李双鑫
内文排版：万　雪
印制总监：蒋　波
发行总监：田峰峥

投稿信箱：cmsdbj@163.com
发　　行：北京创美汇品图书有限公司
发行热线：010-59799930